ハヤカワ・ミステリ文庫
〈HM㉘-9〉

スイート・ホーム殺人事件
〔新訳版〕

クレイグ・ライス
羽田詩津子訳

早川書房
6542

HOME SWEET HOMICIDE

by

Craig Rice

Translated by

Shizuko Hata

Published 2009 in Japan by

HAYAKAWA PUBLISHING, INC.

This book is published in Japan by

direct arrangement with

SCOTT MEREDITH LITERARY AGENCY, L.P.

この作品の登場人物も舞台設定も、想像の産物であり、現実の人物を書いたものでも、書こうとしたものでもない。ただし、心からの感謝とともにわたしの子どもたち、ナンシー、アイリス、デイヴィッドに本書を捧げたい。三人がいなかったら、この物語のアイディアを思いつかなかっただろう。三人が惜しみない助力や協力を与えてくれなかったら、この作品を書き上げることはできなかった。さらに、三人が快く許可してくれなかったら、最終的にこの作品が活字になることはなかっただろう。

クレイグ・ライス

タット王の暗号表

（左側の文字を、右側のように発音する）

ア――アカ	シ――シキ	ヌ――ヌク	メ――メケ
イ――イキ	ス――スク	ネ――ネケ	モ――モコ
ウ――ウク	セ――セケ	ノ――ノコ	ヤ――ヤカ
エ――エケ	ソ――ソコ	ハ――ハカ	ユ――ユク
オ――オコ	タ――タカ	ヒ――ヒキ	ヨ――ヨコ
カ――カカ	チ――チキ	フ――フク	ラ――ラカ
キ――キキ	ツ――ツク	ヘ――ヘケ	リ――リキ
ク――クク	テ――テケ	ホ――ホコ	ル――ルク
ケ――ケケ	ト――トコ	マ――マカ	レ――レケ
コ――ココ	ナ――ナカ	ミ――ミキ	ロ――ロコ
サ――サカ	ニ――ニキ	ム――ムク	ワ――ワカ
			ヲ――ヲコ
			ン

スイート・ホーム殺人事件

〔新訳版〕

登場人物

マリアン・カーステアズ………ミステリ作家
ダイナ…………………………カーステアズ家の長女。十四歳
エイプリル……………………カーステアズ家の次女。十二歳
アーチー………………………カーステアズ家の長男。十歳
ウォリー・サンフォード………カーステアズ家の隣人
フローラ………………………ウォリーの妻
ポリー・ウォーカー……………女優
ミセス・カールトン・
チェリントン三世………近所に住む婦人
ヘンリー・ホルブルック………フローラ・サンフォードの弁護士
ピエール・デグランジュ………画家
フランキー・ライリー…………三流ギャング
ルパート・ヴァン・
デューゼン………謎の人物
ベティ・リモー…………………誘拐され、殺害された女優
ビル・スミス……………………警部補
オヘア…………………………部長刑事

1

「ふざけたこといわないでくれよ」アーチー・カーステアズがいった。「いくらお母さんだって、五キロ以上あるでっかいターキーをなくすわけがないだろ」

「あら、それがやりかねないの！」姉のダイナがやれやれとばかりに吐息をついた。「以前、グランドピアノをなくしたのよ」

アーチーは信じるもんかといいたげにフンと鼻を鳴らした。

「本当なのよ」エイプリルが口を出した。「イーストゲート・アヴェニューから引っ越したときのことなの。お母さん、ピアノの運送屋に新しい住所を伝えるのを忘れちゃったのよ。運送屋は他の荷物がすべて運びだされたあとで家に着いたものだから、お母さんが運送会社に電話するまでピアノをトラックに積んでただぐるぐる走っていたの。おまけにお母さんったら、運送会社の名前と住所をメモした紙をなくしてしまって、電話帳のピアノ運送会社に片っ端から電話して、やっと目当ての会社を見つけだしたってわけ」

三人とも、ちょっと黙りこんだ。「お母さんは本当はそんなに忘れっぽくないのよ」しばらくしてダイナがいった。その声には思いやりがこもっていた。「ただ忙しいだけなの」

三人のカーステアズ家の子どもたちは玄関ポーチの手すりにすわって、午後遅い日差しの中で日に焼けたむきだしの脚をぶらぶらさせていた。大きな化粧漆喰塗りの家の二階からは、猛烈な勢いでたたいているタイプライターのかすかな音が聞こえてきた。クラーク・キャメロンとかアンドリュー・ソープとかJ・J・レインとか、さまざまなペンネームを使っているマリアン・カーステアズがミステリの新作を書き上げようとしているのだ。本が完成すると、マリアンは丸一日休みにして、美容院で髪をシャンプーしてもらい、子どもたちにプレゼントを買ってくれた。ぜいたくなディナーや、町で最高のショーに連れだしてもくれた。そして翌朝になると、また新しいミステリの執筆にとりかかるのだった。

カーステアズ家の三人の子どもたちは、この決まりきった繰り返しにすっかり慣れっこになっていた。実際、ダイナはアーチーがゆりかごにいた当時から、こんな調子だったと断言している。

暖かくけだるい午後だった。家の前には森になった谷間があり、うっすらとした霧に包まれていた。木立のところどころから、屋根がのぞいている。ただし、家の数は数えるほどしかなかった。この家を選んだのは、周囲に家がなくて静かだったからだ。近所には、ウォレス・サンフォード家のピンクのイタリアンヴィラ風の家が一軒あるだけだった。ふたつの家のあいだは二、三百メートルあり、空き地と小さな木立と高いツゲの生け垣で隔てられていた。

「アーチー」エイプリルが考えこみながら、いきなりいった。「お砂糖入れを見てきて」

アーチーは激しく抗議した。エイプリルが十二歳で、彼がたった十歳だからといって、お姉さんの使い走りなんてするもんか。自分で砂糖入れを見に行けばいいんだ。さんざん文句をいったあげく、こうたずねた。「どうして？」

エイプリルはいった。「あたしがそうしろといったからよ」

「アーチー」ダイナが十四歳の威厳をたっぷりとこめて、きっぱりといった。「さっさと行きなさい」

アーチーはぶつぶついいながら、立ち上がった。彼は年の割に小柄で、もつれた茶色の髪に、無邪気にも小生意気にも見える顔をしていた。お風呂に入った直後の五分をのぞいて、いつもどこかしらちょっぴり汚れている。今はテニスシューズの片方のひもがほどけ、コーデュロイのズボンの膝には小さなかぎ裂きができていた。

ダイナは十四歳で、エイプリルは馬鹿にして〝健全なタイプ〟と呼んでいた。十四にしては背が高く、均整のとれた体つきだった。茶色のふわふわした豊かな髪と、大きな茶色の瞳の持ち主で、かわいらしい顔にはたいてい微笑か、姉らしい懸念が浮かんでいた。鮮やかな赤いスカート、チェックのシャツ、足首まである緑のソックス、汚れたサドルシューズという流行を意識した服装だった。

エイプリルは小柄で、一見、弱々しそうに見えた。つややかな髪はブロンドで、姉と同じく大きな目は煙のようなグレーだ。おそらく、大きくなったら美人になるだろう。ただし、ぐうたらな人間になる可能性はもっと大きく、本人もそれを承知していた。厚手コットンの白いスラックスとシャツには染みひとつなく、ひものついた赤いサンダルをはき、赤いゼラニウムを一輪、髪に留めている。

アーチーが戻ってくる足音はギャロップする子馬のようだった。彼は大きな歓声をあげながら玄関から飛びだしてくると、また手すりに飛びのった。

「ターキーは冷蔵庫に入れておいたよ」彼は息を切らしながらいった。「どうして砂糖入れにあるってわかったの？」

「簡単な推理よ」エイプリルがいった。「お母さんが今朝食料品を片づけたあとで、新しい砂糖袋が冷蔵庫に入っていたのよ」

「なんて頭がいいの！」ダイナがいった。彼女はため息をついた。「お母さん、再婚すればいいのにね。この家には男性が必要よ」

「気の毒なお母さん」エイプリルがいった。「お仕事ばっかりで。お母さんは一人ぼっちなんだわ」

「ぼくたちがいるじゃないか」アーチーがいった。

「そういう意味でいってるんじゃないの」エイプリルが居丈高にいった。谷間の方にうっとりと視線を向けた。「お母さんが本物の殺人事件を解決すればいいのに。すごい宣伝になるわ。そうしたら、こんなにたくさんお仕事しなくてもよくなるわね」

アーチーが壁にかかとをぶつけながらいった。「どっちも実現するといいな」

のちにエイプリルは、神さまは絶対にそれを聞いていたにちがいないといった。なぜならまさにそのとき、銃声が聞こえたからだ。

銃声は二回、連続していて、サンフォード家の方から聞こえた。エイプリルはダイナの腕をぎゅっと握り、ささやいた。「聞いて！」

「たぶんサンフォードさんが鳥を撃っているのよ」ダイナが自信なさげにいった。

「まだ家に帰ってないよ」アーチーがいった。

一台の車が猛スピードで走り去っていったが、カーステアズ家の子どもたちからは生け垣にさえぎられて見えなかった。アーチーが手すりから滑りおりて空き地の方に駆けていこうとした。ダイナが彼のジャージーのえり首をつかんで引き戻した。二台目の車が走り過ぎた。それから、しんと静まり返り、二階の部屋のタイプライターの音だけが響いていた。

「殺人だわ！」エイプリルがいった。「お母さんを呼んで！」

三人は顔を見合わせた。タイプライターはいまやいっそう速くなっていた。「あんたが呼びなさいよ」ダイナがいった。

「あんたが突飛なことを思いついたんだから」

エイプリルはかぶりを振った。「アーチー、あんた、行ってきて」

「やだ」アーチーは頑固にいった。

とうとう三人はネズミのようにこっそりと階段を上がっていった。ダイナが母親のドアを十センチほど開けると、三人は中をのぞきこんだ。

母親――目下のところJ・J・レイン――は顔を上げなかった。木製のオンボロの茶色のデスクには、タイプ用紙や原稿の束、メモ、参考書、使用済みのカーボン紙、空《から》の煙草の箱などが十五センチほども積み上げてあったので、半ば姿が隠れている。靴は脱いでしまって、足を小さなタイプライター用テーブルの脚に巻きつけていた。タイプするにつれ、そのテーブルも踊っているかのようにガタガタ揺れた。黒い髪は頭のてっぺんで無造作に何本ものピンで留め、鼻には黒いインクの染みがついている。部屋には煙草の煙がたちこめていた。

「殺人でも無理ね」ダイナがささやいた。彼女はそっとドアを閉めた。三人の子どもたちは爪先立ちで階段を下りていった。

「心配しないで」エイプリルが自信たっぷりにいった。「あたしたちで予備捜査をしましょう。お母さんの本は残らず読んでいるから、手順はわかってるわ」

「警察に知らせるべきよ」ダイナがいった。

エイプリルはきっぱりと首を横に振った。「あたしたちが調べ終わるまではだめ。J・J・レインの本に出てくるドン・ドレクセルは、いつもそうしてる。お母さんに教えてあげられるような重要な手がかりを見つけられるかもしれないわ」芝生を突っ切りながら、エイプリルはつけ加えた。「ただし、アーチー、あんたは口を閉じて、お行儀よくしてなさいよ」

アーチーはぴょんぴょん飛びはねながらわめいた。「やだよ、そんなの」

「じゃあ、おうちにいなさい」ダイナがいった。

アーチーはおとなしくなり、二人のあとからついてきた。

サンフォード家の敷地のきわで、三人は足を止めた。きれいに刈りこまれたツゲの生け垣の向こうには、蔦《つた》のからまる小さな東屋《あずまや》があり、さらにその向こうには、色鮮やかなデイジーの花壇に縁どられた手入れの行き届いた広々とした芝生が広がっていた。家の正面には明るい色のガーデン家具が置かれていたが、エイプリルはピンクの漆喰塗りの家にはあわないわと、心の中で思った。

「もしも殺人が起きていなかったら」ダイナが推測した。「ミセス・サンフォードは大騒ぎしそうね。あたしたち、前みたいに芝生から追い払われるわよ」

「銃声を聞いたのよ」エイプリルがいった。「いまさら、あとに引かないで」

エイプリルは先に立って東屋に入っていき、立ち止まった。

「車は二台いたわ」彼女は考えこみながらいった。「二台とも銃声のあとで私道から道に出ていった。もしかしたら片方はすでに殺人犯を知っていて、追っていったのかもしれない」目の隅でアーチーをうかがって、つけ加えた。「もしかしたら殺人犯は戻ってくるかもしれないわ。あたしたちを目撃者だと思って、三人とも撃ち殺すかもしれない」

アーチーは小さな悲鳴をあげた。もっとも怖がっているふりは、あまり上手にできなかった。ダイナは眉をひそめた。

「ダイナ」エイプリルがいった。「殺人犯はそんなことをしないと思うわ」

「まったくあなたったって、想像力がないのね。お母さんはいつもそういってるわ」

三人は私道の方に芝生を進んでいった。私道のコンクリートにはタイヤの跡があちこちについていた。

「これを写真に撮っておくべきだわ」エイプリルがいった。「ただ、カメラがないけど」

庭には人影がなかった。ピンクの漆喰塗りの家からは物音ひとつせず、人の気配もしなかった。三人はガラス張りのポーチの角でちょっと足を止め、これからどうしようかと考えこんだ。そのとき、ふいに大きなグレーのコンバーチブルが私道に曲がりこんできたので、カーステアズ家の子どもたちはあわててポーチの陰に隠れた。

コンバーチブルから降りてきた若い女性は、すらりとした長身の美人だった。髪の色は赤とゴールドの中間で、大きなゆるやかなカールになって肩にこぼれている。花模様のドレスに、大きな麦わら帽子をかぶっていた。

エイプリルが息をのんだ。「まあ！」彼女は声をひそめていった。「ポリー・ウォーカーだわ。女優の。きれいな人ね！」

一瞬、若い女性は車と家のあいだでためらっているように見えた。それから、すたすたと玄関に歩いていき、ベルを鳴らした。長いこと待って、さらにベルを何度か押し、彼女はドアを開けて中に入っていった。

カーステアズ家の三人の子どもたちはポーチの窓越しに用心深くのぞきこんだ。そこからだと広いリビングがかろうじて見てとれた。ポリー・ウォーカーは玄関から入ってきて、すぐ内側で棒立ちになり悲鳴をあげた。

「ほら、いったでしょ」エイプリルがつぶやいた。

若い女性はゆっくりと二、三歩部屋の中に進んでいき、しゃがみこんだので、一瞬、三人の視界から消えた。それから立ち上がり、電話のところに行くと受話器をとりあげた。

「警察に電話するつもりよ」ダイナがささやいた。

「それはかまわないわ」エイプリルがささやき返した。「警察がすべての手がかりを発見したら、お母さんがそれを解説してあげるのよ。クラーク・キャメロンのシリーズで、ビル・スミスはそうしているわ」

「スーパーマンはそうじゃないよ」アーチーが甲高い細い声でいった。「彼は――」

ダイナが片手を彼の口にあてがい、厳しくささやいた。「黙って！」それから、こういった。「J・J・レインのシリーズでは、警察を混乱させるために、探偵が偽の手がかりをあちこちにばらまくのよ」

「お母さんもそうするはずよ」エイプリルがいった。それから予言のようにつけ足した。「お母さんがしないなら、あたしたちがするわ」

家の中でポリー・ウォーカーは受話器を置き、床の方に視線を向けると、ぶるっと体を震わせて外に飛びだしてきた。まもなく彼女は蒼白な顔で震えながら、私道に現われた。車に走っていくと、大きな麦わら帽子をむしりとり、それをフロントシートに放り投げ、車のステップに腰をおろした。膝に肘をつき、両手で顔をこすり、髪をかきむしった。それから背筋を伸ばしてすわり、小さく首を振って、バッグから煙草をとりだして火をつけ、ふた口吸うと、ヒールで踏みつぶして消した。そして両手に顔をうずめた。

ダイナが大きな声でいった。「まあ！」それはアーチーがころんで膝小僧や肘をすりむいたり、エイプリルがまたもや数学のテストに落第したり、母親が月曜の朝の郵便で、小切手ではなく書き直しを求める手紙を受けとったりしたときに発する声だった。ダイナは思わず前に進みでていき、ステップにすわって打ちひしがれている娘のわきにしゃがみこみ、その肩に腕を回した。

アーチーの反応も似たようなものだった。ただし、表現の仕方はちがっていた。彼は大きなグレーがかったブルーの目に涙をいっぱいためて、唇をかすかにわななかせながら、そっとささやいたのだ。「ねえ、泣かないで！」

若い女優は顔を、その蒼白な顔をぱっと上げた。「彼が彼女を殺したのよ。彼が殺したんだわ。あの人、死んでいたの。ああ、どうしてそんな真似をしたのかしら！　必要なかったのに。なんてことをしたのかしら。でも、彼は彼女を殺してしまった」彼女の声はちょっぴり速く回転しているレコードプレイヤーのレコードのようだった。

「黙っていた方がいいわよ」エイプリルがいった。「警察に今しゃべっていることを聞かれるかもしれない。口にチャックをしてなさい」

ポリー・ウォーカーは子どもたちの顔を見回すと、とまどって目をぱちくりした。「いったい――あの、あなたたち、誰なの？」

「あたしたちはあなたのお友だちよ」ダイナが真面目にいった。「おうちに帰った方がいいわよ。ここでちょっとトラブルがあったから」

かすかな笑みがポリー・ウォーカーの唇をよぎった。

「だろうね」アーチーがいった。「殺人があったんでしょ。だから、ぼくたちはここに来たんだ。なぜって――」エイプリルが彼のむこうずねを思いきり蹴飛ばしたので、彼はうっとうめいて、黙りこんだ。

「誰が殺されたの？」ダイナが質問した。

「フローラ・サンフォードよ」ポリー・ウォーカーはかすれた声で答えた。左手で目を覆い、くぐもった声でいった。「ああ、ウォリー、ウォリー、馬鹿な人ね。どうしてこんな真似を！」

「お願いだから！」エイプリルが叫んだ。「もうじき、警官相手にまともな受け答えをしなくちゃならないのよ。『どうしてこんな真似を』なんていうわけにいかないわ。第一に陳腐すぎるし、第二に彼はやっていないからよ」

ポリー・ウォーカーは顔を上げ、まじまじとエイプリルを見つめた。「まあ！」遠くかすかにサイレンの音が聞こえ、しだいに近づいてきた。彼女は背筋を伸ばすと、ほつれた髪をかきあげた。

「鼻にお粉をはたきなさいな」ダイナがきびきびと命じた。そしてエイプリルを見てたずねた。「彼って、誰のこと？」

エイプリルは肩をすくめた。「知るもんですか」

サイレンの最後の小さなうめき声とともに、最初のパトカーが私道に滑りこんできた。ポリー・ウォーカーは立ち上がった。彼女は声をひそめていった。「家に帰った方がいいわ、三人とも。不愉快なことになりそうだから」

「あたしたちは大丈夫」エイプリルがいった。

パトカーはグレーのコンバーチブルの隣に停まり、全員私服の四人の男たちがどやどやと降りてきた。二人は家を眺めながら命令を待っていた。残りの二人は車を回って、ポリー・ウォーカーが立っている方に近づいてきた。

片方は中背のほっそりした男で、ふさふさしたまっすぐな白髪混じりの髪、とても日に焼けた顔、明るいブルーの目の持ち主だった。権威のある人間のように見えた。もう一人は長身でがっちりした大男で、丸い赤ら顔につやつやした黒髪をして、目には常に懐疑的な表情を浮かべていた。

「死体はどこですか?」大男はいった。

ポリー・ウォーカーはかすかに身を震わせ、家の方を指さした。大男はうなずき、二人に待っているように手振りで命じると、先に立って歩き始めた。白髪混じりの男がいった。

「そして、あなたはどなたですか?」

「ポリー・ウォーカーです。わたしが警察に電話しました。彼女を見つけたのはわたしです」ポリーは冷静に落ち着いてしゃべったが、唇には血の気がなかった。

警官はそれを書き留め、あたりを見回すといった。「ここにいるのは彼女の子どもたちかな?」

「となりに住んでいるんです」ダイナがツンとしてひややかにいった。

大柄な赤ら顔の男が家から走りでてきた。「奥さんが死んでいます、たしかに。撃たれてます」

「ミセス・サンフォードがお茶に招いてくださったんです」ポリー・ウォーカーがいった。「ここに到着してベルを鳴らしたんですけど、誰も出てこなくて。そのまま中に入って——彼女を発見しました。それから警察に電話したんです」

「メイドは外出しています、警部補」大男がいった。「家には誰もいません。浮浪者のしわざかもしれませんね」

「可能性はある」警部補はいったが、その口調はそう考えていないことを示していた。「検死官に連絡してくれ、オヘア。それからご主人の居場所を突き止めるんだ」

「わかりました」オヘアはいった。彼は家の中に戻っていった。

「さて、ミス・ウォーカー」警部補は考えこむように彼女を眺めると、煙草を勧め、火をつけてやった。「ショックだということは存じています。今、こういう質問をしてわずらわせるのは心苦しいのですが——」彼はにっこりした。すると、愛嬌のある親しみやすい顔つきに変わった。「自己紹介をした方がよろしいですね。殺人課のスミス警部補です」

ダイナは小さく息をのんだ。「まあ！　お名前の方はなんておっしゃるんですか？」

警部補はいくぶんいらだたしげに、ちらっとダイナを見た。「ビル」彼がポリー・ウォーカーの方に向き直らないうちに、ダイナはもっと大きくまた息をのんだ。「どうしてだね？」彼はたずねた。「それがどうかしたのかな？」

「すごい偶然の一致だわ！」ダイナは興奮した声でいった。

「スミスというわたしの苗字が？　スミスという苗字は何百万人もいるよ」

「ええ」ダイナはいった。「でもビル・スミスなんですもの！」

「そうか。だが、おそらくビル・スミスも何百万人もいるだろう。そのどこが偶然の一致なんだね？」

ダイナはまさに小躍りした。「あなたは探偵でしょ。お母さんのクラーク・キャメロン物の登場人物に――」彼女ははっと言葉を切った。「あ、何でもないわ」

スミス警部補は苦々しげにダイナを見た。「いいかい、わたしはここでやらなくてはならない仕事があるんだ。わけのわからないおしゃべりにつきあっている暇はないんだよ。さあ、向こうに行って。ほら、とっとと」

「すみません」ダイナはしおらしくいった。「お邪魔するつもりはなかったんです。あの、ミスター・スミス、結婚していらっしゃるんですか？」

「いや」彼はそっけなくいった。二、三度口を開けたが、何もいわずにまた閉じた。「ほらほら。家に帰りなさい。急いで。さあ――ここから出ていきなさい」

カーステアズ家の三人の子どもたちは、ただの一人もぴくりとも動かなかった。

オヘア部長刑事がまた現われた。「スヴェンソンがもう検死官に連絡してました」彼は報告した。「それからミスター・サンフォードはすこし前にオフィスを出ています。もうじき家に着くはずです」彼は上司から三人の子どもたちに視線を移した。「ご心配なく、わたしが相手をしますよ。なにしろこの手で九人の子どもを育てたんですから」彼は近づいていき、脅しつけるような態度で怒鳴った。「おまえたち、いったいここで何をしているんだ？」

「失礼な態度をとらないでよ」エイプリルが冷たくいった。彼女は百五十センチ少々の体をぐいっとそらすと、オヘアの目をまともににらみつけた。「あたしたちがここに来たのは」と威厳たっぷりにいった。「銃声を聞いたからよ」

スミス警部補とオヘア部長刑事はしばし顔を見合わせた。それから、警部補がとてもやさしくたずねた。「本当に銃声だったのかな——車のバックファイアじゃなくて？」

エイプリルはフンと鼻を鳴らしただけで、答えなかった。

「もしかしたら」オヘア部長刑事がわざとらしいほどさりげなくいった。「銃声を聞いたのが何時だったのか、わかるかい？」

「もちろんよ」エイプリルはいった。「ちょうどそのとき家に入って、じゃがいもの火をつける時間かどうか時計を見たから。あたしたちは銃声を聞いた。誰かが殺されたのね」ふいに彼女は金切り声をあげた。「殺されたのよ！」

泣きわめきながら、エイプリルは芝生の上にうずくまるようにぐったりと倒れた。あわててダイナがかたわらにひざまずいた。「エイプリル！」

ポリー・ウォーカーは車のステップから飛び降りて叫んだ。「お医者さんを呼んで！」

スミス警部補は青ざめていった。「いったいどうしたんだ？」

ダイナはまだ泣きわめいているエイプリルにぎゅっとつねられるのを感じた。ダイナは申し訳なさそうにみんなを見た。「ショックなんです。あまり体が丈夫じゃないので」

「お医者を呼んで」ポリー・ウォーカーが繰り返した。「かわいそうに――」

ダイナはかがみこみ、ひとこと鋭くささやく言葉を聞きとった。「家に！」彼女はまた顔を上げた。「家に連れ帰った方がよさそうです。万一――ひきつけを起こすといけないので」

アーチーが臨機応変につけ加えた。「ひきつけを起こすと、いろんなものを壊すんだ」

「わたしが抱いていってあげよう」ビル・スミスが申し出た。

ダイナはエイプリルの目が「だめ！」という合図を送るのを見てとった。

「一人で歩けます」ダイナはいった。「その方が体にもいいわ」ダイナはエイプリルを立たせると、片腕で彼女の体を支えた。エイプリルは相変わらず大きくしゃくりあげて泣いていた。「家に連れて帰ります」ダイナがいった。「お母さんがどうしたらいいか知ってますから」

「お母さん！」エイプリルがすすり泣いた。「お母さんがいいの！」

「それがいい」スミス警部補がいって、額の汗をぬぐった。「お母さんのいる家に連れて帰りなさい」ふと思い出したかのように、つけ加えた。「あとでお宅に話しに行くよ」エイプリルのすすり泣きが遠ざかると、彼は同情をこめていった。「かわいそうな子だ！」

オヘア部長刑事は冷たく上司を見た。「わたしは九人の子どもをこの手で育ててきましたけどね、あんな嘘っぽいヒステリーの発作は法廷以外で見たことがありませんよ」

サンフォード家のヴィラが見えなくなり、声も聞こえなくなると、エイプリルは立ち止まって長々と息を吐きだした。「いい、あたしがいったことは全部児童演劇クラスの先生のおかげだって、忘れないでね」

「それより、さっきのことは何なのか洗いざらい説明するのを忘れないでちょうだい」ダイナがぴしっといった。

アーチーはただ目を丸くして見ているばかりだった。

「あら鈍いわね」エイプリルはいった。「あたしたちは重要な証人なのよ。あたしたちは犯罪の正確な時間を決定できるの。だけど、まだ決定したくないでしょ。誰かにアリバイを与える必要が出てくるかもしれないから」

ダイナはいった。「まあ！」それから「誰に？」とたずねた。

「まだわからないわ。だから、時間を稼がなくちゃならなかったのよ」

「教えて、教えて、教えて」アーチーが叫んだ。しびれを切らして、彼は飛んだり跳ねたりした。「何をいってるのか、わからないよお」

「いずれわかるわ」エイプリルがいった。

三人は玄関のすぐ内側に立ち、顔を見合わせながら考えていた。二階からは相変わらずタイプライターの音が激しく聞こえてきた。

「どうにかあたしたちだけでやれるわよ」エイプリルがいった。

ダイナの茶色の目に気遣いが浮かんだ。「今夜はあたしが夕食を作るわ」彼女はつぶやいた。「お母さんが仕事を中断しなくてすむように。ジンジャーエールソースでハムを焼いて、サツマイモの甘露煮と、マッシュポテトをこしらえるわ。それに、ロックフォールチーズのドレッシングをかけたサラダをたっぷりと、熱々のコーンマフィンもね」

「コーンマフィンの作り方なんて知らないだろ」アーチーがいった。

「料理の本があるもの」ダイナはいった。「それにあたしは字が読めるのよ。クリームパイもいいわね。お母さん、よだれを垂らすわよ」彼女はゆっくりと首を振った。「相談ができるように、あんたたち二人もキッチンに来てちょうだい」そして、こうしめくくった。

「他にもいろいろ計画を立てなくちゃならないから。重要な計画をね」

2

目下のところJ・J・レインになりきっているマリアン・カーステアズは、夕食のテーブルを眺めながら、幸せを数え上げた。正確にいうと、三人の子どもたちを持てたことを。彼女は幸せそうにため息をついた。

キャンドルを灯した夕食のテーブルには洗い立てのレースのクロスがかけられ、中央には黄色のバラを活けた鉢が置かれていた。ハムはうっとりするほどやわらかく、スパイスが絶妙に効いていて、サツマイモは濃い茶色のシロップに浮かび、コーンマフィンは火傷するほど熱くて、このうえなくふんわりしていた。実に斬新な見事なやり方で、サラダはドレッシングと混ぜ合わせてあった。

かわいいエイプリルは夕食の前に二階にシェリーを運んできて、とてもやさしい、とてもうれしいことをいってくれた！「お母さん、ブルーの部屋着がとっても似合うわ」「お母さん、今夜はあたしが髪を整えてあげるわね」「お母さん、少しお化粧をしたら。あたしたち、お母さんがきれいなのを見るのがうれしいの」それから最後に「ああ、お母さん、ピンクのバラを髪にさしてあげるわね！」

こんなにすてきな子どもたちがいるだろうか？　マリアンはうっとりと三人を眺めた。とてもやさしくて、とてもお利口で、とても器量よしで！　マリアンは三人に微笑みかけ、ごくかすかとはいえ心の底で疑いを抱いたことで自分を責めた。

それでも――この完璧さには、どことなく覚えがあった。前にもこんなことがあったのだ。

過去の経験から、マリアンはなんらかの計画が持ち出されるにちがいないとにらんでいた。もうひとつため息をついたが、今度は心から幸せなため息ではなかった。そうした計画はたいていりっぱな納得できるものだったが、危険か、お金がかかるか、仕事の邪魔になるか――あるいはそのすべてにあてはまった。

「ダガ・イキ・ジキ・ヨコ・ウク・ブク？」ダイナがエイプリルにたずねた。

「モコ・ッコ・チキ・ロコ・ン」エイプリルは楽しげにいった。

「英語で話しなさい」マリアン・カーステアズが真面目な顔をとりつくろおうとしながらいった。

「英語だよ」アーチーが叫んだ。「タット王の英語なんだ。どういう意味か教えてあげるよ！」彼はにこにこしながらいった。「全部の文字のあとに――」

「ダカ・マカ・リキ・ナカ・サカ・イキ」エイプリルがあわてていいながら、テーブルの下で彼の脚を蹴った。アーチーは小声でなにやらぼやきながら、おとなしくなった。

食事がすむと、エイプリルはコーヒーをリビングに運んでくるし、アーチーは煙草、マッチ、灰皿を持ってくるというサービスぶりで、マリアン・カーステアズはやはり疑いは正しかったのだという結論を下さないわけにいかなかった。それにしても、誰がエイプリルのように無邪気で天真爛漫な子を疑えるだろう？

「疲れているみたいね」ダイナが同情するようにいった。「オットマンを使ったらいかが？」答えを待たずに、ダイナは運んできた。

「あんまり仕事しすぎちゃだめだよ」アーチーがいった。

「本当よ」エイプリルが口を出した。「もっと気晴らしをした方がいいわ。それも、お仕事にも役立つような気晴らしを」

マリアンはぎくりとした。家族全員で海でダイビングのレッスンを受けたときのことを思い出したのだ。〝雰囲気〟をつかむために。たしかに、J・J・レイン名義のもっとも売れたミステリはその経験によって生まれた。不可解にもウエットスーツを着たまま刺殺された死体が発見されるという筋だった。でも……。

「お母さん」エイプリルが明るくいった。「女の人が自宅のリビングで殺されているのが見つかり、数分後に人気映画スターがそこに車で乗りつけてきて、お茶に招かれたというんだけど、銃声を二発聞いている人がいるのに、女の人は一発しか撃たれていなくて、彼女のご主人が行方不明で、アリバイがないけど、ご主人も映画スターも犯人じゃないとしたら」とうとうエイプリルはここで息が続かなくなり、空気を吸いこむと、しめくくった。「誰の仕業だと思う？」

「あきれた！」マリアンはびっくりして叫んだ。「どこでそんなくだらない話を読んだの？」

アーチーがクスクス笑いながら、ソファの上でぴょんぴょん飛び跳ねた。「話じゃないよ！」彼は大声でいった。「読んだんじゃないんだ。見たんだよ！」

「アーチー！」ダイナがぴしりといった。彼女は母親の方を向いて説明した。「お隣で起きたことなの。今日の午後に」

マリアン・カーステアズは目を丸くした。それから眉をひそめた。「馬鹿馬鹿しい。そんな手にはのりませんからね、今度ばかりは」

「本当なのよ」エイプリルがいった。「本当に起きたことなの。全部、夕刊に載ってるわ」彼女はアーチーの方を向いた。「新聞をとってきて。キッチンに置いてあるわ」

「いつもぼくが何もかもやらなくちゃならないんだ」アーチーは文句をいって、出ていった。

「ミセス・サンフォードが！」マリアンはいった。「あの人が！　誰がやったの？」

「そこなのよ」とエイプリル。「誰もわからないの。警察は浮浪者のしわざだと推理しているけど、いつものようにまちがってるわ」

コーヒーテーブルに新聞を広げると、四人はそれをとり囲んだ。サンフォード家のヴィラ、サンフォード夫人、行方不明のウォレス・サンフォードの写真が載っていた。ポリー・ウォーカーの華やかな大きな写真の下には〈映画スター、死体を発見〉という見出しがつけられている。

「彼女はスターじゃないわ」マリアンがいった。「ただの女優よ」

「今じゃスターなのよ」エイプリルが大人びたことをいった。「新聞ではね」

ウォレス・サンフォードはいつもよりも早くオフィスを出て、家に向かう電車に乗り、四時四十七分に駅で降りた。それ以降、彼の姿を見た者は一人もなく、警察で行方を追っている。ポリー・ウォーカーは死体を発見して、五時に警察に電話した。盗難や暴力の形跡はない。

「すぐお隣とはねえ！」マリアンはつぶやいた。

カーステアズ家の三人の子どもたちは意気込んだ。「ねえ、すてきじゃない？」エイプリルがダイナにいった。「もしもお母さんが犯人を見つけ、事件の謎を解決して本の宣伝になったら」

「謎なんてないわよ」マリアンはいった。彼女は新聞をたたんだ。「警察はやすやすとミスター・サンフォードを見つけるでしょうよ。そのたぐいのことには有能だから」

「だけど、お母さん」ダイナがいった。「ミスター・サンフォードが犯人じゃないのよ」

マリアンは驚いて娘を見た。「じゃ、誰なの？」

「そこが謎なのよ」エイプリルがいった。彼女は大きく息を吸うと、思いきってこう並べ立てた。「いい、殺人事件が起きると、必ず警察はまず誰かに疑いをかけるわ。気の毒なミスター・サンフォードのように。でも、実際にその人がやったと証明されたことってないでしょ。誰か別の人間が真犯人を見つけなくちゃならないのよ。警察じゃなくてね。J・J・レイン物のドン・ドレクセルみたいな人が」

一瞬にして、マリアン・カーステアズはすべてを理解した。コーンマフィンもテーブルのバラも含めて。少なくとも、彼女は理解したと考えた。

「ねえ、聞いてちょうだい」彼女はいかめしい断固たる口調でいった。「どこから見ても、ミスター・サンフォードが奥さんを撃って、逃げようとしているに決まってるわ。まあ、彼を責められないと思うけど。奥さんはそれはもうひどい人だったから。だけど、それは警察の仕事であって、わたしには関係ないわ」彼女は時計を見ていった。「そろそろ仕事に戻らなくちゃ」

「お母さん」ダイナが必死に食い下がった。「お願い！　ちょっとだけ考えてみて。絶好の機会だってことがわからないの？」

「わたしにわかってるのは、家族全員のためにお金を稼がなくちゃならないってことよ」

マリアン・カーステアズはいった。「今日は水曜で来週の金曜には本を一冊仕上げなくちゃならないの。しかも、まだ三分の二しかできていないのよ。他人のもめごとに関わり合っている暇はないの。それに、たとえ時間があっても、ごめんだわ」

ダイナはがっかりしたが、あきらめなかった。説得が失敗しても、彼らにはまだ武器が残っていた。エイプリルが泣くという手だ。これまでほとんどの場合、功を奏してきた奥の手だった。「お母さん、宣伝のことを考えて。本がどっさり売れるかもしれないのよ。そうしたら――」

ドアベルが鳴った。アーチーが走っていってドアを開けた。警察のビル・スミス警部補とオヘア部長刑事だった。

エイプリルはすばやく母親を見た。大丈夫、とっても魅力的だわ。黒髪にさしたピンクのバラが巧みに白いものを隠している。メイクはまだはげていない。それに、ブルーの部屋着はとっても似合っていた。

「お邪魔してすみません」ビル・スミスがいった。「警察の者です」彼は名前を名乗り、オヘア部長刑事を紹介した。

マリアン・カーステアズが「それで?」といった口調には、お邪魔どころか腹立たしいという気持ちがはっきりと表われていた。マリアンはお入りになっておすわりくださいともいわず、また時計をちらっと見た。

ダイナはため息をついた。お母さんは仕事のことしか考えられなくなるときがあるのよね！　彼女は精一杯愛嬌のある微笑を浮かべるといった。「おすわりになりません？」

警部補は「ありがとう」といって腰をおろした。彼は暖かいまなざしで部屋を見回した。

「コーヒーでも？」エイプリルがうきうきした声でいった。

ビル・スミス警部補が口を開かないうちに、オヘア部長刑事がいった。「いえ、けっこうです。勤務中ですから」

ビル・スミスは咳払いした。「今日の午後、お宅の隣で殺人事件がありました。わたしが事件を担当しています」

「数分前に夕刊を読むまで、まったく知らなかったんです」マリアンがいった。「ですから、何もお力になれないと思います。今日の午後はずっと仕事に追われていましたしね」それからつっけんどんにつけ加えた。「今も、仕事が待ってます」

「お母さんはミステリを書いているんです」ダイナがあわてて口をはさんだ。「とってもすてきなミステリ小説なんです」

「ミステリは一冊も読んだことがないですな」ビル・スミスがひややかにいった。「好みではないので」

マリアン・カーステアアズがわずかに眉をつりあげた。「ミステリのどこがお気に召さないのかしら？」

「犯罪について何も知らない人間が書いているのでね。警官についてまったくまちがった考えを世間に与えています」

「あら、そうかしら」マリアンはよそよそしい口調になった。「いわせていただきますけど、これまでにお会いしたほとんどの警官は——」

アーチーが大きなくしゃみをした。ダイナがビル・スミスにいった。「本当にコーヒーはよろしいんですか？」エイプリルはこういってがらりと話題を変えた。「ところで、この殺人事件ですけど——」

「この殺人事件は警察の仕事で、わたしの仕事じゃないわ」マリアンはいった。「では、そろそろ失礼させていただいて——」

「お子さんたちが銃声を聞いたのです」オヘアがいった。「証人なのです」

「きっと喜んで証言するでしょう、求められれば」マリアンはいった。「それどころか、黙れといってもしゃべるでしょうね」

スミス警部補はまたも咳払いして、かつて「相手に好感を与える資質がある」と上司にほめられたことを思い出そうとした。彼は愛想よくにっこりした。「ミセス・カーステアズ」できるだけ好感を与えるように努力しながらいった。「大変にご迷惑かと存じます。しかし、こういう事情ですので、ご協力していただけますね？」

「協力はします」マリアンはいった。「証人席に立つときのために、三人に新しい服を買ってあげてもいいわ。でも、そろそろよろしければ――」

「奥さん、聞いてください」オヘアがいった。彼は相手に好感を与える資質とは無縁だった。「おたくのお子さんたちは、銃が発射されたときの時間を特定できる唯一の人間のようなのです。ぜひその時間を知りたいと思っています」

「ちょうど時計を見たの」エイプリルが母親を訴えるように見ながら、あわてていった。

「じゃがいもの火をつける時間じゃないかしらと思って」

マリアン・カーステアズは嘆息した。「わかったわ。お二人に時間を教えて、さっさとおしまいにしてちょうだい」

アーチーが椅子の中でさっと体を起こした。「それはね」彼はいいかけた。とたんに甲高い悲鳴をあげて、腕をこすりはじめた。エイプリルがつねったのだ。

「アカ・タカ・シキ・ガカ・ハカ・ナカ・スク」エイプリルがいった。

「イキ・イキ・ワカ」ダイナがいった。

マリアン・カーステアズがきっと唇をひきしめた。「英語で話しなさい」

エイプリルは思い悩んでいるようで、少し不安そうに見えた。彼女はスミス警部補に近づいていったが、その愛らしい目からは今にも涙がこぼれそうだった。「そろそろ、じゃがいもの調理にとりかかる時間かどうか、ちょうど時計を見たんです」彼女は繰り返した。

「四時四十五分にオーブンの火をつけることにしていたので。ちょうど四時半だったので、あたしはまたポーチに出ていきました」

ビル・スミスとオヘア部長刑事はいささかとまどったように顔を見合わせた。

「あんたはじゃがいもの火をつけなかっただろ」アーチーがいった。「ダイナが火をつけたんだよ」

「ダイナがオーブンの火をつける時間かどうか見に行ったのよ」エイプリルがいった。

ダイナがじろっとアーチーをにらむと、彼は口を閉じた。

ビル・スミスは話を信じきっているようにエイプリルに笑いかけた。「いいかい、よく考えてね。殺人というのは恐ろしい犯罪だ。男でも女でも、別の人間の命を奪う者は罰せられなくてはならない。わかるだろう？」

エイプリルは信頼しきったまなざしで警部を見つめて、こくんとうなずいた。

「これは実に重要なことなんだ」彼はしだいに自信をつけながら言葉を続けた。「きみたちが銃声を聞いた時刻がわかれば、この恐ろしいことをやった人間を突き止めるのに役立つんだよ。正確な時刻を知ることが、われわれにとってどんなに重要か理解できるだろう？　わかるだろうとも。きみは聞きわけのいいお利口な女の子だからね。さて、教えてほしい、正確に――」

「きっかり四時半だったわ」エイプリルはいった。「ちょうど時計を見たの、なぜって――ああ、それはもう話したわね。あたしの話が信じられないなら、ダイナに聞いて。ポーチに戻ってきて、あと十五分はまだじゃがいもの火をつけなくていいって報告したんだから」

ビル・スミスは不安そうにダイナを見た。

「そのとおりよ」ダイナはいった。「覚えてます。エイプリルが家に入って時計を確認してきたんです、じゃがいもが――」

アーチーがふんと鼻を鳴らした。「姉さん、いつも四時四十五分に火をつけたりしないじゃないか。いつも五時に火をつけるだろ」

「今夜はそうだったの」ダイナがいった。「ベイクトポテトを作ることになってたから。ゆでるよりも時間がかかるのよ」

「今夜はベイクトポテトなんて食べてないよ」アーチーが勝ち誇っていった。「マッシュポテトを食べただろ。何いってんだよ、トンチキ！」

ダイナはため息をついた。「それは銃声を聞いたせいよ。何があったのか見に行ったので、戻ってきたときには遅くなっていてベイクトポテトを作れなかったの。だから、マッシュポテトにしたんでしょ」彼女はアーチーの背中の左の肩胛骨のすぐ下あたりに人差し指をぐりぐり食いこませた。それはアーチーのよく承知している合図だったので、彼は口をつぐんだ。「ようするに」とダイナは自信たっぷりにいった。「エイプリルが時計を見たのはきっかり四時半で、すぐそのあとであたしたちは銃声を聞いたんです」

た。

「銃声が聞こえたとき、ちょうどポーチに戻ったところだったわ」エイプリルがつけ加えた。

「本当かね？」ビル・スミスが失望したようにたずねた。

カーステアズ家の三人の子どもたちはそろってきっぱりとうなずき、共同戦線を張った。

「いいかね」オヘア部長刑事がいいだした。「わたしにまかせてください。なにしろ九人の子どもを育てていますから」彼はエイプリルに近づいていくと、脅すように彼女の鼻先で人差し指を振った。「さあ、本当のことをいうんだ」彼は大声でいった。「さもないと後悔するぞ！　銃声を聞いたのは何時だったんだ？」

「よ、四時半よ！」エイプリルはわっと泣きだして、部屋を突っ切って母親の膝に顔をうずめた。「お母さん！」彼女はすすり泣いた。「怖いよお！」

「うちの子を脅すのはやめてください」マリアンが怒っていった。

「よくもエイプリルを泣かせたな」アーチーがわめいた。彼は部長刑事のすねを蹴りつけた。

「恥ずかしいと思うべきですよ」ダイナが非難した。「ご自分にもお子さんがいるんでしょ」

オヘア部長刑事の顔は生のビーツみたいな赤い色になった。彼は押し黙った。

「車の中で待っていたまえ」ビル・スミス警部補がきつく命じた。

オヘア部長刑事は大股に玄関に向かったが、大きな顔は赤から紫に変わっていた。ちょっと足を止めると、人差し指をマリアン・カーステアズに振り立てた。「あんたは母親でしょう」彼は怒鳴った。「お尻をぶってやるべきですよ」彼はバタンとドアを閉めて出ていった。

「お嬢さんを動揺させてすみませんでした」ビル・スミスは謝った。「繊細なお子さんのようですね」

「繊細ってわけではないんです」マリアンはエイプリルの頭をなでながらいった。「でも、あれでは誰だってびっくりします。それに、子どもたちが四時半に銃声を聞いたといっているなら、四時半に聞いたに決まってます。うちの子どもたちが警察をだますとでもお考えなんですか?」

彼女はじっと警部補の目を見つめた。ビル・スミスはエイプリルが嘘つきだと礼儀正しく伝える方法はないかと考えたが、あきらめた。エイプリルが証人席ですすり泣きながら、銃声は四時半に聞こえたと証言しているところが目に浮かんだのだ。陪審員の反応も想像がついた。

「わかりました、四時半だった」彼はぎこちなくいった。「情報に感謝します。それから、お手数をかけて申し訳ありませんでした」

「お役に立ててうれしいです」マリアン・カーステアズも同じようにぎこちなくいった。

「では、この件については、これ以上議論する必要はないんでしょうね。おやすみなさい」

ダイナはあわてた。急いで玄関に飛んでいくと、警部補のためにドアを開けた。

「もうお帰りになるんですか?」彼女は感じよくいった。「おいでくださってうれしかったです。どうぞまた、近いうちにいらしてくださいね」

ビル・スミス警部補はびっくりして彼女を見つめた。混乱し、途方に暮れていた。それに、なぜなのかわからなかったが、帰りたくなかった。ここを出たあと署に寄ってざっと報告したら、高級だが寂しいホテルの部屋に帰るのだ。なぜかしら、もう少しだけここにいたいと思った。

「ええと」彼はいった。「では、おやすみなさい」ドアの敷居でつまずき、顔を赤らめて「では、おやすみなさい」ともう一度いうと、帰っていった。

エイプリルはクスクス笑った。マリアン・カーステアズは彼女を膝から押しのけると、立ち上がった。

「分別を持つべきだったわ」マリアンはいった。「子どもが好きだなんてどうして思ったのかしら」彼女は腹立たしげに階段まで歩いていった。「この事件に首を突っ込まないようにね」ときつくいい渡した。「それから、わたしもひっぱりこまないでよ」

二段上って、足を止めた。「ところで、さっき、わけのわからない言葉で何をいってたの?」

「エイプリルは『あたしが話す』っていったんだ」二人の姉が黙らせる前に、アーチーが意気揚々と報告した。「それからダイナはこういったんだよ。『いいわ』ただ、文字のあとに――痛い!」

「覚えてなさいよ」エイプリルが腹を立ててささやいた。

マリアン・カーステアズは鼻で笑った。「そんなことだろうと思った。あのボンクラなスミスとかいう人は信じたけど、わたしはあなたたちの言葉を信じなかったわ。いいこと、もうこれでおしまいになさいよ。フローラ・サンフォードを誰が殺したのかなんて興味はないし、警察官は大嫌いなの」マリアンは背中を向けて、階段をどんどん上っていった。

カーステアズ家の三人の子どもたちは、丸々一分ほど黙りこんでいた。上の部屋から、またもやタイプライターの音がカタカタと聞こえてきた。

「あーあ」ダイナが残念そうにいった。「まあ、思いつきとしてはよかったわね」

「まだ終わってないわよ」エイプリルがいった。「まだ大丈夫よ。お母さんがミセス・サンフォードを殺した犯人を見つけないなら、あたしたちで見つけましょう。しかも、それができるのは、あたしたちだけよ。お母さんに手伝ってもらう必要はないわ。J・J・レイン物の本で、やり方を探せばいいだけよ」

「ああ、そのこと?」ダイナがいった。「あたしは彼のことをいったの」彼女はビル・スミスが出ていったドアの方を指さした。

アーチーがちょっと鼻をすすり、「ぼくは彼のことが好きだよ」と宣言した。

エイプリルはいった。「心配することはないわよ。お母さんとビル・スミスについては」——大きく息を吸いこんだ——「出会いでの衝突と対立は恋愛成就のための第一歩なのよ」

「本で読んだんだろ」アーチーがいった。

エイプリルはうれしそうに笑った。「そのとおり。お母さんの本でね！」

3

ウィークデーのカーステアズ家では、朝食はふたとおりあった。三人の子どもたちが下りてくると、マリアン・カーステアズがキッチンですでに忙しそうに立ち働いている朝。たいてい華やかな柄のキルトの部屋着を着て、頭にスカーフを巻いていた。ときには仕事着のスラックスをはいていることもあった。あるいは子どもたちが自分で朝食を作り、学校に行く直前に、コーヒーとカップときれいな灰皿をのせたトレイを、眠そうな目をしてあくびをしている母親のところに運んでいく朝。

どちらの朝食になるか、三人にはまえもってわかった。最後のカーステアズ家の子どもが眠りに落ちるときに、タイプライターが猛烈な速さでうるさく響いていたときは、ダイナは目覚まし時計を止めたら階下に急いで行って、オートミールを作らなくてはならなかった。

この朝もそうなりそうだった。昨夜、エイプリルとダイナはいつもより夜更かしして、おしゃべりしていたのだが、タイプライターはまだ鳴り響いていた。

朝から幸先が悪かった。全員が不機嫌だった。サンフォード事件の話に夢中になって、ダイナは目覚まし時計をかけるのを忘れ、十五分寝過ごした。早起きしたアーチーは厚紙で戦車を作るのに夢中で、朝食の用意を手伝うのはいやだときっぱり断わった。エイプリルは化粧台の前で三十分もねばり、四種類のヘアスタイルを試していた。三人の子どもたちがキッチンにたどり着いたときには、スクールバスが来るまでにあと三十分しかなく、緊迫した状況になっていた。

「アーチー」ダイナがいった。「トーストを作って」

「ちぇ、しけてる」アーチーはいった。「ちぇ、まぬけ」これがアーチーお得意の悪態だった。だが彼はトースターにパンを入れた。

「エイプリル」ダイナはいった。「ミルクをとってきて」

「ああ、うんざりだわ」エイプリルはいったが、ミルクをとりに行った。

「それから口を閉じて」ダイナがいった。「お母さんを起こしちゃうわ」

しんと静かになった。

ダイナがそういう口調になったときは――。

「まだあるわ」ダイナがいって、さっき中断したところから話を蒸し返した。「学校をさぼるわけにはいかないのよ。このあいだ、どうなったか覚えてるでしょ」

エイプリルは陰気にいった。「あたしたちが家に帰ってくる頃には、警察が手がかりを全部つかんでるでしょうね」

ダイナは気にも留めなかった。その点についてはすでに相談済みだったのだ。「それから」ダイナはつけ加えた。「お母さんに三つもいいわけを考えてもらうわけにいかないわ。だいたい、まだ寝ているし。第二に、サーカスが町に来ている日に三人全員が歯医者に行くことについて、教育長がひどく口うるさかったでしょ。お母さんにまた教育長ともめさせたら、とんでもなく時間がつぶれてしまうわ」

「ああ、わかったわよ」エイプリルがしぶしぶいった。「でも家に帰ったらすぐ——」

ダイナは眉をひそめた。「あたしは放課後にピートと会って、ボウリングに行くことにしているんだけど」

エイプリルはミルクのびんをドシンと置いた。「あんな救いようのない子とのデートが、お母さんの仕事よりも大事だというなら——」

「黙れ」アーチーが急いでいった。

「あんたに黙れといわれる筋合いはないわ」エイプリルがいい返した。彼女はぴしゃりと弟をぶった。彼は金切り声をあげた。「むかつくやつ！」そしてエイプリルに飛びかかっていった。

エイプリルがわめいた。「きゃあ！　髪をひっぱるのをやめてよ！」

ダイナはエイプリルに飛びかかり、エイプリルはアーチーに飛びかかろうとした。エイプリルは大声で叫び、アーチーはキンキン声で叫んだ。ダイナは二人を静かにさせようとして怒鳴った。朝食のオートミールの容器がガチャンと音を立てて床に落ち、中身がこぼれた。そのときダイナが声をひそめていった。「ちょっと！　静かにして！」

部屋はしんと静まり返った。

マリアン・カーステアズがバラ色の頬と眠たげな目つきで、ドアのところに立っていた。キルトの部屋着に鮮やかな色のスカーフを頭に巻いている。カーステアズ家の三人の子どもたちは母親を見た。彼女は子どもたちを眺め、それからオートミールを見た。

「お母さん」エイプリルが真面目な顔でいった。『巣の中の小鳥たちはなかよくする』なんていったら、あたしたち、家出するわよ」

アーチーがクスクス笑った。ダイナは朝食を掃き寄せはじめた。マリアン・カーステアズはあくびをすると、にっこりした。「寝坊しちゃったわ。朝食に何を食べるつもりなの？」

「それを食べるつもりだったの」ダイナがちりとりを指さした。

「気にしないで」マリアンがいった。「どっちみちあまりおいしい食べ物でもないし。古い麦わらみたいな味がするもの。四分でスクランブルエッグを作ってあげるわ。それから、もう朝刊は届いてる？」

五分後、子どもたちは朝食を囲み、マリアンは新聞を広げた。

マリアン・カーステアズは首を振った。「まだ捜査をしているみたいね」ため息をついた。「ウォリー・サンフォードみたいな穏やかな物腰の人が、あんなことをするなんて誰が考えたでしょう?」

ダイナは母親の肩越しにのぞいて、一面の二段抜きの記事を読んだ。「ねえ、お母さん、おかしいわよ。ミセス・サンフォードは一度しか撃たれてないんでしょ。そして警察はまだもう一発の弾をまだ見つけていない」

「もう一発って?」マリアンがいった。

「二発銃声がしたでしょ」エイプリルが思い出させた。

マリアンはコーヒーのカップを置いて顔を上げた。「まちがいない?」

三人はそろってこくんとうなずいた。

「それは奇妙ね」マリアンは首をかしげながらいった。

三人はすばやくその機会に乗じた。「ねえ、お母さん」ダイナが意気ごんでいった。「お母さんなら警察よりもずっと先にこの謎を解決できると思うわ」昨夜母親が警官についていったことを思い出して、こうつけ加えた。「警官なんてボンクラぞろいだもの」

「たぶん解けるでしょうね」マリアン・カーステアズは考えこみながらいった。「だいたい、誰が——」彼女は言葉を切り、いかめしい表情をこしらえようとした。「わたしは忙しいの。それに、あなたたち、すっ飛んで行かないと、スクールバスに乗り遅れるわよ」

三人の子どもたちはキッチンの時計を見るなり、飛んでいった。玄関ドアであわただしく、行ってらっしゃいのキスが交わされた。最後にドアを出たエイプリルはもう一度ちらっと時計を見て、すばやく計算した。近道をして、ずっと駆けていけば、一分稼げるだろうと。エイプリルは母親にしがみつき、すすり泣きを始めた。

「まあ、いったいどうしたの」マリアンが驚いていった。

「ちょっと思ったの」エイプリルはしゃくりあげながらいった。「あたしたちが大きくなって、結婚して家を出たら、お母さんは一人ぼっちになるから、どんなに寂しいだろうって!」彼女は母親の頬にすばやく湿ったキスをすると、背中を向けて丘をウサギのように駆け下りていった。これであたしたちが学校に行っているあいだに、ビル・スミス警部補とたまたま会ったら、お母さんも少しは考えるかもしれない。

マリアン・カーステアズはゆっくりとキッチンに戻っていった。皿を集めて流しに積み上げ、お湯をかけた。ミルクとバターを冷蔵庫にしまった。三人の子どもたちが騒々しくわめきながら玄関前の階段を下りていってしまったので、家はとてもがらんとして、静かに感じられた。孤独が身にしみた。ふいにとてつもないほど孤独に感じられ、何もかもがいやになった。エイプリルのいうとおりだった。三人とも成長して家を出ていったら、どんなにわびしくなるだろう。

二階のタイプライターの二百四十五ページの最後の行にはこう書いてあった。「ドン・

ドレクセルは動かぬ体を調べていたが、立ち上がった。『心臓発作じゃないな』彼はゆっくりといった。『この男は殺されたのだ——他の犠牲者と同じように』」マリアン・カーステアズは、次の行がどう始まるかを正確に知っていた。「蒼白な顔の娘が怯えて息をのんだ」そろそろ仕事着のスラックスに着替えて、『第七の毒殺者』の次の十ページにとりかかるべきだということも承知していた。

だが、マリアンは庭に出ていき、小石敷きの道をぶらぶらと歩いた。一人になるまでには、まだ何年もある。少なくとも、あと十年は。だが、十年はあっというまに過ぎてしまうだろう。そろそろ十年になるのではないだろうか、ジェリーが——。

マリアンはエイプリルとダイナが豆のさやをむくのに使っているベンチに腰をおろして、最初からすっかり思い出してみた。もっとも、これまでにも何度も思い返していたのだが。

二人はシカゴの街角で、マシンガンでやられたギャングの死体をはさんで、初めて出会ったのだった。彼女にとっては、初めてまかされた仕事らしい仕事だった。仕事についたときは二十五歳だときっぱりと断言したが、実はまだ十九歳だった。マリアンは怯えていた。ジェリー・カーステアズは背が高く、ぼさぼさの茶色の髪で、そばかすだらけのハンサムとはいえない顔に笑みを浮かべていた。彼はこういった。「やあ、お嬢さん、大学の新聞学科で勉強したことはすべて忘れるんだ。いいか——」十分後、彼はこういったものだ。「明日の夜、デートしないか？」

二人はそのデートの約束を守らなかった。その晩、倉庫火事が起きたのだ。それから一年会うことがなく、次に会ったのは、ミシシッピ川の氾濫で濁流に翻弄される手こぎボートの上だった。彼はそのとき、ボートの上でマリアンにプロポーズした。

二人はニューヨークの治安判事のもとで結婚した。それはウォーカー市長がチャールズ・リンドバーグを出迎えた日だった。ジェリーは彼女をホテルの入り口ドアのところで降ろすと、カメラマン二人を連れて取材に行ってしまった。翌日、彼は疲れきってひげもそらずに現われるとこういった。「さあ、急いで荷造りをするんだ。あと二時間ほどで、パナマに出発するんだから」

ダイナは暑くてほこりっぽいメキシコの町で生まれた。そこには医者もいないし、マリアン以外に英語を話す人間は一人もいなかった——しかも、彼女は英語以外は話せなかった。ジェリーは五十キロ以上離れた場所で革命の取材をしていた。エイプリルはマドリッドで生まれたが、まさにその日、アルフォンソ王が亡命した。マリアンはタクシーに乗って必死にジェリーを探しているうちに、産気づいてエイプリルを生んだのだった。翌日、マリアンが意識を完全にとり戻したときには、ジェリーはすでにリスボンに旅立っていて、一枚のメモが残されていた。「祖母にちなんでマーサと名づけてくれ」マリアンは枕に顔をうずめて泣きながら毒づき、赤ん坊をエイプリルと名づけた。

三週間後、マリアンは荷造りをすると赤ん坊と幼児を連れ、ジェリーを追って、リスボンからパリへ、パリからベルリンへ、そしてとうとうウィーンまで行った。だが、行く先先で、ふた列車あとになって彼と会えずじまいだった。ついにウィーンでジェリーは彼女を出迎えてくれたが、買えるだけの花を腕いっぱいに抱えて現われたので、マリアンは腹を立てていたことを忘れてしまった。

一九三二年の初め、アーチーが上海港に入ろうとしている中国の貨物船の中で生まれた。おりしも日本艦隊が砲撃した日だった。そのあと、カーステアズ一家は腰を落ち着けることにした。

ジェリーはニューヨークの新聞社に仕事の口を見つけた。ロングアイランドに小さな家を借り、ウォルダというメイドを雇い、毎月かなりのローンを払って家具を買った。最初のひと月は楽園だった。ふた月目は快適だった。それからマリアンは退屈しはじめた。一週間ぐらいは《タイム・オン・マイ・ハンズ（手持ちぶさたな時間）》をハミングしながらうろうろしていて、それからミステリを書きはじめた。

ジェリーに冒頭部分を見せたかったが、彼はハウプトマン裁判（飛行士チャールズ・リンドバーグの長男を誘拐して殺した罪で死刑になった男の裁判）の取材で留守にしていた。マリアンは原稿をぜひとも彼に読んでもらいたかった。完成すると、ジェリーはワシントンのホテルの部屋で読んでくれ、電報を打ってきた。

「すごいぞ！」彼女が原稿を送ったエージェントからの手紙も読んでもらいたかったが、すでに彼はフロリダのキーズ諸島に飛んでいた。戻ってきたときはひどい風邪をひきこんでいた。エージェントの手紙を読む時間ができる前に、ダッチ・シュルツ（一九二〇年代から三〇年代にかけてニューヨークで勢力をふるったギャング。一九三五年に殺害される）がニューヨーク州ニューアークで殺された。二日後、ジェリーは病院に行った。医者は肺炎だと診断した。

五日間、彼は生きていて、そのうち一日は意識があったので、出版社からの手紙を読んで聞かせた。出版を引き受けることを伝え、作品を賞賛して、もう一冊書くようにと勧める手紙だった。ジェリーは満足そうだった。マリアンは何度も彼の喜びようを思い出したものだ。彼はこういった。「よくやったな」それから、また昏睡状態に戻った。

葬儀から帰ってきたとき、郵便受けに契約書と小切手が押しこまれているのに気づいた。

その後の数年間は振り返ってみても、混乱していて記憶もおぼろだった。お金がまったくなかった。ジェリーはいつも翌週の給料を前借りして使ってしまっていた。出版社の小切手でロングアイランドの家のたまった家賃を払い、カーステアズ家はマンハッタンの小さなアパートに引っ越した。ウォルダはぜひともいっしょに行くといってくれた。ジェリーの勤めていた新聞社はマリアンに仕事を提供してくれたので、彼女はそれに飛びついた。次のミステリは仕事のない夜に自宅で書いた。ウォルダが外出する夜には、タイプを打ちながら、どの子かが起きて泣きださないかと、子ども部屋の方に片耳だけすましていたものだった。

すべてははるか昔のことのように感じられた。そのあとの歳月はおぼろで、半ば忘れてしまった。ああ、いくつかのことは記憶に焼きついていた。ウォルダが結婚して、恐縮しながら暇をとったこと。彼女が仕事を失ったこと。ダイナがはしかにかかったこと。あちこち引っ越して、とうとうこの家を見つけたこと。タイプライターにしがみついていた十年。

三人の子どもたちのためなら、それだけの苦労の甲斐があった。一家はとても楽しく暮らしてきた。だが、たしかに三人ともどんどん成長している。大人になったら、彼女の元を去っていくだろう。子どもたちは自立した人生を送らなくてはならない。そして、彼女は孤独な中年女になって、ポータブル・タイプライターでミステリを書き、どこかのホテルの一室で暮らすことになるのだろう。

マリアン・カーステアズはすっくと立ち上がり、ひとりごちた。「くだらない！」

デートの相手がいたらいいのにと思った。これからダウンタウンに行き、髪を整え、顔のお手入れをして、マニキュアをするのだったらよかったのにと思った。新しいドレスを着て待っていると、誰かが玄関のベルを鳴らす。はたちに戻れたらと思った。

マリアンは庭の小道をぶらぶら歩いていった。「二百四十五ページとデートの約束があるわ」自分に思い出させた。「だから、さっさととりかかった方がいいわ」

たぶん、次の行は「蒼白な顔の娘が怯えて息をのんだ」ではだめかもしれない。ああ、だめだめ。こっちの方がずっといい、「警部補は真っ青になって、息をのんだ」ええ、それならいいわ。彼女は歩きながら、声に出していいながら歩いていった。「警部補は真っ青になって、息をのんだ。『わからない』彼はつぶやいた。『もちろんあなたにはわからないだろう』ドン・ドレクセルはひややかにいった。『警官にはわかっている人間など一人もいない』いいえ、それはまずいわ、その最後のせりふは。長すぎる。パンチが足りない。マリアンはぶつぶついいながら、別のせりふを考えつこうとした。『もちろんあなたにはわからないだろう。警官はみんな、ぼんくらだ』彼女はそれが気に入ったので、もう一度いってみた。「警官はみんな、ぼんくらだ」

「失礼ですが？」ビル・スミス警部補がやぶの陰から現われた。「警官が何だとおっしゃったんですか？」

「わたしは——」ぎくりとしてマリアンは二百四十五ページから現実に戻ってきた。警部補をにらみつけた。「わたしの庭で何をしているんですか？」

「あなたの庭には入ってませんよ」ビル・スミスは穏やかにいった。「あなたの方が、一時的に警察の管轄権下にある場所に侵入しているんです。ここで殺人事件があったんですよ、覚えてますか？」

思い出した。バラの花模様のキルトの部屋着をぎゅっと体に巻きつけると、彼女はいった。「それは失礼しました」身を翻すと、大股に庭の小道を歩きはじめた。

「待ってください」ビル・スミスがいった。「待って。ミセス・カーステアズ——」

マリアンは常緑樹の生け垣の角を曲がり、振り向かずに歩いていった。こういう場合、クラーク・キャメロン物のビル・スミスだったらどうするだろう？　殺人事件があった。そして、きわめて不愉快な――ただしハンサムな――警部補が事件の担当になった。もちろん、ビル・スミスが女だったら――。

マリアン・カーステアズは腹立たしげにフンとつぶやくと、さらに足を速めた。二百四十五ページに戻りなさいと、自分に命じた。「ドン・ドレクセルは動かぬ体を調べていたが、立ち上がった――」

小道のかたわらのやぶで、いきなりガサゴソと音がした。マリアン・カーステアズは恐怖で凍りついた。殺人事件が起き、犯人はつかまっていない。彼女に何かあったら、誰が三人の子どもたちの面倒を見るのだろう？　口を開けて叫ぼうとしたが、恐怖のあまり声が出なかった。もしかしたらフローラ・サンフォードを殺した人間はそのやぶに隠れていて、マリアンに姿を見られたと考えたのかもしれない。撃たれるか、いきなり殴られたら、誰がダイナ、エイプリル、アーチーの面倒を見るのだろう？　彼女はそこに凍りついたように立っていた。

「ミセス・カーステアズ！」しゃがれたささやき声がした。マリアンは頭を回した。木の葉のあいだから、やつれ、怯えた、無精ひげだらけの顔がのぞいていた。かつてはハンサムで男らしく、賞賛の視線を浴びていた顔。それが今はすり傷だらけで血がにじみ、泥がこびりついていた。「お願いですから」しゃがれたささやきが訴えた。「警察にはいわないでください、ミセス・カーステアズ。ぼくが妻を殺したとは信じていないですよね！」

それはウォリー・サンフォードだった。近隣三州の警察が行方を追っている男。殺人犯。マリアンは悲鳴をあげようとした。そうすれば、警察がやって来て、彼を逮捕するだろう。新聞には〈ミステリ作家、殺人犯をつかまえる〉という見出しが出るだろう。これで本がたくさん売れる。でも――。

「信じてください」ウォリー・サンフォードが息を切らしながらいった。「信じてください」

庭の小道の曲がり角の方から足音が聞こえた。重い足音だ。どんどん近づいてきた。

「やぶを抜けて走っていって」マリアン・カーステアズはささやいた。「走って！　彼らをここに引き留めておくから」

ウォリー・サンフォードは姿を消した。やぶのガサゴソいう音が聞こえなくなった。足音は近づいてくる。そこでマリアン・カーステアズはおもいきり悲鳴をあげた。大きく甲高い悲鳴を。

ビル・スミス警部補は二歩で彼女の横まで来た。マリアンの腕をとってたずねた。「どうしたんですか？」

「ネズミが」マリアンは息を切らしながらいった。「そこに。小道のところに」

ビル・スミスは「ああ」と息をついた。その口調には安堵がにじんでいた。「てっきり——」そこで言葉を切った。「あの、ミセス・カーステアズ。よろしかったら——つまり、その」——彼はまだマリアンの腕をつかんでいた——「お話ししたいことがあるのです——よかったら——夕食でも——あるいはランチか——映画か何かでも——いかがでしょうか?」

マリアンは彼をじっと見つめた。「いえ、とてもそんなことは。それから、わたしの腕を離していただけますか?」

ビル・スミスは彼女を見ていった。「失礼しました」ぎくしゃくと背中を向け、小道を戻っていった。

マリアン・カーステアズは家に駆けこんで二階の自分の部屋に上がっていった。この十年で初めて、彼女は泣きそうになっていた。

ウォリー・サンフォード。警察に追われている男。おそらく殺人者。警察の手に引き渡すべきだった。でも、無理よ、あの顔つきを見ては。

デート。デートに誘われたのだ。何年ぶりだろう?

息をはずませながら、化粧台の前の椅子にすわり、鏡をのぞきこんだ。バラの花模様の部屋着、鮮やかな色のスカーフ、ピンクの頬、きらきらした目。「あら」彼女は鏡に向かっていった。「わたし、まだきれいだわ!」

いきなり仕事着のスラックスをつかみ、鏡にいった。「馬鹿らしい！」二百四十五ページに戻らなくちゃ。二段落目の三行目。ドン・ドレクセルはうんぬんのすぐあと……「この男は殺されたのだ――他の犠牲者と同じように」

マリアンはゆっくりとタイプを打ちはじめた。〈ハンサムな警部補は吐息をついた〉いいえ、まちがえた。警部補が吐息をつくわけがないわ。〈「誤解だと思いますよ、ミスター・ドレクセル」ハンサムな警部補はいった〉これもよくないわ。ドン・ドレクセルが過ちをしでかすはずがない。彼女はその文章も消した。新しい段落にした方がいいかもしれない。

〈ハンサムな警部補はいった……〉

「ああ」マリアン・カーステアズはいった。「もう、馬鹿みたい！」

彼女はすべてを消去すると、新しい段落から猛烈な勢いでタイプを打ちはじめた。

〈警官はみんな、ぼんくらだ〉

4

「向こうに行け、子どもたち、あっちに行くんだ」オヘア部長刑事がいった。「さあ、とっとと行ってくれ」

「図々しいったらないわ」エイプリルが冷たい口調でダイナにいった。「不法侵入についての法律を聞いたことがないのかしら？」アーチーが大声でゲラゲラ笑った。

オヘア部長刑事は顔を赤らめ、もっと大きな声でいった。「行けといっただろ。早く消えるんだ」

「どうして？」ダイナが落ち着き払っていった。「あたしたち、ここに住んでいるのよ」

「きみたちはあの家に住んでいるんだろ」部長刑事はいった。「あの家だ、あそこの。さあ、向こうに行ってくれ」

「この庭もうちの一部よ」エイプリルがいった。

「どこもかしこも、ぼくらのうちだよ」アーチーが甲高い声でいって、飛んだり跳ねたりした。「ぜーんぶね」

ダイナがつけ加えた。「それに、ここはわたしたちの庭よ」

「つまり」オヘア部長刑事はいった。彼は息を吸いこんだ。「つまりだな、そこにある生け垣から離れろといってるんだ」

「あたしたち、そこにある生け垣が好きなの」エイプリルが教えた。

二メートルほど後退していたアーチーは、パチンコを生け垣めがけて飛ばした。部長刑事は飛び上がって、わめいた。「ここから出ていけといっただろ！」彼は怒鳴った。その顔は紫色に染まっていた。

「ああ、わかったわよ」ダイナはいった。「そういう態度をとるつもりなら」

カーステアズ家の三人の子どもたちは一度も振り返らずに、庭の門から離れてぶらぶら歩きだした。

「これからあたしたち、彼と気まずくなりそうね」ダイナが憂鬱そうにいった。

「あら、そんなふうに考えてるの」エイプリルがすました顔でさらりといった。「気まずくなるのは、彼の方よ」彼女は一、二分、芝生をさりげなく歩いていき、その堂々たる退場をオヘア部長刑事が見届けたと確信するといった。「さあ、みんな、家庭菜園の方にも門があるわ」

家庭菜園に通じる門は、退屈そうな制服警官が見張っていた。彼は首を振りながらいった。「だめだ。ここは入れないよ」

ダイナは冷たく警官をにらむといった。「ミセス・サンフォードにカブ畑の雑草を抜いてあげるって約束したのよ」

「行った、行った」警官はうれしそうにいった。「ミセス・サンフォードはカブのことなんて気にしないよ。ミセス・サンフォードは殺されたんだ。わかったか？」

「へえ、そうなの」エイプリルが片方の眉をつりあげていった。「冗談でしょ！」エイプリルはいささか憤慨したように見えた。「殺されただなんて！　ぞっとするほど悪趣味よ、そうでしょ」彼女はもう片方の眉をダイナとアーチーに向かってつりあげて見せるといった。「もう行きましょ」

若い警官は三人が去っていくのを長いあいだ見送っていた。その血色のいい顔は困惑しきっていた。

「そこらじゅうを見張らせているわ」ダイナが無念そうにいった。「裏門まで」

三人は立ち止まって、その難問について考えこんだ。「どうにかして家に入りこんで探さなくちゃ」

「何を探すの？」アーチーが質問した。「ねえ！　何を？」

「わかるもんですか」ダイナは不機嫌にいった。「ただ探してみるのよ」

「えー、嘘だろ」アーチーはいった。「ねえ、何なの、何なの、何なの？」

「アーチー」エイプリルが厳しくいい聞かせた。「ここは犯罪現場なのよ。犯罪が起きたときに探偵がまっさきにするのは、現場を調べることなの。あたしたちは探偵でしょ。だから、調べなくちゃならないのよ」

「ただし」とダイナがつけ加えた。「警官がそこらじゅうをうろうろしているのよ。見てごらん」

アーチーはあたりを見回し、ダイナの言葉を確認した。「わかったよ。じゃあ、表側の私道から行ったらいいんじゃない？ 馬鹿、馬鹿、まぬけ！」

エイプリルとダイナは顔を見合わせた。「試してみてもいいわね」エイプリルはいった。

「やった、やった、やった」アーチーがいった。

「ちょっと坊や、丘の向こうからデカが来る前に、その口を閉じておきなさい」エイプリルが愛想よくいった。

エイプリルは先頭になって私道の方に歩きだした。アーチーは息を切らしながら彼女のあとを追った。彼は表側の門に曲がる直前で姉に追いついた。

「ねえ、ねえ、ねえ。デカって《パシ》なあに？」

エイプリルは足を止めて、馬鹿にしたように弟を見た。「〝パシ〟はパスの複数形よ。西部劇映画を見たことがあるでしょ」彼女は声色を使って、せりふを引用した。「丘を越えて先回りして、峠《パス》で待ち伏せしよう」

ダイナは二人に追いつくと、こうつけ加えた。「パシは外国訛りで子猫のことよ」

エイプリルが口笛を吹いていった。「ほら、おいで、パシ、パシ」

「ちぇ、しけてる」アーチーが怒っていった。「ふん、まぬけ！」

「黙りなさい」エイプリルがいった。「あんた、質問しすぎるわよ」

アーチーは縁石にドスンと腰をおろした。これが地獄の業火だったらいいのにと、思いながら彼は息を吐いた。「女なんて——大っ嫌いだ！」かかとで縁石を蹴りながら、思いきり冒瀆的な言葉がないかと探したが、口から飛び出てきたのはこういうせりふだった。

「ああ、くそったれ！　くそったれ！」

「いいかげんにしなさい」ダイナがいった。「二人とも、静かにして」

「いいから、ついてきて」エイプリルがいった。

彼女は先頭になって私道に近づいていった。制服も私服も警官らしき人影はなかった。

「罠かもしれない」芝居がかってエイプリルはダイナにささやいた。「アジサイの茂みを抜けていった方がいいわね。足音を立てないでよ」

茂みまで来ると、家のそばに見覚えのある大きなグレーのコンバーチブルが停まっているのが見えた。かたわらに知っている二人が立っていた。二人はすばやく頭をひっこめた。

音を立てずに歩きながら、さらに近づいていった。ダイナがエイプリルの腕をとった。

「覚えてる？」彼女はひそひそといった。「日頃、お母さんが立ち聞きは悪いことだっていってるでしょ」

「立ち聞きじゃないわ」エイプリルが声をひそめていい返した。「これは捜査よ。おおちがいだわ。それから、イバラに気をつけて」

彼らは少しずつ進んで、コンバーチブルまで二メートルのところまで近づくと、そこで茂みに隠れるようにして立ち止まった。

ポリー・ウォーカーが車のわきに立っていた。えり元に華やかな刺繍をほどこした白いリネンのドレスを着ている。つばの広い、赤い麦わら帽子は刺繍と同じ色だった。赤みがかった金色の巻き毛が白いドレスの肩にこぼれている。彼女はとても若く、とても怯えているように見えた。

ビル・スミスは片足をステップに乗せ、片肘を窓枠についていた。よそよそしく厳しい表情を作ろうとしていたが、実際のところ、その顔に浮かんでいるのは同情と困惑だった。

「申し上げたでしょ」三人が会話の聞きとれる距離まで近づくと、ポリー・ウォーカーがいっているところだった。「彼がどこにいるかまったく知りません。彼から最後に連絡があったのは――」はっと言葉を切った。

「最後に連絡があったのは？」ビル・スミス警部補が落ち着いて質問した。エイプリルとダイナは彼の口調と態度が気に入った。そう、まるでクラーク・キャメロン物に登場するビル・スミスみたいだ。ダイナがささやいた。「お母さんに見せたいわね」

「おとといです」ポリー・ウォーカーの愛らしい口が開き、それからきつく閉じられた。

彼女は息を吸いこんだ。心の中で十数えているのではないかとダイナは想像した。「どうしてここに来るようにおっしゃったんですか？　どうしてくだらない質問ばかりするんです？」

「なぜなら」ビル・スミスはいった。「きのう、あなたはいったでしょう、ウォリー・サンフォードとは会ったことがないと。お茶に招待してくれたミセス・サンフォードしか知らないと」彼は片足をステップから下ろし、まっすぐ立った。「だが、たった今、おとといにウォリー・サンフォードと会ったことを認めた――」彼は言葉を切った。ポリー・ウォーカーは板のように背中をこわばらせ、蒼白な顔で立っていた。「ミセス・サンフォードと初めて会ったのはいつですか？」

「あたし――」ポリー・ウォーカーは歯を食いしばった。「それはあなたには何の関係もないと思いますけど」

エイプリルはダイナの手をぎゅっとつかんだ。「今のせりふ、《奇妙な出会い》の中にあったのを覚えてる？」

ビル・スミス警部補はぐいと背筋を伸ばした。彼はとても不満そうだった。「ミス・ウォーカー、あなたはミセス・サンフォードとは一度も会ったことがないのではありませんか？　今年の一月十六日のカクテルパーティーでウォレス・サンフォードに紹介されたのでは？　その日以来、あなたはたびたび彼と会っていて、そのことを知ったミセス・サンフォードが――」

「まあ――ちがうわ！」ポリー・ウォーカーはいった。「それはちがいます。ええ、まったくそんなんじゃないんです」彼女は唇を噛むと、肩をぐいっとそらした。「あなたの馬鹿馬鹿しい質問にはお答えするつもりはありません。こんなところで、厳しい尋問をするなんてとんでもない。もっとたずねたいなら、あたしの弁護士を通してください」彼女はコンバーチブルのドアを開けた。

エイプリルは歓声をあげかけた。ダイナがささやいた。「今のは彼女の最新映画の中のせりふとまったく同じよ。覚えてる、ビジュー座で見たでしょ」

エイプリルは「静かに！」といった。

ポリー・ウォーカーはドアをバタンと閉めると、エンジンをかけた。ビル・スミスはドアの端をつかんだ「ちょっと、待ってください――」

「あたしを逮捕するんですか？」ポリー・ウォーカーはひややかにいった。「そうでないなら、失礼させていただくわ。今日の午後はまた何人か殺す予定になっていて、もうすでに時間に遅れてますから」

彼女は木の葉を四方八方にまき散らしながら、私道を勢いよくバックしていった。スミス警部補はしばらく車を見送っていた。それからきびすを返し、ゆっくりとサンフォード家のヴィラの方に戻ってきた。

「最後のせりふだけど、あれは彼女の自作よ」エイプリルが楽しげにささやいた。「あの警官、まぬけね！」

「未来の継父のことをそんなふうにいうものじゃないわ」ダイナがたしなめた。「さあ、追いかけましょう。信号のところで追いつくかもしれないわ。急いで！」

彼らはやぶをかきわけ、私道を抜けて、ウサギのように道をすばしっこく走っていった。前方の曲がり角で、淡いグレーのコンバーチブルが速度を落とし、ステーションワゴンを先に行かせた。曲がり角の方を見ると、車は信号で停止していた。彼らは丘を駆け下りた。

「間に合わないわ」エイプリルははあはあ息を切らしながらいった。「信号が――」

信号が変わったが、車は動かなかった。片側のタイヤを縁石にとんでもない角度で押しつけて停止している。近づいてきた車がいらだたしげにクラクションを鳴らし、ゆっくりと迂回して走り去った。信号がまた変わりはじめた。車は相変わらず停まったままだった。

「大丈夫だといいけど」エイプリルがいった。彼女は足を止めて、車をじっと見つめた。

「実際に現場を目撃したのは彼女だけなのよ。質問をしなくては――」

白い服を着た姿がステアリングの前にすわっていた。まるで雪像のようだった。

「どういう質問？」ダイナがたずねた。「彼女は映画スターよ。弁護士がついてるわ。警察の質問にも答えないのに、どうして――ああ、エイプリル！」

雪像がいきなりとけた。白い布に包まれた肩が震えた。

ダイナは走り寄った。衝動的にポリー・ウォーカーの肩にさっと腕を回した。ポリー・ウォーカーはダイナに顔を押しつけ、声をあげてすすり泣いた。彼女は映画スターに見えなかった。怯えた不幸な小さい女の子のようだった。ダイナは頭をなでてやった。めったにないことだが、アーチーが人生の悲しみに打ちひしがれたときになでてやるように。彼女はつぶやいた。「泣かないで。あたしたちがちゃんと解決するわ」

「ああ」ポリー・ウォーカーは泣きじゃくった。「ああ、クリーヴ――クリーヴ！　こんなつもりじゃなかった――」彼女は声をつまらせた。《奇妙な出会い》でのように、優雅でしとやかな泣き方ではなかった。顔は真っ赤になり、髪はほつれ、涙が筋を引き、大きくみっともなく鼻をすすりあげた。「ウォリー！」彼女はすすり泣いた。「彼がやったんじゃないわ。必要なかったんだもの。彼は知らなかった。彼なんて大嫌い。でも、彼がやったんじゃない。ああ、あの馬鹿な連中！」

「よし、よし」ダイナは一生懸命慰めようとした。

ポリー・ウォーカーはまっすぐ体を起こし、ダッシュボードに手を伸ばしてハンカチをとりだすと、鼻をかんだ。「そして、わたしは彼を信じたのよ」彼女は嗚咽した。

エイプリルがステップに飛び乗った。「話してちょうだい。クリーヴって誰なの？」

「クリーヴはわたしの――つまり、以前の――」彼女は顔を上げて子どもたちを見た。顔は涙で汚れ、愛らしい目は濡れていた。「まあ！　わたしの小さな味方たちじゃないの！」

「まさに味方よ」ダイナが真面目にいった。

「いつもとんでもないときに現われるのね」ポリー・ウォーカーはつぶやいた。彼女はハンカチーフを顔にあてがった。「そして、おかしな質問ばかりする」

エイプリルが冷静にいった。「お粉をはたいた方がいいわよ」

ポリー・ウォーカーは反射的にコンパクトに手を伸ばした。パフで鼻の頭をたたいたが、あまりうまく粉がつかなかった。「あなたたち、とってもいい子ね。もしわたしが――もしできるなら――」

エイプリルは批判的な目でポリーを眺めた。「お白粉がむらになってるわ。顔を洗った方がいいかもしれないわね。ねえ、打ち明けてちょうだい。ミスター・サンフォードはあなたの――」彼女はふさわしい言葉を探した。「――彼氏なの？」

ポリー・ウォーカーは一瞬、茫然としたようだった。それからコンパクトを膝に置いて、笑いだした。「まさか。とんでもない。いいえ、もちろんちがうわ。いったい――」

「じゃあ、なぜ彼は奥さんを殺したの？」エイプリルが情け容赦なく質問した。

「なぜなら」ポリー・ウォーカーはいった。「手紙のせいで――」彼女は言葉を切り、じっと二人を見つめた。「あなたたち、何のことを話しているの？」

「ご興味があるかしら」エイプリルがいった。「あたしたち、彼が奥さんを殺せたはずがないと知っているの。彼は四時四十七分の電車を降りたけど、あたしたちが銃声を聞いたのは四時半だったのよ」

ポリー・ウォーカーは口をぽかんと開けて、まじまじと子どもたちを見つめた。

「そのとおりよ」ダイナが口添えした。「エイプリルはちょうど時計を見に行って――」

「じゃがいものくだりは省いて」エイプリルは急いでいった。それからポリー・ウォーカーに向かっていった。「ねえ、あなたは何も心配することはないのよ。だから、そんなに落ち込まないで」

「だけど、そんなはずないわ」ポリー・ウォーカーが力なくいった。「だって、四時四十五分にわたしは――わたしは――」

「ミス・ウォーカー」ダイナが威厳たっぷりにいった。「あたしたちに偽証させるつもりなの、たかが十五分のことで？」

ポリー・ウォーカーは二人を見つめると、にっこりした。「とんでもない」グレーのコンバーチブルのエンジンが爆音を立てた。「お子さんたち、さっさと家に帰って、人のことに首を突っ込まないでいた方がいいわよ」

コンバーチブルは坂を猛スピードで下っていった。エイプリルとダイナはしばらく車を見送っていた。

「ずうずうしいわね」ダイナがとうとういった。「あたしたちをお子さんと呼ぶなんて。

あの人だって、はたちにもなっていないでしょ」

エイプリルはため息をついた。「クリーヴが誰にしろ、彼女にふさわしい人だといいんだけど」彼女はうっとりといった。

二人はゆっくりと丘を上がっていった。「どうやらとても重要なことを知った気がするんだけど、それがどこにあてはまるのかがわからないわ」エイプリルは考え考えいった。

「お母さんの本のビル・スミスのようにね。彼は男がパセリを大量に買っているのを見かける。で、あとからその男が殺人者だとわかるんだけど、そのときはそれを知らなかったのよ。ただ、どこかがおかしいと――」

「静かにして」ダイナがいらだたしげにいった。「考えているんだから」

「それは失礼」エイプリルはいった。

二人は丘をさらに二十歩ほど上った。そのときいきなりダイナがいった。「エイプリル！　アーチーはどこ？」

エイプリルはダイナを見つめた。彼女は息をのんだ。「さっきまであそこにいたわ」震え声で彼女はいった。「縁石にすわりこんで」

二人はサンフォード家のヴィラまで丘を駆け上がっていった。アーチーの姿はどこにもなかった。

「家に帰ったのよ」エイプリルが自信なさげにいった。

ダイナは大声で叫んだ。「アーチー！ アーチー！」二度呼んだが、返事はなかった。彼女は青ざめた。「エイプリル、まさか——その——何か起きたってことは——」

「そんなことないわよ」エイプリルはサンフォード家の門の石段のところに私服刑事が立っているのを見つけ、笑顔で近づいていった。「汚れた顔をした小さな男の子を見かけませんでしたか？ 髪はくしゃくしゃで、ジャージーの袖に穴が開いていて、靴のひもがほどけている子ですけど？」

私服刑事はにっこりした。「ああ、その子ね。見たよ。あっちに行った」彼は親指で示した。「丘の方に、二、三分前かな。ミルクセーキを飲みに行った、オヘア部長刑事といっしょに」

ダイナは怒りで顔を紅潮させ、エイプリルは蒼白になった。二人とも無言で背を向けた。

「どうしたんだ？」私服が愛想よく呼びかけた。「お母さんが探しているのかい？」

「いいえ」ダイナがいった。「あたしたちが探しているの」息を殺して、彼女はひとことつぶやいた。幸いにも、私服刑事にはそれが聞こえなかった。その言葉は「ユダ！」だった。

5

「厳しい取り調べよりも、心理学さ」というのがオヘア部長刑事の口癖だった。「それで落とせる」

しょげて、まだ腹を立てているアーチーが一人ですわっているのを見かけたとき、彼は心理学を少々利用することにした。なんといっても、彼は九人の子どもを育て上げたのだ。絶対にうまくいくはずだった。

「やあ、坊や」彼は気さくに声をかけた。「お姉さんたちはどこなの？」

「知るもんか」アーチーは顔も上げずに、不機嫌に答えた。

部長刑事は驚いたふりをした。「おいおい！　あんなすてきな女の子たちのことをそんなふうにいうのかい？」

「すてきな女の子だって！」アーチーはつぶやいた。「ああ――くそったれ！」彼は顔を上げた。「知ってる？」

「いや。何だね？」

「ぼくは女の子が大嫌いなんだ！」アーチーはぴったりの言葉を見つけようとして頭をひねった。「お――女の子なんて虫酸が走るよ！」

「そりゃ、驚いた！」オヘア部長刑事はいった。「なんとまあ！」彼はちょっと言葉を切ってから、実にさりげなく切りだした。「ええと、どこかに行くときは、お姉さんたちに断わらなくちゃならないんだろうね」

「断わるもんか」アーチーは怒りがおさまらない口調でいった。「あんなまぬけたち、自分の名前だって覚えていないよ、きっと」

「じゃあ、それなら」オヘア部長刑事はいった。「わたしはちょうど〈ルークの店〉に行って、ミルクセーキを飲もうかと思っていたんだ。よかったら、きみもいっしょにどうかな」

アーチーはいいかけた。「いいよ！」だが、思い直して、こういった。「だけど――」

彼はすわったまま、しばらくこう考えていた。オヘア部長刑事は敵だ。とはいえ、ちょうど〈ルークの店〉に行きミルクセーキを飲もうかと考えていたところだった。〈ルークの店〉のミルクセーキはホイップクリームなしで、チョコレート味でなくても二十五セントだ。チョコレート味のホイップクリームつきだと――。

アーチーは立ち上がって両手をポケットに突っ込んだ。「いいよ。つきあうよ」

〈ルークの店〉まで三ブロック歩くあいだ、オヘア部長刑事の話を聞いているうちに、アーチーは警官についての考えを訂正したくなってきた。たった一人で、九人の銀行強盗をつかまえたなんて！　おまけに、武器も持たず、マシンガンを向けてドアや窓を見張っているギャングの隠れ家に潜入したという。さらに、二頭のライオンが動物園から逃げだしたときの話——。

「もちろん」オヘア部長刑事はいった。「警官にとって、それはあくまで日常の任務のうちなんだ。おまけに、たいして大きなライオンでもなかったしね」

オヘア部長刑事は謙虚に語ったが、アーチーの口は驚きのあまりポカンと開いていた。とうとうアーチーはいった。「ねえ、ねえ。殺人犯はつかまえたことがある？」

「ああ、もちろんだよ」オヘア部長刑事はいった。「ほとんど毎日だ。ありふれた仕事だよ」少し退屈しているような口振りだった。「サーカスから逃げたいかれた男と対決した話はしたかな、そいつは毒矢を持っていて——」

アーチーはいった。「してないよ。本当なの？」アーチーはオヘア部長刑事を尊敬のまなざしで見上げた。「話して、話して、話して」

「いいとも」部長刑事は約束した。「ちょっと待って」彼は飲み物売り場の前のスツールに腰かけると、ルークにいった。「こちらの友人にはダブルのチョコレート味をホイップクリームつきで。わたしにはコーヒーをくれ」

アーチーはいった。「やった！」とたんに良心がとがめた。ダイナはホイップクリームを浮かべたダブルのチョコレート味のミルクセーキが好物だったのに、ここにいないのだ。そのとき彼女に腹を立てていたことを思い出した。

「さっきいっていたように」オヘア部長刑事はコーヒーをかき回しながらいった。「われわれ男はお互いに理解しあっている。しかし、女というのは――」

「そうそう」アーチーは同意した。「女なんて、何もわかっちゃいないんだ」彼はミルクセーキをひと口飲んだ。思っていたほどおいしくなかった。彼はせがんだ。「ねえ、聞かせて。毒矢の話」

「ああ、あれか」オヘア部長刑事はいった。「こういうことだ。わたしは体じゅうに毒矢の刺さった男を見つけた。当然わたしは救急箱を携帯していた。そこで、その男に何をしたと思う？」

アーチーはストローを口から離していった。「カ、カイドクザイ飲ましたの？」

「そのとおり」オヘア部長刑事は満足そうにいった。「さすがわたしの親友だ、そうだろ？」

「うん」アーチーはまたストローを吸いながら答えた。

「それで、親友ってものはお互いに秘密を持たないものなんだ」

アーチーはストローを口から離さずにうなずくという、おもしろい離れ業をやってのけた。「それだけじゃなく」今や手応えを感じながら部長刑事はたたみかけた。「それだけじゃなく、親友同士というのは本当のことを打ち明けあうものなんだ。そうじゃないか？」

アーチーは聞き苦しいゴボゴボという音を立てて、最後のミルクセーキを吸いこんだ。ストローを口から抜くとこういった。「そうだね」

「じゃあ、ひとつ教えてくれないかな」オヘア部長刑事はいった。「実は――ああ、もう一杯ミルクセーキはどうだ？」

アーチーは空《から》のグラスをじっとのぞきこんだ。自分の良心とひそかに議論していたのだ。良心はさっきから彼の耳にささやきかけていた。「裏切り者！」かたや、女の子が嫌いだったし、オヘア部長刑事はすばらしい人だし、おまけに親友だ。それに、ホイップクリームつきのダブルのチョコレート味のミルクセーキ。

「きみたちが銃声を聞いたのは何時だったんだね？」部長刑事がやさしくたずねた。

アーチーは時間を稼ごうとして、天真爛漫な顔つきでいった。「え、何？」

オヘア部長刑事はアーチーを見て、良心の痛みを察し、新しい方向からアプローチすることにした。「率直にいって、きみは銃声を聞いたのが何時なのか、知らないんじゃないかな？」

「え、知らないだって？」アーチーは憤然としていった。「知ってるとも」

「じゃあ、きみの妹さんは知らないんだ、まちがったことを話していたからね」

アーチーは〝妹〟といわれたので、ちょっぴり得意になった。

「だから、きみも知らないということに喜んで賭けるよ」

「知ってるっていったら知ってるんだよ」アーチーは怒っていった。「裏切り者」と心の中でささやいていた声は、頭の隅っこに追いやられた。今こそ、エイプリルとダイナの本性を暴露して、新しい親友に自分がすごい男だということを見せつけるチャンスだった。

「ふうん」部長刑事は疑っているかのような口調でたずねた。「何時だったんだね？」

「それは――」アーチーは言葉を切り、最後の半滴をストローで吸い上げた。部長刑事は彼と窓のあいだにすわっていて、部長刑事の大きな肘の向こうに通りが見えた。外の歩道では、ダイナとエイプリルが必死になって彼に合図を送っていた。女の子ときたら！女の子なんて大嫌いだ！　そのときエイプリルが家族の団結を意味する合図をし、夕食の席で何百回、何千回もアーチーが目にしてきた〝しゃべるな〟という意味の合図をダイナが送ってきた。

ミルクセーキのストローがズズズと耳障りな音を立てた。アーチーはスツールから滑り下りていった。「きっかり四時半だったよ。だって、ダイナがそろそろじゃがいものオーヴンをつける頃合いかどうか、エイプリルが家の中に見に行ったんだもん。じゃね。もう家に帰らなくちゃ」

「四時半だって？」部長刑事は眉をひそめて、ひとりごとのようにいった。それから「おい、待ってくれ、親友。もう一杯どうだ？」

「ううん、もういいよ。おなか一杯になったから」

ダイナとエイプリルは店のわきの路地で待っていた。ダイナが彼の腕をぐいっとつかんだ。エイプリルは声をひそめていった。「何を聞かれたの？」

「痛い」アーチーはいった。彼は腕をふりほどいた。「銃声を聞いたのが何時だったのか、知りたがっただけだったよ。だから、教えておいた」

「アーチー！」エイプリルがいった。

「四時半だっていったんだ。じゃがいもの火をつける頃合いかどうか、エイプリルが見に行ったからって。どんなもんだい」

ダイナとエイプリルは顔を見合わせた。「まあ、アーチー！」エイプリルがいって、弟を抱きしめた。「でかしたわ！」ダイナが反対側から抱きしめ、頬にキスをした。アーチーは悲鳴をあげて、腕から抜けだした。

「ちょっと、やめてよ！　ぼくはもう大きいんだ。警官の友だちもいるんだからね」

エイプリルは〈ルークの店〉の方に視線を向け、目をすがめた。「スパイでしょ」彼女はダイナにいった。「アーチーを連れて家に帰って。彼に思い知らせてやるから」

ダイナがいった。「期待してるわ！」

アーチーは腹を立てて抵抗した。ダイナは彼の腕をつかんでいった。「行くのよ。警官に見えるあんたの友だちはスパイなの、わかったわね。そのこと、自分でも知ってるでしょ」

「まあね」アーチーにもわかっていた。「ああ、そうとも。ぼくはだまされたんだ」

エイプリルとダイナはクスクス笑った。「アーチー」ダイナが真面目にいった。「コンパクトのために貯めていたお金をおろして、あんたがほしがっていた水鉄砲を買ってあげるわ。さあ、家に帰りましょう」彼女はエイプリルを見ていった。「彼にたっぷり思い知らせてやって。だけど忘れずに、夕食の野菜を洗うのに間に合うように家に帰ってきてよ」

エイプリルはかすかに身震いした。「こんなときに、野菜を洗う話なんてしないでよ」

エイプリルはダイナとアーチーの姿が見えなくなるまで待った。それから髪の毛をかきあげ、ブラウスの衿をまっすぐにすると、のんびりと〈ルークの店〉に入っていた。そこではオヘア部長刑事が、さっきまでコーヒーの入っていた空《から》のカップを意気消沈して見つめていた。

彼にいってやろうと思ったことを頭の中でおさらいした。無邪気な男の子を利用して、情報を手に入れようとするろくでなし、とか。そのことについてはダイナも――そしておそらくアーチーですら――賛成するだろう。そのとき、憂鬱そうな部長刑事を眺めているうちに、もっといいアイディアを思いついた。

それに、アーチーがどこまで話してしまったのか、まだわからなかった。

エイプリルはオヘア部長刑事の隣のスツールにすわると、悲しげにルークにいった。

「ミルクセーキがほしいんだけど、五セントしかないから、コークにしておくわ」

「コークは切れてるんだよ」

エイプリルは悲しげにため息をついた。「いいわ。じゃあ、ルートビアをちょうだい」

「裏を見てこよう」ルークはいった。「たしか一本ぐらいあったから」

エイプリルは五秒ほどじっとすわっていた。それからさりげなく頭を回し、うれしい驚きにぱっと顔を輝かせた。「あら、まあオヘア部長刑事！ここで会うなんてびっくりだわ！」

オヘア部長刑事は彼女を見て、膝にのせてお尻をたたいてやりたいという衝動を抑えつけた。かろうじて、心理学を思い出したのだ。彼は笑顔になった。「これは、これは！小さなレディでしたか！」

ルークが戻ってきていった。「悪いね、ルートビアもなかったよ」

「まあ、しょうがないわ」エイプリルはがっかりしたようにいった。「じゃあ、お水だけちょうだい」

「ねえ」オヘア部長刑事はたった今思いついたかのようにいった。「ミルクセーキはどうかな、おごるよ」

エイプリルは目を丸くした。驚いていると同時にうれしそうな顔になった。「まあ、オヘア警部！　ご親切にどうも！」

「こちらのレディにダブルのチョコレート味のミルクセーキを」オヘア部長刑事は猫なで声でいった。「ホイップクリームを入れて。クリームもダブルだ」彼はエイプリルに向き直った。「わたしは警部じゃないよ。ただの部長刑事だ」

「あら」エイプリルはいった。「警部に見えたので」彼女は大きな無邪気な目に賞賛の色を浮かべて彼を見つめた。「これまでたくさんの殺人事件を解決なさってきたんでしょうね」

「まあね」オヘア部長刑事は控え目にいった。「二、三件は――」エイプリル・カーステアズについて、自分は誤解していたのかもしれないと思った。とても気立てのいい礼儀正しい女の子のようだ。おまけに賢い。

「その話を聞かせてくださいな」エイプリルは意気込んでいった。

彼は九人の銀行強盗、ギャングの隠れ家、動物園から逃げたライオン、毒矢についての話を聞かせた。エイプリルはうっとりと彼を見つめながら、一杯目のミルクセーキと二杯目を半分飲み干した。そこで、突然、目に涙をあふれさせた。

「お願い。オヘア警部さん――いいえ、部長刑事さん。あたし、相談したいことがあるんです」

「ああ、いいですとも。喜んで。いつでも」

「あ、あたし」彼女は息を吸いこんだ。「この殺人事件について知っていることがあるんです。でも誰にも話す勇気がなくて」

オヘア部長刑事は体をこわばらせた。「どうして?」

「だって――」彼女は鼻をすすりあげ、ハンカチーフをとりだそうとした。「お母さんが。お母さんのいいつけにそむいたことはないんです。誰でも、母親のいいつけにそむくのはよくないことでしょう? どういうことであっても?」

「もちろんだよ」オヘア部長刑事はいった。

「それで、あなたにご相談したいんです」エイプリルは誰も聞いていないのを確かめるかのように、狭い店内を見回した。ルークは表で、雑誌をとっておかなかったことで客と口論しているようだった。グレーのスーツの男がブースで居眠りをしていた。花模様の帽子をかぶった老婦人が、奥の薬品棚の前で薬のラベルを調べている。

「あの」エイプリルはいった。「もしも殺人事件で警察の役に立つような情報を持っていたら、たとえお母さんに殺人事件に一切関わりを持ってはいけないと厳しくいわれていても、それを警察に話さなくちゃならないと思いますか?」

「それはかなりむずかしい問題だね」オヘア部長刑事はゆっくりといったが、どう答えるか腹は決まっていた。「お母さんのいいつけにはそむきたくないだろうね。とはいえ、殺人犯が大手を振って歩き回っているのもいやだろ」

エイプリルはかすかに身を震わせた。「ええ、いやです！　だけど、ほら——あたしは本当はあそこにいちゃいけなかったのに、聞いてしまったんです。あそこにいたとわかったら、とても困ったことになるわ。ただ、ヘンダーソンが——アーチーのペットの亀ですけど——逃げたので、追いかけていたんです。立ち聞きするつもりはなかったんですよ、もちろん。でも、つい耳を澄ましてしまったの。彼女はとても怯えていたし、彼はとても大きな声でしゃべっていたから」

「そうか」オヘア部長刑事は興奮した声にならないように必死にこらえた。「誰が怯えていたの？」

「あら、ミセス・サンフォードよ。だって彼が脅して——」エイプリルはあとの言葉をのみこんだ。「ミルクセーキを飲んでしまって、家に帰った方がいいわ。野菜を洗わなくちゃならないの」

「時間はたっぷりあるよ」オヘア部長刑事はなだめた。「それを飲んでしまって、お代りをもらおう。おごるよ」

「まあ、ありがとう」エイプリルは明るくいった。ミルクセーキは一杯が限度だということを思い出したが、これは特別だ。彼女はふた口で飲み干した。お代わりのミルクセーキ、ダブルの濃いものが運ばれてきた。エイプリルはひと口すすって、ぞっとしたように残りを眺めた。

「いつもなら覚えていなかったでしょうね」エイプリルはいった。「でも、彼は殺してやると脅していたから。もちろん、本気かどうかはわかりません。ああ、でもだめだわ。こんな話、しちゃいけなかったのよ。だってお母さんに、お隣のごたごたに巻きこまれないようにって、釘を刺されていたんです」

「いいかね」オヘア部長刑事はいった。「いっておくが、わたしはきみの友人だ。わたしには打ち明けても大丈夫だよ、内緒で。わたしのいう意味はわかるだろ。きみがいったと誰にもいわないよ」彼は気を遣っていった。「そのミルクセーキはどうかしたのかな？」

「あら、いいえ」エイプリルはいった。「おいしいわ」どうにかもう少し飲み、これはりっぱな目的のためなのだからと自分にいい聞かせた。

「さあ、続きを話して」部長刑事はうながした。「わたしに話すなら大丈夫」

「その、ヘンダーソンが――亀ですけど――ひもを食いちぎって逃げてしまったんです。あたしたちは亀を探していました。サンフォード家には小さな東屋《あずまや》があって、蔦《つた》がびっしりからみついているんです。ヘンダーソンはそこにいるんじゃないかと思って、探しに行きました。そうしたら、東屋から声が聞こえたので、音を立てないようにしました。庭にいるのを見つかったら、ミセス・サンフォードがカンカンになるとわかっていたからです。本当に、立ち聞きするつもりはなかったんですよ」彼女は大きな濡れた目でじっと部長刑事を見つめた。「そのこと、わかっていただけますよね？」

「ああ、もちろんだよ、お嬢さん」オヘア部長刑事はいった。「きみはわざと立ち聞きするような子じゃないさ」

「ああ、ありがとう」エイプリルはいった。彼女は床に視線を落としてつぶやいた。「ただ、誰にもいうべきじゃなかったのかも。だって、その男は彼女を脅迫していたんです。それに、誰かをやっかいな目にあわせたくないし」彼女は部長刑事に弱々しく笑いかけた。「もしかしたら、さっさと忘れちゃった方がいいかもしれないわ」

「いいかい、聞きなさい」彼は熱心な口調でいった。「この人物が無実なら、彼に身の潔白を証明する機会を与えてあげたいだろう？　それに、警察が事実をすべて知らなかったら、彼はどうやって疑いを晴らせるんだ？」

「そうですね」エイプリルはいった。「そういう見方をすれば――」

オヘア部長刑事はしめたと思ったが、口調はあくまで穏やかだった。「その人物の名前は知ってるかい？」

「もちろん知ってます」エイプリルはいった。大急ぎで名前を思いつこうとした。頭に浮かんだ唯一の名前は、子どもたちがとても小さかったときに母親が書いてくれた物語に登場する人物のものだけだった。パーシフレージ・アシュバタバル。これではまずい。エイプリルはあわてていった。「こういう状況だったんです。二人は手紙について話してました。彼は一万ドルなんて持ってないといったんです。彼女は——ミセス・サンフォードのことですけど——笑って、お金を作った方が身のためだといったんです。彼はいいました」——思い出そうとしているかのように、眉間に皺を寄せた——「ああ、そうだわ。頭がどうかしているときに書いた手紙に一万ドル払うなら、彼女を——殺してやるといったんです」

エイプリルは劇的な効果を狙って言葉を切り、部長刑事を見上げてささやいた。「あたし、怖かったんです。今でも怖いの。夢に見るかもしれないわ」

「いや、大丈夫、大丈夫」オヘア部長刑事は慰めるようにつぶやいた。「怖がらないで、お嬢さん」

エイプリルの顔を涙が流れ落ちた。彼女は幼く、とてもはかなげで八つぐらいに見えた。「オヘア警部」震えるささやき声でいった。「男は彼女を殺すっていったんです。しかも、本気みたいな口調でした。そうしたら、彼女はゲラゲラ笑って、一万ドルを現金で四時までに用意するようにいいました。すると、男は笑って、四時に会おう、ただし、持ってくるのは一万ドルじゃなくて拳銃だっていったんです」

エイプリルはグラスを押しやって、小さなわななく声でいった。「あたし、ぞっとしました」

「ほらほら、大丈夫」オヘア部長刑事はやさしく慰めた。「ただ、すべてを話してごらん。

そうしたら――うん、すっかり忘れてしまえばいい」彼は声をひそめた。「ねえ、お嬢さん、心理学によれば、こういうことはいったん人に話してしまうと、もう二度と悩まされることがないそうだよ」

「まあ。いろいろなことをよくご存じなんですね」エイプリルは少し涙のにじんだ大きな目で、じっと部長刑事を見つめた。「きっと、お子さんがいるんでしょう」

「九人育てたよ」部長刑事はあまり自慢気な口調にならないように気をつけた。「全員、いい子に育ったよ。ミルクセーキを飲んでしまいなさい、お嬢さん。栄養がある。それから、教えてくれないかな。その男の顔を見たかい？　人相を説明できるかな？」

エイプリルはかぶりを振り、ミルクセーキに手を伸ばした。「顔は見なかったわ。ただ声を聞いただけ。名前すらわからなかったでしょうね、立ち聞きしなかったら」

「ほう、それじゃあ、名前を知っているんだね？」

エイプリルはうなずいた。「彼女はこういった――正確にこういったんです、オヘア部長刑事」エイプリルはちょっと言葉を切った。この男の名前を考えなくてはならない。パーシフレージ・アシュバタバルではだめだろう。彼女は頭をひねった。お母さんの新しい原稿。エイプリルは最後の二十ページ以外はすべて読んでいた。ある名前が浮かんだ。それから、ぴったりのせりふも二行。エイプリルは明るい顔つきになって、じりじりしているオヘア部長刑事ににっこりした。

「彼女はいったんです――『ルパート、あなた、拳銃に触るのも怖いんでしょ。狙いをつけて引き金を引くなんて論外ね』」

「ルパートね」部長刑事は繰り返して書き留めた。「そうしたら、男はどういったんだ?」

「彼はこういったわ」――エイプリルは母親がどう書いていたか思い出せればいいのにと思った――「彼はこういったんです。『きみはぼくを臆病者だと思っているが、勇敢な男だということを見せてやろう!』そして」――どうにか苗字をでっちあげなくてはならなかった――「彼女がいったんです。『静かに、誰か来るわ』そのあと少しして、彼女はこういいました。『ああ、ウォリー。こちらはミスター・ヴァン・デューゼンよ』って」

「ヴァン・デューゼンね」オヘア部長刑事はつぶやき、それも書き留めた。「ルパート・ヴァン・デューゼンね」彼はエイプリルに笑顔を向けた。「先を続けて、お嬢さん」

「あら、これでおしまいです」エイプリルはあどけない声を出した。「その人――ミスター・ヴァン・デューゼンが『はじめまして』といって、ミスター・サンフォードが『よかったら家にあがって、一杯いかがですか?』っていったの。そして、みんな歩いていってしまったので、あたしはもう何も聞こえなくなったんです」彼女は部長刑事ににっこりした。

「そして結局、ヘンダーソンを見つけたのはアーチーだったんです。洗濯かごの中に」

「ヘンダーソン？」部長刑事は眉をひそめた。

「亀よ」エイプリルは思い出させた。「アーチーの亀。いったでしょ。ひもを食いちぎって逃げちゃったの。彼を探していて、たまたまこの話を聞いたんです」

「ああ、そうか」部長刑事はいった。ノートをぴしゃりと閉じると、それをポケットにしまった。「覚えてるよ。ヘンダーソンね。とり戻せてよかった。もう一杯ダブルのチョコレート・ミルクセーキはどうかな、お嬢さん？」

エイプリルは身震いを隠しながらいった。「いえ、もうけっこうです、警部」彼女は立ち上がった。「家に帰って野菜を洗わなくちゃ」彼女の顔が翳った。「今話したことを誰にもいわないと約束して。だってお母さんが知ったら——」

エイプリルがあまりにも熱を帯びた口調でいったので、ブースで居眠りしていたグレーのスーツの男ですら体を起こして彼女を見た。「お母さんに見つかったら、とっても面倒なことになるわ」彼女の顔は青ざめて不安そうだった。

「約束するよ」部長刑事はいった。

「ああ、ありがとう、オヘア警部」彼女は芝居がかった堂々たる態度で店を出ていった。

彼女がいなくなると、オヘア部長刑事はノートをとりだしてぱらぱらとめくった。あの子は聡明ないい子だ。彼は九人の子を育て上げたのだから、その目に狂いがあるはずがない。オヘア警部と彼女は呼んだ。まあ、もしかしたら——いつか——。

たとえば、ビル・スミス警部補が馬鹿げた行動に出ないうちに、ルパート・ヴァン・デューゼンの居所を見つけだせたら！

パタンとノートを閉じて、ポケットにしまうと外に出ていった。

彼がいなくなってから十五秒後に、グレーのスーツの男がブースからすっかり目を覚まして飛びだしてきていった。「ありったけの五セント玉をくれ、ルーク」

彼は五セント玉をせかせかと壁の電話機に入れ、ようやく電話が通じると、興奮した口調でいった。「フランク・フリーマンだ。社会部のデスクを」やがて、「もしもし、ジョー？　聞いてくれ――」

五分後、彼はまだ電話に向かってしゃべっていた。五セント玉はほとんどなくなりかけていた。「『信頼できる証人』だといったんだ。わかったか？　けっこう。それからヴァン・デューゼンだ。ルパート・ヴァン・デューゼン。おいおい、どうしてちゃんと聞かないんだ？　留守のル、葉書のハに半濁点、音引きに東京のト、ルパートだ。そしてヴァン・デューゼン。いいか手紙のテに濁点、弓矢のユ――おい、おれにそんな口をきくな。でないと辞めちまうぞ。ルパート・ヴァン・デューゼン。そうだ。いいか、『名前は明らかにできないが、さる信頼できる証人が語った』だ――」

6

「まあ、あきれたわね」ダイナはいった。

「ずいぶんゆっくり帰ってきたものね」彼女は皮をむいていたじゃがいもから顔を上げた。「エイプリル！　いったいどうしたの？」

エイプリルの顔は真っ青だった。「あとで話すわ」そういって、すばやく出ていった。

エイプリルが五分後に戻ってきたとき、その顔はまだ白かったが、もう青くはなかった。

「ミルクセーキは一杯が限度なの」彼女は報告した。「それにホイップクリームも嫌いだし、チョコレート味って必ず気持ち悪くなるのよ。それなのに三杯も飲んだから——」

ダイナはじゃがいもをとり落として、妹をにらみつけた。「まあ、あきれた。そんなに注文する必要なかったでしょ」

「〈ルークの店〉のメニューでいちばん高かったのよ」エイプリルが怒ったようにいった。「五セントのルートビアでオヘアのまぬけを許すと思うの？」

ダイナはフンといった。彼女はホイップクリームとチョコレートが大好物だった。「わかったわよ、殉教者さん」冷たくいった。「人参を洗って。それから——」

「あのオヘアとは」エイプリルはいった。「もう二度と会うことはないわ」彼女はため息をつくと、タワシをとりだして人参をゴシゴシ洗いだした。「あたし」――そこで言葉を切った。ダイナとアーチーに、ルパート・ヴァン・デューゼンという名前のまるっきり想像上の不運な青年について打ち明けるのは、賢明とはいえそうになかった。オヘア部長刑事が二人に質問したら、動揺してしまうかもしれない。結局のところ、グラビー先生の児童演劇クラスをとったのは彼女だけだった。

「〝あたし〟がどうかした？」アーチーが洗っていたレタスから目を上げてたずねた。

「あたしはあたし」エイプリルはさらっといった。「それから、あんたはあんた。あたしたちはあたしたち。彼らは彼ら、あたしたちのものはあたしたちのもの、二十四時間は一日、三百六十五日は一年。あたしに野菜用タワシを貸して、のろまくん」

「なんだよ」アーチーは腹を立てた。「このおしゃべり！」彼はどうにか自制して、低くいった。「ほら、タワシだ。ノータリン」

「ノータリンさん、っていいなさいよ」エイプリルがいった。

「静かにして」ダイナがいった。「お母さんが二階で仕事をしているのよ」彼女はコンロに火をつけて、じゃがいもの鍋をかけた。「ねえ、聞いて。二十四時間か、もっとたつのに、少しも進展がないわ」

「少しは近づいてるわ」エイプリルがいって、蛇口で人参を洗った。

「何に近づいてるの？」アーチーが聞いた。

ダイナはじゃがいもの鍋に蓋をした。「いい、きのうミセス・サンフォードは殺された。あたしたちは殺人犯を見つけることにした、覚えてる？　だから、あんたたちお子ちゃまがふざけるのをやめて――」

いきなり隣から甲高い悲鳴が聞こえた。エイプリルとダイナは顔を見合わせ、二人とも真っ青になった。アーチーはじっと戸口を見つめていた。エイプリルは彼をひき戻した。

「また殺人だったら」エイプリルがひそひそいった。「殺人犯を現場でつかまえられるわ」

「待って」ダイナがいった。「お母さんが――」

三人は二階のタイプライターを打つ音に耳を澄ました。

「あとで説明すればいいわ」エイプリルがいった。

「行こう」アーチーが大声でいった。

三人は家庭菜園のわきのやぶにもぐりこんだ。いきなりエイプリルがダイナの腕をつかんだ。

新たな殺人事件ではなかった。庭の生け垣越しに、通りの先に住むミセス・カールトン・チェリントン三世が、スミレ色のシフォンのドレスに大きなスミレ色の帽子をかぶり、若い警官の手から手首をもぎ離そうとしているのが見えた。二重顎から、毛を抜いた眉まで真っ赤になっている。どうにか自由になると、帽子を直し、同時に居住まいを正そうとした。「侵入しているつもりはなかったわ」彼女は息を切らしながらいった。「ただガーデンパーティーの帰りに近道しようとしただけよ」

「しかし、あの家に入ろうとしていましたよ」若い警官はいった。

彼女は笑い声をあげたが、さほど自信たっぷりというわけではなかった。「馬鹿らしい！」

「まったくです」警官はいった。「とりわけ、あなたがあのキッチンの窓から入ろうとしているところはね」

ミセス・カールトン・チェリントン三世はようやく帽子をちゃんと直し、息を整えた。

「お若い方」彼女はいった。「白状するわ。わたし、あのキッチンの窓から入ろうとしていたんです」

警官は感銘を受けなかった。「そうですとも。ぼくがあなたをひっぱり出したんですから」

「誰にでも弱みがあるものなの」彼女は打ち明け話をするかのようにいった。「わたしの弱点を教えるわ。不幸にも――ちょっとしたものをいただくことなの。もしかしたらと思ったのよ――ラグのフリンジ一本とか――ソファカバーのボタンひとつとか。保証しますけど――」

「強盗罪ですね」警官はいった。

「貴重なものじゃなくていいんです。ただの記念品で」彼女は百六十センチもない背丈をぐいっとそらした。「お若い方、わたしはチェリントン将軍の妻ですのよ。ミセス・カールトン・チェリントン三世なのです」

家のかたわらで何か騒ぎが起きたせいで、若い警官が口にしかけた無礼な言葉はひっこめられた。彼は急いで騒ぎの方に駆けていった。ミセス・カールトン・チェリントン三世は彼をしばし見送ってから、脱兎のごとく裏門に走っていった。

「あの太った奥さんったら！」エイプリルがいった。

「あたしは好きだわ」ダイナがいった。「誰だってあの人のことは好きでしょ。オートミール・クッキーを作ってくれたときのことを覚えてる？　ちょっと太りすぎかもしれないけど、いい人だわ。ただし、何か悩みがあるみたいね」

「ちょっと！」アーチーがささやき、指さした。

カーステアズ家の三人の子どもたちは騒ぎの方へと茂みを抜けていった。すばやく、できるだけ音を立てずに歩いた。

サンフォード家の玄関で、激しい口論が起きていた。若い警官ばかりか、ビル・スミス警部補と、私服刑事が一人そこに加わっていた。彼らが相手にしているのは穏やかそうな風貌の六十がらみの白髪の小男で、きちんとしたブルーのスーツを着て、青白い顔をひきつらせていた。片手にブリーフケースを持っている。「だが、繰り返しいっているでしょう」男はしゃべっていた。「強調しておきます。わたしはミスター・ホルブルックです。ヘンリー・ホルブルックですよ」

「どうして家に入ろうとしていたんですか?」ビル・スミスがたずねた。

「それは」小男はふうっと息をついた。「わたしがミスター・ホルブルックだからです。わたしはミセス・サンフォードの――亡きミセス・サンフォードの弁護士なのです。彼女の顧問弁護士として、これは義務だと――」

「錠をこじ開けようとすることがですか?」ビル・スミスがいった。「それでは説明になりませんよ」

「でも――」彼は言葉を切った。

「ミスター・ホルブルック、弁護士なら、この家に警察の許可なしに入れないことはご存じでしょう」

ヘンリー・ホルブルックはさらに青ざめた。彼はつぶやいた。「わたしのクライアント――亡きクライアントへの義務です」

「ご安心ください」ビル・スミスはいくぶん口調を和らげた。「あなたの亡きクライアントの財産は安全そのものです。ここにいる警官たちは風景の飾りとして立っているわけではありませんからね」

「これが——慣例なのですか？」ミスター・ホルブルックは口ごもりながらたずねた。「その、殺人があったときは——」

「こういう状況ではそうです」ビル・スミスは答えて、愛想よくつけ加えた。「ただし、家の中を探したいのであれば——もちろん警官を一人つけますが——」

「わたしは——」ミスター・ホルブルックは息を吸った。「いえ、その必要はないでしょう。万事きちんとしているようです。申し訳なかった、お騒がせして」

彼は背中を向けて、駐車した車の方へ私道をせかせかと歩いていった。

エイプリルがささやいた。「なんだかちょっとおかしいわね」

ダイナがエイプリルの腕をつかんでささやいた。「見て！　ピエールだわ。ピエール・デグランジュ。画家だといっている人よ」彼女は指さした。

白いひげを生やした小柄でがっちりした男が、私道の反対側から足音を忍ばせてこそこそと近づいてきた。ときおり足を止めては、左右をうかがっている。コーデュロイのパンツ、チェックのシャツ、ベレーという姿だった。口には火のついていないパイプをくわえている。ふいに彼はやぶの後ろに消えた。子どもたちが息を殺して見守っていた。五分、十分。彼はもう出てこなかった。

アーチーはささやいた（これは実はエイプリルのいう半分ささやいて半分泣く、〝ささ泣き〟だった）。「もうおうちに帰りたいよお」

ダイナは彼の手をとり、ぎゅっと握りしめた。エイプリルはささやいた。「怖がらないで」

だが、このあたりはなんとなく不気味だった。ついきのう殺人が起きたピンク色のヴィラ。その周囲には警官がうようよしている。そして、三人の人間が――おそらくお互いに知らないはずだった――家に押し入ろうとしている。スズカケの古木の影が家に伸びてきた。まるで巨大な手の影のように。

「エイプリル」ダイナがいった。「もう、お野菜を刻んでしまわないと」

「そうね」エイプリルはすぐに同意した。「人参は火が通るのに時間がかかるわ」

彼らはネズミのようにすばやく歩道を駆けて、わが家の私道に入った。

人参が煮え、レタスを洗って冷蔵庫に入れるまで、誰もひとことも口をきかなかった。多少文句をつけたものの、アーチーはテーブルに皿を並べだした。

「ねえ」とうとう、ダイナがゆっくりと言葉を選ぶようにしていった。「ミセス・サンフォードのことをずっと考えていたの。それから、どうしてあの人たちが彼女の家に入りたがるのかって。何かを探したがっているのよ。ミセス・チェリントンはもちろん手癖が悪いわけじゃないわ。それにあの弁護士、ミスター・ホルブルックはあの家に入る正当な理由があれば、錠をこじ開ける必要はないでしょ」

「それで？」エイプリルがあたりさわりのない返事をした。彼女も同じことを考えていたのだ。

「そしてミスター・デグランジュ。彼はあそこで何をしていたのかしら？」

「たぶん絵を描きたかったのよ」エイプリルがいった。「彼は家や木は描かないのよ。お母さんがいってたわ。水以外の絵は描かないんですって」

ダイナがフンといった。

アーチーがキッチンからバターをとりに現われた。「水を描くだって！　水を描くなんて聞いたことないや！」

「ミスター・デグランジュはそうなの」エイプリルはいった。「どこかでお母さんとばったり会って、画家だといったんですって。お母さんはとても礼儀正しく彼にたずねたの、何を描いているんですかって。彼はこう応えたわ。『水を描いています』」

「まぬけだよ」アーチーはいって、鼻で笑うとダイニングにバターを運んでいった。

「あたしはどうしてみんながあの家に入りたがるのか、説明しようとしていたの」ダイナは言葉を切り、顔をしかめた。「あの家に何か隠されているのよ。みんなが家に忍びこんで、見つけたがるようなものが。エイプリル——あたしが思うに——」

アーチーが叫びながらキッチンに飛びこんできて、話をさえぎった。「これ、知ってる？」彼はわめいた。「これ、知ってる？　水なんて描かないよ。水で描くんだ」

エイプリルとダイナはあきらめたようにアーチーの頭越しに顔を見合わせた。エイプリルがいった。「ミスター・デグランジュは水では描かないわ。油で描くの。油を使うのよ」

アーチーの丸い顔が不穏なピンク色に染まった。「ぼくが小さいからって、よくも――」

「聞きなさい、アーチー」ダイナが急いで厳しくいい聞かせた。「それから口を閉じて。ミスター・デグランジュは絵を描いているの。油絵の具でね。わかった？」

「うん、わかったよ」アーチーはいらだたしげにいった。

「それから、彼は水の絵を描くの。海辺に行ってすわって、絵を描くのよ。浜辺も舟も人も描かないの」

「空も？」アーチーが信じられないといわんばかりにたずねた。

「水以外には何も」ダイナはきっぱりといった。

アーチーは鼻で笑った。「じゃあどうして海まで行くんだろう？」小馬鹿にしたようにいった。「家でバケツの水を眺めていればいいのに」彼はナイフとフォークをとりだして、ダイニングに運んでいった。

ダイナは深々と息を吸った。「さっきいいかけていたことだけど」ダイナはまた口をつぐんだ。

「何？」エイプリルはいった。「続けてよ」

「ミセス・サンフォードは恐喝をしていたんじゃないかと思うの」

一瞬、エイプリルは口がきけなくなった。しばらくして、ごくさりげない口調でいった。

「考えられるわね」

「あらまあ」ダイナがいささか驚いていった。「あんたもそう考えていたの?」

エイプリルは白状することにした。昔からダイナには隠し事ができず、彼女の誕生日プレゼントのことも、クリスマスプレゼントのこともしゃべってしまった。「聞いて、ダイナ。今日の午後ね――」ダイナは聞こうとしなかった。

「ねえ、考えていることがあるのよ」ダイナがさえぎった。「パーティーを開いたらどうかと思ってるの」

エイプリルは啞然として目をみはった。「こんな時に!」彼女は叫んだ。「よくパーティーのことなんて考えられるわね」

ダイナはうなずき、考えこむようにいった。「明日の夜よ。金曜の夜。お母さんを説得するのはあんたがやってね。十人ぐらいいかしら。あんたのお客が半分、あたしのが半分」

「だけど、ダイナ。パーティーなんて」

アーチーがキッチンに飛びこんできた。「ぼくも参加させてくれるよね。ねえ。ぼくも入れてよ」

「もちろんよ」ダイナがいった。「ギャング団も呼びなさい」

アーチーは飛んだり跳ねたりしながら叫んだ。「やった！」

エイプリルは身震いした。ギャング団というのは十人から十二人ぐらいの九歳から十二歳までの男の子のグループで、全員が騒々しくて薄汚れている評判の悪い連中だった。

「ダイナ、頭がおかしくなったの？」

「宝探しをやるのよ」ダイナがいった。「そこが肝心なのよ。宝を隣の敷地にまで隠しておくの。敷地を探すついでに、あんたとあたしで家に忍びこめるかもしれないわ」

「なるほどね」エイプリルがうれしげにいった。「だからギャング団が――」

「ギャング団がいつもの調子で騒いでくれれば、警察は連中のことで手一杯で、あたしたちにまで目が届かないわよ。夕食がすんだらすぐに、誰を呼ぶか相談しましょ。それから、さっき話をさえぎったとき、何をいおうとしていたの？」

「ああ、そうだったわね、ダイナ、聞いて」エイプリルは唇を湿した。「今日の午後――」

「あらあら」マリアン・カーステアズの温かい声が戸口から聞こえた。「もう夕食の準備にとりかかっていたのね！　そんな時間になってるとは気づかなかったわ」

マリアンはまだ仕事用のスラックスをはき、髪の毛は少しぼさぼさで、額にひとつ黒い汚れがついていた。

ダイナはじゃがいもにフォークを突き刺した。「ほぼ用意ができたわ。ターキーはどう？」

「ターキー？」

マリアン・カーステアズの顔は青くなり、それから赤くなった。「それ――まだ冷蔵庫に入ってるわ。二時ぐらいからローストするつもりでいたの。それから他のことを考えていて。これからじゃ遅すぎるわね」

全員がキッチンの時計を見た。六時十五分前だった。

「大丈夫よ」ダイナが明るくいった。「戸棚にイワシの缶詰が三つあるし、あたしたち、イワシが大好物だから」

「明日ね」マリアンはいったが、申し訳なさそうで悄然としていた。「ちょっと忙しかったの。お料理は好きなのよ」

「お母さんの料理は最高だよ」アーチーがいった。

「お母さん」エイプリルが真面目な口調でいった。「もう一度結婚するべきよ。そうしたら好きなだけお料理できるわ」

「結婚！」マリアンがかわいらしく頬を染めた。「誰がわたしなんかと結婚したがるものですか」

ドアベルが鳴った。マリアン・カーステアズは階段を駆け上がった。途中で彼女は叫んだ。「ダイナ、出てちょうだい。すぐ行くから」

五分後にマリアンは下りてきた。ブルーの部屋着を着て、新たに化粧をしていた。髪の毛は美しく整えられ、ふと思いついたのかピンクのバラをさしている。

エイプリルは口笛を吹いた。「すてき！」

「誰だったの？」マリアンはリビングの方を見た。

「新聞配達の子よ」ダイナがいった。「お金を払っておいたわ。二十二セントの貸しね」

彼女はテーブルに新聞を広げた。

「あら」マリアン・カーステアズはいった。それから、とてもさりげない口調でたずねた。「サンフォード家の殺人についてニュースは載ってる？」

「まあ、びっくり！」ダイナがいった。「ちょっと、エイプリル」

「見せて」エイプリルはダイナの腕の下からのぞきこんだ。

四人は頭を寄せあって新聞を読んだ。

一面の文字と文章が目に入ったとたん、エイプリルは驚愕に目を丸くした。ルパート・ヴァン・デューゼン。名前は明かせないが信頼すべき証人。一瞬、エイプリルは失神するのではないかと思った。いや、これはたんにさっきのミルクセーキのせいだ。

「ミセス・サンフォードが！」マリアンは息をのんだ。「信じられないわ」それから「妙ね、ルパート・ヴァン・デューゼンって。聞き覚えのある名前だわ。どこで会ったのかしら」

「そういう名前の人間だったら、警察はすぐに見つけるよ」アーチーが自信たっぷりにいった。

「エイプリル」ダイナがのろのろといった。「あたしたち、正しかったのよ。彼女は恐喝していたんだわ」

だがようやく口をきけるようになったとき、エイプリルはこういっただけだった。「ちょっと失礼。人参が焦げているわ」

7

「食べ物は持ち寄りでいいわね」ダイナはいった。「コークはあたしたちがごちそうしましょう」彼女は電話帳をめくりはじめた。

「お金は？」エイプリルがたずねた。「あんたはどうか知らないけど、あたしは二十セントしかないし、キティに十五セント借りているのよ」

ダイナは眉をひそめた。「あたしはお母さんから来週のお小遣いをもう前借りしているわ」

「正直なところ、お母さんがコークのお金を払ってもいいんじゃないかしら。結局、お母さんのためにやっているんでしょ？」エイプリルはいった。

「あたしたちのためでもあるのよ」ダイナはいった。「家族全体のため」彼女はちょっと考えこんだ。「もしかしたらルークがつけで売ってくれるかもしれないわ。コークは何本必要なの？」

「つけはどうかしらね」エイプリルはいった。「必要なのは――ええと――あたしたちを入れずに十二人の子どもたちだから、三十本はいるわね。びんの保証金を入れないで一ドル半よ。それに、ギャング団がいるわ」

「あら、どうしましょ」ダイナはいった。「どうしたらいいかしら。お母さんには頼みたくないわ。パーティーを開くことを快く許してくれたんだし。一ドル半。それにギャング団でしょ。少なくとも十人は来て、一人二本は飲むわね。それに少し余裕を見て、全部で二十五本かしら。これでさらに一ドル二十五セント必要ね。全部で二ドル七十五セントになるわ。こんなにたくさん、ルークはつけで売ってくれそうにないわ。それにすでにあたし、彼に二十五セント借りているのよ」

エイプリルはため息をつき、しばらく考えこんだ。「アーチーに借りるしかなさそうね。あの子ならお金があるはずよ。いつも持ってるもの」彼女はつけ加えた。「アーチーは吝嗇家だから」

アーチーが余ったイワシをくすねた猫のジェンキンズを追って、廊下をドタドタ走ってきた。彼は自分の名前を耳にして足を止め、イワシはジェンキンズにくれてやることにした。

「ちょっと!」彼は叫んだ。「リンショクカって何?」

ダイナはいった。「リンショクカというのはお金持ちのことよ。それから邪魔しないで」

エイプリルはダイナをつねって、すばやくいった。「リンショクカというのはお金持ちで、しかも頭がよくてハンサムで足が速くて、誰にも負けないほどすてきな人のことよ。スーパーマンみたいに」

「わあ！」アーチーがいった。「ぼく、リンショクカなの？」

「まさにそのとおり」エイプリルがいった。

ダイナがいった。「すわって、アーチー。相談したいことがあるの」

「あたしが話すわ」エイプリルがまたダイナをつねりながらいった。「聞いて、アーチー。あなた、ギャング団をパーティーに呼びたいでしょ」

「うん。お願い」

「実はね、こういう事情なの――」

五分後、さんざん駆け引きが行なわれたあとで、交渉が成立した。二ドル七十五セントの短期ローン。アーチーは今回のパーティーの分だけではなく、今後一週間のびん保証金をもらえる。さらに、ギャング団を連れてきてもいいというお許しも出た。

ダイナはお金を勘定した。二十五セント硬貨五枚、十セント硬貨十一枚、五セント硬貨六枚、それに一セント硬貨十枚。彼女はそれを集めて財布に入れた。「さて、これでいいわ。あたしはみんなに電話するわ」

「あたしはジョーとウェンディとルーとジムとバニーを呼ぶわ」エイプリルが宣言した。

「バニーですって」ダイナが軽蔑した声でいった。「あのいやな子！」彼女はまた眉をひそめた。「あたしはエディに声をかけるわ。彼はマグと、それにウィリーを連れてくるわ」

「ウィリーは女たらしよ」エイプリルがいった。

「彼が？」ダイナがせせら笑った。「冗談でしょ。彼はちょっとのろまで、いろいろ教えてあげなくちゃならないだけよ。ともあれ、彼とジョエラはアツアツだから、ジョエラもよばなくちゃならないわね」

「どうして？」エイプリルが反論した。「うんざりするような子なのに」

「いいこと」ダイナがいった。「みんな、ダンスをしたがるでしょ。そして、たくさんのレコードを借りられるのはジョエラだけなの」彼女は指を一度に二本ずつ折っていった。

「エディとマグ。ウィリーとジョエラ」

「あんたのボーイフレンドを忘れないで」エイプリルがいった。

「あら、もちろんよ。エディとマグ、ウィリーとジョエラ、それにピートとダイナ」彼女は妹を批判的な目で見た。「あんたはいつもあんたを好きな男の子と、誰にも好かれないような鈍い女の子しか招かないのね」

「あたしはまぬけじゃないもの」エイプリルは切り口上にいった。「それにあたしは誰のガールフレンドでもない。競争相手なんて呼びたくないわ」

「あたしは」とダイナがいった。「自由競争に賛成よ」彼女は電話に手を伸ばした。「さもないと、他の人たちに電話をかけ終えたのは二時間後だった。そのあいだに何度も電話のやりとりがあり、電話の合間には重要な話し合いが行なわれた。「ねえ、マグ、あんたエディに電話してから、あたしに電話をちょうだい」「明日の夜、ジョーのお母さんが外出を許さないなら、ラッセルを誘ったらどうかしら?」「いい、ウェンディ、これは宝探しなの。古い服を着てきてね」アーチーがギャング団にかけるために電話を三十分占領した。おかげでジョーが来られると電話してきたときには、すでにラッセルを招いてしまっていた。そこでラッセルのお相手の女の子を見つけるという問題が持ち上がった。そこにルーが来られなくなったと電話してきたので、問題は解決した。「バニー、たいていの子はハンバーガーを持ってくるの。あんたはクッキーを持ってきたらどうかしら?」「ジョエラ、あんたとウィリーでレコードを持ってきてもらえないかしら?」

とうとう、すべての手配が整った。ピートへも電話をかけ、ダイナはこう切りだした。

「もしもしピート、ダイナよ。明日の夜、ボウリングに行くことになっていたでしょ。それが実はね――」エイプリルが受話器を置くまでの時間を計ると、二十二分きっかりだった。

なったわ」

ダイナはあくびをした。「あんたはどうだか知らないけど、あたし、ケーキが食べたく

「あたしも。アーチーはどこ？」

彼はリビングの床に腹這いになって《ニューコミックス》の最新号に読みふけっていた。

彼はかぶりを振った。「ぼくはもう食べちゃったよ」

キッチンは暖かくて、おいしそうな匂いが漂っていた。ダイナは前の日にお母さんが焼いたケーキをとりだしてきた。三層になったケーキで、こってりしたメイプルファッジのアイシングがかかっている。エイプリルが猫のジェンキンズと亀のヘンダーソンをうかがうと、二匹とも満腹して、それぞれの寝場所で気持ちよさそうに眠っていた。ダイナがケーキを大きく切りとろうとして、手を止め、鼻をひくつかせた。

「あら、何か料理しているのかしら」彼女はあたりを見回した。「エイプリル、オーヴンをつけっぱなしにした？」

「しないわよ」エイプリルはすぐに否定した。

「じゃあ、誰がしたのかしら」ダイナがいった。「それに、あたしじゃないわ」

そこまでいったとき、マリアンがキッチンに入ってきた。「グレイビーはどうする、かける？」彼女は明るくたずねた。古い赤のコーデュロイのスラックスをはいていた。アーチーといっしょにおもちゃの化学セットで実験したときの名残りで酸の染みがついている。

疲れた顔は少し汚れ、化粧っ気がなかった。まとめた黒い髪はくずれかけている。指先はカーボン紙のせいで青黒く染まっていた。

「いつもおなかをすかせているのね」マリアンはいって、ケーキに目をやった。「おでぶさんになっちゃうわよ。あなたたち、気をきかせてターキーの具合を見てくれたりしてないわよね」

「ターキーって？」エイプリルがたずねた。

マリアン・カーステアズはオーヴンを開けて、ロースターをとりだした。「話すつもりだったんだけど、忘れてしまったみたい」彼女は蓋を開けた。ターキーは茶色にこんがり焼けていた。いい匂いがした。「今夜のうちに料理した方がいいと思ったの、明日忙しいといけないから」

エイプリルとダイナは顔を見合わせた。母親はその視線に気づいた。「それに」マリアンは皮肉っぽくつけ加えた。「明日になったら忘れていただろうという子がいたら、怒るわよ」彼女は脅すように料理用フォークを二人に向かって振った。「わたしはぼんやりしているんじゃないの。たんにいろいろなことで頭がいっぱいなだけなのよ。あなたたちのことも含めてね」彼女は料理用フォークを置いた。「それで思い出したわ。明日の夜のパーティーのことだけど――」

エイプリルとダイナは一瞬ぞっとした。お母さんは気を変えたのかしら？　さんざん電話をかけたあとに？

お母さんはいった。「みんなが食べ物を持ち寄るっていってたわね」お母さんはいった。「でも、コークは出した方がいいわ。それに、キャンディとピーナッツとか」彼女は仕事用スラックスのポケットを探り、小切手帳、安全ピン四つ、しわくちゃになった煙草の空き箱、紙マッチ六個、食料品店の請求書、最後にしわになった一ドル札三枚をとりだした。「ほら。これで足りるかしら？」

ダイナは息をのんでいった。「でも、そんな、お母さん」エイプリルも息をのんでいった。「本当、自分たちだけでなんとかなるわ」

「いいのよ」お母さんはいった。彼女はお札をダイナのセーターのポケットにつっこんだ。「わたしがおごるわ」彼女はターキーをフォークでつついてみた。「できてるわ」そういって、オーヴンの火を止めた。

焼き上がったターキーは見事な出来だった。お母さんは誇らしげに眺め、エイプリルは物欲しそうに見つめた。ダイナはケーキを皿に戻した。「実をいうと、あんまりほしくないの」彼女はつぶやいた。

母親はため息をついた。「今夜ローストしない方がよかったかしら。冷めると半分もおいしくなくなっちゃうわ」

アーチーがリビングから飛んできた。「ねえ！　何の匂い？」

猫のジェンキンズが寝場所から顔を上げ、かすかな悲しげな声で鳴いた。「ニャオ」

「お黙り、嘘つきね」お母さんはジェンキンズにいった。「おなか、すいてないくせに」

「でも、あたしたちはすいてるわ」ダイナがいった。

「じゃあ」お母さんはゆっくりと考えこみながらいった。「サンドウィッチをひと切れだけ——」

たちまちキッチンは活気づいた。ダイナはパンをとってきて、エイプリルはバターを出し、お母さんは肉切りナイフをとりだした。アーチーは冷蔵庫からミルクをとってきた。ジェンキンズはパリパリしたターキーの皮をねだった（そしてもらった）。「わたしにはバターミルクね」お母さんがいった。「バターミルクひとつ」ダイナが叫んだ。「バターミルクひとつ」エイプリルが復唱した。「バターミルクひとつ、了解」アーチーが叫んで、冷蔵庫にとりに行った。お母さんはターキーの肉を厚めに切りながら、楽しげに、とてつもなく調子っぱずれに歌いはじめた。

ヴァージニア州モンロー駅で指示が出されました
ピート、時間に遅れているぞ
カーステアズ家の三人の子どもたちはさらに調子っぱずれに声をあわせた。

八十四型じゃなくて、古い九十七型さ

ジェンキンズが抗議の鳴き声をあげた。ヘンダーソンは甲羅の中にできるだけ首をひっこめた。

「ねえ、お母さん」ダイナがいった。「アーチーを寝かせつけるときに、これをよく歌っていたのを覚えてる？」

「あなたを寝かせつけるときにも歌っていたわ」母親はいった。「それにエイプリルも。だって、わたしはその歌しか知らなかったのよ」彼女は分厚いターキーをパンにはさみながら、歌い続けた。

そこで彼は油まみれの太っちょ機関助手にいいました

もっと石炭をくべろ

彼女は歌を中断して、アーチーにバターナイフを突きつけた。「次の二行を知らないことに十セント賭けるわ」

「もちろん知ってるさ」アーチーはいった。「まず十セントを見せてくれよ」

お母さんはバターナイフを置いて、ポケットを探しはじめた。

「大丈夫よ、お母さん」ダイナがいった。「わかってるわ」彼女は自分のポケットから十セントとりだすと、それを母親に渡した。アーチーは大きく息を吸いこむと、バターミルクのボトルを置き、震え声で歌った。

あの大きな黒い車体に出会うと
みんな、古い九十七型が走っていくのをずっと見送っています

「ほら、いえたよ。十セントちょうだい」

「受け止めて」母親はいった。彼女はキッチン洗剤を十セント玉に塗ると、空中に放り投げた。それはぺたりと天井に貼りついた。アーチーがいった。「ええ、ひどいよ！」

「待ってなさい」ダイナがいった。「いずれ落ちてくるわ」

エイプリルがいった。「誰かこういう歌詞の部分を知ってる？」

そしてがれきの中に彼は倒れていました
スロットルレバーに手をかけて

「ああ、もちろんさ」アーチーが馬鹿にしたようにいった。「最初はこうだよ」

ああ、汽車は時速百四十キロで丘を下っていきます

「時速百十キロよ」ダイナがいった。

「百四十だよ」

「百十」

「なんだよ――」

「静かに」マリアン・カーステアズが楽しげにいいながら、サンドウィッチの皿をテーブルに置いた。「それに、『丘を下っていきます』じゃないわ。『坂を下っていきます』よ」彼女はコーヒーを火にかけて、大声で歌った。

ああ、汽車は分速百四十キロで坂を下っていきます

汽笛が甲高く鳴りました

そしてがれきの中に彼は倒れていました

スロットルレバーに手をかけて

「分速じゃないよ」アーチーが文句をいった。「時速百四十キロだよ」
「百十よ」ダイナがいった。
一人ふたつずつサンドウィッチを食べ、ミルクの一リットルびんを空《から》にして、さらに四小節歌ったあとで歌詞について意見が一致したので、ダイナがメイプルケーキをまたとりだしてきた。アーチーは大きくひと口頬張ると、「おいしい!」そして母親の鼻にキスしたので、メイプルのアイシングのかけらが鼻にくっついた。それから彼はいった。「でも、最後の一節は全部知っているんだ」アーチーはケーキで口をいっぱいにしたまま歌った。

ですからご婦人方、ご警告しておきます――

エイプリルとダイナが最初の二音のあとから入ってきて、お母さんも声をあわせた。

今後は
絶対にきつい言葉を投げかけてはいけませんよ

裏口が鋭く横柄にたたかれた。

いとしいご主人は——

再びノックがさっきよりも大きく響いた。

「大丈夫」マリアンがいった。「わたしが出るわ」彼女は立ち上がってドアまで行き、カーステアズ家の三人の子どもたちは最後の一節を歌い終えた。

朝出ていったきり、二度と帰ってこないかもしれないのですから

「静かに」ダイナがささやいた。

たちまちキッチンが水を打ったように静かになり、子どもたちはドアの方を見た。

制服警官を従えたビル・スミス警部補だった。

三人の子どもたちは最初は驚きのあまり、次にがっくりして口がきけなかった。三人は、ハンサムでこざっぱりしすぎているほどきちんとしているビル・スミスを見た。それから母親を見ると、酸の染みのついた古いコーデュロイの赤いスラックスをはき、指にカーボン紙の染みをつけ、汚れた化粧っ気のない顔をしていた。いまや後ろ髪が首筋に垂れてきている。鼻の頭にはまだメイプルアイシングのかけらがくっついていた。

「裏口から失礼します」ビル・スミスはいった。「しかし、こちらに明かりが見えたので。

浮浪者が来ませんでしたか？」

「浮浪者？」マリアンはよそよそしくいった。「いいえ、今の今までは」

エイプリルはダイナの表情を目にしてささやいた。「気にしないで。どっちみち本気でお母さんに警官と結婚してほしかったわけじゃないでしょ」

ビル・スミスは堅苦しくいった。「お邪魔して失礼しました。通りの先のミセス・ハリスという方から、裏のポーチに置いてある食料品が盗まれたと通報があったのです。そしてミセス――」彼は言葉を切り、制服警官を振り返った。

「チェリントンです」警官は答えた。

「ミセス・チェリントンからは、ゆうべ鶏小屋で誰かが寝ていたと報告がありました。明らかにこの界隈を浮浪者がうろついています」

マリアン・カーステアズはふいに恐怖がこみあげてきた。「あなたは殺人課の方かと思っていました」

「そうです」ビル・スミスはいった。「ですから、こうした報告がひっかかっているのです」

「そうですか、わたし――」マリアンは言葉を切った。情報を提供するべきだった。今朝目にしたばかりのやつれてひげも剃っていない、恐怖にひきつったあの顔。しゃがれたささやき声。「お願いですから、警察にはいわないでください」彼女にはできなかった。なぜなら正直なところ、ウォリー・サンフォードが妻を殺したとはどうしても信じられなかったからだ。

「え？」ビル・スミスがいった。

「わたし――」彼女は弱々しく微笑み、後れ毛をピンで留めようとむなしい努力をした。「本当にすみません。でも、お役に立てません。浮浪者はうちには来てません。それに、誰かがこの近所に潜んでいるなら、まっさきにここに来ると思います。裏のポーチに冷蔵庫が置いてあるし、鍵がかけてありませんから」後れ毛を直すことはあきらめ、もっと親しげな微笑を向けた。「ねえ、警部補さん、ミセス・ハリスやミセス・チェリントンは少しヒステリックになっていると思いませんか、近所で犯罪が起きたせいで？」

ビル・スミスは微笑どころか、破顔した。「まさにそうですな」彼はいった。警官の方を振り向いた。「じゃあ、ひと通り捜査したが、何も発見できなかったと報告してくれたまえ」彼は向き直っていった。「ありがとうございました」そのとたん、鼻をひくつかせた。「いい匂いがしますね」

ダイナはわらにすがった。彼女は椅子からぱっと立ち上がった。「おなかがすいていらっしゃるのでしょ。まだ夕食は召し上がっていないんですよね」

「いいえ、サンドウィッチを食べました」

「サンドウィッチ！」エイプリルが軽蔑したように鼻を鳴らした。

意外にも――そしてうれしいことに、ビル・スミスは顔を赤らめた。

彼はいった。「いや、実をいうと――もう行かなくてはいけないので」

「まさか！」ダイナはいった。

アーチーが口を出した。「すっごくおいしいターキーなんだよ」

ビル・スミス警部補には勝ち目がなかった。三人が一致団結したのだ。いつのまにか彼はキッチンのテーブルの前にすわっていた。いつのまにか、マリアンはさらにターキーをスライスしていた。エイプリルとダイナは急いでナイフ、フォーク、スプーン、カップ、ソーサーを用意した。アーチーはコーヒーを淹れはじめた。エイプリルはパンにバターを塗った。ダイナはメイプルケーキを気前よく切り分けた。

ビル・スミスはうっとりしていた。「メイプルファッジですね！　母がよく作ってくれたものです。ずっと――何年も食べてませんよ！」

ダイナは母親をキッチンの椅子にすわらせ、エイプリルはコーヒーを注いだ。ビル・スミスはターキーサンドウィッチをひと口食べるといった。「これはうまい！」ジェンキンズがまた起きてきて、小さく文句をいった。ビル・スミスは猫の耳の後ろをかいてやり、ターキーの皮を少しやった。

「猫がお好きなんですか？」お母さんがたずねた。

その言葉を聞いて、カーステアズ家の三人の子どもたちは巧妙に姿を消した。ただしアーチーは戸口で足を止めて、叫んだ。「お母さんのメイプルケーキを食べてみてよ。お母さんはアメリカ一の、ううん、世界一のお料理上手なんだ」

エイプリルは彼のえり首をつかみ、ひきずるようにして階段を上がっていった。「ひいきの引き倒しってことを知らないの？」

それからアーチーがもう寝るべきかどうかで、毎晩恒例の駆け引きが行なわれた。いつものように、アーチーは負けた。

ダイナはエイプリルと共同で使っている部屋のドアを閉めた。「アーチーにお金を返した方がいいわ」

「かもしれない。でも、どうかしら」エイプリルは顔をしかめて考えこんだ。「アーチーはお母さんがコーク代をくれたことを知らないわ」彼女はいった。

「それ、横領でしょ」ダイナが厳しくいった。

「かもね。だけど、日曜は母の日よ。お母さんにすてきなプレゼントを贈りたいでしょ。だから、今アーチーにお金を返しても、彼に利息を払わなくちゃならない。となると、お母さんのプレゼントを買うために、また彼から借金をしたら、さらに利息をとられるわ。だから」――エイプリルは考えこんだ――「お母さんのプレゼントに二ドル七十五セント必要だといえば、アーチーは――」

「三ドルにしましょ」ダイナがいった。「コークのお金から二十五セント回すの。そうしたらアーチーは一ドル半出さなくてはならないわ」

「それなら、とってもりっぱなプレゼントが買えるわね」エイプリルはいった。「キャンディはだめ、お母さんのお肌によくないわ。それにお花も。ミセス・チェリントンのお庭で大きな花束をもらえるから。母の日のプレゼントだといえば、彼女は見事なバラをひと抱えくれるわ」

「聞いて！」ダイナがエイプリルの腕をつかんだ。

外でガサゴソという音がした。エイプリルは明かりを消して窓辺に走っていき外をのぞいた。アジサイのやぶの中で株の一本が生きているかのように揺れた。それから、やぶの隠れ場所から黒っぽい人影があたりをはばかるように飛びだし、古い東屋《あずまや》に走っていった。

「浮浪者だわ！」ダイナがささやいた。

「殺人犯よ！」エイプリルが息をのんだ。

「どうしてわかるの？」

「殺人犯は必ず犯行現場に戻ってくるの。本で読んだわ」

「馬鹿馬鹿しい」ダイナがいった。「エイプリル、見て」

「裏のポーチの方に進んでいくわ」エイプリルはダイナの手をぎゅっとつかんだ。

ダイナはいった。「叫んだ方がいいわ。ビル・スミスとお母さんに知らせた方がいいわよ」

二人は廊下に出て階段を下りて行った。階段の下でダイナは立ち止まってエイプリルをわきにひっぱるとささやいた。「聞いてよ！」

キッチンから笑い声が聞こえた。親しげな笑い声が。そしてビル・スミス警部補がこういっている声。「そうですね、あとひと切れなら入るかもしれませんね――でもごく薄くしてください」それからお母さんの声がいった。「コーヒーのお代わりは？　温めたところです」

エイプリルとダイナは長いあいだ顔を見合わせていた。それからダイナは足音を忍ばせてリビングを突っ切って玄関に向かいながら、エイプリルについてくるように合図した。二人はドアから滑り出ると、そっと閉めた。

「エイプリル、怯えてるの？」ダイナがひそひそ声でいった。

エイプリルはごくりと唾を飲みこんだ。「ぜーんぜん」

「あたしも」ダイナはいった。歯がカチカチ音を立てないことを祈った。「じゃあ、あたしたちだけでどうにかできそうね」

8

「アーチーは絶対にあたしたちを許さないわ」エイプリルがささやいた。「起こしていっしょに連れてくればよかった」

「明日、学校があるでしょ」ダイナはぴしゃっといった。「それに、あの子は気づかれずにそっと家を出ることなんてできっこないわ」

二人は足を止めて耳を澄ました。どこからも物音は聞こえなかった。月光に照らされた芝生にある生け垣はひっそり静まり返っている。二人は家に沿って進んでいった。

「殺人犯だったらどうしよう」とエイプリルがつぶやいた。

「あんたが引き留めておいて」ダイナがいった。「あたしはお母さんを呼んでくる。そして、お母さんが警察を呼べば手柄になるわ」

相変わらず物音ひとつしなかった。二人はしっかり手をつないで、一分ほど壁際の陰にたたずんでいた。キッチンからこぼれる光で芝生に大きな金色の四角形が広がっている。

そのとき、いきなり物音がした。聞き慣れた音だったので、いっそう恐ろしかった。裏のポーチのドアがキイときしんだのだ。誰かが音を立てずに慎重にドアを開け閉めしようとしているかのように、ドアは低くゆっくりときしんだ。かろうじて聞こえるぐらいに、二度きしみ、三度目にさらにかすかな音がした。一度は開ける音、一度は閉める音、バタンとぶつからないように用心して手で押さえた音。

エイプリルとダイナは同時に心の中で考えた。「あたしが怯えていることを、この子に悟られないようにしないと」

裏のポーチの階段を下りてきたのは、影だったのかもしれない。ただし、手にしているミルクの一リットルびんが月光に一瞬きらめいたし、影にはミルクの一リットルびんを持てなかった。芝生の隅を影がすばやく移動していき、やぶが低くガサゴソと音を立て、それからまたしんと静まり返った。

二人の女の子は家に沿ってそっと進んでいくと、アーチーとゲリラ隊ごっこをしたときにやぶに作っておいた秘密の小道に入った。

「いざとなったら」ダイナが安心させるようにささやいた。「悲鳴をあげて助けを呼べばいいわ」

「あたしは怖くないわよ」エイプリルが嘘をついた。

二人はアジサイのやぶの裏手に出る小道をたどった。あと二メートルほどのところで、エイプリルがダイナの手をつかんだ。

「ダカ・イキ・ジキ・ョコ・ブク」彼女はささやいた。「彼だわ」アジサイの茂みの裏に隠れていた男は飢え死にしかけているかのように、ミルクをごくごく飲んでいた。エイプリルとダイナは足音を殺して最後の数メートルを進んだ。彼が顔を上げた。その目は恐怖に怯えていた。

「怖がらないで」ダイナが安心させるようにささやいた。「あなたを突きだしたりしないから」

男はミルクのびんを握りしめたまま、二人からあとずさった。

エイプリルが小声でいった。「まあ、ミスター・サンフォードなのね！　しかも、ひとびん十四セントするミルクまで！　警察に電話しなくちゃ！」

ウォリー・サンフォードは二人をじっと見つめた。それからミルクのびんを離し、かろうじて笑みを浮かべた。

「ミルクを飲んでしまいなさいな」ダイナがひそひそいった。「おなかが空いているんでしょ。体にいいわよ」

本能的に二人とも、彼がヒステリーと紙一重のところにいることを察した。そしてやはり本能的に、どうするべきかを悟った。

「彼のことを警察に通報するべきかしら？」ダイナがエイプリルにたずねた。

「やめましょうよ」エイプリルはダイナにいった。「彼のことは好きだわ。いい人だもの」

「親切そうな顔をしているわね」ダイナはいった。「殺人犯は親切そうな顔をしてないわ」

「親切なように見せかけているんじゃなければね」エイプリルがいった。「彼を見て。この人は虫けらだってだませそうにないわ」

「あたしが見たところじゃ、おなかがすいているみたいね」ダイナはとまどっている男をにらむと、厳しく命じた。「ミルクを飲みなさい！」

「食べ物はあげられるけど、イキ・キッ・タカ・イキ・ゼケン・タカ・イキ、どこにかくまったらいいかしら？」

ウォリー・サンフォードは空《から》のミルクびんを震える手で置いた。「ぼくは妻を殺してないんだ」

「もちろんよ」ダイナはいった。「あたしたちにはわかってるわ。ただ、あなたがやっていないことを証明しようとしているの」

彼は二人をじっと見つめた。「今朝、新聞を盗んだんだ。四時半に銃声が聞こえたと警察にいったのはきみたちだね。でも、あれは四時半じゃなかったんだ。というのも、ぼくは四時四十七分に電車を降りたんだから。そして、ぼくも銃声を聞いているんだ」

「聞いたと警察にいってはだめよ」ダイナがひそひそいった。「さもないと、あたしたち、当惑するような質問を浴びせられるわ」

「しかし、どうしてきみたちは四時半だと警察にいったんだい？」ウォリー・サンフォードがたずねた。

「なぜならあなたが奥さんを殺したとは思ってないからよ。あなたはそういう人間じゃないわ」エイプリルがいった。

彼はうなって、両手に顔を埋めた。「神だけがご存じだ」彼はつぶやいた。「殺したいと思ってはいた」

ダイナとエイプリルは気をきかして、しばらく黙っていた。やがてエイプリルがいった。

「ねえ、どうしてこのあたりをうろついているの？　どうして逃げないの？」

「ここにいるしかないんだ。家に入らなくちゃならないんだよ」彼は左手を握りしめ、人差し指の第二関節を嚙んだ。「いいかい、あれは彼女の家なんだ。ぼくのものじゃない。彼女が買ったんだ」

彼は聞き手が隣に住む女の子だということを忘れてしまったようだった。ダイナとエイプリルはそれを察した。エイプリルはダイナをつついていった。「そう、いずれ、ポリー・ウォーカーと結婚するんでしょうね」

「結婚！　彼女と！　まさか。実はこういう事情なんだ、ぼくは――」

ダイナはエイプリルを小突いてささやいた。「いよいよだわ」エイプリルはうなずいた。

それは二人ともよく知っている表情だった。告白することがあるのに、なかなか言葉が出てこなくて逡巡していて、何かの拍子に堰《せき》を切ったようにしゃべりだしたときのアーチーの表情と同じだった。

「彼女と知り合って、好意を持った」彼は息を吸いこんだ。「もしかしたら気を引くようなことをいったかもしれない。たびたびランチをいっしょにとった。あんなことはするべきじゃなかった。でも、ぼくは彼女に——偉い人々を知っていると思わせてしまった。もちろん、知ってなんかいない。フローラがいなければ——いや、いなかったら——ぼくは一介の不動産セールスマンにすぎなかっただろう。今は不動産会社の経営者だ。大きなちがいだ。今後はフローラの不動産も管理することになるだろう。絞首刑にならなければね。ああ、この州には死刑はなかったんだ。でもぼくを有罪にはできないよ。ぼくは無実なんだから。彼女を殺さなかったんだ。殺したいとは思った——誰だってそう思っただろう！　だけど、ぼくは殺さなかった。ただ、永遠にそれを証明できないだろう。それにポリーも。こんなことに巻きこまれるなんて——こんな恐ろしい事件に。彼女もフローラを殺していないんだ。それは確かだ。自信がある」

「ねえ、落ち着いて」ダイナがいった。

「ぼくを信じてくれ」ウォリー・サンフォードがいった。「ぼくを信じてくれなくちゃだめだ。ぼくはポリーがうちに行こうとしているのを知ったんだ。理由も知った。ぼくは怖くなった。ねえ、こういうことだったんだよ。ぼくはオフィスを早めに出て、電車に乗った。ここに四時四十七分に着いた。空き地を抜けて近道をした。彼女の先回りをしたかった——妻がポリーに会いたがった理由はわかっていたからね。ぼくは二人を会わせたくなかった——」彼は言葉を切り、息を整えてからいった。「家のすぐ近くまで来た。銃声が聞こえた。二発。それから車が私道を走ってきた。それから、もう一台。ぼくは家に駆けこんだ。彼女は床に倒れていた。殺されて」ウォリーは顔を上げて、つぶやいた。「かわいそうには思わなかった。妻は悪い人間だった——想像もつかないほど邪悪だった」

エイプリルとダイナはまた手をつないだ。

「ぼくは逃げた」ウォリー・サンフォードはささやくようにいった。「最初に疑われるのはぼくだとわかっていたからね。はたして、警察はぼくを捜している。ずっと隠れていたんだ。でも、疲れたよ。ああ、とても疲れた」やつれた顔を両手に埋めた。「ミルクや食べ物や新聞を盗むことに。もしかしたら自首するべきかもしれない。でも、警察は——だって、ぼくは身の潔白を証明できないんだ——」

「冷静になって」ダイナが穏やかにやさしくいった。「あなたはひと晩ぐっすり寝る必要があるわ」

「ひと晩ぐっすり寝るのよ」エイプリルが口をそろえた。「それから広い世界に出ていくの。ここからできるだけ遠い場所に急いで行くのよ。電車やバスだってあるわ。ヒッチハイクだってできる」彼女はウォリー・サンフォードの青白い顔を見て、あわててつけ加えた。「あたしが見当はずれのことをいったら、蹴飛ばして」

「正直なところ」ダイナがいった。「ここからできるだけ遠い場所に行くべきじゃないかしら。そこなら安全よ」

「安全」彼はつぶやいた。「安全。そうかもしれない。でも、ぼくは逃げられないんだ。辛抱しなくてはならない。なぜってあの家の中に入らなくてはならないからだ。妻は証拠を家に隠してあるんだ。ぼくが見つけなかったら、警察が見つけだしてしまうだろう」

「どこにあるのか教えて」エイプリルがいった。「あたしたちが見つけるわ」

ウォリーはまじまじと彼女を見つめた。「それがわかっていればね。フローラがどこに隠したのか知っていればいいんだが。それを見つけることができて破棄できていたら、あんな女と結婚するわけがないだろう？」

「破滅的な魅力に惑わされて結婚したんじゃなかったの？」エイプリルがいった。

ダイナがエイプリルを蹴飛ばしていった。「黙りなさい！」

「それにポリーがいる」悩める男はいった。「彼女の力になろうとしていたのに、こんなことに巻きこんでしまった。ぼくが逃げたら、警察はフローラの殺害容疑で彼女を逮捕するだろう。しかも」──彼は両手で顔を落ち着かなくこすった──「ポリーはフローラを殺していないんだ。それはわかっている。絶対に確かだよ」彼は息を吸いこむと、つぶやいた。「すごく眠いよ！」

二人が立って見ていると、彼は頭を腕にのせ、顔を肘のくぼみに埋めた。それきり身動きしなくなった。

「眠いのね」ダイナがやさしくいった。「ただ、ここで寝かせるわけにはいかないわ。こんな湿った草の上で」

「お母さんを呼んだ方がいいかもしれないわ」エイプリルがいった。「で、お母さんに彼を発見させるの。なんといっても、彼は警察が行方を追っている人間でしょ。お母さんの手柄になるわよ」

「頭がおかしくなったの？」ダイナがきつい口調でいった。

エイプリルはウォリー・サンフォードの青ざめた眠そうな顔にちらっと目をやった。

「一瞬だけよ。わかったわ。だけど、彼をどこにかくまうの？」

それは深刻な問題だった。お母さんに見つからないように、家の中に誰かをかくまうのはむずかしいだろう――とりわけ、殺人容疑をかけられ精神的に不安定になっている人間は。地下室は都合が悪かった。明日マグノリアが洗濯をするために来ることになっていたからだ。ガレージはアーチーのオタマジャクシの水槽が置いてあって少々悪臭がするので、快適に過ごせそうになかった。

「どこにも場所がないわ」ダイナがとうとういった。「ここにいるしかないわ。でも、きっと風邪をひくわね」

ふいに、やぶの中でガサゴソと音がした。エイプリルとダイナはぎくりとした。ウォリー・サンフォードは蒼白な顔を上げた。

「ぼくの隠れ家はどう？」小さな声がいった。「ベッドもあるし、秘密のトンネルもある。去年、ずる休みして五年生全員が隠れたところだよ。そうしたら補導係が――」

「アーチー！」ダイナがいった。「寝ているはずでしょ！」

「寝てなんかいないさ」アーチーはいった。茂みの奥から小さなパジャマ姿が現われた。「起きていて、姉さんたちが話していることをすっかり聞いてたんだ。隠れ家には屋根もついてるし、ベッドもあるし、〝山猫〟とぼくが掘った秘密のトンネルもあって、隠れなくちゃならない人間はちゃんと隠れることができるんだ。でっかいトンネルだよ、五年生全員をかくまわなくちゃならなかったからね」

「五年生の男の子だけでしょ」エイプリルが馬鹿にしたようにいった。「だから、たった十五人よ。それに、あれはあんたと〝山猫〟で掘ったトンネルじゃないわよ。あれはもともと家の基礎だったんだけど、そのあと家が建てられないまま放置されてたのよ。あんたはすぐ隣に隠れ家を作って、つなげただけでしょ。秘密のトンネルが聞いてあきれるわ！」

「だけどさ」アーチーはいった。「十五人が隠れられるぐらいの広さなら、彼をちゃんとかくまえるよ」

「物置から毛布を何枚かこっそり運んでこなくてはならないわね」ダイナが考えこみながらいった。「それから冷蔵庫に食べ物が入ってる。そして学校に行く前にコーヒーを届ければいいわ」ダイナはアーチーをにらんだ。「ところで、あんた、ベッドから出てきて何をしているの？」

「なんだよ、ちぇ」アーチーはプンプンしていった。「ぼくにないしょであんたたちが外に行くのを、黙って見てろっていうの？」

物置には鍵がかかっていたので、アーチーが窓から忍びこんで毛布をとってきたり、冷蔵庫にしまってあるきのうの夕食の残りが、音を立てずにとりだすにはとても苦労する場所にあったり、ウォリー・サンフォードが立ったまま寝てしまったりで、少々手こずった。だが、三人はどうにかやりとげた。十五分後、ウォリー・サンフォードは残り物のハムをがつがつと平らげ、秘密のトンネルの入り口に案内されると、毛布にくるまって死んだようにベッドで眠りこんでしまった。

さて、残る問題は姿を見られず、物音を立てずに家の中に戻ることだけだった。

アーチーは自分でそれをさっさと解決した。一・五メートルほどの雨樋をよじのぼって、蔦棚に這い上がると、裸足なので音も立てずにポーチの屋根を走っていき、自分の窓から飛びこんだのだ。エイプリルがあとに続こうとすると、ダイナが引き留めた。「もう大きいんだから」ダイナはささやいた。「それに新しいレーヨンのスラックスがだいなしになるわ」

エイプリルは反論しなかった。彼女はダイナのあとから物音を立てずに家に忍びこんだ。二人は階段でちょっと立ち止まった。お母さんの部屋ではタイプライターをたたく音がしなかった。だが、キッチンにはまだ明かりがついていて、話し声がした。笑い声も。

「丘を下っていきます、ですよ、絶対に――」

「坂を下っていきます、だわ」母親の声がいった。

「まあ、いいでしょう。時速百四十キロで坂を下っていきます――」

「百十よ」母親が口をはさんだ。

「このことであなたと議論するつもりはありませんよ」ビル・スミスがいった。「ねえ、ミセス・カーステアズ――」

そのとき、エイプリルが我慢できずにくしゃみをした。

くしゃみだけではすまなかった。ちょっとした大騒動になった。エイプリルはくしゃみをして階段の上でバランスをくずし、カーテンにつかまったが、それが勢いよくはずれて、踊り場に置かれていた銅製の水盤をひっくり返し、とてつもない大音響とともに水盤が階段をころがり落ちていったのだ。

「子どもたち」マリアンがキッチンから呼びかけた。「どうしたの!」

ダイナがすばやく行動に移った。二歩で階段を上がりきると、バスローブとスリッパを手すり越しにエイプリルに投げた。エイプリルも同じように敏捷に動いた。靴と靴下を脱ぎ、バスローブをひっかけスリッパをはくと、髪をくしゃくしゃにした。

「子どもたち」母親が叫んだ。

エイプリルはバスローブを体に巻きつけてダイニングを走り抜けた。ピンク色の頬と眠たげな目つきで、キッチンのドアから勢いよく飛びこんでいった。

お母さんとビル・スミスはキッチンのテーブルに向かい合わせにすわっていた。ターキーは哀れな残骸になり、メイプルケーキはほとんどなくなっていた。

「まあ！」お母さんはあわてて椅子から立ち上がった。「どうしたっていうの？」

「悪い夢を見たの」エイプリルはつぶやいた。

母親はまたすわり、エイプリルは母親の膝によじのぼって六つぐらいに見えるようにした。

「かわいそうに」ビル・スミスがいった。彼は母親の椅子に近づいてきて、エイプリルにメイプルアイシングのかけらを食べさせようとした。エイプリルはあとでダイナとわけあおうと、そのほとんどをこっそりポケットに入れた。

「とても神経質なお子さんですね」ビル・スミスが母親にいった。エイプリルがまたもや小さく鼻をぐすんとさせたので、ビル・スミスはなだめた。「よしよし」

「神経質ではないんです」母親はむっとしたようにいった。「それに、もう子どもじゃありません」ふと下に目をやって、エイプリルのブラウスがバスローブからはみでているのに気づいた。「おまけに――」

そのとき玄関のドアベルが鳴った。母親はエイプリルを膝から突きのけた。「失礼します」そして玄関に向かった。ビル・スミス警部補も続いた。エイプリルはその隙に階段を半分ほど駆け上がり、立ち止まって耳を澄ました。

「お邪魔して申し訳ありません」感じのいい男性の声が聞こえた。「この事件の担当の刑事さんに、どうしても連絡をとりたかったんです。こちらにいらっしゃるかもしれないとうかがったので」

「ええ、そうです」マリアンはいった。「お入りになりません？」

それから「わたしはビル・スミスです。あなたは――？」

エイプリルは階段の手すりからのぞきこんだ。ハンサムな青年が見えた。長身で日に焼け、笑みをにじませた青い目に茶色のカールした髪。

「ついさっき新聞を見たんです」青年はいった。「そして、警察がぼくを探していると知ったんですよ」

「どういうことでしょう？」ビル・スミスはいった。

青年はいった。「ぼくはルパート・ヴァン・デューゼンです。ミセス・サンフォードが

──亡きミセス・サンフォードが──くだらないことの書かれた手紙をネタにぼくを脅迫していたことを認めるのにやぶさかではありません。それに彼女との話し合いは新聞で報道されたとおりだったものだと認めますよ──信頼できる証人がいったとおり。ただし、彼女が死んだとき、ぼくはここから三十キロ以上離れた床屋で髪を切っていて、それを半ダース以上の人間が証言してくれます」

ビル・スミスはまじまじと青年を見つめた。それからいった。「本署までご同行願えますか、あなたのアリバイを確認したいので」

「喜んで」青年はいった。「お役に立つことなら何でもしますよ」

「失礼させていただけますか？」ビル・スミスはいった。「それから夕食をごちそうさまでした、ミセス・カーステアズ」

「いえ、どういたしまして」マリアンはいった。

二人は出ていった。エイプリルは残りの階段を駆け上がり部屋に飛びこむとドアをすばやく閉めた。

「どうしたっていうの」ダイナが日記から顔を上げていった。「幽霊でも見たような顔をしちゃって！」

「そうなの」エイプリルは震えながらいった。「存在しない人間を見たのよ！」

9

「わたしが警察に入ったのはアドヴァイスをするためじゃありません」オヘア部長刑事は誇りを傷つけられたような口調でいった。「ドロシー・ディックス（一八六一～一九五一。アメリカのジャーナリスト。愛と結婚についてアドヴァイスする新聞のコラムが人気だった）になるつもりはないんです。しかし、あなたは友人だし、重大なまちがいをしでかすのを目にすれば、非公式に友人としてひとこといいたくなりまして。あのヴァン・デューゼンは釈放するべきじゃなかったですよ」

ビル・スミス警部補はため息をつき、サンフォード家のヴィラの正面階段でいちばん下にすわり、煙草に火をつけた。「ミセス・サンフォードが殺されたとき、彼は〈グランド・セントラル理髪店〉にいたんだ、ロサンジェルスのダウンタウンにある店にね。一ダースもの人間が――店主も含めて――彼の姿を目撃している。彼が理髪店の椅子を抜けだして、三十キロを移動してミセス・サンフォードを殺し、また三十キロを戻ってきても、誰にも気づかれなかったといってるのか？　宇宙船の漫画を読みすぎなんじゃないかな」

「この目撃者たちは、石鹸の泡だらけの顔しか見てないと思いますが」オヘア部長刑事はひややかにいった。

「髪を切ってもらっていたんだ」ビル・スミスはいった。「顔剃りではなくて」

「わかりました、わかりました」オヘアは同意した。「彼にはアリバイがある。しかし、あの件は非常にうさん臭い。彼はミセス・サンフォードを脅していたんです。あの利口ないい子がそれを聞いて、わたしに話してくれたんですよ。彼自身もそれを認めている。アリバイがあるからといって、あなたは彼を釈放した。殺人と無関係なら、どうして、ここにのこのこ現われたんでしょう?」

「たぶん、警察を手助けしたいと考える正直でまっすぐな市民なんだろう」ビル・スミスは疲れた声でいった。

オヘア部長刑事はひとことつぶやいた。それは非常に失礼な言葉だった。

「ああ、わかったよ」ビル・スミスはいった。「彼がミセス・サンフォードを殺した。それは完全犯罪だ。なぜなら彼には完璧なアリバイがあるからね。だから、報告書を出して、心配するのはやめよう」彼は苦々しげにつけ加えた。「そろそろ報告書を出さなくてはならないんだ」

オヘア部長刑事は目の隅で上司をうかがった。「もしかしたらひと晩ぐっすり眠った方がいいんじゃないですか?」彼は提案した。

ビル・スミスは嘆息しただけで、何もいわなかった。サンフォード殺人事件を二日間捜査しても、捜査を始めたところからまったく進んでいなかった。これで二百回目ぐらいになるが、どうにか集めることのできた乏しい情報を頭の中でおさらいしてみた。

フローラ・サンフォードという名前の裕福な女性――金があるので尊大だった――が殺された。夫がいて――ビル・スミスが調べたところによれば――彼はハンサムで意志が弱く、妻よりもいくつか年下だった。その夫はポリー・ウォーカーというきれいな女優と遊び回っていた。とてもきれいだと、ビル・スミスは思った。ただし、気性が激しく、おそらくほしいものは何が何でも手に入れようとする非常にかたくなな若い女性だ。

殺人の起きた日まで、ミセス・サンフォードとポリー・ウォーカーは会ったことがないと判明していた。しかし会う約束をしていた――それはフローラ・サンフォードがいいだしたのだろうか、それともポリー・ウォーカーが提案したのだろうか？　だが、ポリー・ウォーカーが到着したときにはすでにフローラ・サンフォードは殺されていたので、とうとう二人は会わずじまいだった。

いや！　待てよ！　二人は前に会ったことがあるにちがいない。ポリー・ウォーカーの電話の怯えた声はこういったのだ。「急いで。ミセス・サンフォードが殺されたんです」「どうして床で死んでいる女性がミセス・サンフォードだとわかったのだろう、一度も会ったことがないのに？」ビル・スミスは声に出していった。

オヘア部長刑事は彼を心配そうに見た。「あくまで友人としていっているんですが、ぐっすりひと晩眠った方がいいですよ。朝になったらまた戻ってきて、徹底的に捜査しましょう。それにこの女性が恐喝のネタになる手紙を持っていても、ミセス・ジョン・スミスとかいう偽名で銀行の貸金庫に預けていますよ」

ビル・スミス警部補は返事をしなかった。新しい煙草に火をつけて、林の方に目を向けた。つじつまのあわない事実が多すぎた。ウォレス・サンフォードの失踪。どうして彼は姿をくらましたのだろう？　完璧そのもののアリバイがあったのだ。銃が発射されたとき、彼は電車に乗っていたのだから。ただ逃亡したのか、それとも誘拐され——殺害されたのか？

さらに、殺人事件後にさまざまな連中がサンフォードの家に忍びこもうとしているのは、なぜなのか？　ミセス・カールトン・チェリントン三世。彼女はよくいる万引き屋には思えない。あのびくついた小柄な弁護士、ホルブルック。いやしくも弁護士なら、犯罪が起きた家の錠前をこじ開けてはならないことは承知しているはずだ。たとえ被害者がクライアントだとしても。それに灌木の茂みから忍び寄ろうとしてつかまった男は、ピエール・デグランジュと名乗り、フランス人画家だといった。彼のアクセントはビル・スミスの知っているどんなフランス人ともちがっていた。

そしてこの男、ルパート・ヴァン・デューゼン。一体全体、彼はこの事件にどういう関わりがあるのか？

二発の銃声が聞かれていた。一発がフローラ・サンフォードを殺した。もう一発の弾《たま》はどこに行ったのか？　犯罪現場となったチンツ布だらけのリビングになかったのは確かだ。徹底的に捜索したのだ。第二の殺人が起きて、死体が運び去られたのか？　二台の車が犯罪現場から走り去った。二発の銃声。二台の車。死体がひとつ。動機と完璧なアリバイを備えた人々。そして、恐喝のネタが隠されたあの家は捜索しなくてはならない。ビル・スミスはうめいた。

「どんな気分ですか？」オヘア部長刑事が気遣わしげにたずねた。

「混乱している」ビル・スミスはつぶやいた。煙草を投げ捨てて立ち上がった。木々の隙間から、隣の家が見えた。あのキッチンは暖かくて居心地がよかった。それに、彼は何よりも鉄道の歌が好きだった。ターキーサンドウィッチ、それにメイプルケーキ——そしてマリアンは——いや、ミセス・カーステアズだと自分に思い出させた——りっぱな母親であるばかりか、聡明な女性で、美しく、おまけに料理の腕もたいしたものだ。

彼はサンフォード家の中庭のはずれまで歩いていった。明かりのついた窓越しに、タイプライターの前にすわっている彼女の姿が見えた。仕事に没頭していた。残念なことだ、あれほど魅力的な女性が、あそこまで必死に働かなくてはならないのは。一人きりで、あいうきれいな頭のいい子どもたちを育てているとは気の毒に、まったく女手ひとつで！ふいにカーステアズ家全体にこうこうと明かりがついていることに気づいた。ポーチや私道にまで。誰かが病気なのか——もしや子どもたちの誰かが？　いやいや、それならマリアンが——ミセス・カーステアズが——タイプライターに向かっているはずがない。彼女は病気の子どものベッドわきにいて、看病をして慰めているだろう。では、何が——？

「すみませんが」オヘア部長刑事がいった。「家に帰りますか、それとも捜索しますか？」

ビル・スミスはようやく現実世界に戻ってきた。「ああ、いいだろう」不機嫌にいった。「家に帰って捜索しよう」

オヘア部長刑事はしげしげと上司を見つめた。「ねえ」とうとういった。「混乱しているんですね」

いきなりカーステアズ家から甲高い子どもの声が響いた。続いて、もっとキンキンした声が何度かあがった。

「一体どうしたんだ？」ビル・スミス警部補は息をのんだ。彼が階段を下りて芝生を半分ほど走ったところで、オヘア部長刑事が追いついて引き留めた。

そのあいだにも何度か悲鳴があがった。若い女性の悲鳴だ。甲高い声が叫んだ。「エディ！　やめてよ！」レコードのハリー・ジェームズの演奏が大音量で流れてきて、混乱状態に拍車がかかった。

ビル・スミスは芝生で足を止めて、息をついた。「オヘア！　暴動を通報しろ！」

「まあまあ」オヘアはなだめるようにいって、上司の肘をつかんだ。「あそこの子どもたちがパーティーをしているだけですよ。わたしは九人の子どもを育てたので、わかってます」

ビル・スミスは息を整えるといった。「ああ！」次の瞬間に「うわ！」といった。それは人影が魚雷並のスピードでやぶから飛びだしてきて、彼のお腹に突っ込んできたので、芝生に仰向けに倒れてしまったからだった。

「すみません」それはブルージーンズとやぶれたジャージを着た男の子で、顔は信じられないほど汚いばかりか、赤いチョークで不気味な模様が描かれていた。「ぼく、ギャング団の一人なんだ。じゃね」

幼い声がひそひそいったので、彼は茂みの方に戻っていった。「こっちに来い、スラッキー。じっとしてるんだ。コークを盗んでこなくちゃならない」

ビル・スミス警部補は立ち上がると、服を払った。「もしかしたら、やはり暴動を通報した方がいいかもしれない」彼はマリアン・カーステアズが一心不乱にタイプライターをたたいている窓を見上げた。「よく耐えられるものだ」彼はつぶやいた。

「慣れているんですよ」オヘア部長刑事は自信たっぷりにいった。「うちの騒ぎを聞いてくださいよ」彼はサンフォード家の敷地の端まで戻ると怒鳴った。「静かにしろ！」たちまち静かになった。

「ほらね？」彼はいった。「子どもは子どもです。さあ、あなたも九人の子どもがいれば――」

「とんでもない！」ビル・スミスはいった。とはいえ、さほど自信のない口振りだった。決して認めようとはしなかったが、彼は何度もオヘア部長刑事をうらやましいと感じていた。ハイスクールの最上級生のときに出会った黒髪のかわいい子と結婚していたら――。

あの子の名前はベティ・ルーだった。彼女は南部訛りの暖かいやわらかな声でしゃべった。もちろん、一人では何もできないタイプの子だった。ビル・スミスは彼女を熱愛していた。卒業後の夏、彼が〈ホプナーのドラッグストア〉で店員をしていたとき、夏以降も老ホプナーが彼を雇ってくれるなら、秋には結婚しようと二人で決めた。

だが八月、父親が入院して五日目に亡くなった。銀行強盗に撃たれた傷が悪化したのだ。その五日のあいだに、父親はビルが警察学校に入る手続きをしていた。父のいまわの言葉は「お母さんを大切に、りっぱな警官になれよ」だった。

ビルは警察学校に入った。ベティ・ルーは彼を待っていると約束してくれた。三週間後、彼女はポートランドから来た車のセールスマンと結婚した。

母親が生きているあいだ、ビルはずっと面倒を見た。彼は優秀な警官だった。最初に任命された新米巡査から、一歩一歩昇進していった。いまや殺人課の警部補だった。父は息子を誇りに思っただろう。そして、彼はとうとう結婚しなかった。時間がなかったからでもあり、お金がなかったからでもあり、ベティのような女の子とは出会わなかったせいでもある。彼女たちはやわらかい南部訛りもなかったし、か弱くもなく、愛らしくもなかった。

とうとう、独身者の方が楽しいという結論に達した。完璧なメイドのサービスつきで快適なホテルに暮らし、近くにおいしいレストランがある暮らし。

だが最近、迷いはじめていた。

たしかに居心地のいいホテルだった。サービスは非の打ち所がなかった。熟練したメイドが——毎週決まったチップを払っていたが、彼は顔を見たこともなく名前も知らなかった——服を手入れし、灰皿をきれいにしてくれた。それに、おいしいレストランもあった。ウェイトレスはもうメニューを持ってこようとせず、ただ夕刊と夕食を運んできた。彼女の顔すら見ようとも思わなかった。

ただ、レストランではメイプルファッジ・ケーキは食べられなかった。

それに、快適なホテルの部屋は静かすぎた。

だが——ベティ・ルーは九人の子どもを生むことを承知しなかっただろう。それどころか、一人だって生みたがらなかっただろうと、彼は推測した。

おまけに——彼女はミステリを書けるような聡明な女性には絶対になれなかっただろう。それに《旧式九十七型機関車の転覆》は歌えっこない。そして、鼻の先に汚れがくっついていても美しく見える女性が、他にいるだろうか。

「彼女が結婚してくれなかったのがうれしいよ」ビル・スミス警部補は考えていたことをつい口に出した。

「何ですって？」オヘア部長刑事がいった。

「考えていたんだ」ビル・スミスはいった。大きく息を吸いこんだ。「あの家はやはり捜索しなくてはならないと思う。そして、できたら――」彼は終わりまでいわなかった。

その頃、ダイナとエイプリルはむずかしい問題に直面していた。パーティーは順調に進んでいた。コークは冷蔵庫で冷えていた。子どもたちは食べ物を持ってきた。ホットドッグ、ポテトチップス、ポップコーン、クッキー。それから思いがけず、巨大なチョコレートモカケーキがキッチンのテーブルに現われた。こういうメモがついていた。「ギャングたちが本当におなかがすいたときのために。母より」エディとマグはけんかをしなかった、少なくとも今のところは。それからギャング団はトラブルを起こしていなかった――まだ。

ただし――。

宝探しはうまくいっていた。ウェンディが日時計の隅の下に、最初の手がかりを発見した。ピートが次の手がかりを見つけた、びんに封印されて金魚池の中に沈んでいた。いまや、みんな、宝探しに熱くなっていた。まもなく、予定どおりサンフォード家の敷地になだれこむことになるだろう。

ただし――。

おしゃれに見えることには自信があった。ダイナはチェックのスカート、ざっくりしたセーター、茶と白のコンビの靴。エイプリルは淡いブルーのオーガンジーのドレスに髪に花をつけている。アーチーですら顔を洗い、髪にブラシをかけ、よそいきのズボンをはいていた。

ただし――。

パーティーはまちがいなく成功だった。お母さんの邪魔にもならなかった。ダイナとエイプリルは一度、そっと二階に様子を見に行った。お母さんは猛烈な速さでタイプを打っていた。青ざめた顔は一心不乱で、執筆中の本の最終章にさしかかっているにちがいなかった。階下の大騒ぎにも、まったく気づいていないのだ。

ただし――。

コークを盗もうというギャング団の計画は寸前で発覚し、強くて信用のおける男の子が二人、計画を阻止するために裏のポーチに配置された。これまでのところ、割れたレコードは一枚だけだった。娯楽室のクレープペイパーの飾りはまだ無事だった。万事順調だった。

ただし――。

「どうやってみんなをまいて、本物の捜索にとりかかれるかしら?」エイプリルがダイナにささやいた。

「わからないわ」ダイナが不機嫌な声でいった。「ピートがずっとあたしにくっついてくるんですもの」

「彼はあなたの悩みの種ね」エイプリルがいった。

「いっそ彼に説明した方がいいかもしれないわ。そして手伝ってもらうの」

「冗談でしょ!」エイプリルが叫んだ。「あなた、頭をどこかに預けてきちゃったの? それともなくしちゃったの?」

「でも、ねえ」ダイナが弁解するようにいった。「何かしなくちゃならないわ。ただ——」

「おい、ダイナ」ピートの声がすぐそばで聞こえた。エイプリルはうめいた。

「ここよ」ダイナはあきらめのにじんだ声でいった。

ピートはアジサイの植え込みの陰から現われた。ダンガリーのジーンズとチェックのシャツでおしゃれをしていた。十六歳ですでに百八十センチ近くある長身で、自分の足につまずきかねなかった。

「やあ、エイプリル」彼はいった。「ジョーがきみを探していたよ」

「探させておけばいいわ」エイプリルがぴしゃりといった。

ダイナはふいにひらめいた。「ああ、ピート。お願いがあるんだけど」

「いいとも」ピートは熱心にいった。「何でも」

「ペーパーナプキンを用意するのを忘れちゃったの。〈ルークの店〉まで自転車で行って、十セント分買ってきてくれないかしら？」

「ああ、いいよ」ピートはいった。

「十セント渡しておくわね」ダイナはブラウスのポケットを探った。「エイプリル、あなた十セントを持っている？」

　エイプリルはかぶりを振って、叫んだ。「アーチー！」アーチーは庭の階段を一度に二段ずつ駆け上がってきた。「十セント玉を持ってる？」

「うん」アーチーはいった。「何に使うの？」

「それは心配しないで」エイプリルが手厳しくいった。彼女は意味ありげに目配せした。

　アーチーが十セント玉をエイプリルに渡すと彼女はそれをダイナに渡し、ダイナはピートに渡した。ピートはいった。「すぐに戻ってくるよ」そして停めてあった自転車で走り去った。「これで二ドル八十五セントの貸しだよ」アーチーがいった。

「ちゃんと返すわよ」ダイナはいった。「さて」とため息をついた。「さっさと仕事にかかりましょう」

　三人は芝生を突っ切り、サンフォード家の敷地の境まで行った。そこではジョエラが歓声をあげていた。サンフォード家の睡蓮池に浮かんでいたミルクびんの中に手がかりを見つけたのだ。制服警官が表側の門から飛んできて怒鳴った。「ここから出ていけ、子どもたち!」エディがサンフォード家の木から勝ち誇った叫び声をあげながら下りてきた。鳥の巣に入れてあった手がかりを見つけたのだ。家の中を警備していたべつの制服警官が、サンフォード家の裏階段を急いで下りてきた。ちょうどそのとき、バニーが家庭菜園の方へ敷地を走っていくのが見えた。

「なかなかうまくいってるわね」ダイナがいった。「これで自由に忍びこめるわ。だけど」――彼女は表側のポーチにいるビル・スミス警部補とオヘア部長刑事を指さした――「あの二人はどうしよう?」

「よりによって今夜、どうして来たのかしら?」エイプリルがつぶやいた。彼女はアーチーの方を向いた。「ねえ、あんたとギャング団でどうにかして、あの二人を追い払ってちょうだい」

「ちぇ、なんだよ、なんだよ」アーチーは罵った。「ぼくたちにやらせるのかよ。あんたたちがやればいいのに。それにどうやったらいいんだよ?」

「なにいってるの」ダイナがいった。「何か考えなさいよ。どこかの家に火をつけるとか」

「もう、頭に来るなあ!」アーチーはいった。階段をバタバタ下りていきながら叫んだ。

「おい、スラッキー！　おい、〝まぬけ〟！　みんな――」

「なんとかするでしょ」エイプリルは自信たっぷりにいった。「ギャング団のことだから」彼女は東屋《あずまや》を通り抜けてサンフォード家の敷地に入っていった。ダイナはその後ろに続いた。

二人の制服警官では手に負えないので、オヘア部長刑事も加勢した。だがウェンディがバラ園から追い払われたと思ったら、ジョエラが日時計のかたわらに現われ、さらにウィリーがアヴォカドの木の下に立った。二人の警官とオヘア部長刑事は手一杯だった。だがビル・スミスは、サンフォード家の玄関わきに立ったままだった。

「本当にみんなを忙しくしておけるだけの手がかりを隠したのね」ダイナがささやいた。

エイプリルはうなずいた。「そこらじゅうに。さあ、宝探しに仲間入りしましょう」

二人がサンフォード家の灌木の茂みを抜けていくあいだに、宝探しはいよいよ騒々しくなった。ミルクの空きびんがずらっと並んでいた。ウォリー・サンフォードが残していったにちがいなかった。ウサギの巣穴があり、アーチーが三週間前になくしたスカウトナイフが落ちていた。マグのハンカチーフに、割れたコークのびん。エイプリルはブルーのオーガンジーに小さなかぎ裂きを作ってしまい、ダイナは低く垂れさがった枝で鼻の頭をこすった。

十五分後、エイプリルがいった。「このあたりを探してもむだだわ。外に隠されているなら、今日の午後に手がかりを隠しているときに見つけたはずだもの。家の中に入らなくちゃだめよ」

「そうね」ダイナが同意した。「だけどどうやって？」いきなり彼女はエイプリルの手首をつかんだ。「聞いて！」

サイレンを鳴らした車が道路を走っていった。さらにもう一台。三台目のサイレンがはるか遠くから聞こえてくる。

「また誰かが殺されたんだわ！」エイプリルが息をのんだ。

「あれはパトカーのサイレンじゃないわ」ダイナがいった。「あれは――ああ、エイプリル、見て！」

道の曲がり角のあたりが鮮やかな赤に輝き、盛大に煙が立ちのぼっている。一瞬後、木立の向こうに炎が見えた。

「ああ、どうしよう」エイプリルがうめいた。「ああ、大変！　アーチーが本気にしちゃったのよ！」

10

ダイナは道路めざして丘を駆け下りようとした。エイプリルがその腕をつかんだ。

「この機会を利用した方がいいわ」

サンフォード家の敷地には、エイプリルとダイナ以外に人影がなかった。二人の制服警官、オヘア部長刑事、ビル・スミス警部補を含め、全員が火事現場に行ってしまったのだ。

「それに、裏口には鍵がかかってないわ」エイプリルが指摘した。

「アーチー」ダイナが低くつぶやいた。「アーチーったら！　誰かに知られたら――」

「知られないようにすればいいわよ。さあ行きましょ！」

二人は芝生に沿って裏口まで走った。キッチンのドアは鍵がかけられていないどころか、大きく開いたままだった。キッチンにはこうこうと明かりがつき、《探偵小説》がテーブルに広げてあった。制服警官がハムサンドウィッチを作ろうとしていた痕跡もあった。

家の残りの部分は真っ暗だった。怖くなるほど真っ暗だ。二人は足音を忍ばせて食器室からダイニングに入り、そこからチンツ布だらけのリビングへと移動した。リビングの床には紙が敷かれ、太く黒いチョークであちこちに印が描かれていた。床の片隅には長い楕円形が描かれている。エイプリルは身震いした。

「ちょうどそこだったんだわ」彼女はつぶやいた。

「怖がらないで」ダイナがいった。

「怖がる？」エイプリルはひそひそいった。「あたしが？」ありがたいことに、歯がガチガチ鳴るのは止まっていた。「懐中電灯は持ってる？」

ダイナはうなずいた。「でも、どうしてもというときでなければ使わないつもりよ。注意を引いてしまうから」彼女は言葉を切った。「もしかしたら時間のむだかもしれないわね。警察が家を徹底的に捜索しているはずだもの」

エイプリルがフンと鼻を鳴らした。「連中は男よ」彼女は軽蔑したようにいった。「女がどこにものを隠すか見当もつかないでしょうね。ちょっと考えてみて。お母さんだったら、誕生日プレゼントとか、校長先生からの手紙とか、あたしたちに読ませたくない手紙とか、どこに隠すと思う？」

「そうねえ」ダイナは考えこんだ。「バスルームの洗濯かごの底か、帽子箱か、マットレスの下か、ドレッサーの鏡の裏側か、ダイニングのラグの下か、おじいさんの肖像画の裏か、古いイブニングドレスをしまってある箱か、二階の書棚の古い百科事典の後ろかしら。それに、階段の上にかけている壁掛けの下のこともあるわ」

「あたしのいう意味がわかるでしょ」エイプリルが同意を求めた。「警察がそういうところを探すものですか！」

二人はそっと階段を上がっていき、ゆっくりと音を立てずに家を見て回った。警察が捜索したのは明らかだった。亡きフローラ・サンフォードのデスク、ドレッサー、たんすの引き出しは空っぽにされていた。小さな壁に作りつけられた金庫は開いていた。

「もしここにあったとしても、すでに見つけられてしまったんだわ」ダイナがいった。

「でも、探すだけ探しましょうよ」エイプリルはラグの下を調べた。

「ミセス・サンフォードは厚化粧だったみたいね」ダイナがいって、ドレッサーを調べた。

「このたくさんの化粧品の容器や何かを見て」

「美容のヒントを見つけるために来たんじゃないわよ」エイプリルは写真を移動させた。

またサイレンが走り過ぎた。通りの先にある家に反射して、赤い光がフローラ・サンフォードの化粧室の壁を明るく照らしだした。ダイナは窓の方を残念そうに見た。

「かなり大きな火事みたいね」

「火事ならまたいつでも見に行けるわよ」エイプリルはひややかにいった。いきなりマットレスを調べていた彼女は腰を伸ばした。「ダイナ。火事。もしお母さんが――」

二人は窓辺に駆け寄った。庭の向こうに明かりのついた窓が見えた。お母さんはタイプライターにかがみこんでいた。二人はそっと安堵の吐息をついた。

「そうね、いつだったか、地震があったときもずっと仕事をしていたわ」ダイナはいった。「覚えてる？　窓ガラスが二枚割れて、一階のドアが開かなくなって、通りの先の家がつぶれたでしょ。ぞっとするような音がしたわ」

「で、あたしたちはすごく怖かった」エイプリルが思い返して、クスクス笑った。「だからお母さんが無事かどうか、二階に駆け上がったら、廊下に出てきてこういったのよ。『子どもたち！　ドアを乱暴に閉めないで！』」

ダイナもクスクス笑った。それから真面目な顔になった。「エイプリル。アーチーがこの件で厄介なことになったら――」

「ならないわ」エイプリルはいった。「それにさっさと片づけましょう。探すのよ」

化粧室では何も見つからなかった。フローラ・サンフォードの部屋でも、客用寝室でも。

十分後にエイプリルがいった。「あたしたち、まぬけだったわ。聞いて、もし彼女が後ろ暗いものを家に隠すなら、自分の部屋に隠すわけがないわ。ご主人の部屋に隠したわよ、何か起きても、彼のせいにできるでしょ。彼女はそういうタイプの女だわ」

二人はウォリー・サンフォードの部屋に入っていった。バラ模様の壁紙が貼られた豪華な客用寝室や、グレーとブルーのタフタの厚手カーテンがかけられ、等身大の鏡がいくつも置かれたフローラ・サンフォードの部屋とはまるっきりちがっていた。きわめてありふれた小さな部屋で、安っぽいカエデ材のベッドやテーブルが置かれ、平織りのカーテンがかけられていた。

「彼が選びそうな品じゃないわね」ダイナが意見をいった。

「とんまね」エイプリルがいった。「あの女が選んだのよ。すべて彼女のお金でしょ、覚えてる？」

二人は捜索を続けた。いきなりダイナがいった。「ここに来たんだから——ミスター・サンフォードにきれいなシャツと靴下を持っていきましょう。ブラウスの下に隠していって、あとでこっそり渡すわ」

「ついでに剃刀《かみそり》も持ってきて」エイプリルはいった。「明日、石鹸を届けるわ」

五分後、ドレッサーの鏡の裏にエイプリルは大きなマニラ紙の封筒を発見した。低く口笛を吹くと、中をのぞきこんだ。ダイナは窓から見えないように注意しながら、懐中電灯をつけた。小さなノート、新聞の切り抜き、手紙がいくつか入っていた。エイプリルはざっと調べて、なじみのある名前をあちこちに見つけた。チェリントン。ウォーカー。ホルブルック。サンフォード。

「ダイナ、これだと思うわ！」

ダイナは目を通すうちに、いきなりはっと息をのんだ。「まあ！　エイプリル！　この切り抜き。カーステアズについてよ」彼女はじっくり読んだ。「ええ、そうよ、マリアン・カーステアズ」

「あら、まさか！」エイプリルはうめいた。彼女は切り抜きを見た。それから蒼白な顔で、ダイナを見上げた。「家に持って帰って、あとで読みましょう」書類や切り抜きを戻すと封筒を閉じた。

ダイナは歯を食いしばりながらいった。「どっちにしろ、お母さんが——したはずがないわ。銃声を聞いたとき、タイプを打っていたんだから——」彼女は言葉を切って、エイプリルを見つめた。

二人とも同じことを思い出しかけていた。母親の本の一冊、クラーク・キャメロン物の一冊だ。殺人犯には完璧なアリバイがあった。女性の大家と半ダースの他の人々が、犯罪が行なわれたときに彼がタイプを打っているのを聞いたのだ。やがて、彼は自分がタイプする音を録音して、一度にレコードを十枚セットできるプレイヤーで流していたことがわかった。

「馬鹿馬鹿しい」エイプリルがいった。「うちには録音機がないし、うちのプレイヤーは一度に一枚しかレコードをかけられないし、レコードの途中で、ぜんまいをもう一度まかなくちゃならないのよ」

「それに、銃声の直後に二階に行ったとき」ダイナがいった。「お母さんはすわってタイプしていたわ」

「それに」エイプリルが断固としていった。「お母さんは恐喝されるようなことを絶対にしないわ」彼女は封筒を見た。「どうやってこれを持ち出したらいいかしら、途中で誰かに会うかもしれない」

「隠して」ダイナがいった。

「ドレスの下に？」エイプリルはいった。「あたし、魔術師みたいに見える？」

「わかったわ」ダイナはいった。彼女は封筒をつかむとブラウスの下に押しこんだ。「この他に、ウォリー・サンフォードのシャツとソックスと剃刀と——」

エイプリルはからかうような目つきで姉を値踏みした。「その気になれば、マットレス二枚ぐらい忍ばせられるわね」

「まあ、うるさいわね」ダイナは鋭くいった。「さあ、ここから出ましょう。心配だわ、アーチーが大丈夫かどうか確かめなくちゃ。それに、好き勝手に走り回っている子どもたちのこともあるし——」ダイナは懐中電灯を消した。「行きましょ、エイプリル」

二人は二階の廊下を音を立てずに歩いていった。窓から赤い輝きが見えた。

「かなり大きな火事ね」エイプリルが残念そうにいった。「見損なっちゃったわ」

「りっぱな目的のためでしょ」ダイナは思い出させた。そして「しっ！」

階下からかすかな物音が聞こえた。誰かがそっと、用心しながら歩きまわっている。そのとき玄関で物音がした。錠を開けようとしているのだ。ふいに小さな爆発音がして、ガラスの割れる音が響いた。ダイナとエイプリルは二階の廊下をあとずさり、窓からのぞいた。

男が芝生を走って家から遠ざかっていく。途中で一度足を止めて振り返り、また走りだした。月の光の中で、彼の顔がはっきりと見てとれた。存在しないはずの男。ルパート・ヴァン・デューゼンだ。エイプリルは悲鳴を押し殺した。

「彼は何者なの？」ダイナが声をひそめていった。

「容疑者ね、まちがいなく」エイプリルはささやき返した。いまや彼女の歯はガチガチ鳴っていた。

二人はしばらくそこに立って耳を澄ました。階下のひそかな物音がまた聞こえてきた。誰かが暗がりで何かを探している物音。ときどき懐中電灯のかすかな光が見えた。

「隠れる？」ダイナはささやいた。

エイプリルはかぶりを振った。「場所がないわ。いざとなったら屋根に出て、雨樋を滑り下りましょう。雨樋があればいいけど」

階段の下で何かが動いている。二人の女の子は凍りついて立ち、手すりから見下ろした。黒っぽい人影はふいに静止し、向きを変えると、一瞬動かなくなった。窓から入ってくる月光と火明かりで、二人には彼の顔が見てとれた。浅黒いやせた顔で、スナップブリムの帽子をかぶっている。怯えた表情だったが、片手に握る物に月光が落ちて反射した。

ダイナはエイプリルを手すりから引き離した。二人のすぐ背後には窓があり、屋根に出られた。

　そのとき銃声が聞こえた。小さなパシンという音だ。それから静寂が広がった。

　二人の女の子は手すりに駆け寄った。階段の下の床には人影らしきものがあった。スナップブリム帽が少し離れたところにころがっていて、光る拳銃がラグに落ちていた。階下のどこかでドアがそっと閉まった。

「ここから出なくては」ダイナがかすれた声でいった。「雨樋がなかったら、飛び降りるのよ」

　雨樋よりもいいものがあった。蔦のからんだ東屋《あずまや》だ。二人は這ったり、滑ったりしながら、子猫のように音もなく東屋の壁を伝い下りた。家の角を回って、安全な物陰に走りこんだ。

「あれを――落とさないで」エイプリルがいった。

　ダイナは息を切らしながらいった。「心配しないで。ちゃんと持ってるわ」

　二人はサンフォード家の裏口まで来ると足をゆるめた。ここは安全で異常がないようだった。お母さんは窓辺で相変わらずタイプを打っている。月光がサンフォード家の芝生を照らしだしている。空の赤い輝きが衰えかけていた。

「ちょっと待って」エイプリルがささやいた。彼女はダイナの肘をつかんだ。「待って!」

「何いってるの」ダイナがひそひそいった。「早く逃げましょう。急いで」

「だめよ。殺人があったのよ。音を聞いたわ。もう少しで目撃するところだった。お母さんの本の中の男がこういうのを覚えてるでしょ、『少なくとも第二の殺人を犯さずに、殺人を成功させることはほぼ不可能だ』ダイナ、殺人者はあの家にいるのよ、まさに今」

ダイナはいった。「この角を回って、サンルームの窓からのぞければね。だけど、用心して。この封筒ったらいまいましい。日焼け跡をひっかくのよ。あんた、どうしてそんなオーガンジーのドレスなんて着たの？」

「静かに」エイプリルがいった。

二人はそっと家の角を回り、足音を忍ばせてサンルームの窓に近づいていった。月光と街灯のせいで、サンフォード家のリビングは昼間のように明るかった。サンルームもリビングも廊下も見てとることができた。カーブした階段も踊り場も見えた。

だが、階段の下に倒れていた人影も、床にころがっていたスナップブリム帽も、ラグの上のピカピカ光る拳銃もなくなっていた。何ひとつなかった。

「ダイナ」エイプリルはいった。「あなたのいうとおりよ。逃げましょう。大急ぎで」彼女は息がつまりかけた。「夢を見ていたのかもしれないわ」

「馬鹿な」ダイナは鋭くいった。鋭すぎるほどに。「彼は殺されなかったのよ、それだけ。あたしたちが東屋を下りているあいだに、立ち上がって出ていったのよ」

彼女の推論を裏づけるかのように、サンフォード家の裏の路地に停まっていたらしい車がエンジンをかけ、走り去った。

「ほらね！」ダイナは勝ち誇ったようにいった。「さあ、頼むから、これを家に持ち帰って隠してから、ギャング団のところに戻りましょう」

二人は人気《ひとけ》のない芝生を迂回して、庭の門を抜けた。あたりには誰もいなかったが、火事場からは興奮した声が聞こえてくる。それに二階からは一心不乱に猛烈な速さでタイプをたたく音がしていた。

「みんなが帰るまで洗濯物袋に突っ込んでおきましょう」ダイナがいいかけた。「帰ったら――」

「しっ！」エイプリルがささやいた。

ビル・スミス警部補とオヘア部長刑事が庭の階段を上がってくるところだった。二人は姉妹を見て立ち止まった。ビル・スミスがいきなり口をつぐんだので、ちょうどいいかけていた「家に見張りを残さずに離れるべきではなかった」という言葉が宙に浮いた。

エイプリルは最高の防御について本で読んだことを思い出して、攻撃を仕掛けることにした。彼女は憤慨した口調でいった。「どこに行くつもりなんですか、うちの庭を突っ切って」

「近道だよ、お嬢さん」オヘア部長刑事が息を切らしながらいった。階段を上がることに慣れていなかったのだ。

ダイナがすばやく口をはさんだ。「火事はどうだったんですか？　どこだったの？　出火原因は？」

「おさまってきた」オヘアはいった。彼は足を止め額をぬぐいながら、少しでも休む口実ができてうれしく思った。「メイプル・ドライブの空き家だよ。誰かが火をつけたんだ」

「なんてこと」エイプリルがいった。「法律に背くことだわ」ああ、アーチー、どうしてそんな真似を。

「放火した人間をつかまえたらどうするんですか？」ダイナが質問した。

「アルカトラズ島の刑務所に二十年だ」オヘアはいった。ようやく息が整ったので、こうつけ加えた。「ご心配なく。ちゃんとつかまえるよ」

「まあ！」ダイナがいった。それからもう一度「まあ！」

ビル・スミス警部補のこぎれいなグレーのスーツはゴミやイバラだらけだった。髪の毛には枯れ葉の切れ端がついていて、片方の頬にはひっかき傷ができている。猛烈に腹を立てているようだった。彼はダイナのブラウスの下がマニラ封筒でふくらんでいるのをじろっと見ていった。

「いったい――」

エイプリルはびっくりしたように、気遣わしげな口調でビル・スミスにたずねた。「何があったんですか！」

「あなたの弟の友だちの一人がつまずかせたんだよ」ビル・スミスはいった。「わざとね」

「くよくよしない方がいいわ」エイプリルはいった。「あたしたちもしょっちゅうやられてるんです」ビル・スミスとオヘア部長刑事にダイナがブラウスの下に重要証拠を持っていることを見抜かれないように、すぐにも何か手を打たなくてはならなかった。「しょっちゅうなんです」彼女は繰り返した。「でも、逆立ちして耳をパタパタさせるときだけ」

「ことに一週おきの木曜に」ダイナは状況をすばやくのみこんで続けた。

「だけど角を曲がると、またちがうの」エイプリルがつけ加えた。

「ええ、ちがうわ、ただ雨が降っているときだけよ」

「だけど、もう手に入れられないわ」エイプリルがますます早口でしゃべりはじめた。

「それに、雨に濡れて紫色になるし」

「いいえ、ならないわよ。寄り目で見たときだけよ」ダイナの舌もますます滑らかに動いた。

「あら、そんなことをしたら、日が沈んでしまうわ」

「次の二週間がずっと土曜日なら大丈夫よ」

「ちょっと待て」オヘア部長刑事がいった。ビル・スミスは目を白黒させているようだった。

エイプリルはダイナを小突いた。二人はあとずさりして、玄関前の階段を半分ほど上がった。「あたしたち、頭がおかしいんじゃないわよ」エイプリルが無邪気な口調でいった。

彼女は人差し指を下唇に当てると、「ビビビビ！」と音を立てた。

オヘア部長刑事は忍び笑いをもらした。こらえきれなかったのだ。彼はいった。「落ち着いてください、警部補。わたしは九人の子どもを育てたので、よくわかってますが——」

ビル・スミスは落ち着いてなどいられなかった。月の光に照らされた芝生の四角形の中に進みでてくると、ダイナとエイプリルをにらみつけていった。「お母さんはどこだね？」

「仕事をしています」エイプリルがよそよそしく、威厳たっぷりにいった。「だから邪魔できませんよ」

ビル・スミスはいった。「ああ——」彼は最後の言葉をのみこんだ。

「ニキ・ゲケ・テケ」エイプリルがささやいた。

ダイナはマニラ紙の封筒とウォリー・サンフォードのきれいなシャツとソックスを押さえながら、階段を駆け上がった。エイプリルは手すりに寄りかかって、ビル・スミスを見て冷たくいった。「失礼なことをいわないでください」彼女はさらに二段上がると、つけ加えた。「とりわけお母さんのことを。あなたがお母さんを嫌いで残念です、あたしたちは大好きですから」

ビル・スミスは衿の後ろから枯れ葉を二枚とりだしていった。「お母さんのことは好きだよ。りっぱな頭のいい女性だ。ただし、子どもの育て方をまったくご存じないようだな」

「まあまあ」オヘアはいった。「九人も子どもを育てれば——」

エイプリルはそのチャンスに飛びついた。彼女は手すりから身をのりだすと、不安そうにいった。「ねえ、オヘア部長刑事、殺人犯はわざと放火して警察の注意を引き、その隙にサンフォード家を探したんだと思いますか？　どうなんでしょう？」

ビル・スミスとオヘアは目を見交わした。それから庭門を大急ぎで通り抜けた。最後にエイプリルが見たときには、二人はサンフォード家の芝生を走っていた。

ダイナは階段を忍び足で下りてきた。彼女はもう落ち着いていた。「あれは袋に入ってるわ。洗濯袋に」彼女はクスクス笑ってから真面目な顔になった。「朝になったら、シャツとソックスを気の毒なミスター・サンフォードに届けましょう。朝食といっしょに」

「そして剃刀もね」エイプリルがいった。「それから石鹼と鏡も。それは明日のこと。問題は今日よ。ギャング団を集めましょう。パーティーをすることになっているのよ、覚えてる？」

ダイナはいった。「どうやって追い払ったの——あの二人を？」

「簡単そのものよ」エイプリルはいった。「家を焼いたの」

「そのジョークはやめて。ねえ、アーチーを探さなくちゃ。困ったことになってるかもしれないわ」

エイプリルは思い出して青ざめた。ダイナの横をすり抜けて階段を駆け下りながらいった。「あの子にアリバイを作ってあげなくちゃ。火事が起きるまで、ずっとあたしたちといっしょだったって」

「現行犯でつかまったのかもしれないわ。あのオヘアが火をつけられたといってたでしょ」

「誰がやったとはいってなかったわ」エイプリルが息を切らしながらいった。「それに、たとえアーチーがもうつかまったんだとしても、あたしたちでどうにかできるわよ」

「どうにかしなくちゃ」ダイナも息を切らしながらいった。「あたしたちの弟なんだもの」彼女はつけ加えた。「空き家を選んでくれてよかった」

階段の下からは火事現場がはっきり見えた。オレンジ色の煙がもくもくと立ち昇っている。ときおりひらめく炎、五台の消防車、それをとりまいている野次馬の黒っぽい人影。

二人は歩道を走っていった。

階段から半ブロックほどのところで、興奮して息を切らした小さな人影が二人に駆け寄ってきた。

「ねえねえ」アーチーがいった。「呼びに戻ってきたんだ。火事を見損なっちゃうよ。せっかくの見物を逃しちゃう」彼は飛んだり跳ねたりした。「早く、早く、早く」

「まあ、アーチー」ダイナがいった。「よくもこんな真似を！」

アーチーはまじまじと彼女を見つめ、怯えて泣きそうになった。彼はいった。「ちぇ、なんだよお」

「誰かに見られなかった？」ダイナがたずねた。

「見られたに決まってるだろ」アーチーは困惑していった。「みんなに」

エイプリルはダイナを小突いた。直接ずばりと質問して、アーチーから何か聞きだそうとしてもうまくいかないのだ。彼女は穏やかにいった。「ねえ、火事が起きたとき、あんたはどこにいたの？」

「なんだよ、ちくしょう」アーチーは傷ついた声でいった。「おまわりたちをあの家から遠ざけてほしかったんだろ。だから、ぼくとギャング団は茂みにもぐりこんで、ころばせる罠を作ったんだ。用意ができたら、〝まぬけ〟が叫ぶことになってた。それで、あいつらをひっかけられるはずだったんだ。ただ、消防車が来たら、みんなぼくを残して走っていっちゃった。でも、あのビル・スミスは罠にひっかかった。そうしたら、オヘアが向こうに行くのが見えたんだ。で、ぼくも行ってもいいかなと思ったんだよ。だって、火事なんて毎日見られるわけじゃないしさ」

「ああ、よかった」ダイナはほっとしてエイプリルにいった。「この子がつけたんじゃなかったのね！」

「ありがたや」エイプリルがいった。

「つけなかったって、何を？」アーチーが質問した。

「あの家に火をつけなかったってこと」ダイナがいった。

アーチーは目を丸くして二人を見た。「まさか。ぼくが？　いかれてんの？　そんなことをしたら法律違反だろ。放火罪になるよ」

エイプリルはアーチーにキスし、ダイナは彼を抱きしめた。アーチーはもがいて腕をふりほどくといった。「ねえ、ねえったら。急いだ方がいいよ。さもないと、屋根が焼け落ちる前に着けないよ」

三人は大急ぎで丘を下っていった。消防士たちはこの五年〈貸家〉という札がかかっていた家に放水していた。やぶや周囲の建物に水をかけている消防士たちもいた。ちょうどカーステアズ家の三人の子どもたちが現場に到着したとき、甲高い笛の音が響き、消防士たちが後退した。とたんに屋根が耳のつんざけるばかりの音を立ててくずれ落ち、火花が飛び散った。巨大な風船のように、もくもくと煙が立ち昇った。消防士たちは放水ホースを手にあわてて戻っていった。

「ほら、いっただろ」アーチーがいった。「いっただろ、いっただろ」

「ええ、そうね、いったわ」エイプリルがいった。「ダカ・マカ・リキ・ナカ・サカ・イキ」

「ちぇ、うるさいな！」アーチーはいった。彼は見物人の方に駆けていった。「おおい、スラッキー！　おおい、〝まぬけ〟！　おおい、〝提督〟！」

「ギャング団ときたら！」ダイナは軽蔑したようにいった。「火事をすっかり見損なったわね。見て、もう消えかけてるわ。それに、みんな、どこなのかしら？」

煙の色が変わり、炎はおとなしくなり、ときどき、わずかな火花が散るぐらいになった。一台の消防車は片づけをして、大きなエンジン音を響かせ、ゆったりと鐘を鳴らしながら走り去った。野次馬たちは引き上げはじめた。

子どもたちは人込みから離れて、ダイナとエイプリルの方に近づいてきた。ジョエラがいった。「どこにいたの？」バニーがいった。「ひとつも見逃さなかった？」ジョーがいった。「ねえ、エイプリル、あちこちきみを探していたんだぞ」ピートがいった。「どうして迷子になったんだ？」エディがいった。「屋根が落ちるところは見たかい？」そして最後にマグがダイナを抱きしめた。「ああ、すごかったわ！　とってもすばらしい火事だった！」

「気に入ってもらえてうれしいわ」ダイナは礼儀正しくいった。「いつもお友だちに喜んでもらえるように努力しているの。今度パーティーを開くときには、爆発が起きるように手配するわね」

マグはクスクス笑い、エディの方に走っていった。バニーが呼びかけた。「ねえ、みんな、戻ってダンスしようよ」

「おなかが減った！」ギャング団の一人が叫んだ。

消防署長の赤いロードスターが歩道のわきに横付けになった。署長自身がそこに立って部下と話しているところに、ダイナとエイプリルが通りかかった。「――まちがいないね」署長はいっていた。「そこらじゅうに灯油がまかれていた。一種の時限装置を使ったのだろう。疑いなく――」

「ダイナー」ピートが叫んだ。

「今行くわ」ダイナは叫び返した。

「エイプリルー」ジョーが呼んだ。

「すぐ追いつくわ」エイプリルが叫んだ。だが、彼女はダイナを引き留めた。「聞いて。アーチーのギャング団が火をつけたんじゃなかったのよ」

「あら、もちろんよ」ダイナがいった。「アーチーは嘘をつくけど、あれほど迫真の演技はできないわ」

「だけど、火事でサンフォードの家から警官をおびきだしたのよ」エイプリルは続けた。

「何いってるの。あたしは生後十日から目を開けてるのよ。それがどうしたっていうの?」ダイナはいった。

「ただ」――エイプリルは大きく息を吸いこんだ――「ただ、今夜サンフォードの家で何かが起きるように、何者かが計画していたのよ。あたしたちじゃなくて。その一部を見たでしょ。たぶん、うまくいかなかったのかもしれないわ。だけど、あの火事は誰かが起こしたのよ」

「アーチーじゃないわ」ダイナがいった。

「もちろん、アーチーじゃないわ」エイプリルはいった。「だけど、誰がやったのかしら?」

前方で誰かの声が叫んだ。「おおい、ダイナ! おおい、エイプリル!」

「ホコ・ッコ・トコ・ケケ・バカ・イキ・イキ・ワカ」ダイナがいった。「もう、あたしたちはできることはすべてやった。食べ物があるし、ジョエラが持ってきたすばらしいレコードが待っているわ。行きましょう。だって、あたしたちが開いたパーティーなのよ」

11

午前二時ぐらいだった。エイプリルが身じろぎすると寝ぼけながらベッドに起きあがり、用心深く呼んだ。「ダイナ！　ダイナ！」

ダイナは隣のベッドで寝返りを打ち、目を開いた。「え？」

「ダイナ、サイレンが聞こえたわ」

ダイナは片肘を突いて、まばたきしながら耳をそばだてた。外は静まり返り、スズカケの木でマネツグミが「キレイ、キレイ、キレイ、キレイ」と繰り返しているだけだった。

「悪い夢を見たのね」ダイナがいった。「おやすみなさい」

「もう寝てる」エイプリルは枕に顔をうずめてつぶやいた。

ダイナはしばらく耳を澄ましていた。たしかにたくさんの車が道路を行き交っていた。それから——そう、サイレンの音がした。あまり大きくなく、とても遠い。彼女は「エイプリル！」といいかけて思い直した。ただの空耳かもしれない。

寝室のドアがそっと開いて、パジャマ姿の小さな姿が忍び足で入ってきた。

「ねえ、みんな」アーチーがささやいた。「サイレンを聞いたんだ」

ダイナはため息をついてベッドにすわった。「あたしもよ」彼女はいった。「それにエイプリルも。ねえ、今夜は火事をひとつ見物したから、もうたくさんだわ」

「だけど、あれは火事のサイレンじゃないわ」エイプリルは枕に顔を埋めているせいでくぐもった声でいった。「パトカーのものよ」

「たぶん白バイがスピード違反の車を追いかけてるのよ」ダイナはいった。だが、その口調はあまり自信たっぷりではなかった。

「とても近かったわ」エイプリルがいった。

「殺人現場に行きたいよお」アーチーがいった。

「もう、いい加減にして」ダイナは不機嫌にいった。それから口をつぐんだ。「そうね」彼女は考えこみながらつけ加えた。「服を着て、様子を見てきた方がいいかもしれないわ」

廊下を足早にてきぱきと歩いてくる足音がして、戸口にお母さんが現われた。まだ仕事着のままだった。

「どうしてまだ寝てないの?」お母さんはたずねた。

「寝てたわ」ダイナがいった。

「目が覚めちゃったの」エイプリルがいった。

「サイレンが聞こえたんだ」アーチーがいった。「どこかで殺人が起きたんだよ」

「ただの想像よ」お母さんはきっぱりと陽気にいった。「おかしな映画を見過ぎなのよ。さあ、寝るのよ」お母さんはふざけてアーチーのお尻をぶつといった。「ベッドに行きなさい。今すぐ」

アーチーは廊下を駆けていった。

「それから、あなたたちインディアンも」お母さんはいった。「寝なさい」彼女はぴしゃりとドアを閉めた。

「やれやれ」しばらくしてから、ダイナがつぶやいた。「これでおしまいね！」
一、二分、起きて耳を澄ましていた。だが、たしかにあれはサイレンだった。何だろう。警察がミスター・サンフォードを見つけたなら、サイレンの音はもっと近かったはずだ。別の殺人という可能性はあるだろうか？　サンフォード邸でさまざまなことを目撃してから、ダイナはどんなことでも起こりうると信じる気になっていた。さらに数秒耳をそばだててから、ささやいた。「エイプリル！」
エイプリルは眠っていた。ダイナはつぶやいた。「まあいいわ」そして彼女も眠りこんだ。

ダイナが二度目に目覚めたのは、ベーコンの匂いがしたからだった。同時に、エイプリルも目を覚ました。二人はベッドにすわり、目をパチパチさせながら顔を見合わせた。ダイナは時計を見た。十時半。

「まあ、エイプリル！」ダイナが息をのんだ。「お母さんはゆうべ遅くまで仕事をしていたのよ！　起きてコーヒーを淹れなくちゃならなかったのに！」

二人はベッドから飛びだして、急いで顔を洗い、バスローブをひっかけると階段に走っていった。アーチーが二人を追い越した。やはりバスローブをひっかけていて、顔を洗っていたが、頭は少しくしゃくしゃだった。「おい！」彼は最後の三段を飛び下りながらいった。「この匂い、何だろう！」

お母さんはキッチンで陽気に《旧式九十七型機関車の転覆》を口笛で吹いていた。ベーコンがフライパンでカリッと茶色になり、パンケーキは鉄板でブクブク泡を吹いていた。パーコレーターはブプ、ブプ、ブププと鳴っていて、保温プレートの上にはココアの小鍋が置いてあった。テーブルは整えられ、ヘンダーソンが裏庭につながれて、うれしそうにタンポポの花を食べている。ジェンキンズは空の皿の上で舌なめずりしていた。

「まあ、お母さん」ダイナが叫んだ。「あたしたちが——」

「あら、おはよう」お母さんはいった。「ちょうど起こそうと思っていたところよ」彼女は仕事着姿で、とても疲れた顔をしていた。

「どうしてこんなに早く起きたの？」エイプリルがたずねた。

「まだ寝てないの」お母さんはいって、パンケーキを温めた皿に移した。それから当たり前のような口調でつけ加えた。「本が完成したのよ」

「まあ、お母さん！」ダイナがいった。「すごいわ！」

「わあ、すてき」エイプリルがいった。

アーチーがいった。「やったね！」

「しがみつくのはやめて」お母さんはいって、怒ったふりをしようとした。「ココアをひっくり返すわ。それから新聞とバターとメイプルシロップをとってきて。それに灰皿も。急いで」

一分きっかりで、朝食がテーブルに並んだ。

四枚目のパンケーキの途中で、エイプリルは批判的な目を母親に向けた。「ねえ、そろそろ美容院に行った方がいいわよ。本当に、お母さん、その髪は竜巻から抜けでてきたみたいだわ」

「月曜にね」お母さんはいった。「もう予約を入れているの」

「マニキュアもよ」ダイナがきっぱりといった。

「もちろん」お母さんは答えた。「そうね、ついでに顔の手入れもしてきた方がよさそうね」

「すごい美人になるね」アーチーはいいながら、こっそりベーコンの切れ端をジェンキンズに与え、自分は五枚目のパンケーキに手を伸ばした。

とうとうお母さんは朝食を終え、いつもと同じようにくつろいだ。最後のコーヒーを一杯飲みながら、煙草に火をつけて新聞を広げる。新聞を広げながら、あくびをした。「眠いわ」彼女はいった。立ち上がって階段に向かった。三人の子どもたちも続いた。彼女はコーヒーテーブルの上のふくらんだ茶色の包みを指さした。「宅配便の人が来たら、それをお願い。おやすみ」

階段の途中で足を止めた。「ゆうべのパーティーは成功じゃなかったみたいで残念だったわね」

ダイナはまばたきし、エイプリルがいった。「え?」

「だって、すごく静かだったから、あまり楽しめなかったのかしらと思って」

「すてきなパーティーだったわ」ダイナがいった。

「よかった」お母さんはいった。彼女は階段を上がっていった。「じゃ、あとで」

カーステアズ家の三人の子どもたちは顔を見合わせた。「お母さんは耳が遠くなりかけているか」ダイナが重々しくいった。「本当にゆうべは忙しかったかね」彼女はため息をつき、首を振った。「さ、とりかかりましょう。ミスター・サンフォードにごはんをあげて、食器を洗って、ダウンタウンに行って母の日のプレゼントを買わなくちゃ」

「まず最初に」とエイプリルがいった。「火事について新聞にどう書かれているか見たいわ」彼女は新聞をテーブルに広げてのぞきこみ、息をのんだ。「まあ! ダイナ!」

一面には火事について何も出ていなかった（あとで、十七ページにひっそりと出ているのを見つけたのだが）。しかし、もっと興味深い記事があった。

「彼だわ！」ダイナがいった。

サンフォードの家は暗かったし、拳銃を持った男は階段の下に立っていた。しかし、スナップブリム帽をかぶった浅黒くやせた顔は見まちがえようがなかった。

「見せて」アーチーがいった。彼は写真をじっと見ていった。「彼、知ってるよ！　おとつい、このあたりをうろついていたんだ」

「なんですって！」ダイナが叫んだ。「ここで何をしていたのかしら？」

「ミセス・チェリントンの家はどこか聞いてたよ」アーチーはいった。「だから、教えてあげたんだ。そうしたら二十五セントくれた」

「まあ、アーチー」エイプリルがいった。「どうしてあたしたちにいわなかったの？」

「だって」アーチーは弁解がましくいった。「彼が殺されるなんて知らなかったんだもん」

「そうね、彼はそのことをあんたにいわなかったでしょうよ」エイプリルは皮肉っぽくいった。「だけど、あたしたちに何もかも話すべきよ」

「へえ、そうなの？」アーチーは怒ってわめいた。「何だっていってやるよ——」

「どんなことを？」エイプリルがからかった。

「やーい、しけてる！」アーチーはいった。「やーい、まぬけ！」

「黙りなさい」ダイナが叱った。「これを読みたいんだから」

「ぼくも、ぼくも」アーチーがいった。


三流ギャングで、小規模の恐喝に手を染めていたフランキー・ライリーが、銃弾で蜂の巣にされた死体となって、早朝、人気《ひとけ》のないプールで発見された……


「ゆうべは本当にサイレンを聞いたんだわ」エイプリルがいった。「ダイナ、これって、ハリスおじいさんちのプールよ。ここから三ブロックしか離れてないわ。昔、ハリスおじいさんの家ではプールでアヒルを飼ってたっけ」

「見に行こうよ」アーチーがいった。「今すぐ！」

「あんたはうるさいからだめ」ダイナがぼんやりといった。彼女は鼻を鳴らした。「蜂の巣だって！　なんてこと！　一発しか銃声はしなかったのに！」

「結論に飛びつかないで」エイプリルがいった。彼女は一段目の中ほどを指さした。


警察と暗黒街にはよく知られているライリーは、当初、車で連れだされて殺害されたと思われた。検死官のドクター・ウィリアム・サックルベリーの検死の結果、銃創はひとつを除いて死の数時間後につけられたと判明した。すなわち、ギャングたちの仕業だと見せかける工作が行なわれたことを示唆している。

「そうよ！」エイプリルがいった。「このとおりだったのよ。サンフォードの家で殺された。それから、運ばれてプールに捨てられたんだわ」

「静かにして」ダイナはいった。「まだ読んでいるんだから」

ミセス・ピーター・ウィリアムスンが銃声で目を覚まし、隣人が飼い猫を狙って撃っていると警察に苦情の電話をしたことで、殺人が発覚した……

ダイナはクスクス笑った。「あの人ならありそうだわ！」

「ねえ、その猫知ってるよ」アーチーはいった。「ジェンキンズが先週、やっつけたんだ。ジェンキンズ、よくやったよ」

「静かに」エイプリルがいった。

ライリーは最近まで、強盗罪で服役していた。以前、ベティ・リモーの誘拐殺害事件に関連して取り調べを受けたが、結局、証拠不充分で釈放された……

「ちょっと待って」エイプリルがいった。「それ、《犯罪実話》で読んだわ。二カ月ぐらい前に。この男の写真も載っていた。だからどこかで見たことのある気がしたんだわ！」彼女は急いで息継ぎをした。「彼女は歌手だった――ううん、ストリップのスターだったのよ、とても有名なね。劇場の真ん前で誘拐されて、手紙が届けられ、それは彼女自身の筆跡だということがわかった。で、身代金を払えば、金曜の正午に劇場に戻るだろうと書いてあったの。ただ――」

「落ち着いて」ダイナがいった。「ヒューズが飛ぶわよ――」

「それで、お金は支払われた」エイプリルはきびきびといった。「一万五千ドル。そうしたら、彼女は金曜の正午に棺に入って戻ってきたの。そこにメモが留めてあって、彼女を殺さなくてはならなかったのは残念だが、顔を見られたからと書いてあった。そして警察はとうとう誘拐犯を見つけられなかった。その記事には、その後の捜査についても書かれていたわ。でも、読み終える前にお母さんにとりあげられてしまって、とうとう、もう一冊手に入れることができなかったの」

「お母さんにとりあげられた？」ダイナがいった。「どうして？」

「わからない。ただ、あなたにふさわしい読み物じゃないといって、持っていってしまったの」

「あら、まあ」ダイナはいった。「なんだかおかしいわね。いつも好きなものを読ませてくれるのに」

「漫画の本は何だって読ませてくれるよ」アーチーがいった。

「あたしもおかしいと思ったわ」エイプリルはいった。「前に《犯罪実話》を読んでいたときは、何もいわなかったのよ。それどころか、あたしのを借りて、自分で読んでいたわ」

「お母さんはぼくの漫画をしょっちゅう読んでるよ」アーチーがいった。「それに、ぼくのオズの本を借りて読んでた」

「アーチー」ダイナがいった。「ちょっと、うるさいわよ」

アーチーはへそを曲げた。「なんだよ、はっきりいって、それってずるいよね」

「アーチー！」エイプリルがいった。「なんてことをいうの。お母さんはあんたの本も漫画も好きなときに借りてかまわないのよ。あたしから雑誌を借りたがっても——」

アーチーは地団駄を踏んだ。「もう、ちがうってば！　そんなことといってるんじゃないよ。誘拐犯のことだよ。身代金をとっておいて、無事に帰さないなんてさ。ずるいやり口だし、馬鹿なことをしたよね。だって、考えてみてよ。誘拐犯が別の人を誘拐したとしたらさ。当然、その人は女性が家に無事に帰れなかったことを思い出すよね。どっちみち殺されるなら、お金を払うもんかって。だから誘拐犯たちは儲けられないだろ。連中は商売のやり方を知らないね」

「アーチー」エイプリルが真面目にいった。「あんた、頭がいいわ」

「ね、そうだろ、そうだろ」アーチーはいった。「それに、気の毒なミスター・サンフォードは今頃腹ぺこになっているだろうね」

ダイナとエイプリルは顔を見合わせ、ダイナがいった。「もうすぐよ。エイプリル、剃刀や何かをとってきて。あたしはもう少しパンケーキを焼くわ」

「聞いて、ダイナ」エイプリルがいった。「あたしたち、サンフォードの家で見つけたものをまず読むべきじゃないかしら。ゆうべ、パーティーが終わったあと、とても遅かったから読めなかったでしょ。でも、今すぐ読んだ方がいいわよ。あきれたわ、あんた、興味がないの？」

「もちろんあるわ」ダイナはいった。「でも、あと回しにするしかないわ。やれやれ！これから二時間でやらなくちゃならないことが九百万個もあるわ。それは九百万一番目ね。さあ、エイプリル。とってきて」

エイプリルは右手を額にあてがって、イスラム教徒のようにお辞儀をした。「はい、ご主人さま」お母さんがもう寝ているかもしれないので、彼女は階段を足音をさせずに駆け上っていった。

「どういう意味、九百万個って？」アーチーがたずねた。「何が九百万個なの？　数えたの？」

「一度に一本ずつ、あんたの頭から九百万本の毛を引き抜くわよ。ダカ・マカ・ラカ・ナカ・イキなら」ダイナがいった。「さあ、洗濯バケツにお湯を入れて持ってきて」

「はい、ご主人さま」アーチーはふざけた。彼はドアをめざした。「どうしてぼくに九百万本も髪の毛があるってわかるの？」

「自分で数えてごらん」ダイナはいった。エイプリルはシャツ、ソックス、剃刀を持って二階から下りてきて、ちょうどアーチーもバケツにお湯を入れて運んできた。

ダイナはタオルをアーチーの首に巻きつけ、石鹸を第一のポケットに、第二のポケットに剃刀を押しこみ、第三のポケットにはソックスを入れた。彼女はきれいにたたんだシャツを彼のわきの下に抱えさせると、バケツを手渡した。

「これを隠れ家のミスター・サンフォードに届けて」

「なんだよ、ちぇ！」アーチーはふくれ面をしてみせた。「ぼくは何でも押しつけられるんだ」彼はバケツをしっかりつかむと、出ていった。

ダイナはさらにベーコンを焼き、パンケーキを山のようにこしらえた。エイプリルはコーヒーを温め、魔法びんに入れた。裏庭の芝生を歩いてトレイを運んでいったら目立つかもしれないので、パンケーキとベーコンとたっぷりのバターをのせた皿とシロップ入れは、古いダンボール箱に入れた。ナイフとフォークとカップとナプキンは、すでに隠れ家に運ばれていた。

「お母さんのカートンから煙草をひと箱持ってきて」ダイナが指示した。

「ワカ・カカ・カッ・タカ」エイプリルがいった。「でも、そのうち、どうしてこんなに煙草が減るのが早いんだろうって気づくんじゃないかしら。あたしたちがニコチン中毒だって思われたくないでしょ？」

「とってきてといったでしょ」ダイナはいった。彼女の声は不機嫌だったし、実際不機嫌な気分だった。

「はい、ご主人様」エイプリルはおとなしくいった。彼女は煙草をとりに行った。

「それから新聞も持ってきて」ダイナが箱を持ち上げながらいった。

「お母さんが起きて読みたいっていったら？」

「もう一部、ダウンタウンで買ってくればいいわ」ダイナはいった。「行きましょう」

「はい、ミス・サイモン・リグリー（サイモン・リグリーは『アンクル・トムの小屋』に登場する残酷な奴隷商人）」エイプリルはいって、新聞を小脇にはさんだ。「聞いたことある、大学に行ってサイモン・ディグリーをもらおうとした馬鹿者の話？（ディグリーは学位の意味。サイモン・リグリーにかけている）」

「猛烈なおしゃべりな妹を持った姉の話を聞いたことがある？」ダイナがいった。「ないの？　あら、その話を読めるぐらい長生きできたら、ラッキーね」ダイナは慎重に歩を運びながらいった。「この箱、バランスをとるのがすごくむずかしいわ」

「あたしの姉」エイプリルがひとりごとのようにつぶやいた。「アンバランス型」

二人が行ってみると、ウォリー・サンフォードはひげを剃り、体をふき、きれいなシャツを着ていた。ベッドの端にすわり、きれいなソックスをはいて靴ひもを結ぼうとしているところだった。二人が隠れ家に入っていくと、顔を上げて、ちょっと微笑んだ。顔はとても青ざめていたが、やぶの中に隠れ、盗んだミルクで飢えをしのいでいた、怯えて疲れ、ほとんど狂乱した男の面影はもうなかった。

「朝食はいかが？」ダイナがいって、箱をおろして中身をとりだしはじめた。

「コーヒーもあるわよ」エイプリルがつけ加えて、魔法びんを置いた。「このホテルのサービスはすばらしいでしょ。ほら、ウエイターが朝刊といっしょに煙草まで持ってきてくれるのよ」

「ずいぶんおなかがすいているようだから」とダイナがいった。「食べているあいだ向こうを見ていてもいいわよ」

「あんまりおなかがペコペコだから」ウォリー・サンフォードがいちばん上のパンケーキにバターを塗りながらいった。「食べているのを見られても気にしないよ」

彼が最後のパンケーキにとりかかったとき、エイプリルが魔法びんに手を伸ばしていった。「もう少しコーヒーを注ぎましょうか？」

「注ぐならコーヒー、埋めるならバラとともに」ウォリー・サンフォードはそういってゲラゲラ笑いはじめた。

「喜んで埋めてあげるわよ」ダイナが厳しくいった。「そういう口のきき方をやめないなら」

ウォリー・サンフォードは両手に顔をうずめた。「警察に行こうかと思う。連中はぼくを探している。出頭するよ。もうこんなことには我慢できない」

「いったい何が不満なの？」エイプリルが追及した。「食事なの、サービスなの？」

「それは」――彼は顔を上げた――「待っていること。隠れていることだ。犯罪者みたいに。たとえ刑務所に入れられても、いつまでも入れておくわけにいかないだろう。だって、ぼくは無実なんだから。ぼくが無実だってことはわかるはずだ。いずれ彼女を殺した真犯人を見つけ、ぼくを釈放するはずだよ」

「それから、不法逮捕で訴えることもできるわ」エイプリルがいった。「悪い考えじゃないわ」彼女は言葉を切り、考えこみながらダイナにいった。「ねえ、彼のいうことももっともだわ。自分から出頭するべきかもしれないわね」

「ええっ？」ダイナがいった。「これだけ苦労してかくまったのに？」

「顎ひげを伸ばして南アメリカに行ったらどう？」アーチーがいった。

「黙りなさい」エイプリルがいった。「考えているんだから」彼女は眉根を寄せた。「ねえ。彼が出頭するとするわ。警察は彼が殺人を犯したと考えている。いったん彼をつかまえたら、満足するでしょう。あたしたちは邪魔されずに捜査を進めて、真犯人を見つけることができるわ」

ダイナがのろのろといった。「そうね、でも、真犯人を見つけられなかったら？　そうしたら彼はどうなるの？」

「その危険は冒すしかないわよ」エイプリルがいった。「それに、ともあれ彼にはアリバイがあるのよ。銃声を聞いたとき、まだ電車に乗っていたんだもの」

「たしかに」ダイナはいった。「でも危険よ、やっぱり」

「そうしなくちゃならないんだ」ウォリー・サンフォードがいった。「どうしても」

「そうね――もしかして――」ダイナがいいかけ、ふいにあることを思い出した。「だめよ。ねえ、明日まで待って。今夜でもいいわ。そうしてもらえない？」

ウォリー・サンフォードは彼女を見つめた。「どうして？」

「理由は気にしないで」ダイナはいった。「ただ、あたしたちを信用してちょうだい。ちゃんと考えて行動しているんだから。とにかく、戻ってくるまで、誰にも見られないようにここにいてね」

「しかし――」彼は眉をひそめた。「きみたちはまだ子どもだ。何ができるっていうんだ？」

「あなたが警察に出頭するとき、警察があなたの動機をでっちあげないように確認しておきたいの。動機よ。わかる？　アリバイがあるし、動機がない。それなら、きっと釈放されるわ」

「しかし――できるのかい？」ウォリー・サンフォードがたずねた。「どうやって？」

「心配しないで」ダイナは自信たっぷりにいった。「うまくいくわ」

とうとう彼は子どもたちが戻ってくるまでここに隠れていると約束した。ダイナはいった。「ランチには、サンドウィッチと魔法びんに入れたコーヒーをアーチーに運ばせるわ。それから何か読むものも。だから、ここにいてね」

三人は家に戻り、ダイナは最後に残っていたターキーでサンドウィッチを作り、魔法びんにコーヒーを詰め、エイプリルは雑誌をひと抱え集めてきた。女の子たちが朝食の皿を片づけているあいだに、アーチーがそれを隠れ家に運んでいった。

「彼、大丈夫だった？」アーチーが戻ってくると、ダイナが心配そうにいった。

アーチーはうなずいた。「煙草を吸いながら新聞を読んでた」

「大丈夫でしょ」ダイナはいって、つけ加えた。「そう祈るわ！」ふいにコーヒーポットを洗う手を止めていった。「もし――彼がしたんだったら、恐ろしいことになるわね」

菓子箱の中をあさっていたアーチーがいった。「誰が何をしたの？」

「小麦粉入れに隠しておいたドーナッツを一ダース盗んだのよ」エイプリルがいった。

「ぼくじゃないよ」アーチーが憤慨していった。「それにどっちみち、小麦粉入れになんか入ってなかったよ。じゃがいも入れだよ。おまけに一ダースもなくて、ふたつしかなかったし、ひとつはかじりかけだったんだ」

「やめて、あんたたち」ダイナがいった。「ねえ。ミスター・サンフォードが本当に奥さんを殺したんだとしたら」

「だけど、そんなわけないだろ」アーチーがいった。「アリバイがあるし。エイプリルは時計を見るために家に入っていったんだ、じゃがいもを火にかける時間か――」

「アーチー！」ダイナがいった。彼は黙った。

「本当よ、ダイナ」エイプリルがいった。「やってないといってるんだから、したはずがないわ。それに――」

「ねえ」ダイナがいった。「万一彼がやったとわかったらどうしよう。大変！　あたしたちは――事後従犯《アクセサリー》になるわ」

アーチーがまばたきしていった。「スラッキーのお父さんが売っているみたいなやつ？」

エイプリルがいった。「何ですって？」

「自動車の付属品《アクセサリー》だよ」アーチーが傷ついた声でいった。

「ああ、いい加減にして」ダイナが怒っていった。「アーチー、ゴミ箱の中身を捨ててきて」

「ちぇ」彼はぶつぶついった。ゴミ箱を持ち上げた。「ぼくは何もかもやらされるんだ」

彼はスクリーンドアをたたきつけるように閉めて、外に出ていった。

ダイナは振り返っていった。「本当のところ、ちょっと怖くなってきたわ、エイプリル」

「どうして？」エイプリルはしらじらしいほどさりげなくたずねた。

「だって、ほら、彼をずっとここにかくまっていたでしょ。それで、もし彼が本当にミセス・サンフォードを殺したのなら。そして、ゆうべのあの男も殺したのなら」

「彼はやってないよ」アーチーの声がいった。彼はキッチンに入ってきて、空のゴミ箱をドスンと床に置いた。「パーティーのあいだ隠れ家に入っていろと姉さんがいっただろ。で、警官が来るといけないから、ギャング団を何人か洞窟のそばに立たせておいたんだ」

アーチーはメイプルシュガーの容器に人差し指を突っ込んでなめた。「彼はゆうべ、ギャング団のせいで、あそこから出られなかったよ」アーチーはまた指を突っ込んだ。「でも警察が来るかもしれないからってことは、ギャング団に話してないからね」

「その容器に触らないで」ダイナがいった。「それから、どうして彼がこっそり抜けださなかったとわかるの？」

「ギャング団でいちばんの腕っきき二人が見張ってたんだぞ」アーチーは憤慨していった。

「〝ミミズ〟と〝懐中電灯〟だ。頭がおかしいのか？」

「ちょっとおかしいだけよ」エイプリルがいった。「彼女のことは気にしないで。問題はこれからどうするかよ。ダウンタウンに行き、母の日のプレゼントを買い、お皿を洗って、洗濯物を片づけるか、ゆうべとってきたものを調べるか？」

ダイナはろくに聞いてないようだった。額に皺を寄せていった。「あのギャングは本当にサンフォードの家で殺されたんだと思う？」

彼女とエイプリルは長いあいだ顔を見つめ合っていた。それから窓に近づき、芝生の向こうを眺めた。サンフォードの家は何もかもが平和で穏やかだった。警備の警官が一人、裏のポーチにすわり、膝に雑誌を広げているだけだ。

「あれを読むべきよ」エイプリルがいった。「手に入れるのにあんなに苦労したんだもの」

ダイナは首を振った。「こっちが先よ。今なら厄介な目にあいそうもないし」ジェンキンズをなでていたアーチーの方を向いた。「サンフォード家の裏ポーチに警官がいるわ。あたしたちが気づかれずに蔦棚をよじ上るあいだ、話しかけて注意をひいていてくれる？」

アーチーは最後にジェンキンズをひとなですると、彼を押しのけ、窓辺に近づいた。

「あそこにいる警官は彼一人だけ？」

「わかる限りでは」ダイナがいった。

「で、あの家に入るつもりなの？」

「まあ、そういったところね」エイプリルがいった。

アーチーはしばらく黙りこんでいた。「ねえ。ぼくが朝食の皿をふいて片づけなくちゃならないの？」

「しなくていいわ」エイプリルが急いでいった。

「ワカ・カカ・ッカ・タカ」アーチーはいった。「じゃあ、裏口から入った方がいいよ。あの警官があそこにいないようにするから」彼は戸口で足を止めてつけ加えた。「だけど、忘れないでよ、ぼくは皿ふきはしないんだからね」彼は裏のポーチの角を曲がって姿を消した。

「うまくいくといいわね」エイプリルがつぶやいた。二人の少女は外に出て、ツゲの生け垣の端までこっそり歩いていった。そのすぐ先がサンフォード家の裏口だった。

甲高い悲鳴が突然響き渡った。裏のポーチにいた警官が雑誌をとり落とし、飛び上がって外に駆けだしていった。小さな人影が芝生を突っ切っていくのが見えた。警官は両腕を広げて彼を通せんぼしようとした。しばらく会話が交わされていたが、エイプリルとダイナには手振り身振りが見えるだけだった。それから警官はサンフォード家の庭を走っていき、芝生を突っ切り、家の生け垣になっている茂みの方に向かった。指さしたりわめいたりしながら、アーチーが先頭に立っている。

エイプリルとダイナは家庭菜園のわきを走って、裏階段を上がった。裏のポーチには誰もいなかった。あふれかけた灰皿の隣に、《謎めいた犯罪ミステリ》が一冊、裏向きで床に落ちていた。

二人は家に入った。誰もいなくて静かだった。静かすぎるほどだった。二人はリビングに忍びこんだ。そこから階段が上階に伸びていた。

昼間の光で見ると、日当たりのいい快適で親しみやすい部屋だった。高価なイギリス製チンツ、りっぱな家具、美しいラグ、ソファの上にかかる見事な額縁に入った銅版画、暖炉の上の油絵——あきらかに家族の肖像画だった。一人が、もしかしたら二人が殺されたことを暗示する気配は、部屋にはまったくなかった。

エイプリルはぶるっと体を震わせた。さらに一歩部屋に入ると、油絵の肖像がウィンクした。「ダイナ!」

「しいっ」ダイナがささやいた。「どうしたっていうの?」

「別に。何でもないの。ただ、アシュバタブルが縄跳びしているのを見た気がしたの」

別のときだったらダイナはふきだしただろう。アシュバタブルはカーステアズ家の伝説だった。今は怒ったような声でいった。「くだらないことをいわないで」

エイプリルはさらに一歩部屋に進んだ。腕を見て、この鳥肌で人参をおろせるかしらと思った。さらに一歩。またもや肖像がウィンクした。

「しゃっくりが出るなら」ダイナがささやいた。「水を飲んでいらっしゃい」彼女は階段の下で足を止め、エイプリルの手をつかむといった。「ここが何か変だわ」

「変？」エイプリルは震えながらいった。「そうね」彼女はダイナの視線の先に目をやり、体をこわばらせた。「どこかがおかしいわ。彼が倒れるのを見たのはあそこでしょ――倒れるのを見たと思った場所は」

「夢を見たのでない限りはね」ダイナがいった。「何の痕跡もないわ、ここで人が――殺された――」彼女は息を吸った。「ねえ、彼は別の場所で殺されたのかもしれないわ。それからプールに投げこまれたのよ。彼はこの事件にはまったく関係ないのかもしれない」

「ただし」とエイプリル。「あのラグは今みたいに階段の下にはなかったわ。ブルーのソファの前にあったのよ」

ダイナは少し黙りこんだ。「そのとおりだわ」ゆっくりといった。「じゃあ、誰かが移動させたのね。なぜ？」

「うちでラグを移動させるときと同じ理由よ」エイプリルが冷静にいった。「じゅうたんに何かがこぼれると、ラグか何かを移動して、それを隠そうとするでしょ。たしかにゆうべ銃声を聞いたわ。あのバラ模様のラグをめくってみればいいのよ」

「いいの」ダイナはあわてていった。彼女は少し青ざめていた。「それだけわかればいいわ。さあ、ここから出ましょう」

「ちょっと待って」エイプリルがいった。「暖炉の上のハーバート伯父さんだか誰かの肖像画をちょっと見てよ」

ダイナは文句をいいながらも見た。ハーバート伯父さんは不機嫌そうな顎ひげを生やした男で、政治家風の髪型をしてフロックコートを着ていた。彼の顔はなんとなく妙だった。「おかしいわね」ダイナがいった。「片方の目は青で、もう片方は黄色よ。まさか画家が——」エイプリルは日差しの方に一、二メートルほど彼女をひっぱっていった。ダイナは息をのんだ。「エイプリル！　あの絵！　あたしにウィンクしたわ！」

「そのとおりよ」エイプリルはきっぱりといった。「あたしにもウィンクしたの。たぶん光の当たり具合なんだと思うわ」

ダイナが震える声でいった。「エイプリル——まあ——」

「二発発射されたのよ」エイプリルはいった。「だけど、殺されたのは一人だけ」彼女はハーバート伯父さんを見上げた。一瞬、彼はとても感じよく見えた。「一発しか銃弾は発見されなかった」彼女は大きく息を吸いこんで、ハーバート伯父さんに笑いかけた。「そして、あたしたち、もう一発の銃弾を見つけたのよ！」

12

「見て」エイプリルが興奮していった。「見てよ、ダイナ。ハーバート伯父さんを撃った人間はそこに立っていたにちがいないわ。じゃなければ、あそこに――」

ダイナは肖像画を見た。「うまく命中したもんね」彼女はいった。

エイプリルは鼻で笑った。「いいえ、腕が悪かったのよ、はっきりいって。あの気の毒なハーバート伯父さんの肖像画を見てよ。あれめがけて撃ちたいと思う？」ダイナはクスクス笑いをこらえ、首を振った。「でしょ」エイプリルはいった。「あの銃弾を発射した人間は別のもの――誰かを――狙っていたんだわ。それにおそらく、男にしろ女にしろ、その人物は拳銃を手にしたことがなかったのよ」

「ちょっと待って」ダイナがいった。彼女は床にチョークで描かれた楕円形を見て、目を閉じた。

「どうしたの？」エイプリルが心配そうにたずねた。「ダイナ、気分でも悪いの？」

「シキ・イキ・ッキ、ダカ・マカ・ッカ・テケ」ダイナはぴしゃりといった。「考えてるのよ」彼女は目を開けた。「お母さんのあの本の中で。わかるでしょ。幾何だか何かをよく知っている男が犯人を推理する話、銃弾がどう飛ぶかを解明して――」

「二年生の算数に落第して残念だったわね」エイプリルがいった。「さもなければ計算機を使って、ミセス・サンフォードを殺した犯人を見つけられたかもしれないわ！」

「うるさいわね。二発の弾《たま》が発射された。ミセス・サンフォードが立っていたのは――そこよ。倒れ方からして、あっちから銃弾が飛んできたにちがいないわ」彼女は部屋の奥のブルーのソファの方角を指さした。「それから、もう一発発射された。ダイニングの方から」

「どうして？」エイプリルがたずねた。

「わからない」ダイナはいった。「今考えようとしているところ。殺人犯は最初の一発がはずれたので、二度目に発砲したのかしら」

「あの二発は連続して聞こえたわ」エイプリルが思い出させた。「それに、ブルーのソファからダイニングまではかなり距離がある。ダイニングのドアまでだってかなり遠いわ。もちろん、スキーでもはいてれば――」

ダイナはじっと妹を見つめた。「二人いたのよ。二人だったんだわ」

「銃声は二度聞こえた」エイプリルはいった。「二台の車が走り去る音を聞いた。だから、殺人犯は二人いたにちがいないわ。ただし、一人ははずしたのよ」彼女は目を細めて値踏みするように部屋を眺めた。「問題はどっちだったのかね」

ダイナがとまどった顔つきになった。「よくわからないんだけど」

「なるほど。あなたは一年生の算数も落第だわ。いい、二発の銃声、二発の弾。一発はミセス・サンフォードに命中し、もう一発はハーバート伯父さんの肖像画の目に当たった。ふたつの弾は別々の銃から発射されたにちがいないわ。スーパーマンが犯人で、ブルーのソファからダイニングまで、あるいはその逆をひとっ飛びで移動したんじゃない限り。だから、わかるでしょ。いい？　必要なのは、二発の弾と二挺の拳銃と二種類の火線と指紋よ」

「どれもあたしたちの手にないわ」ダイナががっくりしていった。「それに、そのすべてを手に入れていても、誰が拳銃を所有していたかも、どこに立っていたかも、誰の指紋なのかもわからない。家に帰ってお皿を洗いましょ」

「悲観的にならないでよ」エイプリルはいった。彼女はハーバート伯父さんの左目をじっと見上げた。「椅子の上に立てば――」

そのとき足音が聞こえた。私道を走ってくる足音だ。少女たちは顔を見合わせ、隠れる場所がないかと見回した。

「階段」エイプリルが声を押し殺していった。

ふたりは駆け上がり、踊り場で足を止め耳を澄ました。

「いざとなったら」ダイナが安心させるようにささやいた。「蔦棚を使えばいいわ」

「しいっ！」エイプリルがひそひそいった。

制服警官が急いで家の中に入ってきた。すぐ後ろにアーチーが続いている。彼は電話をつかみ、本署に電話すると、「マキャファティです」と名乗った。彼はとても若く、とてもピンク色の頰をしていて、今はやけに興奮していた。

「そこらじゅうのやぶが押しつぶされていたことを伝えるのを忘れないでね」アーチーはダイナとエイプリルがどこにいるのかと見回しながらいった。「それから――」

「マキャファティです」若い警官は必死になっていった。「急いでつないでくれ、交換手」

「――それから、そこらじゅうに血の跡があったことも」アーチーがいった。「ナイフが木の幹に突き刺さっていたこともだよ」

マキャファティは送話器に向かっていった。「ちょっと待って」そして片手で送話口を覆ってアーチーにたずねた。「ナイフだって？」

「木の幹に刺さっているやつだよ」アーチーが繰り返した。「あそこで、あの男はやられたにちがいないよ」彼は幼く怯えて青ざめているように見えた。「見なかったの？」

「うん」若い巡査はいった。「しかし――」ちょうどそのとき本署とつながった。少し息を切らしながら、彼は殺人があったにちがいない現場を発見したことを報告した。サンフォード事件の現場近くで、フランキー・ライリーの死体が発見されたさびれたプールまで、車ですぐの距離。

彼が電話しているあいだに、エイプリルは階段の隠れ場所から、どうにかアーチーの視線をとらえた。彼女は「その男をここから連れだせ!」という信号を送った。アーチーは信号を返した——三本の指を下唇にあてがった——「リキ・ヨコ・ウク・カ・イキ、見てろ」という意味だ。

マキャファティは電話を切った。エイプリルは階段を十五センチほど後退した。アーチーは無邪気な目つきでいった。「どうして死体のことをいわなかったの?」

「え?」警官がいった。「死体って?」

「あそこのだよ」アーチーがいって、あいまいに指さした。「やぶの中に。ぼくが案内したところさ」彼は大きく息を吸いこんだ。「弾丸で蜂の巣にされていたよ」

マキャファティはアーチーをまじまじと見つめた。彼はまた電話をとりあげ、パトカーを要請した。それからキッチンから飛びだして、アーチーが指さした方向に芝生を走っていった。

「ダイナ、キッチンナイフをとって」エイプリルがいった。彼女はハーバート伯父さんの絵の方に椅子を近づけていた。「善は急げよ」

ダイナはキッチンに走っていって、震える両手でカトラリーの引き出しをかき回し、最初に見つけたナイフを持って戻ってきた。すると、エイプリルは椅子に乗り、ハーバート伯父さんの肖像画の目から弾丸をとりだそうとしていた。

エイプリルはちらっとナイフを見ていった。「バールを持ってきてもらえばよかった」

「だって――」ダイナは息を吸いこんだ。「なによ。早くして」

「せかさないで」エイプリルはいった。「こういう手術は何時間もかかることがあるのよ」彼女は弾丸をとりだすと、ブラウスのポケットに入れ、動かないように丸めたクリネックスを詰めた。それから肖像画を批判がましい目つきで見た。「片目だとひどくまぬけに見えるわね。それに、警察に心配する材料を与えてやらなくちゃ」

書斎のテーブルに少ししおれかけたゼラニウムを活けた鉢が置いてあった。エイプリルは一本を選び、ハーバート伯父さんの左目にきちんと刺した。それからダイナに向き直った。

「そのナイフから指紋を洗い流しましょう」彼女は提案した。「そして――まあ、警察も何かしてお給料を稼いだ方がいいでしょ」

ダイナは茫然として彼女を見つめた。「まあ、いったい――ああ、わかったわ！」ダイナはナイフを洗い、そのあいだにエイプリルは二階に駆け上がって口紅を探してきた。

「手で触らないで」エイプリルが注意した。「キッチンタオルで持って。ほら、そうよ」

エイプリルはナイフの刃に、大きな赤い文字で書いた。〝警告！〟それから慎重にタオルでつかんで、マントルピースの上に刃先がゼラニウムの方を向くようにして立てた。

「さあ、ここから出ましょう。急いで」

二人は裏口から出て、家庭菜園を突っ切った。ヴィラの前のやぶを歩き回る重い足音が聞こえた。はるかかなたから、不穏なサイレンがかすかに聞こえてきた。

わが家の庭に入ったとたん、エイプリルは唇に人差し指をあてがい、コヨーテの鳴き声を真似た。たちまちアーチーが階段を駆け上がってきて、合流した。

「アーチー」エイプリルはいった。「ギャング団を何人かここに連れてきて。急いで」

「電話で？」アーチーはいった。

「いいえ。非常召集をかけて」

「オコー・ケケー」アーチーはいった。彼は口に二本の指を入れると、長く、短く、指笛を吹いた。たちまち、指笛の音が返ってきた。「すぐにここに来るよ」アーチーは報告した。

サイレンがどんどん大きくなってきた。だがギャング団はパトカーよりも先に到着した。少なくとも大部分は。エイプリルは子どもたちを見渡した。汚れたジーンズ、破れたジャージ、短く刈られた髪。全員がなんとなく似ていて、全員がアーチーそっくりだった。エイプリルは何をするかを説明した。

ギャング団はのみこみが早かった。彼らとカーステアアズ家の子どもたちが家の裏手に回ると、ちょうどサイレンが止んでパトカーが家の正面に到着した。

ダイナは粉洗剤とお湯を洗い桶に入れ、エイプリルは皿をテーブルから流しに運んで、布巾を手にとった。アーチーとギャング団は急いで裏庭でビー玉で遊びはじめた。

三分ほどたち、重い足音と怒った声が家の横の歩道で聞こえた。「——いっただろ」ビル・スミスのカンカンになった声がいっていた。「いまいましい仕掛けにつまずかされた場所だって——」

「しかし、やぶはすっかり押しつぶされていました」マキャファティの声がいった。

「わたしがつぶしたんだ」ビル・スミスがいった。「そこでころんだのでね」

若い警官は傷ついた声でいった。「しかし、まるで——この男の子がいうには——」

オヘア部長刑事の太いバリトンの声がいった。「いいかい、マキャファティ、きみも九人の子どもを——」

このとき、ビル・スミスは裏のポーチのドアをたたいていた。二人の女の子が出ていった。ダイナは泡だらけの手をして、エイプリルは皿と布巾を手にしていた。

「おはようございます!」エイプリルは愛想よくいった。「ちょうどお噂してたんですよ。ちょっと入って、コーヒーでもいかがですか?」

「いや、けっこう」ビル・スミスはいった。猛烈に腹を立てていた。「いいかい、ちょっと教えてもらいたいんだが——」

「もしもし」オヘア部長刑事が二人にもすっかり聞こえるほど大きな声でささやいた。「わたしに話をさせてください。なんといっても、わたしは――」彼は咳払いするといった。「やあ、おはよう、お嬢さん!」

「オヘア警部!」エイプリルが明るくいった。「まあうれしいわ! お元気ですか?」

「部長刑事だよ」オヘアは訂正した。「元気だ、きみは?」

「ええ、元気です」エイプリルはいった。「今日はひときわ血色がよろしいみたいですね」

「きみこそ血色がいいよ」

「ちょっと」ビル・スミスが小声でいった。「こんな漫才を聞かされるんなら――」

オヘア部長刑事は彼を小突くといった。「お嬢さん、とても重要なことをたずねたいんだ。ですから、本当のことを教えてくれないかな。そうすれば誰もやっかいなことにならず、警察も助かるからね」

エイプリルは目をみはって彼を見つめた。

「教えてくれないかね」オヘア部長刑事は猫なで声でいった。「弟さんはこの一時間ほどどこにいたのかな?」

「アーチーが?」エイプリルはいった。彼女は驚くと同時にとまどっているように見えた。布巾を落としそうになった。それから、無邪気そのものの声で、自信たっぷりに、もっともらしくいった。「あたしたちを手伝ってました」そして布巾で皿をふいた。

ビル・スミスは部長刑事を押しのけると、口を出した。「何を手伝っていたんだね？」

ダイナが泡だらけの両手と濡れた布巾を精一杯利用して、あとをひきとった。「できたらあの子に頼まなくてすむといいんですけど。男の子ですし、家のことをさせるのはねえ。でも、ねえ、やることがどっさりあるんですよ、お皿を片づけたり、ゴミ箱を空にしたり、紙くずを燃やしたり、空き缶を出したり、裏のポーチに蟻を防ぐ薬をまいたり——」

ビル・スミスは彼女をにらみつけてから、心配そうな顔つきのマキャファティを見た。

「まさか悪い夢を見たんじゃないだろうね」彼は冷たくいった。

マキャファティはかぶりを振った。「申し上げたように」と彼は沈んだ声でいった。

「わたしはあの家を見張り、職務を果たしておりました。そこに男の子が興奮してやって来て、殺人があったと叫んだのです。わたしはどうしたらよかったんですか？」

「捜査をするんでしょ、もちろん」エイプリルがいった。

ビル・スミスは彼女をじろっと見た。「悪いが口を出さないでもらえないかな？」

「すると、すっかり踏みつぶされたやぶがあったんです。そこで、わたしが電話していると、男の子は木の幹にナイフが刺さっていて、銃弾で蜂の巣になった死体があるというんです。わたしはどうしたらよかったんですか？　わたしは捜査マニュアルにあるように、迅速に行動しました」

「またこういうことにひっかかったら」ビル・スミスがいった。「迅速に交通課に戻されるぞ」彼はエイプリルとダイナを見た。「弟さんはどこだね?」

二人はぽかんとして警部補を見た。ダイナはギャング団がビー玉遊びに興じている裏庭をのぞいた。「少し前まで、あのあたりにいましたけど」

エイプリルは裏庭に聞こえるぐらいの大きな声でいった。「地下室で暖炉の灰を掃除しているのかもしれないわ。さもなければ、じゃがいもを買いにお店に行ったのかも。それとも――」

外にいたアーチーははっと気づいた。彼はギャング団に合図を送り、地下室に飛びこんでいった。

「もうけっこう」ビル・スミスはいった。「まちがいなく、あなたたちのお手伝いをしていたんだね?」

「朝食からずっと」ダイナが誠実そうな口調でいった。

ビル・スミスはため息をつき、不安そうなマキャファティを見た。「たぶん、この子どもたちの一人だろう――」彼は先に立って裏庭に向かった。オヘアとマキャファティがすぐあとに続いた。ダイナとエイプリルは裏のポーチでそれを眺めながら耳をそばだてていた。

マキャファティはしばらく見渡してから、悲しげにいった。「どの子も同じように見えます。彼だったかもしれません」スラッキーを指さした。

ビル・スミスはスラッキーに鋭い視線を向けてたずねた。「きみだったのかね?」

「ぼくじゃないよ」スラッキーはいった。彼は最近名誉あるけんかで前歯を一本なくしていた。その結果、舌足らずなしゃべり方になった。「そえに、あの窓は割えてたんだよ、ぼくがいひをぶつけるまへから」

「こんなしゃべり方じゃありませんでした」マキャファティはいった。彼は〝提督〟をしげしげと見つめた。

「この一時間ほど、どこにいたんだね?」ビル・スミスがたずねた。

〝提督〟は蒼白になって、返事をしようとしなかった。とうとうオヘアが裏ポーチの誰もいないところに連れていってなだめすかすと、彼は泣きくずれて白状した。彼には姉妹がなく、家にはメイドがいないので、誰かが皿を洗わなくてはならない。ただギャング団にそんなことを知られたら——。

オヘア部長刑事はギャング団には決していわないとおごそかに誓った。

〝まぬけ〟は祖母に頼まれお使いに行っていた。〝脳たりん〟はミセス・チェリントンの芝生を刈っていた。〝懐中電灯〟はピアノのレッスンを受けていた。〝ミミズ〟は庭に水をまいていた。ギャング団全員にちゃんとした確かなアリバイがあるように思えた。とうとうギャング団でいちばん小さく小柄な〝洗濯板〟がこういって質問の気勢をそいだ。

「本当におまわりさんなの？　サインしてもらえる？」

「どの子も同じように見えます」マキャファティが繰り返した。

「もういい」ビル・スミスが疲れた声でいった。「さあ、行こう。片づけなくてはならない仕事がある」

彼らはキッチンの前の道を歩きだした。すると、木炭が半分ほど入ったバケツを手に、アーチーが息を切らしながら地下室の階段を上がってきた。灰がバケツからもうもうと立ちのぼっている。彼の顔も髪も灰だらけだった。

「こんにちは」アーチーが陽気に声をかけた。オヘア部長刑事を見つけると、だまされて危うく秘密をしゃべるところだったのを思い出して、仕返しをしてやることにした。彼は部長刑事の前に、バケツをドスンと乱暴に下ろした。たちまち灰がもくもくと立ちのぼり、部長刑事のこぎれいなブルーのスーツを薄汚い灰色に染めた。

「うわっ！」アーチーはいった。「すみません」彼は部長刑事の前を通り過ぎて、ギャング団に手を振って声をかけた。「やあ！」

〝ミミズ〟はその合図の意味を悟った。「あとどのぐらい地下にいなくちゃならないんだ？」

「ちぇ」アーチーはいった。「灰でいっぱいなんだよ。あと二時間はかかりそうだ」このまえ地下室で二時間過ごしたのは、一週間前だったことはいわなかった。それでも、その言葉に嘘はないことには自信があった。

「ヨコ・クク・ヤカ・ッカ・タカ」エイプリルが裏のポーチからそっといった。

オヘア部長刑事はアーチーのえり首をつかんで、マキャファティ巡査のところにひきずっていった。「この子か？」彼はたずねた。

マキャファティは灰だらけの顔、ぼさぼさの髪、それに地下室の廃品箱からとりだしてきたジャージをしげしげと見た。「いいえ」とうとう彼はいった。「あの子とは似ても似つかないです」

「じゃあ、行こう」オヘア部長刑事はいった。「こんなことで時間をむだにできない。子どもたちのいうことには耳を貸すんじゃない。いいか、わたしは九人の子どもを育てたんだから、よくわかっている」彼は不運なマキャファティを従えて、サンフォード家のヴィラの方に歩いていった。

「九人のいちばん上はどうなったのかしらね」エイプリルがつぶやいた。「結局……」

ダイナがクスクス笑った。それからギャング団とアーチーに合図をした。「ねえ、みんな。パーティーの残りのアイスクリームがまるまる一リットル残ってるし、メイプルケーキも半分あるわ。ただし、裏のポーチで食べてちょうだい」

五秒ちょうどでギャング団全員が裏のポーチに勢揃いした。

「これだけの価値はあったわね」アイスクリームをみんなに配ってから、ダイナはエイプリルにいった。「アーチーは留置所に入れられたかもしれないわ」

「ギャング団はたいしたものね」エイプリルがラックに布巾をかけながらいった。「ジキ・ャカ・アカ、二階に行って、亡きミセス・サンフォードのプライベートな生活をのぞいてきましょう。またオコ・オコ・サカ・ワカ・ギキにならないうちに」

ダイナはふきんをすすぐと、そっと流しにかけた。「そうね」考えこみながら、「警官がハーバート伯父さんの左目を見つけたら——きっと、そうなるわね」

13

二人は部屋のドアを閉めると、大きなマニラ紙封筒の中身をダイナのベッドにぶちまけた——手紙、紙切れ、書類、新聞の切り抜き。エイプリルは切り抜きの一枚を適当に手にとり、目を通した。「ダイナ！　見て！　この写真——」

それは制服姿のハンサムな中年男性の写真だった。こういう見出しがついていた。

軍法会議で有罪となる

写真の下の名前はチャールズ・チャンドラー大佐だった。

「どういうことかしら」ダイナがいった。「チャールズ・チャンドラー大佐って誰なの？」

「もう一度写真を見てよ」エイプリルがいった。「白髪でちょっと顎ひげを生やしたところを想像してみて」

ダイナは目をやって想像した。「まあ。ミスター・チェリントンだわ」

「カールトン・チェリントン三世ね」エイプリルが重々しくいった。

ダイナは妹を見つめた。「よくわからないわ。彼は何をしたっていうの？」

エイプリルは記事にざっと目を通した。「多額のお金を盗んだのよ。一万五千ドル。五年ほど前のことね、この切り抜きによると。最初は補給係将校のオフィスの金庫が泥棒に入られたように見せかけたんだけど、彼の仕業だとわかったの。ただ、とうとうお金は出てこなかった。だから軍事裁判で彼は不名誉除隊になったの」

彼女は最初の記事にとじてある切り抜きを読んだ。「彼は逮捕されて刑務所行きになった。四年の刑。個人的なことがあれこれ書いてあるわ。陸軍士官学校に行ったとか、第一次世界大戦の英雄だったとか、お父さんも陸軍士官だったとか」

「四年の刑！」ダイナがいった。「でも、あの人たち三年ぐらい前からここに住んでいるわよ！」

「ちょっと待ってくれない？」エイプリルはいった。彼女は三枚目の最後の切り抜きに目を通した——小さな記事だった。「仮釈放になったのよ」

「まあ。それでここに来て名前を変えたのね。すてきなしゃれた名前をつけたものだわ」

「ミセス・カールトン・チェリントン三世」エイプリルが発音してみた。「きっと奥さんが選んだのよ。それでも」彼女はつけ加えた。「ご主人と別れなかったのね。そのお金はどうしたのかしら」

「使っちゃったんでしょ、たぶん」ダイナがいった。

「何に？」エイプリルが馬鹿にしたようにいった。「おつむがあるなら使ってもらえないかしら。夫婦は仮釈放になってすぐここに来たのよ。まだそのお金を使ってないわよ。きっと一年に二千ドルだって使ってないと思うわ。ちっぽけなみすぼらしい家だし、奥さんは新しい服を一枚も買わないし、お掃除の人を週に一度頼むことすらないのよ。楽しみといったら見事なバラを育てることだけ」

「もしかしたらギャンブルの借金を払ったのかもしれないわ」

「彼が！」エイプリルがいった。「ミスター・チェリントンが？　つまり——チャンドラー大佐が？　それほど大きなギャンブルの借金を作るように見える？」

「うーん、見えないわね」ダイナは認めた。「ねえ、何に使ったのかわからないわ。だけど、びっくり！　ミスター・チェリントンがねえ！　あのすてきな老人が！」

「彼はそんなに年をとってないわよ」エイプリルはいった。「彼の写真を見て。五十歳ぐらいにちがいないわ、五年前には」エイプリルの目が細くなった。「お金の使い道についてひとつ考えられることがあるわ。ミセス・サンフォードが彼をゆすっていたのよ」

「それで筋が通るわ」ダイナはいった。彼女は書類の束を見ていった。「さあ、エイプリル、ぐずぐずしているわけにいかないわ」

メモ、手紙、写真や切り抜きの大半は、いちばん上に青いインクの小さな読みにくい文字で名前が書かれていた。エイプリルは〝デグランジュ〟と書かれたものを見つけて手にとった。

ピエール・デグランジュについてかなりまとまった資料があった。〝ジョー〟とだけ署名され、宛先は〝親愛なるフローラ〟になっている手紙の束があり、些細な個人的な事柄がつづられていた。たとえば、「またきみから連絡をもらえてとてもうれしい」とか「カリフォルニアはどうだね?」とか「〈ラヴィエルズ〉で飲んだおいしいマティーニを覚えてる?」とか「きみは相変わらず幸せな結婚生活を送っているの?」とか「コニー・アイランドに行った夜のこと、忘れられないよ」とか。すべてニューヨークの新聞社の社用便箋に書かれていた。

だが、ピエール・デグランジュに関する部分を拾いあげるのはむずかしくなかった。そうした文章にはブルーのインクできちんとアンダーラインが引かれていたのだ。

「……きみの謎の画家はアーマンド・フォン・ヘーネという人物に人相が似ている。彼は数年前にこちらに密入国して、ずっと行方を追われているんだ。その男であれば、フランス人と名乗っても驚かないね。母親はフランス人で、彼はパリで育った。失踪するまでの資料はかなり大量にある。きみの見つけたことを知らせてくれ、記事にできるかもしれないから――」

次の手紙では「……このデグランジュがフォン・ヘーネなら、FBIが怖くて隠れているんじゃないよ。この国にいる敵側のスパイが彼の失踪以来行方を追っていて、見つけ次第射殺するように命じられているんだ。その男なら、顎ひげを生やしているのも当然だね」

それから「……ああ、フォン・ヘーネはお金をたっぷり持っている。ヨーロッパから逃げてきたときに、亡くなった母親の宝石を持ってきたらしいからな……」

さらに「……いや、フォン・ヘーネの写真はないんだ。ただ、特徴的な目印があるから、調べてみるのもいいだろう。左腕に決闘のときの傷があるんだ。肘から手首まで斜めに長く走る傷だ。ねえ、この男が本当にフォン・ヘーネだったら、すぐに知らせてくれよ。ぼくたちが最初に彼を見つけられれば、すばらしい特ダネになる……」

最後に「……きみのピエール・デグランジュがアーマンド・フォン・ヘーネでなくてとても残念だ。すごい記事になったのに。でも、傷痕がないなら、まちがいなく……」

エイプリルは手紙を置いていった。「ダイナ。デグランジュはミセス・サンフォードが殺された翌日、家に忍びこもうとしていたわ。それから彼が袖をまくりあげているのを見たことがある？」

「いいえ」ダイナはいった。「だけど――」

「いい、彼はこのアーマンド・フォン・ヘーネだった。彼は敵のスパイを恐れていた。彼女はそれを探りだしたのよ。彼がお金を持っていることも知った」「彼女が身元をばらすと脅したので、彼は彼女を殺した」

「そしてついに彼はお金がなくなった」ダイナがいった。

「でも、ダイナ」エイプリルはいった。「自分を破滅させる書類をミセス・サンフォードが持っていることを、彼は知っていたはずよ。さもなければ、殺人後に家に忍びこもうとしなかったわ。もし彼が殺したのなら、家じゅう探し回って、それを見つけて破棄したはずだわ。あるいは家を燃やしてしまったか。自分に不利な証拠を破棄できないのに、彼女を殺しても意味がないわよ」

「そのとおりね」ダイナは考えこんだ。「それに、どっちみち、ピエール・デグランジュが誰かを殺すなんて想像できないわ。あのやさしそうないい人が！」

「彼は肘から手首まで決闘の傷痕があるのよね」エイプリルが思い出させた。

「あると思ってるのね」ダイナがいった。

「まかせておいて」エイプリルが自信たっぷりにいった。「見つけだすわ」

「どうやって？」ダイナはたずねた。

「まだわからない」エイプリルはいった。「だけど、何か考えつくわ」

ダイナはデグランジュ関係の書類をベッドに置いた。「どうやらミセス・サンフォードはゆすり屋だったみたいね」

「しかも、あんた一人でそれを発見したのよ！」エイプリルがいった。「たいしたもんだわ！」一瞬、自分もそういう推測をしていたこと、ルパート・ヴァン・デューゼンのことを打ち明けようかと思った。だが、思い直した。

「まったく、驚いたわね」ダイナがいった。「彼女はずっとうちのお隣に住んでいたのよ」

「誰かの隣に住まないわけにいかないものね」エイプリルはいった。「それに、殺されたからって彼女を気の毒に思わないで。毎日誰かしら殺されているのよ。以前、お母さんが統計値が必要だっていうから、世界年鑑を調べたの。一九四〇年には合衆国だけで八千二百八人が殺されていた。世界じゅうならどのぐらいになるか、考えてみてよ！　一日だったら、何人になるかしら」

「計算できるわよ」ダイナがいった。「紙と鉛筆があれば」

「いいわよ」エイプリルがあわてていった。「ただ、ミセス・サンフォードのことで気をもむのはやめて。彼女がどんな人だったか覚えてるでしょ？」

「ええ」ダイナはいって、身震いした。

「お母さんのサプライズお誕生ケーキに飾るので、ラッパズイセンを少しいただけませんかって、とてもていねいにお願いしに行ったときに、じゃけんに追い払われたことを覚えてる？」

ダイナはいった。「アーチーがヘンダーソンをつかまえるために芝生に入ったら、警察に通報すると脅したわね」

「そして、いつもしゃれたドレスを着て歩き回っていて、いかにも清廉潔白ですみたいな顔をしていた。それにお母さんはあのブロンドの髪は高いお金をかけて染めたにちがいないっていってたわ」

「髪を染めている女性はいっぱいいるわ」ダイナはいった。「だけど、美人だったわね、ちょっとやせすぎで、病弱な感じがしたけど」

「ミスター・デグランジュは彼女を美人だとは思わなかったにちがいないわ」エイプリルがいった。「ミスター・チェリントンも。それに」――彼女は書類をめくった――「この人もね」

〝この人〟というのは凡庸な顔つきをした靴のチェーン店の店長で、小さなバンガローを所有していて、妻と三人の子どもがいることがわかった。不運にも、彼はイリノイ州のロック・アイランドにも、もう一人妻がいた。二人は彼が二十一歳、彼女が二十九歳のときに結婚した。そして、きっかり六週間の結婚生活を送った。彼は離婚の申し立てのお金も、別居手当のお金もなかったし、彼女は酒場のウェイトレスとしていい給金を稼いでいたので、彼はそのまま町を出て名前を変えたのだった。

さらに田舎医者の開業医についての秘密情報も揃っていた。自殺と書くと故人の年老いた未亡人がわずかな保険金をもらえなくなるので、死亡証明書を偽ったのだ。日曜版の特集記事でダイナもエイプリルもたびたび写真を見ている、社交界では有名な婦人が書いた軽率な手紙もどっさりあった。その婦人は母親がシンシナティの安ホテルでメイドをしていたことを、誰にも知られまいとして憂慮していた。

とても上品な女子校に勤務する中年近い女性英語教師についての情報もあった。きちんとしたレストランだとばかり思って入ったら、実は賭博場で、摘発されてしまったのだ。

「大量生産方式にのっとっているみたいね」エイプリルが不快そうにいった。彼女はページをめくるといった。「ほら、ここにもあるわ！」

それはスミレ色のインクでタイムズ・スクエアの安ホテルの便箋にしたためられた手紙だった。

親愛なるフロー

ホルブルックというやつの情報については、まさにあなたのいうとおりよ。たしかに彼女は彼の娘で、あたしが調べたところ、彼は娘が家族の一員だと知られるぐらいなら死んだ方がましだと思っているみたいよ。彼は変わり者にちがいないわ。だってあたしが彼だったらね、フロー、絶対に彼女を誇りに思うでしょうよ。彼女が三本のクジャクの羽根とビーズのGストリングスの衣装で踊ると、お客は総立ちになって拍手をするのよ。それに毎年稼ぐお金をぎっしり並べたら、大西洋艦隊だって安定させられる底荷になるわ。もちろん変わった人間はいるし、彼は娘が三度結婚したことが気に入らないのかもしれない。でも、あたしはいつもいってるわ、失敗せずには学べないって。もしかしたら彼女の好ましくない評判が気に入らないのかもしれないけど、劇場のチケット売り場の前に行列ができるなら、いい評判ってことでしょ。ねえ、フロー、これで、そのホルブルックという男があなたの法律問題を無料で引き受けてくれるといいわね。それから、フロー、十ドルをありがとう、とても助かりました。お元気で。

ヴィヴィアン

「ミスター・ホルブルックですって！」ダイナがいった。「彼が！　彼にはクジャクの羽根とビーズのGストリングスの衣装で踊っている娘がいたのね——あの頭の固い男に！　あの人、ミセス・サンフォードの家から帰る途中に、アーチーが日曜に口笛を吹いているといって怒鳴ったわよね」

「わからないものね！」エイプリルは真面目にいった。彼女はやはりホテルの便箋にスミレ色のインクで書かれた次の手紙を広げた。

親愛なるフロー

さて、あたしに頼んでくれてよかったわ。おかげで万事うまくいったの。あたしたちがメリーランドの同じショーに出ていたことが彼女の心を動かしたみたい。その当時、彼女はまだコーラスの一人で、あたしはトップのソプラノだったのよ。で、彼女に会いに行くと、あなたのいったとおりに伝えた。お父さんが重い病気で回復しないかもしれない、共通の友人がいてお父さんの病気のことを聞いた、お父さんは娘から手紙をほしがっている、ただし、こっそり渡さなくてはならないから、あたしが彼に直接届くようにはからう、ほんの数行でいいからって。彼女はすぐに信じて、大声で泣き、同封のものを書いたわ。あなたが必要だといった彼宛の封筒も書いてもらった。それから、百ドルをありがとう、フロー。歯を治さなくてはならなかったので、どうしてもお金が必要だったの。ことにあなたが推薦してくれたハリウッドの仕事が実現するならね。お体お大切に。それから仕事のこと、知らせてください。

ヴィヴィアン

「ヘンリー・ホルブルック様」と書かれた封筒がクリップで留めてあり、その中には急いで書かれたらしい手紙が入っていた。

いとしい、いとしいお父さん
お父さんがご病気だと聞いたところです。どうかよくなってください。迷惑ばかりかけてきたこと、どうぞ許してください。本当に、いつかお父さんが自慢に感じられるような娘になります。それから、お父さんがあたしを恥ずかしく思うようなことはこれまで一切してませんし、これからも決してするつもりはありません。ですから、どうか早くよくなってください。あたしはいつか一流の劇場で一流の芝居の主役をするつもりです。初日の晩にはぜひ来て、喝采を送ってください。心から愛しています。

B

次の手紙はまたもやスミレ色のインクだった。

親愛なるフロー
あの手紙に彼女が本名を署名しなかったことはごめんなさい。でも、知らなかったし、いったん書いてしまったものはどうしようもないでしょ？　あたしを責めないで、フロー、友だちを助けるために精一杯やっているのよ。ともあれ、お父さんの筆跡に似せたあなたの手紙を彼女に渡したわ。スチール写真にサインをして送ってくれというのを読んで、泣きくずれてしまったの。だから、泣いているあいだにあたしが写真を選んで、ペンを渡して、本名でサインしてもらったわ。それを同封します。それから、フロー、数ドル貸してもらえるとありがたいんだけど。この二、三週間、思いがけない出費が続いてしまって。よろしくね。

ヴィヴィアン

エイプリルはページをめくり、留めてある写真を見て口笛を吹いた。「すごいわね！」

写真には〝ハリエット・ホルブルック〟とサインされていた。

「ミスター・ホルブルックがこれを見たら」ダイナは息をのんだ。「ばったり息絶えてしまうわ」

「見たにちがいないわよ」エイプリルはいった。彼女は少々腹を立てはじめていた。「ミセス・サンフォードがこれを持っているのを知っていたにちがいないわ。だから、彼女が殺されたあと、家に押し入ろうとしたのよ。娘が踊り子で、クジャクの羽根数枚とビーズひとつかみだけを身につけて踊っていることを、誰にも知られたくなかったからよ」

「もっととじてあるわ」ダイナが写真をめくりながらいった。

さらに手紙が五、六通あり、最初の方はスミレ色のインクで、どれものたくったような筆跡だった。すべてお金の無心だった。

「……歯医者が上はすべて義歯にしなくてはならないといっているんだけど、それにはお金がかかるの。すぐに仕事につくことになるでしょうし、少しお金を貸してもらえないか……」

「……お返事がもらえないけど、このあいだの手紙は迷子になったのかしら。歯はあとでもいいけど、家賃を三ヵ月滞納しているのよ。大家さんは次の木曜までに払えといってるわ。昔のよしみで、少しお金を用立ててくれるなら、航空便で送ってもらえないかしら。今日は土曜だから……」

それらの手紙にはひとつ共通点があった。どれにも返事がなかったようなのだ。

最後の手紙は鉛筆書きで、安っぽい罫紙に書かれていた。

「……二十五ドルを電報為替で送ってもらえるなら、救世軍施設気付でお願い……」

最後は小さな哀れな新聞の切り抜きだった。それはかつてのミュージカル・コメディのスター、ヴィヴィアン・デーンが小さな安アパートで自殺したという記事だった。

ダイナはベッドに書類の束をどさっと置いた。ひどく腹を立てていた。「あの女！　このヴィヴィアンという人に汚い仕事をさんざんさせて、危険を冒させ、結局送ったのは――ここで手紙を繰った――」「全部で百十ドルと、たぶんでたらめのハリウッドの仕事の約束だけよ。そして必要なものを手に入れてしまうと、気の毒な女性の手紙に返事すら出さなかったのね！」

「癇癪を起こさないで」エイプリルがいった。「お母さんが目を覚ますわ」

「だけど、頭に来る！」ダイナがいった。「このヴィヴィアンとミスター・ホルブルックとミスター・デグランジュと――」

「落ち着いて」エイプリルがいった。「もっと調べなくてはならないことがあるわ」

ダイナはフンと鼻を鳴らすと、冷静になった。

エイプリルは次の束をとりあげた。それは六つ切りの光沢のある写真で、いきなりフラッシュをたいて撮影し、被写体を驚かせたようだった。そこには新聞の切り抜きが二枚ホッチキスで留めてあった。エイプリルは写真をまじまじと見つめていった。「まあ！　見て、ダイナ！」

ダイナは見て息をのんだ。「ミスター・サンフォードだわ！」

「それに、なんてゴージャスな女性かしら！」エイプリルはいった。

劇場の楽屋口に面した路地だった。ウォリー・サンフォードはフォーマルな服装をしていた。女性は若く、長い黒髪で愛らしい顔立ちだった。長い淡い色合いのイブニングドレスを着て、毛皮のケープをはおっている。一見、夜に正装して出かける美男美女のカップルといえそうだったが、二人とも驚いているばかりか怯えていた。

ダイナは切り抜きを読んだ。

謎の〝ミスター・サンダースン〟はリモー誘拐の手先なのか？

マリアン・ウォード

二日前、万雷の拍手が響いていた劇場の舞台から、主役を演じた美貌のベティ・リモーが退場した。カーテンコールで、彼女はまた観客の前に戻ってきた。それから楽屋にひきとり、楽屋口で待っていた青年のために美しく装った。

彼女のメイドはドレスとメイクに特別に念を入れたと証言しており、とても幸せな気分でいたようだ。楽屋口から楽しげにハミングしながら出ていくと、〝エスコート〟が愛情こめて出迎えた。

二人は路地を大通りの方に歩いていった。いきなり縁石に一台の車が停まった。劇場帰りのたくさんの人々の目の前で、武器を持った男がベティ・リモーを無理やり車にひきずりこんだ。〝エスコート〟は人込みに姿を消した。

今日、わたしはベティ・リモーにお気に入りのドレスを着せたメイドと、彼女が劇場を出るときに「おやすみなさい」とおそらく最後になった挨拶をしたドアマンにインタビューした。両名とも〝ミスター・サンダースン〟の名前を口にした。

〝ミスター・サンダースン〟なる人物はたびたびベティ・リモーを訪ねてきて、彼女にたくさんの贈り物をして、電話で頻繁に話をしていた。楽屋口前の路地から最後に彼女といっしょに歩いたのは、この〝ミスター・サンダースン〟であることは疑いがない……

切り抜きはそこで破られていた。まだ二枚目の切り抜きがあった。

ベティ・リモー殺人事件で
ウィリアム・サンダースンの行方を追う

マリアン・ウォード

現在、五州の警察が若い不動産セールスマン、ウィリアム・サンダースンの行方を追っている。彼はベティ・リモーの誘拐に関わったと考えられているのだ。

誘拐の数週間前、サンダースンはミス・リモーを頻繁にエスコートしていることで知られていた。高級なナイトクラブに連れていき、高価な贈り物をした。サンダースンの雇い主ミスター・J・L・バーカーは質問に答え、サンダースンの週給は平均して四十ドルそこそこだと明言したが、バーカー社の経理に不足は生じていないようだ。事件を担当するジョゼフ・ドノヴァン警視は、ミス・リモーを接待した費用は誘拐団からまえもって渡されていたにちがいないと述べた。サンダースンは誘拐の夜に姿を消し、いまだ足どりはつかめていない……

「ウィリアム・サンダースン」エイプリルが考えこみながらいった。「ウォレス・サンフォード。名前をつけるときにあまり独創性を発揮しなかったのね」

「どういう名前をつけたらよかったの？」ダイナがいった。「アシドフィラス・マッギリカディとか？　きっと服や持ち物にイニシャルがついていたので、それにあう名前にしなくちゃならなかったのよ。それに、あなたもちょっと鈍いわよ、はっきりいって。記者の名前を見てごらんなさい」

エイプリルはポカンとしていった。「え？」

「マリアン・ウォードよ、まぬけ」ダイナがいった。

「まあ、なんてこと。お母さんね！　記者をしていたときの名前だわ」

「それから、ここにお母さんのことについて少し書いてあるわ」ダイナは不機嫌にいって、書類をひっかき回した。「ああ、これだわ」エイプリルはいってつかんだ。それは役に立つジョーからの手紙だった。便箋のいちばん上に、青いインキでカーステアズと書かれていた。

親愛なるフロー

ああ、きみのいうとおりだ。リモー誘拐事件の記事を書いたマリアン・ウォードは、きみがカリフォルニアで会ったマリアン・カーステアズだ。ご主人が亡くなったあとで記者の仕事に戻ったとき、ウォード（旧姓）の名前を使っていたんだよ。亭主（カーステアズ）は偉大な記者だった。ぼくは彼を知っていた。マリアンはリモー事件の二カ月後に、事件の容疑者一人も見つけられないとは「信じられないほどの無能力」だと警察をこきおろしたので、《エクスプレス》紙を首になった。警察署長が記事に対して強硬に文句をつけてきたので、社は彼女を解雇したんだ。それからはいろいろなペンネームでミステリを書くようになった。何冊か読んだが、よくできていた。リモー誘拐事件をネタにして書けばいいのに。今度はいつニューヨークを訪ねてくるのかい？　ではまた。

ジョー

「この男は見る目があるわね」エイプリルがうれしげにいって、手紙を置いた。「フローラ・サンフォードの手助けをしていたなんて残念だわ」

「知らなかったのよ」ダイナがいった。「ただ友人として聞かれたと思っていたんでしょ。以前に何度か彼女とデートしたことがあったから、フローラは何かを探りだしたいときは、あくまでさりげない手紙を書いたのよ。たとえば、『マリアン・カーステアズという魅力的な女性と知り合ったんだけど、彼女はもしかしたらマリアン・ウォードじゃないのかしら――』とかね」

エイプリルは同意してうなずいた。「そうやって、気の毒なミスター・デグランジュについて情報をひきだしたのね」彼女は長々と息を吸いこんだ。「たぶん、あの《犯罪実話》にはマリアン・ウォードと、その解雇のいきさつが書かれていたのよ。それで、お母さんはあたしに読ませたくなかったんだわ」

「ありえるわね」ダイナはいった。彼女は目を細めた。「ミセス・サンフォードの殺人はベティ・リモー事件と関係があるにちがいないわ。関連記事をすべてとってあるもの。結婚したウォリー・サンフォードは、かつてウィリアム・サンダースンだった。おまけにフランキー・ライリーは誘拐事件のあとで尋問を受けて勾留され、ゆうべ彼女の家で殺された。それに、お母さんがあの事件の記事を書いた記者かどうか、とても知りたがった」

「それで？」エイプリルがたずねた。

「そうね」ダイナがいった。「ねえ、もしもお母さんがミセス・サンフォードの殺人犯を見つければ――つまり、あたしたちでってことだけど――たぶん、リモー事件も同時に解決することになるわ。そうしたら、お母さんにとっては大手柄でしょ。宣伝効果のことを考えてみて」

「ミス・カーステアズ」エイプリルが感嘆したようにいった。「あんた、ほんとに頭がいいわね！」

「ありがとう、ミス・カーステアズ」ダイナはいった。「この件について調べてみましょう。もっと手がかりがあるかもしれないわ」

ブルーの安っぽい便箋に書かれた署名のない手紙があった。

フランキーは来週の木曜に出るから、気をつけろ。リモーの父親のところに行くかもしれない。長い旅行に出た方がいいかもしれないぞ。幸運を祈る。

「これで彼女が誘拐事件に関わっていたことがわかったわ」ダイナがいった。

「これ以上証拠はいらないわね」エイプリルはフンと鼻を鳴らした。「ねえ、彼女がこのフランキーってやつにやらせたのよ。たぶん、他にも仲間はいるわね。でも、フランキーはお金をもらわなかった。でなかったら、一年後に強盗を働いて刑務所行きになるはずがないでしょ」

「一万五千ドルじゃ、何人かで分けたらすぐなくなっちゃうわよ」ダイナが指摘した。

エイプリルは手紙を指さした。「彼があの女に腹を立てていたのも理由があったにちがいないわ」

ある金持ちの婦人の看護師兼話し相手からのせっぱつまった手紙もあった。彼女が偽の人物証明書で仕事についたことを、どうか表沙汰にしないでくれとミセス・サンフォードに懇願し、「できるだけのお金」を送ると約束していた。東部にいる家族にバーテンダーとして働いていることを知られたくないと心配している若者からの手紙もあった。別の都市で文書偽造罪で有罪になり、現在は名前を変えて銀行員をしている年配の男からの手紙もあった。それから、書類の束のいちばん下には、ファン雑誌から破りとったページがあった――新しいスターの写真と伝記で、ポリー・ウォーカーのものだ――さらに二通の手紙が留められていた。

伝記には、排他的な寄宿学校やサマーキャンプで育った孤児の少女が、わずか十八歳でブロードウェイに挑戦し、どうにかちっぽけな端役をつかみ、それを足がかりについにスターダムに駆け上がったなりゆきについてが書かれていた。

最初の手紙は投資信託会社の浮きだし印刷の便箋に書かれていた。

親愛なるミセス・サンフォード

あなたのおっしゃるとおり、わたしはポリー・ウォーカーが一年前に二十一歳になるまで後見人をしていました。この噂について問い合わせをいただき、大変ありがたく存じます。そうした噂を消すためにできる限りのことをしていただけると信じております。ポリーとは親しい友人とのことですので……

「だけど、彼女はポリー・ウォーカーの友だちなんかなじゃなかったわ！」ダイナが叫んだ。「それどころか、その逆よ。彼女は――」

「静かに」エイプリルがたしなめた。「読んでいるんだから」

……残念ながら、噂はまったく事実無根ではないのですが、詳細がまちがっています。ポリーの父親は母親殺しで有罪になったのではありません。ポリーが一歳になるかならずのときに、母親は肺炎で亡くなりました。そこで父親はベン・シュワルツの娘という不名誉を負わせたくなかったので、わたしにポリーを預けたのです。彼がギャンブルと酒の密輸の大物として知られ、現在、レベンワース刑務所で終身刑に服していることはご記憶にあるかと思います。有罪判決を受けると、彼は手元に残った金を、ポリーの教育費としてわたしに託したのです。

噂を打ち消すと同時に、真実を秘密にしておくことに、できる限りのご尽力をいただければと願っています。彼女のキャリアにとっても致命的ですが、ずっと何も知らずに育ったポリーにとっては恐ろしい打撃になるでしょう……

薄い淡いグレーの紙に書かれた二通の手紙があった。

親愛なるミセス・サンフォード

喜んで月曜午後の二時にうかがいます。

ポリー・ウォーカー

二通目は

親愛なるミセス・サンフォード

お金を作ることができましたので、水曜に持っていきます。

ポリー・ウォーカー

ダイナとエイプリルは顔を見合わせた。「水曜は殺人のあった日よ」ダイナはいった。「ポリー・ウォーカーは二日前にもあそこに行ってるんだわ。ミセス・サンフォードはたぶんこれを見せて、彼女に手紙を売ると持ちかけたんじゃないかしら。それで――水曜に――」

「だけど、ポリー・ウォーカーが家に着いたとき、ミセス・サンフォードはもう殺されていたのよ」エイプリルが思い出させた。

ダイナはため息をついて、書類を大きなマニラ紙の封筒に戻しはじめた。「なんだかごちゃごちゃしてきたわね」彼女は嘆いた。「それに、奇妙で無気味なことがひとつあるわ。新聞で読んだ男のことを覚えてる？」

「フランキー・ライリー？」エイプリルがいった。

ダイナは首を振った。「もう一人の方。ミセス・サンフォードが彼をゆすっていたことを認めたでしょ、信頼できる証人がいっていたとおり。だけど、彼にはアリバイがあった。ルパート・ヴァン・デューゼンよ。どうして彼の情報はこの資料に何も入ってないのかしら？」

「聞いて、ダイナ」エイプリルがいった。彼女は大きく息を吸いこんでから、ゆっくりと口を開いた。「話したいことがあるの」

彼女が先を続けないうちに、階下の玄関ドアを乱暴にたたく音がした。ダイナは飛び上がり、封筒を洗濯袋に押しこみ階段に向かった。

「お母さんを起こしちゃうわ」彼女はいった。

「アーチーが下にいるでしょ」エイプリルはダイナのすぐあとに続きながらいった。

二人は玄関が開く音を聞いた。アーチーが階段の下で二人を出迎えた。「警官が来てるよ」彼は報告した。

ビル・スミス警部補とオヘア部長刑事が戸口に立っていた。二人とも息を切らし不安そうで、部長刑事はいささか顔が青ざめていた。

「お母さんはどこだね？」

「眠ってます」ダイナはいった。「ひと晩じゅう仕事をしていたので、朝食のすぐあとに寝てしまったんです」

ビル・スミスは困惑した顔だったが、やがて「そうか！」といった。「午前中はずっと家にいたのかい？」

「ねえ、お嬢さんたち」オヘア部長刑事がいった。

二人とも厳粛な顔でうなずくと、アーチーが口をはさんだ。「ぼくたち一歩も外に出なかったよ」

「きみたちは――」ビル・スミスは言葉を切って、眉をひそめた。「このあたりをうろついている人間がいるようなのだ。誰かがサンフォードの家に入ったんだ。物音を聞いたり――姿を見かけたりしなかったかな？」

ダイナとエイプリルは顔を見合わせてから警官を見た。

「誰も」エイプリルはいった。「誰の姿も見てないし、足音も聞いてません、あなたたち以外には」

ビル・スミスは額の汗をぬぐった。「そうか、ありがとう。ちょっと確かめようと思ってね」

背中を向けながら、オヘア部長刑事はつぶやいた。「絶対です、まちがいないですよ。すべては頭のおかしな人間の仕業ですよ。それ以外には説明がつかない」

エイプリルはダイナを見てウィンクした。ダイナは急いで笑い声を押し殺した。アーチーは飛んだり跳ねたりしながら質問した。「どういうこと？　どういうこと？」

「あら、何でもないわ」エイプリルは威厳たっぷりにいった。「ハーバート伯父さんのことだけ」

14

「母の日のプレゼントに何を買ったの？」アーチーが戸口で待ちかまえていて、繰り返したずねた。「ねえ、母の日のプレゼントに何を買ったの？」

「あんた、壊れたレコードみたい」エイプリルがいった。

「ねえ、母の日のプレゼントに何を買ったの？」

「アーチー」ダイナがいった。「少しうるさいわよ。電話はかかってきた？」

「うん」アーチーはいった。「ねえ、母の日の――」

「ちょっと」ダイナはいった。「ピートから電話がなかったの？」

「ピート？ ないよ」アーチーはいった。「ねえ、母の――」

ダイナは顔をこわばらせた。「だけど、今日は土曜よ。いつも土曜には電話をしてくるのに」

「ねえ、母の――」アーチーがまたいいだした。

「一本も電話がなかったの？」エイプリルがいった。「人も来なかった？ 警察とかも？」

「電話はなかったよ」アーチーは陽気にいった。「警官も。殺人も。火事になった家もないよ。なあんにもない。ねえ、母の日のプレゼントに何を買ったの、ねえ？」

「わかったわよ、頑固坊や」エイプリルがうんざりしたようにいった。「本を買ったの」

アーチーは目をみはった。「本！　お母さんは本を書いてるんだよ！」

「でも本も読むわ」エイプリルはいった。

「それに、とっても特別な本なのよ」ダイナがつけ加えた。「町じゅう探し回ったのよ」

「見せて、見せて」アーチーがねだった。

ダイナは紙袋からプレゼント用に包装された包みをとりだした。「中は見せられないわ。〈クレンショーズ〉の女性が特別にラッピングしてくれたんだから。それに、これに添えるとっても優雅なカードも買ったのよ」

「ちぇ、つまんないの」アーチーはいった。「ぼくには家で留守番して、電話に耳を澄ましてろっていっておいて、あんたたちはダウンタウンに行って、くだらない本なんて買ってくるんだから。わかったよ。ぼくもとっても特別な母の日のプレゼントがあるんだけど、明日の朝まで誰にも見せてやらないよ、あんたたちにもね」

「それはすてきだこと」エイプリルはいった。「それ、何なの？」

「教えてやるもんか」

「花束でしょ？」ダイナが推測した。

「ちがうよ」

「自分で作った物ね」エイプリルがいった。「小鳥の巣箱か、卓上カレンダーかしら」

「ちがうって」アーチーは得意げにいった。

「いい加減にして」エイプリルがいった。「あんた、いつも嘘ばかりつくんだから」

「へえ、よくいうよ」アーチーは憤慨した。「じゃあ、来てごらんよ、プレゼントは――」あわてて口を閉じた。「だめ、だめ。ぼくをだまして母の日のプレゼントをまえもって見ようとしても、その手には乗らないよ」

「わかったわよ」ダイナがそっけなくいった。「興味もないわ。だけど、また亀だったら、ヘンダーソンは気に入らないかもね」

「それからまたびんに詰めたオタマジャクシだったら、あたしは家出するわ」エイプリルがいった。

「それから、お母さんにヴァレンタインに白ネズミをあげてどうなったのか、思い出してごらんなさい」ダイナがつけ加えた「ジェンキンズがそれを見つけたときのこと」

「なんだよお」アーチーが不満そうに鼻を鳴らした。「亀じゃないし、オタマジャクシじゃないし、白ネズミじゃないし、ぼくしか誰も知らないよーだ。それに誰にも教えないよ」

アーチーは小さく汗をかいて汚れていて、すっかり守勢に立たされていた。ダイナは手を伸ばして、仕上げに彼の髪の毛をくしゃくしゃにしてやった。

「それがどんな物でも、お母さんは気に入るわよ」彼女は愛情こめていった。

「そのとおりよ」エイプリルが同じように暖かくいって、彼の鼻にキスをした。

「おい、やめてくれよ」アーチーは怒ったふりをしようとしたが、うまくいかなかった。

ダイナはきれいに包装された包みをソファのクッションの下に隠した。それから宣言した。「おなかがすいたわ。それに、相談しなくちゃならないこともあるわね」

「すいた」という言葉のすぐあとに「ぼくも」「あたしも」と同時に声がした。三人はキッチンに飛んでいった。ダイナはパンとピーナッツバターをとりだし、アーチーはミルクとジャムを冷蔵庫から運んできた。エイプリルは小麦粉入れの奥に非常用に隠しておいたポテトチップスの袋を手探りした。クリームチーズ、残り物のハム、三本のバナナ、オリーブひと缶、奇跡的に大きく切り分けられたケーキがあった。

「これはただのおやつよ、いい」ダイナがいってピーナッツクリーム、クリームチーズ、ジャムをパンに塗った。「すぐに夕食になるからね。それからエイプリル、そのケーキを三等分に切って」

「ぼくがいちばん大きいのをもらうよ」アーチーはいいながら、バナナの皮をむき、オリーブにも手を伸ばした。「だってぼくはいちばん小さいから、もっと大きくならなくちゃならないだろ」

「アーチー」エイプリルが厳しくいって、指についたアイシングをなめた。「あんたって欲張《スワイン》りね」

「ぼくはブタ《スワイン》じゃないよ」アーチーはいった。彼はピーナッツバターをパンに塗りたくって、そこにクリームチーズとジャムを散らし、ハムを置き、最後にバナナの切れ端までのせた。「だってスワインってのは二匹以上のブタだけど、ぼくは一匹のブタだもん」彼はサンドウィッチの仕上げにオリーブを飾ると、大きくかぶりついた。

「スワインは一匹のブタのこともいうのよ」エイプリルが教えた。「それに、ジャムのびんからスプーンをとってよ」

アーチーはスプーンをとりだしてなめた。「いわないよ」

「いうの」エイプリルがいった。

「あきれた」ダイナが面倒臭そうにいった。「辞書を調べてごらんなさい」

アーチーは辞書を調べに行き、エイプリルは冷蔵庫にもっとミルクをとりに行き、ミルクびんのあいだにコークが二本忘れられているのを発見した。彼女がコークをきっちり三等分していると、アーチーが少ししょんぼりして戻ってきて、エイプリルが正しかったことを認め、コークの注ぎ方に文句をつけはじめた。

「ぼくはただの小さなブタだよ」アーチーはいった。「おい、ぼくのグラスよりもダイナのグラスにたくさん注いでるじゃないか」

ダイナはいった。「あきれたわね」彼女はケーキ皿に残っていたアイシングをすくいとって、アーチーの口に押しこんだ。「ウク・ルク・サカ・イキ・ワカ・ヨコ」

五分後、キッチンのテーブルには食べ物はひとかけらもなくなり、アーチーはりんごがないか野菜入れを物色していた。ダイナは皿を流しに運び、ミルクびんをゆすぎはじめた。

「エイプリル」彼女はのろのろといった。「あたしたちがしなくてはならないことがあるわ。というか、あんたがしなくてはならないこと」

「空き缶を出すのはいやだわ。あれはアーチーの仕事よ」

「家族全員の未来が危機に瀕しているのよ」ダイナはキッチンの窓に向かっていった。

「それなのにエイプリルは空き缶の心配をしているのね。聞いて」彼女はいきなり布巾を放りだした。「ミセス・チェリントンのところに行って、母の日の花束に少しバラをくださいって頼んできて」

エイプリルはキッチンのテーブルに布巾を放りだした。「そして、向こうに行ったついでに、一万五千ドルを盗んで軍隊から放りだされたことを知られたので、ミセス・サンフォードを殺したのかってミスター・チェリントンに聞くんでしょうね」エイプリルは不機嫌にいった。

「まあ、あきれた」ダイナはいって、また布巾を手にとった。「そんなぶしつけな聞き方をする必要はないわよ」

「あたしはぶしつけな子なの」エイプリルはいった。「でも、できるだけのことをするわ。それからミスター・チェリントンが青ざめてげっそりして見えたら、それとも冷静そのものので落ち着き払っていたら、あたしはどうしたらいいの、口笛を吹いてパトカーを呼ぶの？」

ダイナがくるりと振り向いた。「あんた、怖いのね？」

「怖くないわ」エイプリルはいった。彼女の頬はピンク色になった。「チェリントン家に行って、ＰＴＡのバザーのためにケーキを焼いてくださいと頼んだとき、怖がっていたら？」

「あれはミスター・チェリントンがミセス・サンフォードを殺したかもしれないとわかる前のことでしょ」ダイナはいった。彼女は両手を布巾でふいた。「もしかしたらあたしが行った方がいいかもしれない」

「大丈夫よ」エイプリルはあわてていった。「バラと証拠を手に入れて帰ってくるわ。あたしたちが見つけた銃弾を持っていって、もしチェリントンさんが銃を持っているなら、それにあうかどうか確かめたらどうかしら？」

ダイナは布巾を落とした。「エイプリル」息をのみ、また布巾を拾い上げた。「そのこと忘れてたわ――」

「手がかりになるかもしれないわ」エイプリルはいった。

「犯罪現場で発砲された銃弾はしばしば手がかりになるのよ。どういう銃から発射されたのか、そして、誰がそういう銃を所有しているかわかれば――」

「ぼく、絶対それを調べられるよ」アーチーが甲高い声で叫んだ。「絶対に、絶対に」

「絶対に絶対に絶対に無理ね」エイプリルがいった。

「弾《たま》をちょうだい。調べてやるよ」アーチーがいった。

「どうやって?」ダイナが質問した。

アーチーは侮辱された顔つきになった。「ちぇ。おまわりさんに聞くんだよ。銃弾のことは何でも知ってるだろ」

「あたしの弟ときたら!」ダイナが苦々しげにいった。「とんでもないノータリンね」

「ちょっと待って」エイプリルがいった。「もしかしたら何かつかめるかもしれないわ」

彼女は厳しくアーチーを見つめた。「ばれずにちゃんとやれると思う?」

「いったいぼくがどうすると思ってるんだ?」アーチーがさらに侮辱された顔つきでいった。「これはミセス・サンフォードの家の肖像画からあんたが盗んだ銃弾だ、とでもいうと思ってるの?」

「もしかしたらうまくやれるかもしれないわね」エイプリルは考えこみながらいった。「いちかばちかになるけど――」

「ぼくはいちかばちかなんてことしないよ」アーチーがいった。

エイプリルとダイナは彼の頭越しに顔を見合わせた。「そうね」とうとうダイナがいった。「危ない橋を渡るのはこの子で、あたしたちじゃないものね。だけど念のため、その銃弾を少し汚しておいた方がいいかもしれないわ」

「ぼくがやるよ。みんなぼくに任せておいて。ちゃんと計画を立てているんだ」彼は銃弾をエイプリルの手からひったくった。「それから、ぼくがなくすんじゃないかって心配しないでよ。そんなことしないから」

彼はケーキ入れのわきの箱からクラッカーを二枚とると、ドアに走っていった。すぐにまた現われた。「それから」彼は宣言した。「スラッキーと〝懐中電灯〟をいっしょに連れていくよ。ぼくは馬鹿じゃないからね」彼はきびすを返すと消えていた。

ダイナがため息をついた。「うまくいくといいけど。やっかいなことになったら――」

「大丈夫よ」エイプリルが確信を持っていった。「それに、母の日の花束をチェリントン家にもらいに行くなら、そろそろ出発した方がいいわね」彼女はその予定があまりうれしそうではなかった。しばらく戸口でぶらぶらしていた。「あんたは何をするの？」

ダイナはフンといった。「何をすると思ってるの？　あんたとアーチーは楽な仕事があたったのよ。あたしはただキッチンをすっかり片づけて、布巾を洗ってかけて、夕食を準備するだけよ」彼女は探るようにエイプリルを見た。「あそこに行くのが怖いの？」

「失礼なことといわないで」エイプリルはそっけなくいった。彼女はキッチンのドアを出ると、裏の芝生を突っ切っていった。怖くない、と彼女はむっつりと自分にいい聞かせた。胃が妙な気分なのは、バナナとディルピクルスの組み合わせのせいよ。感じのいい年寄りのミスター・チェリントンに人殺しの嫌疑をかけるなんて！

だが、年寄りのミスター・チェリントンではなかったのだ！　中年のチャンドラー元大佐で、一万五千ドルを盗み、刑務所に入り、それから名前を変えたのだ。そしてミセス・サンフォードがそのすべてを知った。エイプリルは身震いした。

広いサンフォード家の芝生の向こうに、オヘア部長刑事が庭のベンチに腰掛け、三人の男の子と話しこんでいるのが見えた。男の子たちはオヘアのひとことひとことに耳を澄ましていた。エイプリルは内心にやっとした。アーチーと〝懐中電灯〟とスラッキーだった。部長刑事は楽しんでいるようだった。エイプリルは内心にやっとした。アーチー、よくやった！

サンフォード家の裏門近くから深い茂みに隠れるようにして延びる、狭い雑草だらけの小道をたどって丘を登っていくと、チェリントン夫妻の住むちっぽけな家に出た。もっと遠いがちゃんとした道もあったが、カーステアズ家の子どもたちがチェリントン家を訪ねるときは、より冒険心をくすぐられるこちらの道を好んだ。

それは小さな漆喰塗りの家で、二寝室とキッチンとバスだけだった。大きな魅力は家の周囲の庭だった――頻繁に刈られているきれいな緑の小さな芝生、そして咲き誇る鮮やかな色のたくさんのバラ。エイプリルはこれまで何十回、何百回と見てきたが、それでも、私道の入り口に立つと、足を止めて色とりどりのバラにうっとりとした。紫に近いとても濃い赤のバラ、大輪の黄色のバラ、白いバラ、鮮やかな赤い色のバラ、びっくりするほど大きいピンクのバラ。蔓《つる》バラではこぶりの緋色の花が満開で、漆喰塗りの家の片側を這い上がっていた。小さなピンクの花を咲かせた蔓バラは、アーチ型の門にからんでいる。

ミセス・チェリントンはオーバーオールを着て花のあいだに立っていた。庭仕事用の大きな麦わら帽に隠れて顔は見えなかったが、剪定ばさみを手にしていた。どう考えてもオーバーオール向きの体型ではないと、エイプリルは思った。あのスタイルでは。少々滑稽にすら見えた。そのとき彼女が頭を上げて挨拶したので、エイプリルはふいにミセス・チェリントンが滑稽という言葉とはほど遠いことを悟った。

ミセス・チェリントンの額とかつては愛らしかった口のまわりに刻まれている深い皺に、エイプリルはこれまで気づかなかった。ミセス・チェリントンの目の表情に、微笑んでいるときにすら消えない表情に気づかなかったのだ。そのことでエイプリルは少し気詰まりになった。

「こんにちは、エイプリル」ミセス・チェリントンはいった。「ちょうど糖蜜クッキーをこしらえたのよ。いかが?」

「まあ、すてき!」エイプリルはいった。ミセス・チェリントンのクッキーは有名だったし、糖蜜クッキーはエイプリルの好物だった。とりわけレーズン入りは。そのときふいに思い出した。ここに来たのはチェリントン夫妻をスパイするためだった。夫妻が知られたくないと思っていることを探りだすためだった。これからスパイしようと思っている相手から糖蜜クッキーをごちそうになるのは、まちがいなくエチケット違反だった。「あの——」彼女はのろのろといった。

エイプリルは言葉を切り、唾を飲みこむといった。「実は、大きなお願いがあって来たんです。明日は母の日なんです。あたしたちプレゼントは買ったんですけど、お花がなくて。それで——」

「あら、もちろんお花がなくてはね」ミセス・チェリントンはいった。「ですから、持っていってちょうだい。好きなだけ」彼女はやさしい目でエイプリルを見た。「あなたのお母さんはとても幸せな方ね」

「幸せなのは、あたしたちの方なんです」エイプリルはいった。ミセス・チェリントンの目がうるんだ。エイプリルは目をそらしていった。「その、もしできたら——バラを二本ほど——」

「二本！」ミセス・チェリントンは鼻で笑った。「大きな花束になさい！　最高のお花をみつくろって。あなたがお花を選びたい？」

「できたら——やっていただけますか？　どれを切ったらいいかおわかりでしょうから」

ミセス・チェリントンは考えこみながら庭を見回した。「こうしましょう。バラは早朝に切らなくてはならないの。露がまだおりているうちにね。明日の朝花束を作っておくから、アーチーをとりに寄越せばいいわ」

「あたし、おばさんのこと大好き！」エイプリルはいった。

「わたしもあなたが好きよ」ミセス・チェリントンはいった。彼女はまた剪定にとりかかった。「それから糖蜜クッキーは、キッチンテーブルのお皿に入ってるわ」

「あたし――」エイプリルは考えこんでしばらく立っていた。心を決めかねていたのだが、それは糖蜜クッキーのせいでも、バラのせいでもないと自分にいい聞かせた。そして、カールトン・チェリントン三世夫妻が好きだからというだけではなかった。それは――そう、フローラ・サンフォードのマニラ紙の封筒の証拠では、殺人の動機として不十分だったからだ。かつてはそうだったかもしれない。しかし――今では恐喝の理由として充分ではなかった。すでに軍隊を不名誉除隊していたし、刑務所で刑も務めた。たとえミセス・サンフォードが知っていることをばらしても、別の町の別の小さな家に引っ越して、また名前を変え、またバラ園を造ればいいだけだった。殺されなければならないようなことを、彼女が夫妻にできるとは思えなかった。

エイプリルは安堵の思いがあまりにも大きくて、一瞬泣きそうになった。彼女はいった。「ええ、あたし、クッキー大好きなんです」彼女はキッチンの方に歩きだした。

「ひとつじゃだめよ」ミセス・チェリントンがいった。「ひとつかみおとりなさい。まだ温かいうちがいちばんおいしいの」

「そんなに誘惑しないでください」エイプリルはいった。

ミセス・チェリントンの温かい親しげな笑い声がバラ園に響いた。「お勝手口から入って、掃除道具入れから紙袋をとりだして、ダイナとアーチーにおみやげに持っていってね。お皿ので足りなければ、食品貯蔵室の石の容器にもっと入ってるわ」

「ありがとうございます」エイプリルは叫び返した。「すてきだわ！」彼女はお勝手口から入っていった。ダイナとアーチーはレーズン入りの糖蜜クッキーが大好物だった。明日、ミセス・チェリントンに家庭菜園の大きなラディッシュひと束と日曜版を持っていこう。それから母の日の日曜のディナーに、ダイナはアイスクリームを作る予定だった。

エイプリルは掃除道具入れで紙袋を見つけ、キッチンに向かいかけた。

何度もチェリントンの家に来ていたが、おかしなことに、これまで廊下の突き当たりにかけてある写真に気づかなかった。ずっとかけてあったはずなのだが。今、それを見て、前からかけてあったことを思い出した。ただ、写真の顔をそれまではじっくり見たことがなかった。

やわらかな黒髪に縁どられた美しい顔だった。不気味なほど見覚えのある顔。どこで見たのだろう？

ああ、あきれた、当然よね！　それはミセス・チェリントンだった。何歳も若かったときの彼女だ。エイプリルは近づいてしげしげと写真を眺めた。額に皺は一本もなく、黒い何かいいたげな目に翳りはまったくなかった。口元にかすかに恥ずかしげな微笑が浮かんでいる。幸せな顔、信頼しきった顔だった。

エイプリルはミセス・チェリントンの丸々した頬紅を差した顔、まばらな眉、すぐに涙ぐむ目のことを思った。「本当にお気の毒だわ」彼女は写真にささやきかけた。写真は彼女に微笑み返した。隅に署名がしてあった。「ありったけの愛をこめて。ローズ」ではミセス・チェリントンの名前はローズだったのだ。チェリントン夫妻がバラ作りを趣味にしているのも不思議ではない。

エイプリルはキッチンに入っていった。クッキーが山盛りになった皿がテーブルにのっていた。温かく、おいしそうな匂いがした。エイプリルはうっとりとクッキーを見つめた。大きくて厚く、レーズンがどっさり入っている。

ミセス・チェリントンはしょっちゅうクッキーを焼いていた。それも、彼女とミスター・チェリントンで食べられる分の十倍は作った。そこで近所の子どもたちは、チェリントン家のキッチンに頻繁に出入りしていた。十枚ぐらいはもらえそうだと、エイプリルは考えた。

欲張りになってはだめと自分にいい聞かせ、ちょうど九枚とった。三枚はダイナに、三枚はアーチーに、三枚は自分に。一枚余分にとって、帰り道に食べようかと考えた。いえ、それは公平じゃないわ。その代わり、胸いっぱい甘い匂いを吸いこんだ。

こんなクッキーを作る人が絶対に殺人なんて犯すわけがない！

エイプリルはクッキーを慎重に紙袋にしまい、裏口から外に出た。裏階段で、いきなり足を止めて息をのんだ。老ミスター・チェリントンが裏庭のベンチにすわっていたのだ。しかも手に銃を持っていた。

エイプリルはいった。「まあ！」さらに一歩進んで、立ち止まった。

彼はエイプリルを見上げてにっこりした。「やあ、こんにちは、エイプリル」

彼女は無理やり笑みをこしらえた。「こんにちは。キッチンに泥棒に入ったんです」彼女は声が震えていないことを祈った。「でも、クッキーを九枚しかとらなかったわ。だから、それをあたしに向けないでくださいね」

ミスター・チェリントンは笑った。「銃を向けるつもりはないし、これには弾《たま》が入ってないよ」彼は手の平にのせた銃をうっとりと眺めた。「それに、これは武器とはいえないな。二二口径で——女性のおもちゃだ——あるいは、女性の装飾品かな」彼は銃を傾けてアコヤガイでできた柄に日の光が当たるようにした。「きれいだろう？」

「あたしにはあまり」エイプリルはいった。「銃って怖いわ」とりわけ、殺人犯の疑いが完全に晴れていない人間の手に銃が握られていると、動機についての推論や、ミセス・チエリントンの写真や、糖蜜クッキーにもかかわらず怖かった。見まいとしても、ミスター・チェリントンをまじまじと見つめてしまった。彼はハンサムだった、とてもハンサムだった。長身ですらっとしていて、背筋がピンと伸びている。いかにも軍人らしかった。結局、彼はかつてチャンドラー大佐で、戦争の英雄だったのだ。グレーの美しい目をしていた。やせた顔は日に焼けていた。白い髪と手入れの行き届いた小さな白い顎ひげがよく似合っていた。ただ、髪は本来なら白くなかったはずだ。つい五年前に撮られた写真では黒かったし、顎ひげも生やしていなかった。

エイプリルは英語の授業で勉強しなくてはならなかった詩を思い出した。「わが髪におりた霜は、歳月のためにはあらず……」（バイロン『シヨンの囚人』）ミスター・チェリントンの髪は――彼をチャンドラー大佐とは考えられなかった――刑務所で白くなったのかしら？　あるいは――どういう文句だったかしら――〝一夜にして白く〟なったのかしら？　でも、お母さんはそれはおかしな迷信で、科学的に不可能だといっていた。白髪はビタミンと関係があるのだと。

もしかしたら刑務所ではビタミン不足になるのかもしれない。さあ、くだらないことは考えないの、とエイプリルは思った。怯えているから、くだらないことを考えるのね。それにミスター・チェリントンを怖がる理由はなかった――あるはずがなかった。

彼女は銃を見つめながらごくりと唾をのみこんだ。「そうですね、ブレスレットの飾りにしたらかわいいかもしれないわ」

「せいぜい、そのぐらいにしか役に立たないだろうね」ミスター・チェリントンはいった。かれは小さな拳銃をベンチの前のテーブルに置いた。

エイプリルはベンチに近づいていき彼の隣にすわった。そして、魅入られたように銃を見つめた。小さくて、きれいで、たしかに恐ろしげではなかった。彼女はいった。「触ってもいいかしら?」

「どうぞ。弾《たま》は入っていないといっただろう」

エイプリルは拳銃をとりあげると、全身に鳥肌が立った。銃はすっぽりと彼女の手におさまった。チェリントン家の前の通りの向かい側に立つ松の木のてっぺんに狙いを定めて、「バン!」といった。

ミスター・チェリントンは笑った。「そんな狙いのつけ方じゃ、二ブロック離れた別の木を撃ってしまうよ。いいかい。お手本を見せてあげよう。まず水平距離をはかり——」

「いえ、けっこうです」エイプリルは急いでいった。彼女は小さな拳銃をテーブルに戻した。「きれいですね」

「だが、あまり威力はないよ、誰かを本気で撃ちたいならね」彼はちょっと言葉を切ってから続けた。「ただ、ルイーズはこれが気に入っていてね。だから、彼女のために掃除をしておくようにしているんだ」

「銃について詳しいんですね」エイプリルが感心したようにいった。「以前、軍隊にいらしたんでしょう?」ごく自然な口調になっていることを祈った。というのも彼女の胃は氷の塊のようになっていたからだ。

たっぷり三十秒ほどしてミスター・チェリントンは返事をした。「ああ、銃のことなら図書館の本を読めば勉強できるよ」

だが、あなたはそうやって勉強したんじゃないわねと、エイプリルは思った。彼女はいった。「そうでしょうね」そして、かかとでベンチの座席の裏側を蹴った。「あの——ひとつ教えていただきたいんですけど」彼女はこっそりキッチンに忍びこんでクッキーを返してこられたらと思った。いまや、もらっていくことが正しくないように感じられた。

「喜んで」ミスター・チェリントンはいった。

「その——」彼女は息を継いだ。「銃についてとても詳しいでしょ」彼女は言葉を切った。たぶん彼女が感じているのは、血が冷たくなるのを感じると本に書かれていることなのだろう。急に血管に角氷がつめこまれたような気がした。「教えてください。ミセス・サンフォードを殺したのは誰だと思いますか?」

「ミセス・サンフォード?」ミスター・チェリントンは立ち上がった。「ああ、そうか」エイプリルは彼が時間稼ぎをしているような気がした。ちょうどお母さんがどうしてまっすぐ学校から帰ってこなかったのか知りたがったときのアーチーのように。「ああ、ミセス・サンフォードね」それからエイプリルにやさしく、愛情こめて微笑みかけた。「すまないね。わたしは探偵じゃないんだ」

「推理してみて」エイプリルはいった。

ミスター・チェリントンはエイプリルに目を向けたが、彼女の姿は目に入っていなかった。それに、彼女の背後の庭も木々も空も目に入っていなかった。誰かがそこにいるのを忘れてしまったかのように、彼はいった。「誰かだよ——彼女が当然受けるべき罰について知っていた誰かだ」

エイプリルは息をのみ、物音ひとつ立てず凍りついていた。

ふいに彼は小さな客がいることを思い出したようだった。彼はエイプリルにテーブルに置いてあったクッキーの袋を渡した。エイプリルに微笑みかけ、彼女がりっぱなレディであるかのように礼儀正しくお辞儀をした。「またいらっしゃい。今日のクッキーがすっかりなくならないうちにね」それから拳銃をとりあげ、背中を向けて家の中に歩み去った——あるいは行進していった。背筋をピンと伸ばし、頭を高く上げ、胸を張って。

スクリーンドアがバタンと閉まるまで、エイプリルは彼を見送っていた。それから家庭菜園を抜け、杭垣を乗り越え、草の生えた斜面を小道まで滑り下りた。それから、小道をたどり、路地を抜け、裏の芝生を突っ切り、家までずっと走っていった。

ダイナがキッチンで最後の皿を片づけているところだった。エイプリルはテーブルに袋を置いた。「あたしたちのために花束を作ってくれるって。朝、アーチーがとりに行けばいいわ」それからキッチンの椅子にドシンと腰をおろした。

ダイナは食器棚のドアを閉めた。「すてきだわ」それから紙袋をのぞいた。「まあ、すごい！　最高！」そしてエイプリルを見た。

「どうしたっていうの！」ダイナはいった。「花の件はうまくいったんでしょ。クッキーもおみやげにいただいて」彼女はとっさにハンカチーフに手を伸ばした。「それなのに、どうして泣いているの？」

エイプリルはハンカチーフをひったくり、大きく鼻をかみ、泣き続けた。「それが問題なの」ハンカチーフを口に押し当てたままいった。「自分でもよくわからないのよ！」

15

生け垣の穴から、オヘア部長刑事がサンフォード家の庭のベンチにすわっているのが見えた。眠っているのでも、本を読んでいるのでもなく、ただすわっていた。

「家に帰った方がよさそうだ」スラッキーがささやいた。「母ちゃんが呼んでいるみたいだ」

「スラッキー！」アーチーがとがめるようにいった。「お母さんが呼んでいる声なんて聞こえないだろ。でも、ぼくと〝懐中電灯〟といっしょに行くのが怖いなら、お母さんのところに逃げ帰った方がいいよ」

「誰が怖いっていった？」スラッキーがいった。

「スラッキーのやつ、だめだな」〝懐中電灯〟がいった。彼は生け垣越しにオヘア部長刑事を見た。「いかにも仕事中って顔だな」

「殺人者を捜してるんだ」アーチーがいった。「おまえがミセス・ジョンソンの鶏をクラブハウスの庭に放したことなんて、全然興味がないんだよ。もちろん、おまえたちがいっしょに来たくないなら、いつだって〝提督〟と〝ミミズ〟を呼ぶよ」

「もち、いっしょに行くさ」アーチーがいった。〝懐中電灯〟が憤然としていった。

「じゃあ、そうしよう」アーチーがいった。「それから覚えておいてくれよ。まずいことになったら黙って、ぼくにしゃべらせるんだぞ」

「好きなだけしゃべればいいさ」スラッキーがいった。「ぼくは警官とは話したくないよ」

「話さなくていいよ」アーチーがいった。「ただいっしょに来て、ぼくがいったようにやればいいんだ」彼は大きく息を吸いこんだ。「よし、行こう」そして生け垣の穴に飛びこんだ。〝懐中電灯〟とスラッキーがすぐ後ろに続いた。穴の数メートル先で彼はいきなり立ち止まり、びっくりしたかのようにオヘア部長刑事を見つめた。それから愛想よく手を振って呼びかけた。「やあ、こんにちは！」

オヘア部長刑事は子どもたちを見てうれしかった。この三十分というもの、庭のベンチにすわり滅入った気分でいたのだ。ビル・スミスはいきなりサンフォードの家の肖像画に現われたゼラニウムの花のことで面食らっていたが、殺人は頭のおかしな人間の仕業だというオヘア部長刑事の推論を不愉快にも笑い飛ばしたのだ。そう、赤い文字で〝警告〟と刃に書かれたナイフを見てもだ。その赤い文字が口紅だと判明すると、オヘアは殺人者は頭がおかしいばかりか、女性だと主張した。ビル・スミスはゲラゲラ笑って、また頭のおかしい女性が現われるといけないから家を見張っていろといって、鑑識課に連絡するために行ってしまった。それからずっと、オヘアはふさぎこみ、不機嫌な気分で庭にすわっていたのだった。

「こっちにおいで」芝生のはずれに現われた三人の男の子に呼びかけた。

「彼は警官じゃないだろ」スラッキーがいった。「制服を着てないよ」

「刑事なんだ」アーチーはスラッキーを馬鹿にしたようにいった。「警察の刑事だよ、ディック・トレイシーみたいに。当然、制服は着てないよ」

「ディック・トレイシーには似てないな」〝懐中電灯〟がいった。

「ディック・トレイシーに似てるわけないだろ」アーチーがいった。「だって、ディック・トレイシーじゃないんだから。彼はミスター・オヘア部長刑事だ。以前、一度に九人の銀行強盗をつかまえたことがあるんだぞ。おまけに、そのとき彼は拳銃も持っていなかったんだ」彼は声を高くした。「拳銃を持ってなかったんですよね、オヘア部長刑事？」

「え？」部長刑事はびっくりしていった。

「あの銀行強盗をつかまえたときですよ」

「ああ」オヘア部長刑事は思い出した。「うん、持っていなかった。素手でつかまえたんだ。八人のやつらをね」

「九人でしょ」アーチーが思い出させた。

「そうだ、九人だった。だが一人はもう少しで逃げそうになったんだ、わたしが他のやつらをおとなしくさせたすきに。そいつはナイフ、リボルバー、サブマシンガンで武装していた。わたしはあっという間につかまえたが」

「すごい！」〝懐中電灯〟が小声でいった。

「それからね」オヘア部長刑事は記憶をたどっているかのようにいった。「まさにその夜、おかしくなったゴリラが動物園を逃げだしたんだよ──」

丸々十分間、彼はいかれたゴリラの追跡について語り、ついにがらんとしたエレヴェーターシャフトの三十四階でつかまえたときの手に汗握る描写でしめくくった。

「すごい！」スラッキーがつぶやいた。

アーチーはスラッキーの足首を軽く蹴ってせっついた。スラッキーは痛みに飛び上がったが、思い出した。「警官なら、どうしてバッジと拳銃を持ってないの？」

「バッジは持ってるよ」オヘアはいって、上着を開けて見せた。「ほらね？　それから拳銃も持っている」わきの下のホルスターから抜いて膝にのせた。

「うわ、すごいねえ」〝懐中電灯〟がうやうやしくいった。「ちょっとだけ触ってもいい？　人差し指で」

「いいとも」オヘア部長刑事は愛想よくいった。

「ねえ」アーチーがいった。「ねえ、知ってる？　漫画で警官は銃弾を見たら、どういう拳銃から撃ったのかわかるって読んだんだ。それって、本当？」

「そうだね」部長刑事はいった。「うん、本当だ」

アーチーはスラッキーと〝懐中電灯〟の方を見た。「ほらね、いっただろ」

「だけど、やっぱり信じられないや」〝懐中電灯〟はぶつぶついった。

「弾丸を見せなよ」アーチーがいった。「彼が教えてくれるよ」

〝懐中電灯〟はポケットに手を突っ込んで、さまざまなものをとりだした。最後に例の弾丸が出てきた。弾丸はガムにめりこんでいて、菓子くずや土にまみれていた。

「ちょっときれいにした方がいいね」〝懐中電灯〟は申し訳なさそうにいった。彼はほぼきれいなハンカチーフを別のポケットからとりだすと、汚れを落としはじめた。

「唾をつけろよ」スラッキーがアドバイスした。

「砂でこするといいぞ」アーチーがいった。「そのガムをとるには、それしかないよ」

オヘア部長刑事に手渡されたとき、銃弾はそこそこきれいになっていた。

「どういう拳銃から発射されたなんてわかりっこないよ」スラッキーはあてにしてないような口調だった。

「絶対絶対、わかるって」アーチーがいった。「とっても頭のいい刑事さんなんだぞ」彼は訴えるようにオヘア部長刑事を見た。「どういう拳銃から発射されたか、わかりますよね？」

オヘア部長刑事はその訴えるような視線を受け止めた。彼は弾丸を見て、親指と人差し指ではさむといった。「これは三二口径のリボルバーから発射されたんだ」

「ほらね？」アーチーは勝ち誇っていった。「いったとおりだろ？」

「ただのあてずっぽうだよ」スラッキーがいった。

「ちがうって。ちゃんとわかってるんだよ」アーチーがいった。

「どうやって？」〝懐中電灯〟がたずねた。「どうやってわかるの？」

オヘア部長刑事は〝懐中電灯〟を見ていった。「ここに定規があればどうやってわかったのか教えてやれるんだが。わたしの言葉を信じるしかないよ。三二口径というのは、弾丸の直径が一インチの百分の三十二だという意味なんだ。わたしのようにたくさんの弾丸を見ていれば、計らなくてもわかるんだよ。これは三二口径の銃から発射されたものだ」

「すごい！」スラッキーは感心していった。「これまでにたくさんの弾丸を見てきたんだろうね」

「数え切れないほど」オヘア部長刑事はさらっといった。「いつか、九十四回撃たれた頭のいかれたマジシャンの話をしてあげよう。その男は九十四発目が命中して死んだんだ。さて、弾道学というものがあって――」

「今、話して」アーチーがせがんだ。

「うん」オヘア部長刑事はいった。「こういうわけだったんだ」

子どもたちは息をつめ、目を丸くして話に聴き入った。うさんくさいことに、その話は先月号の漫画本に出ている話に似ていたが、彼らはどうにか息をのんだり、質問をしたり、適切な場所で拍手をしたりした。

「というわけで」部長刑事はしめくくった。「九十四発あっても、どれもどの拳銃から撃ったのか突き止められるんだ」彼はつけ加えた。「もちろんやり方さえ心得ていれば簡単にね」彼は三人の男の子に笑いかけ、狼人間の話は気に入るだろうかと考えた。いや、最近作ったばかりの頭のおかしなマジシャンの話のあとでは、盛り上がりに欠けるだろう。

手の平でころがしていた弾丸を考えこむように眺めた。「ところで、これはどこで手に入れたんだね？」

アーチーは〝懐中電灯〟を小突いた。〝懐中電灯〟はいった。「ああ、クラブの射撃場に行ったら、たくさん見つけられるよ」アーチーがもう一度小突くと、彼はいった。「返しておくれよ。ぼく、ひとつしか持ってないんだ」

オヘア部長刑事は弾丸を返した。「あのときは忘れようたって、絶対忘れられないよ」彼はまた思い出話を始めた。「町に巡業で来ていたサーカスから興奮したトラが逃げだしたときのことだ」

アーチーが急いでいった。「ねえ、聞いて、聞いて。あなたほど拳銃や弾丸についてよく知っている人って世界でもいないよね」

「いや、そんなことないよ」部長刑事は控え目にいった。

「でも」アーチーはきっぱりといった。「たぶんそうだよ。たとえば、どれがいちばん大きい弾丸で、どれがいちばん小さくて、どれがいちばん危険で、どれがいちばん害がないかとかさ」部長刑事は大きく息を吸いこむといった。「こういうことだよ」彼は弾道学について十五分の講義をした。まず発射体の科学から始め、入射口の傷に軽く触れ、弾丸の識別について詳しく語り、こうした知識のある人間のおかげで簡単に迅速に解決されたブルックリンの警官殺しの話でしめくくった。

「とっても頭のいいおまわりさんなんだね」〝懐中電灯〟がアーチーにいった。

アーチーはいった。「もちろんだよ」

「すごいよ」スラッキーがいった。「何でも知っているんだ!」

「警官はそうじゃないといけないんだ」オヘア部長刑事は謙遜した。「いつどの情報が必要になるかわからないからね。ひとつ例をあげよう。野蛮人がボルネオから毒矢を大量に持ってきたんだが――」

「ねえ」アーチーがいった。「ねえ、オヘア部長刑事さん」毒矢の話はすでに聞いていたし、スラッキーと〝懐中電灯〟が退屈しはじめているのを察したのだ。こういう連中はある時点までは信頼できるが、そのあとはもう無理だった。「ねえ、ねえ、ひとつ教えてくださいよ、いいでしょ？　ねえ、教えて――」

たのだ。

「何だね？」オヘア部長刑事はしぶしぶ話を中断していった。毒矢の話は彼のおはこだっ

「ほら」アーチーがいった。「どんな拳銃がどんな弾丸で、この家に住む女の人を殺したの？」彼はサンフォードの家にぐいと顎をしゃくり、オヘア部長刑事を期待をこめて見つめた。

「あの女性か？　四五口径で撃たれたんだ。制式の拳銃だ。つまり仕事で使う拳銃だよ」

「すごい！」アーチーはいった。「あなたが持っているような拳銃なの？」彼は部長刑事がうなずくのを待った。「もう一度見てもいい？」

「ああ、いいとも」部長刑事はおおように答えた。彼は拳銃をとりだし、手の平にのせた。

「まさに本当の拳銃なんだね」アーチーは畏怖をこめていった。「これぞ本物の拳銃だよ。ねえ、〝懐中電灯〟の持っているようなちっぽけな銃弾は、こういう本物の拳銃では撃てないよね、どう？」

「もちろん無理だ」オヘア部長刑事はいった。彼は拳銃をホルスターにしまった「銃と銃弾の口径について理解してないようだね。いいかい、こういうことなんだよ」

彼はまたもや弾道学の講義に戻り、三人の男の子はうやうやしく耳を傾けた。「銃身内にはらせん状の溝がついていて、銃弾についたその線の痕は測定できる」という専門的な話に至ったとき、スラッキーが目を上げていった。「あれ――」

道のどこかから長く甲高い口笛の音が聞こえた。三人の男の子がサンフォード家の芝生に着いてから、十五分ごとに吹くように手配してあったのだが、取り決めで、これまでは誰も気づかないふりをしていたのだ。

「〝くそ真面目〟が呼んでる」スラッキーが申し訳なさそうにいった。「ぼく、もう行かなくちゃ。母さんがぼくに用があるんだよ。じゃあね、部長刑事さん」彼はやぶに消えていった。

「さよなら」部長刑事は後ろ姿に声をかけた。それから咳払いして話を再開した。「慎重に弾丸を調べると、銃身内の溝の数が――」

「あ」〝懐中電灯〟がいった。「スラッキーのお母さんが〝くそ真面目〟に口笛を吹かせて彼を呼んだんなら、ぼくも夕食だからすぐ家に帰らなくちゃならないってことだ。さよなら」彼は手を振って、小道を駆けていった。

オヘア部長刑事は手を振り返して続けた。

「そういうわけで、銃弾の直径と溝の数と角度がわかれば――」

「ごめんなさい」アーチーがいった。「でも、ダイナが呼んでいるんです。そろそろテーブルの用意をしないと」

「行きなさい」部長刑事はいった。「きみはいい子だね。お姉さんたちを手伝って。拳銃について聞きたいことがあればいつでも――」

「誰に聞くかはちゃんとわかってます」アーチーはいった。「あなたはすばらしい人ですよ！　それに大人になったら、ぼく、警官になるつもりです」彼はつけ加えた。「じゃ、また——親友」門を抜けて姿を消した。

オヘア部長刑事はため息をついて彼を見送った。九人の銀行強盗の話をする時間がなくて残念だった。実をいうと、あのカーステアズ家の男の子は一度聞いていたが、いつでも多少の変化をつけたり、つけ加えたりすることができた。たとえば、銀行の金庫の中が見えるX線の機械とかだ。

「われわれの銃が彼に向けられていたので、彼は機械のスイッチを入れるしかなかった。ガラスみたいに、壁の向こうが見えたんだ」オヘア部長刑事は即席でしゃべってみた。

ひどく疲れ、ひどく不機嫌なビル・スミスの声が背後から聞こえた。「一人で何をぶつぶついってるんだ？　それに、さっきまで誰と話していたんだね？」

オヘア部長刑事はちょうどX線の機械についてしゃべろうとしていたところだったが、あやうく言葉をのみこんだ。「子どもたちに質問していたんです」彼はぎこちなく答えた。「役に立つ証拠を持っているかもしれなかったので。子どもというのは非常に観察力が鋭いことがありますからね。わたしは九人の子どもを育てましたから——」

「きみの九人の子どもの話は聞き飽きて、もううんざりだよ。さて、いいかね。鑑識の人間がいうには、油絵にもナイフにも指紋はまったくないそうだ」ビル・スミスはいった。

少し先の植え込みでアーチーはスラッキーと〝懐中電灯〟にお礼を払っていた。それぞれ五セントずつに、コーラ二本と《ニューコミックス》一冊。

「あともうひとつ、あの手の話を聞かなくちゃならなかったら、十セントにしたところだよ」〝懐中電灯〟が文句をいった。「弾丸に貼りつけたガム代もくれよ」

「あのガムはもう嚙んだやつだろ」アーチーが憤慨していった。

〝懐中電灯〟はいった。「かもしれないけど、まだ味がしたし、わざわざとっておいたんだぞ」彼はアーチーをにらんだ。「じゃないと、弾《たま》を返してやらないぞ」

「銃弾を返せよ」アーチーが怒っていった。「さもないと――」彼は言葉を切った。今はけんかをしている場合ではなかった。彼はポケットから少々つぶれたガムをとりだすと、〝懐中電灯〟に渡した。

〝懐中電灯〟はそのガムをじっくり調べてから、しぶしぶいった。「まあ、これでもいいか」そしてアーチーに銃弾を返した。

コークのびんをあとで返すか、今アーチーに二セントずつ払うかで、少しもめた。結局、今この場で飲み干して、びんはアーチーが持って帰ることになった。

〝懐中電灯〟とスラッキーが歩道への階段を下りていくときに、さらに別のいい争いが起きた。スラッキーはこういっていた。「あの銃弾にガムをくっつけたのはおまえかもしれないが、〈ルークの店〉のスツールの下に落ちているのを見つけたのはぼくだぞ。おまけに、おまえはぼくの二倍も長くガムを嚙んでただろ、だから――」

アーチーにはどうでもいいことだった。ゆっくりと家の裏手に回りながら、経費を計算していた。「コーラ二本、ガム一枚――」

ダイナが人参を洗っていた。エイプリルはバタースコッチ・プディングをこしらえていた。アーチーが裏口から入っていくと、二人とも手を止めて顔を上げた。

「どうだった？」ダイナが心配そうにたずねた。

「五セントずつ、それにコーク二本だから十セントだ。《ニューコミックス》一冊が十セント、ガム一枚――全部で三十一セントだよ」

エイプリルがいった。「アーチー、いいかげんにしてよ――」

「貸しは全部で三ドル十六セントになるよ」アーチーはいった。

「ああ、もちろんだよ」アーチーはえらそうな態度でいった。「銃弾のことだろ」彼はポケットから銃弾をとりだして、キッチンのテーブルに置いた。

「返すわよ」ダイナがいった。「ねえ、銃弾のことだけど――」「少し汚しちゃったみたいだな」

「アーチー！」エイプリルがいった。「あんた――」

「ああ、大丈夫、大丈夫だって」アーチーはしゃくにさわる態度でいった。いかにもさりげない顔ですらすらと述べた。「これは三二口径の銃弾だから、三二口径の拳銃から発射されたということだ。それから、ミセス・サンフォードを殺した拳銃は四五口径だった。そして、興味があるならだけど」——アーチーは大きく息を吸った——「弾道学の科学は——」

『あたしたちはこの銃弾とミセス・サンフォードを殺した銃弾が、同じ拳銃から発射されなかったということにだけ、興味があるのよ」エイプリルが冷たくさえぎった。

「それに、そのことは前からほぼわかっていたわ」ダイナが居丈高にいった。

「だけど」アーチーは必死に食いさがった。「ぼくはようやくのことで聞きだしたんだよ、オヘア部長刑事から。銃弾についていろんなことをね。なんだよ、聞きたくないのかい？」

ダイナは弟のしょんぼりした顔をちらっと見た。「エイプリルはあんたをからかっているのよ。あんたが帰ってくるのを首を長くして待ってたのよ」

「ダイナがあんたをからかっているのよ」エイプリルがあわてていった。「本当にオヘア部長刑事に質問したの？　何を話してくれた？」

「いろんなこと。いい、この銃弾は」アーチーは詳細な説明をえんえんと語った。ただし、頭のおかしなマジシャンと興奮したトラ、殺されたブルックリンの警察官の話は割愛した。

「だからね」と彼はしめくくった。「科学的にいうと、殺人者は二挺の拳銃、それも二挺のちがう種類の拳銃を持っていたか、さもなければ二人の殺人者が、それぞれちがう拳銃を持っていたかなんだ」

「まあ、アーチー、あんたすごいわ」エイプリルがいって、彼の鼻の頭にキスした。

「やめろよ」アーチーが文句をいった。「それから忘れないでよ。三ドル十六セントだからね」

「心配しないで」エイプリルがいった。「あんたがあたしたちに忘れさせるわけないでしょ」彼女はバタースコッチ・プディングをデザートグラスにすくって入れはじめた。「二人いたにちがいないわね。そのことは前からわかっていたのよ。となると、この二人ともがミセス・サンフォードを狙って撃ったのか、それとも、お互いに撃ち合ったのか？」彼女はグラスをキッチンのテーブルにきちんと並べると、鍋に残ったプディングをすくってなめはじめた。いきなり鍋を置くといった。「だけど、この事件には三つの拳銃がからんでいるのよ！」

アーチーが鍋をすばやくつかみ、スプーンに手を伸ばした。

ダイナが人参をとり落とした。「三つ？」

「ミセス・サンフォードを撃った拳銃、四五口径。肖像画を撃った拳銃、三二口径。それに、チェリントンの拳銃。彼はいってたわ──『二二口径。女性のおもちゃだ』って」ふいに彼女はアーチーに気づいた。「そのお鍋を返して。今夜はあたしがプディングを作ったんだから、なめるのは──」彼女は鍋をのぞきこんでいった。「まあ、ひどい、アーチー・カーステアズ！」

「まあまあ」アーチーは慰めるようにいいながら、バタースコッチの最後のひとしずくをスプーンからなめとった。「これで鍋を洗わなくてすむだろ」

ダイナは人参を火にかけた。コンロから離れるといった。「ねえ――あの男を撃ったのはどういう拳銃だったのかしらね――あのフランキー・ライリーを」

エイプリルは鍋のことは忘れた。「あたしもそう思ってたの。同じ銃なら――」

「ぼくに任せて」アーチーが自信たっぷりにいった。「明日見つけてくることに、九百万ドル賭けてもいいよ」

「見つけられないって方に九百万ドル賭けるわ」エイプリルがいった。

アーチーは値踏みするようにエイプリルを見た。「正直なところ、何を賭ける？」

「二十五セント」エイプリルがすぐにいった。

「ふうん。ああ、だめだよ。もしぼくが賭けに勝ったら、払うお金をまたぼくに借りるだろ。もうあんたとお金を賭けるつもりはないよ」

エイプリルはため息をついた。「イキ・イキ・ワカ。じゃあ、条件をいって」

「もし――」アーチーは言葉を切って考えこんだ。「明日、ミスター・フランキー・ライリーを撃ったのがどういう種類の拳銃かを探りだしてきたら、丸々一週間、ぼくはゴミを外に出さなくてもいいよね」

「四日にして」エイプリルがいった。

「だめだめ。一週間」

「そう――わかったわ。約束ね」

「さて、あんたたちのお遊びが終わったら、あたしの話を聞いてちょうだい」ダイナが厳しい口調でいった。

「はい、ご主人さま」エイプリルがお辞儀をしながらいった。

「かしこまりました」アーチーはやけに真面目ぶっていった。

「ようやく、ミセス・サンフォードが、気の毒なミスター・サンフォードをどんなふうに支配していたかわかったわ」ダイナは二人のふざけた態度を無視していった。「どうして彼が殺人事件のあとで逃げたのか、どうして家に忍びこもうとしてこのあたりをうろついているのかもわかった。なぜって、彼が家に押しこもうとした目的の品をあたしたちは手に入れたからよ」

「もしかしたらちょっと行って、彼に手に入れたことを教えた方がいいかもしれないわ。そして、本物の殺人者が見つかるまで安全な場所にしまっておいて、彼に返すか焼き捨てるかするからって話すの。そうすれば、少しは気が楽になるんじゃないかしら」エイプリルがいった。

ダイナは相手を見下すような顔になった。「それから、ベティ・リモー誘拐事件について何を知っているか、聞いてみるべきかもしれないわね。重大な手がかりになることを話してくれるかもしれないわ」

「頭いいわ！」エイプリルが感心していった。

「しゃべろうとしなかったら？」アーチーが質問した。

「話させるのよ。いまや、あたしたちが彼の弱みを握っているんだから」ダイナがいった。

「嘘をついたら？」アーチーがしつこくたずねた。

「アーチー」ダイナがいった。「ちょっとうるさいわよ。いっしょに来たいなら、ダカ・マカ・リキ・ナカ・サカ・イキ」

三人は裏のポーチに出て、誰も見ていないことを慎重に確認した。それから隠れ家に向かって歩きはじめた。

やぶを曲がったところでダイナがいきなり立ち止まった。「大変！」

隠れ家は空っぽだった。毛布はていねいにたたんでベッドに置いてあった。皿はテーブルに積み重ねてあり、雑誌はそのかたわらにきちんと並べてある。

朝刊が毛布の上に置いてあったが、一面のフランキー・ライリーの写真とその記事はきれいに破りとられていた。そして、ウォリー・サンフォードの姿はどこにもなかった。

16

夜が明けかけたときに、アーチーは早くも二人の部屋のドアをたたいていた。「ねえ、起きて」彼はそっと呼びかけた。「ねえ、起きてよ。母の日だよ」

エイプリルは眠たげに答えた。「入ってきて」

ドアがそっと開き、すでに服を着て顔も洗ったアーチーが忍び足で入ってきた。

ダイナはベッドにすわってあくびをすると、目をこすった。「もし警察に行ったのなら、新聞に出るわよ。そうでなければ――」

エイプリルはあくびしていった。「あたし、閃いたの。ゆうべ眠りに落ちる前に考えていたんだけどね。ベティ・リモーにボーイフレンドがいたとしたらどう？」

「いたでしょ」ダイナがいった。「ウォリー・サンフォードよ。ウィリアム・サンダーソンね、当時は」彼女はバスローブに手を伸ばした。

「そういう意味じゃないの」エイプリルは彼女にいった。「つまり、本物の恋人っていう意味よ。彼女に夢中な誰か。ちょうどあなたにピートが夢中みたいにね」

ったの？」

「やーい、やーい」アーチーがはやしたてた。「だけど、どうしてピートはゆうべ来なかったの？」

「おばあちゃんを映画に連れていかなくちゃならなかったからよ」ダイナがよそよそしくきっぱりといった。「続けて、エイプリル」

「つまりね」エイプリルは半ば夢見るように言葉を続けた。「この男は彼女にぞっこんだったの。たぶん結婚したいと思っていた。そんなとき彼女は誘拐されて殺された。警察は犯人をとうとう見つけられなかった。だけど、この男は犯人を見つけ、復讐することに人生を捧げるのよ」

「それ、お母さんの本からとったんじゃないの」ダイナがいった。「クラーク・キャメロン物で、二十五年かけて友人を殺した犯人を見つける男が出てきたわ――」

「たしかにそうよ。だけど、ぴったりでしょ。この男はついにミセス・サンフォードを発見し、彼女が誘拐にかかわっていた証拠を手に入れる。そこで彼女を殺す。そこにフランキー・ライリーが現われる。同じ男が彼を殺す。そして」エイプリルは重々しくつけ加えた。「たぶんウィリアム・サンダーソン――ウォリー・サンフォードのことも知っているのよ。だから――」

ダイナはまじまじと彼女を見つめた。「彼、警察に出頭したのだったらいいのにね。それなら安全だもの。アーチー、走っていって新聞をとってきて」

「なんだよ！」アーチーがふくれた。「何でもぼくにやらせるんだ。それに、ぼくはおなかがすいてるんだよ」

「行って！」ダイナがいった。「そうしたら、朝食にワッフルをこしらえてあげるわ」

「やった！」アーチーはドアを開けて、階段を駆け下りていった。

「お母さんは下で朝食をとるのか、二階に食事を運んだ方がいいのか、聞いてきて」ダイナは顔を洗いながら指示をした。「あたしはワッフルの生地を準備するわ」

五分後、三人はキッチンに集まった。お母さんは朝食に下りてくるつもりだといい、ブルーの部屋着を着ると約束した。ダイナは卵をほぐし、エイプリルはワッフル型のプラグを差しこんだ。アーチーは日曜版を手に階段をはあはあいって駆け上がってきた。

「まず漫画からだよ」アーチーが叫んだ。

「朝食のあとでね」ダイナがきっぱりといった。「あんた、お花をとってこなくちゃならないのよ。覚えてる？」

「何でもぼくにやらせるんだ。ああ――いやになるよ！」彼はチェリントン家の方に小道を走っていった。

ダイナは新聞を広げた。ウォリー・サンフォードは警察に出頭していなかった。警察は彼の行方を追っているという記事が載っていた。

エイプリルはいった。「まあ！」そしてキッチンの椅子にすわりこんだ。

「彼が無事だといいけど」ダイナはいった。「どうか彼が——」彼女はあとの言葉をのみこんだ。

「プールの底に沈んでいませんように」エイプリルが少し動揺した声でいった。「ダイナ、もし彼が——もし彼に何かあったら——あたしたちの責任かもしれないわ」

「あの隠れ家に無理やりいさせることはできなかったわよ」ダイナはいった。

「ええ、でも警察に話していたら——留置所に入っていたら、殺されずにすんだわ」

「ちょっと」ダイナがいった。「彼が殺されたかどうかはわかってないのよ。ただ逃げたという可能性もあるわ。だから、心配はやめて。朝食を作らなくちゃ」

エイプリルはむっつりとうなずき、テーブルの用意をしはじめた。彼女の顔はまだ青ざめていた。

「あの男は誰なのだろうとずっと考えているの」ダイナがいって、パンケーキの粉をとりだしながらいった。

エイプリルは飛び上がった。「どの男？」

「ベティ・リモーに恋をした男よ。ほら、この件に関係している人物で、正体がまだはっきりわかっていないのは一人しかいないわ。あのルパート・ヴァン・デューゼン」

エイプリルは何もいわなかった。彼女も同じことを考えていたのだ。

「彼を調べるべきよ」ダイナがいいながら、慎重に小麦粉を計った。「まず何よりも先に」

「ただ彼がどこに住んでいるのかはもちろん、その他のことも何も知らないのよ」エイプリルはいった。それにおそらく本名も、と気落ちしながら考えた。

「見つけられるわよ」ダイナの声には一点の曇りもない自信があふれていた。

「ダイナ」エイプリルはいった。「聞いて。あたし、打ち明けることがあるの」

「ちょっと待って。電話が鳴ってるわ。ベーコンを見ていてね——」

エイプリルは火からフライパンをおろすと、ダイナについて電話のところに行った。

「もしもし」ダイナはいった。「もしもし」

受話器から、投入口に硬貨を入れる音がはっきりと聞こえた。それから聞き慣れた声がとても低くささやきかけた。

「ミス・カーステアズ?」

「ダイナ・カーステアズですけど」困惑した顔でいった。「どなた——?」

「こちらは——あなたのお友だちだ」その声はいった。「ぼくがいなくなったので心配しているんじゃないかと思って。ただ、無事でいることを伝えたかったんだ」

「まあ!」ダイナは息をのんだ。「ミスター——」彼女はあわてて言葉を切った。「どこにいるの? どうしていなくなったの?」

「安全な場所だよ。誰にも見つけられないだろう。いなくなったのは——何があったのかわかったからなんだ。だから、ぼくのことは心配しないで」

「待って」ダイナが必死になっていった。「待って！　警告しておかなければならないわ。あたしたちも何があったのかわかったと思うの。復讐のためなのよ。彼はあなたも探しているわ。あなたがからんでいるから。誰のことをいっているかわかるわね。恋を――あの女性に恋をしていた人よ」

電話の向こうはちょっと黙りこんだ。それから「いったい何のことを話しているんだ？」

「聞いて。あたしたち見つけたのよ、ミセス――彼女が隠しておいたものを。わかるでしょ。とても安全な場所に隠してある。だけど、読んでしまったの。すべてを知っているのよ。あなたの写真、ちょうど路地を歩いていたときの――あの人と。新聞の切り抜きとかよ」

「頼む！　頼むから！」彼は言葉を切った。「きみがどう考えているかはわかるよ。でもそうじゃないんだ。きみたちはとてもいい子たちだ。そんなふうに考えてもらいたくない。信じてくれ。ぼくはまったくの無実なんだ。何が起きるのか、まるっきり知らなかったんだ。あとになるまで、利用されていたことを知らなかった。そのときはもう遅すぎた。どうかぼくを信じてほしい」

「信じるわ」ダイナは力をこめた。「あなたを信じる。だけど彼は――あの男――誰のことかわかるわね——ミセスSともう一人の男——彼はあなたが潔白なのを知らないのよ。たぶん彼はあなたのいうことを信じないわ。釈明するチャンスさえ与えないでしょう。彼はただ——どうか用心して。長いあいだ——復讐のときを待っていたのだから——」

沈黙が続いた。それから「誰のことをいってるんだ？」

「恋していた男よ——あの女性に！」

「いや、あきれたな！」笑い声のようなものが聞こえた。「恋していた男は一人だけだ——ベティに。ぼくだよ」

ダイナはいった。「ねえ——ちょっと待って！」彼女はちょっと耳を澄まし、フックを上下に押していたが、とうとう受話器をかけた。「あきれた！　切っちゃったわ！」

「ともあれ、彼は無事なのね」エイプリルはほっとした声でいった。「今のところは。何ていってたの？」

ダイナはエイプリルに話した。二人は困惑した顔でお互いを見つめ合った。「わからなくなってきたわ」エイプリルがいった。

「あたしも」ダイナは白状した。「だけど、やっぱりルパート・ヴァン・デューゼンは調べなくちゃならないわ。それに電話が鳴ったとき、何をいおうとしていたの？」

「何でもないの」エイプリルはつぶやいた。「どうでもいいことよ」ダイナに打ち明けたかったが、今はタイミングが悪かった。まず最初に自分一人で、ルパート・ヴァン・デューゼンについて調べた方がよさそうだ。「ねえ。もうすぐお母さんが下りてくるわ。まだやることがあるわよ」

ダイナは急いでキッチンに戻った。「サンルームにテーブルを用意しましょう。今日は特別なんだし。それからアーチーがお花を持って戻ってきたら――」

キッチンとサンルームで二人はてきぱきと、猛烈な勢いで立ち働いた。その最中にアーチーがひどく大きな箱と、もう少し小さな箱を抱えて戻ってきた。「手押し車を持っていけばよかったよ」彼はいって、箱をテーブルに置いた。

エイプリルは大きな箱を開けて息をのんだ。「ダイナ！　見て！　タリスマン種よ、あそこで最高のバラだわ！　何十本も！　すごい！」

「すばらしいわ！」ダイナは有頂天になっていった。彼女はいちばん大きな花びんをとってきて、エイプリルはもうひとつの箱を開けて、また息をのんだ。

「まあ！」ダイナはいった。「なんてすてきなの！」

エイプリルは箱からコサージュをとりあげ、目を輝かせて見つめた。小さなドロシー・パーキンス種のつぼみに、繊細な羽根のようなシダをあしらって、淡いブルーのリボンを結んであった。

「ねえ、お願いだから、大騒ぎしないで」ダイナがいった。

「誰が騒ぐものですか」エイプリルは二度も大きく鼻を鳴らした。「お母さん、大喜びするわ。ダイナ、あの人には殺人なんてできっこないわよ」

「お母さんが？」ダイナがいった。

「ミセス・チェリントンよ」エイプリルがいった。

「まあ。あの人が殺したなんてひとこともいってないわよ」

「まぬけだなあ」アーチーが馬鹿にしたように口をそろえた。

「わかったわよ、とんま」エイプリルはいった。「テーブルを用意するのを手伝って」

マリアン・カーステアズが階段を下りてきたとき、タリスマンはサンルームのテーブルの中央に飾られていた。ワッフル型は熱せられ、ピッチャーに入れた生地がそのかたわらに用意してある。ベーコンは蓋をかぶせた皿から部屋じゅうにいい匂いを漂わせていて、コーヒーのパーコレイターは相変わらず陽気に小さな音を立てていた。バラのつぼみのコサージュは母親の皿の上に置かれていた。そして、三人の子どもたちの姿はなかった、どこにも。

お母さんは急ぎ足でサンルームに入ってきていった。「まあ！」

彼女は部屋を見回した。カーテンの陰からかすかな忍び笑いが聞こえる。さらにもっとかすかな「しいっ！」という声。お母さんはとても大きな声でひとりごとをいいはじめた。

なんてすばらしい、すばらしい子どもたちなのかしら。お花は本当に美しいし、朝食はとてもいい匂いがするし、わたしはこのうえなく幸せだわ。

三人は大きな歓声をあげて母親に抱きついてきた。一分ほど、彼女は窒息しかねないほどきつく抱きしめられた。それからエイプリルはコサージュを母親の肩に留め、アーチーは鼻に湿ったキスをして、ダイナは一枚目のワッフルを焼きはじめた。

生地がすっかり焼かれ、最後のひとかけらもおなかにおさまり、アーチーが容器の底のシロップをスプーンでひっかいているときに、ダイナはエイプリルにささやいた。「とってきて」エイプリルはさっと顔を上げていった。「いいえ。あんたが」そこでダイナはいった。「いいわ、いっしょに行こう」

二人はリビングに駆けていって、ソファのクッションを持ち上げると、きれいに包んだプレゼントを手に戻ってきた。二人はそれを母親の前に仰々しく差しだした。

「わたしに?」お母さんは驚いていった。

「そうよ」エイプリルはいった。「他にここに〝お母さん〟と呼ばれる人がいるなら別だけど」

「それにきれいなカードも。誰が作ったの?」お母さんはいった。

「エイプリルがお花の担当」ダイナがいった。「で、あたしが手紙の担当よ。さあ、包みを開けてみて!」

母親が包み紙をゆっくりと、ほとんどいらいらするほどゆっくりと開いていくのを二人は楽しげに見守った。最後の薄紙をとり除いて、本をテーブルに置くと、二人は笑顔になった。

成長する子どもへの対処法――親のための児童心理学のやさしい解説

エルシー・スミストン・パーソンズ博士著

「中を見て」エイプリルがいった。「扉のところ」

そこにはこう書かれていた。「愛するお母さんに、愛すべき子どもたち、ダイナ、エイプリル、アーチーより」

マリアン・カーステアズはこみあげるものをのみこんだ。「ああ、なんてすてきなの！うれしいわ！」

「それから」ダイナがいった。「あたしたちが毎日一章ずつ読んであげるわね。あたしが一章読んだら、次の夜にはエイプリルが一章読むの。そうすれば、日曜も含めて二十二日で最後まで読み終えるわ」

「それはすごいわね！」マリアンはいった。彼女はタイトルを眺めて考えこみながら、ダイナとエイプリルを見た。「これはあなたたちの育て方を遠回しに批判しているんじゃないわよね？」

「あら、まさか」ダイナがいった。「ただ――」

エイプリルがすばやく口をはさみ、ダイナがビル・スミス警部補のせりふを引用するのを防いだ。「あたしたちはこのうえなく満足しているのよ。お母さんの育て方を気に入ってるわ。ただ、思ったの、念のために――」

「気に入った？」ダイナが心配そうにいった。「本のことだけど？」

「夢中になりそうだわ」マリアンはいった。「それに、あなたたちにも夢中よ！」

「あたしたちもお母さんに夢中なの」エイプリルがいった。

「わたしの方がもっと夢中だわ」お母さんは二人を抱きしめた。

「お母さんがもっと夢中っていうよりも、あたしたちはもっともっと夢中なの」ダイナが叫んだ。

エイプリルはとうとう息をつくといった。「あたしたち、頭はまともよ！」そして指を下唇にあてて「ビビビビ」と鳴らした。

「あら！」ダイナがいった。「アーチーはどこかしら？」

エイプリルは部屋を見回した。「二分前にはここにいたのに」

「彼は――」ダイナは両手を口元にあてがって彼を呼ぼうとした。そのときエイプリルが小突いたので、息を吸いこんだだけで声は出さなかった。

「聞いて！」エイプリルがいった。ちょっと静かになった。「あの子、地下室にいるのよ！」

ゆっくりと慎重に地下室の階段を上がってくる足音がした。そのときアーチーが戸口に現われた。髪の毛はぼさぼさで、顔は紅潮し、にやにやしている。彼は大きな箱を抱えていた。それをサンルームに運んでくると、母親の足もとの床に置いていった。「さあ！」

大きな箱は不器用だったがプレゼント用の包装紙で派手派手しく包まれ、リボンまで結ばれていた。箱のところどころに穴が開いている。てっぺんにクレヨンで書いた大きなカードがのせてあった。「お母さんへ。愛をこめて。あなたの子ども、アーチーより」そして、全員が箱を見つめていると、箱が揺れはじめた。エイプリルはびっくりしてキャッといった。

その悲鳴に箱の中から返事が返ってきた。かすかな、きしむような音だったが、たしかに「ミャー！」といった。

「アーチー！」お母さんがいった。

「あのね」アーチーがいった。「〝提督〟のとこのお母さん猫の子猫たちが大きくなって、乳離れしたんだ。で、いちばんいいやつをもらってきた。トイレのしつけもすんでいるよ。お母さん、子猫好きだよね」

「大好きよ」お母さんはいった。

「それに、とっても小さいから、あまり食べないよ」アーチーは得意そうにいった。

またもや小さな「ミャー！」という声が箱からした。

「まあ、アーチー！」エイプリルはうっとりしながらいった。「見ましょうよ！」

「いいとも。ただし、これはお母さんへのプレゼントだよ。お母さんが箱を開けなくちゃ」

お母さんがリボンをほどき、包み紙をたたんでいるあいだ、箱はゆらゆら揺れていた。それから蓋を開けた。中にはミルクの小皿、キャットフードの皿、小さなトイレの砂箱、そして二匹の心配そうな顔をした小さな子猫がいた。一匹は真っ黒で、もう一匹は真っ白だった。

「まあ！」お母さんはいった。「なんてかわいらしいの！」

「ねえ、抱いてみて」アーチーがいった。「誰が抱いても、喉をゴロゴロ鳴らすんだよ」

お母さんは子猫たちを抱き上げると、膝にのせた。二匹はゴロゴロ喉を鳴らした。エイプリルとダイナはおずおずとなでた。ゴロゴロいう声はいっそう大きくなった。

「名前だけどね」アーチーが発表した。「インキーとスティンキーだよ」

エイプリルはスティンキーの喉をなでていた手を止めて見上げた。「ただ、ジェンキンズは気に入らないでしょうね」

「ジェンキンズはもう知ってるよ」アーチーがいった。「見て！」彼は裏庭に出ていき、ジェンキンズを探した。ピクニックテーブルに寝そべっている猫を見つけると、家に連れてきた。お母さんの膝の上の子猫たちは少し体をこわばらせて「フフーッ！」とうなった。

「ほら、下におろして」彼は首筋をつかんで子猫を床に置いた。

二匹の猫はとたんに背中を丸めて耳を寝かせた。大きくて垢抜けない灰色の雄猫ジェンキンズは伸びをしてあくびをすると、退屈そうな顔をした。彼は二歩近づき、子猫の鼻面に自分の鼻を触れあわせた。まずインキーに、それからスティンキーに。

「ほらね」アーチーがいった。「ジェンキンズは子猫が好きなんだ！」

ジェンキンズはすわって左の前足をなめ、それからえらそうな顔で子猫たちを眺めた。二匹はぴょんと左右に飛んで、ごろんところがると、ジェンキンズの尻尾にじゃれつきはじめた。彼はしばらくじゃれさせておいてから、またあくびをして恐ろしげな歯を見せつけると、立ち上がりぶらぶらと歩み去った。とり残された子猫たちはすわって、彼を見送りながら、悲しげに「ミャーン」と鳴いた。

「あら、かわいそうなチビちゃんたち」ダイナがいって、二匹を抱き上げるとなではじめた。「まあ、本当に喉をゴロゴロ鳴らしてるわ！」

「どうすると思っていたの、ヨーデルでも歌う？」エイプリルがいった。彼女はスティンキーの耳の後ろをかいてやった。「かわいい！」

「わたしのプレゼントよ」お母さんが怒ったふりをした。「こっちにちょうだい！」お母さんは膝に子猫をのせると、いとおしげになでた。子猫たちはくつろいで丸くなると、小型リベット打ち機のようにゴロゴロ喉を鳴らした。

「それから、覚えておいて」アーチーがいった。「二匹はとっても小さいから、あんまり食べないんだ」彼は真剣に、威厳たっぷりにつけ加えた。「お母さんが二匹を気に入ってくれたならいいけど」

「もちろん気に入ったわ」お母さんはいった。「二匹に夢中だし、あなたにも夢中よ」

アーチーはにっこりした。「ぼくもお母さんに夢中だよ」

「それ以上に、わたしはあなたに夢中よ」お母さんはいった。

アーチーは大きく息を吸いこむといった。「お母さんが夢中っていうよりも、もっともっと――」

そのやりとりはたっぷり五分続いた。それから母親は煙草の包みのセロファンをはがして、蝶の形にねじると、プレゼントにかけられていたリボンの先に結びつけ、子猫の鼻先で揺らして誘いながらリビングに移動した。子猫たちが新しいおもちゃに飛びかかったり、前足ではたいたりする様子を、三人の子どもたちはうっとりと眺めた。インキーの方が高くジャンプできたが、スティンキーの方がすばしこかった。母親の頬はピンク色になり、目はきらきら輝いていた。

「アーチー！」エイプリルがささやいた。「いいアイディアだったわね」彼女は弟を抱きしめた。

「おい、やめろよ」アーチーはいいながら腕をふりほどいた。「ぼくは男だから、大きくなったら警官になるつもりなんだ」

「何になってもかまわないわよ」エイプリルがさらに彼を抱きしめた。「あんたに夢中よ」

「ぼくもあんたに夢中だよ」アーチーがいった。

「あきれた！」ダイナがいった。「もうそのやりとりはいい加減にして！」彼女は親指をテーブルに向けた。「さあさ、お皿！」

彼らはてきぱきと動いた。生鮮食品は冷蔵庫にしまわれた。テーブルは手早くふかれた。皿はゆすいで、流しに重ね、あとで洗うことにした。なんといっても、今日は休日なのだ。十五分もしないうちに、全員がリビングに集まった。お母さんはソファの真ん中にすわった。黒髪はわずかに乱れていて、頰はコサージュのドロシー・パーキンス種のバラと同じピンク色だった。エイプリルとアーチーはその両側に丸くなり、お母さんの膝の上で喉をゴロゴロ鳴らしながら寝入ってしまった子猫たちを眺めていた。ダイナはお母さんの正面のオットマンにすわり、ゆっくりと、真面目くさって本を朗読した。

ビル・スミス警部補がベルを鳴らそうとして、玄関のガラス越しに見た光景はこういうものだった。彼は痛いほどの羨望を感じた。邪魔するのはいやだった——だがそのときにはすでに指がドアベルを押していた。だから、邪魔をする口実があるのがうれしかった。

ダイナは本を置き、急いでドアを開けに行った。彼女は警部補を暖かく出迎えた。

「お会いできてうれしいです！　朝食はおすみですか？　よかったらワッフルを焼きましょうか？」

「すでにすませてきました、ありがとう」ビル・スミスは答え、部屋のいい匂いを嗅ぎながら、嘘をつけばよかったと思った。

「ではコーヒーでも？」マリアン・カーステアズが愛想よくいった。

「じゃあ——」ビル・スミスはいった。彼は安楽椅子に腰掛けた。「せっかくですので——」

ダイナとエイプリルはコーヒー、クリーム、お砂糖を彼の肘のかたわらのサイドテーブルに一分二十秒という記録的な早さで運んできた。

「本を読んでいらしたようですね」ビル・スミスがいって、コーヒーをかき回した。「お邪魔して申し訳ありませんが——」

「ダイナが母の日のプレゼントを朗読していたんだよ」アーチーがいった。「毎日一章ずつ読んであげるんだ。ほら、見たい？　ダイナとエイプリルが選んだんだよ、なぜって——」

エイプリルがあわてて彼の向こうずねを蹴飛ばした。

ビル・スミスは本とそのタイトルを見て、献辞を読んだ。「いろいろ考えたものですね」彼はとうとういった。

「わたしもそう思いました」マリアンが挑戦的にいった。

「それに、これはぼくの母の日のプレゼントなんだよ」アーチーがインキーとスティンキーを指さしていった。「耳を澄ましてみて、二匹がゴロゴロ喉を鳴らしているのが聞こえるよ」

ビル・スミスは耳を澄まし、たしかに二匹が喉を鳴らしているのが聞こえたといった。

「本当にワッフル一枚もおなかに入りません？」マリアンがいった。

「入ればうれしいんですが。レストランで朝食をとらなければよかった。ワッフルは大好物ですし、レストランの朝食はいまひとつなんですよ」

「奥さんとお子さんをお持ちになればいいんですよ」ダイナが大人びたことをいった。「料理の得意な奥さんをね」

ビル・スミスはかすかに頰を赤らめた。彼は咳払いした。一分ほどして、彼は口を開いた。「ミセス・カーステアズ、ある件についてご相談したいのです。大変お忙しいことは承知していますが――」

ダイナは時計を見るふりをした。彼女はびっくりしたように叫んだ。「まあ！　お皿をすぐに洗わなくちゃならないわ！」

アーチーが啞然としていった。「洗わないんだろ」

「洗うのよ」ダイナがいった。「さあ、いらっしゃい！」彼女はエイプリルとアーチーを従えてキッチンに向かったが、最後の数メートルはアーチーをひきずるようにして歩かなくてはならなかった。

「ちょっと頼むわよ！」ダイナは彼にささやいた。「気をきかせてもらえない？」

「二人きりにしてあげるってことを知らないの？」エイプリルがつけ加えた。

アーチーはカンカンになっているようだった。「だって、ミスター・ビル・スミスが何をいうのか聞きたかったんだもん」

「あら、そう」ダイナがいった。「誰だってそうよね。だから、聞きましょ」彼女は完全に静かにしろという手振りをすると、先頭に立ち廊下を抜けて階段の下に行った。三人は足音を立てずに階段を二、三段上り、そっとすわりこんだ。そこなら姿を見られずに、話をすべて聞くことができた。

お母さんの低く音楽的な、うちとけた笑い声が聞こえた。それから、こういうのも。「そういっていただくのは、とてもうれしいですわ、ミスター・スミス。でも、お世辞をいっていらっしゃるんでしょ」

エイプリルとダイナはウィンクしあった。

「いえ本当です、一言一句」ビル・スミスはいった。

アーチーが大きくにやっとした。

「あの、ミスター・スミス――」

「どうかビルと呼んでください。ミスター・スミスではあまりにも堅苦しいですよ。あなたはそんなに形式張った女性ではないでしょう」「わかりました――でも、わたしがお役に立つのでしたら――」

お母さんが笑いながらいうのが聞こえた。

彼の声はいきなり真剣味を帯びた。「率直に申し上げて、こういう状況なのです、ミセス・カーステアズ――」

「マリアンと呼んでください。ミセス・カーステアズではあまりにも堅苦しいわ」

今度は二人声をそろえて笑った。

カーステアズ家の三人の子どもたちは階段の上でうれしげににっこりして、うまくいきますようにと祈りながら、さらに聞き耳を立てた。

17

こんなに幸せに感じたのは何年もなかったわ、とマリアン・カーステアズはインキーとスティンキーをなでながら思った。本は書き上げたから、数日は休める。とってもすばらしい子どもたちが、びっくりするほどすてきなプレゼントをくれた。そして今はゆったりくつろぎ、このかわいらしい子猫たちと遊びながら、目の前のビル・スミスがコーヒーを飲んでいるのを眺めている。

おかしなものだ、男性が安楽椅子にすわっているだけで、部屋の雰囲気ががらりと変わってしまう。すぐにでもプレスが必要なツイードのスーツを着た長身でやせた男が椅子にすわって——いえ、体を伸ばして、足をオットマンにのせている。今、パイプに火をつけるところだ。汚くて古ぼけたパイプは、まもなく部屋じゅうに煙草の臭いを漂わせるだろう。彼はまるでこの家の人間のようにくつろいで見える。

遠慮があってもなくても、またパイプ煙草の匂いを嗅ぐのはいいものだ。

ふいに、彼が話しかけていることに気づいたが、ひとことも聞いていなかった。頬がほてるのを感じた。

「何を考えているんですか？」ビル・スミスはいった。

まあ、いやだ！　マリアンは本当に赤くなっていた！　自分でもそれを感じることができた。「あの――」何をいったらいいかわからなかった。みっともないったらない。まるで、あのあきれたピートがそばにいるときのダイナのようだ。「考えていたのは――」いまいましい人！　マリアンは息を止めた。「ショッピングリストにノミとり粉を入れなくてはと思っていたんです」

「ノミとり粉を使うなら」と彼はいった。「すぐにすっかりブラシで落としてやらないとだめですよ。猫がなめて、病気になってしまう。それに、その子猫にノミがいるのは確かなんですか？」

「今いなくても、じきにたかりますよ。子猫にはノミがつきものですから」

「なるほど」彼はにやりとした。「子猫かどうかはそうやって見分けるんですね。自然の法則だ」マリアンはブルーの素朴な服を着て、ピンクのバラを肩先に留め、頬をほてらせ、とても愛らしく見えた。ビル・スミスはそう口にできるだけの勇気があればいいのにと残念だった。「しかし、子猫のことを話すためにうかがったのではないんです」

インキーがその瞬間に目を覚まし、まっすぐ起き直ると、左耳の裏側を激しくひっかいて、また眠りこんだ。マリアン・カーステアズは注意をそらしてくれたことでインキーに感謝しながら、ごくさりげなくいった。「というと？」

「教えていただけませんか、ベティ・リモーの誘拐殺人事件についてご存じのことを？」

彼女は目を見開き、ビル・スミスをまじまじと見つめた。階段の隠れ場所で、三人の子どもたちはぎくりとして、息を殺して耳をそばだてた。

「どうして？」マリアンはたずねた。

「なぜなら――」ビル・スミスはいいよどんだ。「なぜならこの事件に行き詰まっているからです。完全にね。マリアン、助けていただけませんか？」

また沈黙が落ち、彼女はとても低い声でいった。「できるだけのことはします」

ダイナとエイプリルは顔を見合わせた。「あの証拠品をお母さんに渡して、今すぐ手を引いた方がいいわ」エイプリルがひそひそいった。

「何だって？」アーチーがささやいた。

「黙って！」ダイナがささやいた。

「だけど、お母さんがいったことが聞こえなかったんだ」アーチーが声をひそめて文句をいった。

ダイナはすばやく彼の口を片手でふさぎ、ささやいた。「静かに！　あとで話してあげるから」

エイプリルは二人を小突いて、小声でいった。「聞いて！」

「この事件は簡単に片づくと思っていたんです」ビル・スミスはいった。「嫉妬深い妻、火遊びをしている夫、野心的な若い女優。するとフランキー・ライリーという男が殺された。すぐこの近所で。偶然の一致かもしれないが、彼を殺した銃弾はミセス・サンフォードを撃ったのと同じ拳銃から発射されたんです」

階段にいたアーチーはエイプリルをにらんでいった。「ぼくだって調べられたのに、それ見ろ」

「しっ」エイプリルはいった。「賭けはとり消しよ」

「そして」ビル・スミスがいっていた。「彼の指紋がサンフォード家の一階のいたるところについていた。おまけに、フランキー・ライリーはリモー事件に関わっていたんです。ただし、彼の有罪を示す証拠はまったく出てこなかったのですが。さらに、あの事件を取材していたとても頭のいい記者がいて、マリアン・ウォードという名前だった。ニューヨークに電報を打って、マリアン・ウォードがマリアン・カーステアズであるというわたしの推測が確認できました」

マリアンはしばらく黙ってスティンキーをなでていた。「ええ。わたしはあの事件を担当しました。しかもベティ・リモーにパーティーで一度会ったことがあります。事件の前に」

彼は膝に肘をついて、体をのりだした。「そうですか。どうか続けてください」

「彼女は――愛らしい人でした。とても若く、なんとなく――とても傷つきやすいところのある人だった。そして、とても美しい、人の心を揺さぶるような声をしていました。一度、舞台で演じる彼女を見たことがあります」マリアンの声はとても厳粛になった。「もちろんベティ・リモーは彼女の本名ではありませんでした。誰も本名を知らなかったし――あとになっても――誰も見つけることができませんでした。だけど、〈スターライト劇場〉で歌うことを死よりも忌むべき運命だと考えている、きちんとした由緒ある一家の出だったんです。たんなる宣伝のためのふれこみに思えるかもしれませんけど、実際はそうじゃありませんでした。結局、それに関して広く喧伝されることはなかったので」マリアンは眉をしかめた。「家族はとても貧しかったにちがいありません。彼女は初めて一ドル札をもらった女の子のようでしたもの。毛皮と香水とハティ・カーネギーのドレス、そして一夜にしてスターになったことに興奮していました。銀行口座には十セントも残っていませんでした――事件のあとで」

「では誰が身代金を払ったんですか？」ビル・スミスが静かにたずねた。

「誰にもわからないのです。劇場の支配人が――ミスター・エイベルという人が――誘拐犯人にそれを渡したんですが、彼のお金でも劇場のお金でもなかったんです」

「彼なら金の出所を知っていたでしょう」「当然ですね」

マリアン・カーステアズはうなずいた。

ビル・スミスは黒革の手帳を取り出した。「エイベル。ファーストネームは?」

「モリスです」マリアンがいった。

彼はそれも書き留めた。「どこで会えますか?」

「霊能者に頼まないとだめでしょうね。二年ほど前に亡くなったんです。殺人じゃありませんよ。腹膜炎でした。わたしも殺人かもしれないと疑ったんですが、虫垂炎になっているのになかなか病院に行かなかったせいだとわかりました」

ビル・スミスは手帳をポケットにしまった。「残念だ。ところで、あなたは事件について何本かとてもすばらしい記事を書いていますね。新聞のファイルで読みました」

マリアン・カーステアズは顔を上げた。「あまりいい記事を書いたので、職を失ったんです。わたしはベティ・リモーが好きでした。誘拐犯が彼女を棺に入れて送り返したことを知ったときは泣きました。警察はフランキー・ライリーを逮捕しました。尋問のために勾留した。でも結局、釈放したんです。証拠がなかったので。警察はあの事件について熱を失っていきました。わたしはちがいました。そんなふうにはなれなかったんです。生きているベティ・リモーに会っているからです」マリアン・カーステアズの小さな拳がコーヒーテーブルをガツンとたたいた。インキーとスティンキーが目を覚まして、文句をいい、また膝で丸くなると眠りこんだ。

「続けてください」ビル・スミスが穏やかにうながした。

「わたしは独自に調査して、容疑者を見つけました。有望な容疑者です。命令役の男です。警察はその男を追いましたが、ずさんなやり方でね。でも、彼の人相がよくわからなかったので、成果をあげられませんでした。それに彼の写真は一枚もなかったのです」

階段で、ダイナとエイプリルはじっと目を見つめ合った。彼の写真はあった。洗濯袋の底に。

「警察は」マリアンは不作法な口調で続けた。「やっぱりぼんくらだったので、とうとう誘拐犯たちを——殺人者たちを見つけられなかった。そこで、わたしは我慢できなくなり、警察はきわめて怠慢だと——まったく正当なことですが——非難する記事を書いたんです。編集長の目に触れないようにこっそり提出して、活字になりました。そうしたら警察の頭の固い人間がそれについて騒ぎ立て、わたしは解雇されました。ねえ、ミスター・スミス、まだお聞きになりたい質問はありますか？」

「いくつか。それからビルですよ、覚えていますね？　まず、ニューヨークに何本か電報を打てばわかることですが、あなたが教えてくださるなら、手間が省けます。ベティ・リモーの死体はどうなったんですか？」

マリアンはちょっと彼を見つめてからいった。「わかりません。それはこの事件でいちばん奇妙な点のひとつでした。警察が死体を返したとき、劇場の葬儀組合がひきとったんです。わたしはベティ・リモーの葬儀の記事を書きたかったので、追跡調査をしました。

でも、死体は盗まれてしまいました」

「なんですって？」ビル・スミスがいった。「盗まれた？」

マリアンはうなずいた。「葬儀組合が選んだブルックリンの安い葬儀店から。一台の車が午前二時ぐらいに横付けになったんです。夜間従業員は殴られてのびていました。ベティ・リモーの死体は棺といっしょに運び去られたんです」

「しかし——」ビル・スミスは困惑した声でいった。

「警察はそれを調べようともしませんでした」マリアンは腹を立てていった。「特ダネになるかもしれなかったし、わたしが自分で見出しをつけられたかもしれません。でも、すでに無能を理由に解雇されていたし、ベティ・リモーの名前は町のすべての新聞社にとってタブーになっていたんです。警察本部長が激怒しただけではなく、彼女はただの低俗な劇場の歌手にすぎず、身代金はたった一万五千ドルだったからです。というわけで、事件はそれっきりになりました。さて、まだ知りたいことはありますか？」

「どっさり」ビル・スミスはいった。「たとえば、誰が、なぜミセス・サンフォードを殺したのかとか？　それについて何かご意見はありませんか？」

マリアンはしばらく黙りこんでいた。「いいえ」

「フランキー・ライリーは彼女の家で殺されました」ビル・スミスはいった。「彼女を殺した拳銃と同じものでね。しかし——非常に複雑なのです。理解できないことが山のようにある。花が油絵に差してあったことや、〝警告〟と書かれたナイフや。それに、ミスター・サンフォードが行方不明になっていることやもろもろ。そして、わたしはミセス・サンフォードの殺人者をつかまえなくてはならない、それがわたしの仕事です。マリアン。あなたはリモー事件を取材したし、それは今回の事件に関連している。そして、あなたはかつて警察担当記者だったし、万事に非常に頭が切れる――お願いです、マリアン、力を貸してください」

階段の上でエイプリルはダイナを小突いた。ダイナは目を伏せてささやいた。「これで決まりね！」

しかし、たっぷり一分後に、マリアンは奇妙なほど感情のこもらない冷たい声で答えた。「誰がミセス・サンフォードを殺したのか、たとえ知っていても、あるいは見つけられると思っても、わたしはその情報を胸にしまっておきます。なぜならおそらく彼女を殺した人間には、当然の理由があったからです。ですから、あなたには彼を見つけていただきたくないんです」

ビル・スミスは空《から》のコーヒーカップを置くと立ち上がった。「そこが女性の困ったところですな。感情に流される。きちんと物事を考えない。ミセス・サンフォードが嫌いだから、ミセス・サンフォードの殺人犯が罪をまぬがれても平気で見ていられるんです」

「わたしはミセス・サンフォードをほとんど知りませんでした」マリアンがひややかにい

った。「ですから嫌いになれるわけがないでしょう？　彼女が悪い女だった、そして殺されて当然だったということを知っているだけです」

「殺人に関する限り、法的にも倫理的にも」ビル・スミスもひややかにいった。「被害者の不快な性格は考慮に入れないのです」

「まあ、くだらない」マリアンはいった。彼女は子猫を抱いたまま立ち上がった。

ビル・スミスはとてもよそよそしくいった。「お邪魔して失礼しました、ミセス・カーステアズ」

「失礼なんてとんでもない、ミスター・スミス」マリアンはいった。「警察の愚かさ加減を再認識するのは、いつだって愉快なものですからね」

彼はドアを開けて、立ち止まった。「ところで、ゆうべあなたの本を読みましたよ。『慎重な殺人』、たしかそういうタイトルでした」

「気に入っていただけてうれしいです」マリアンはいった。

「気に入りませんでした。センチメンタルで、気が抜けていて、不正確な部分が多すぎた。お粗末ですね」

彼はドアをたたきつけるように閉めた。マリアン・カーステアズは思わず息をのんだ。

エイプリルはダイナとアーチーをつついた。三人は無言ですばやく階段を駆け上がり、女の子たちの部屋に隠れた。一分後、マリアン・カーステアズが子猫を抱えたまま、ドスドスと足音を立てて階段を上がってきた。頬は真っ赤で、目はひどくぎらついていた。彼女は部屋に行くと、ぴしゃりとドアを閉めた。それから静寂が広がった。

「ああ、エイプリル」ダイナがいった。「お母さん、泣くんじゃないかしら。しかも、母の日に」

「まさか、泣くわけないよ」アーチーがいった。「だって、ぼくよりも大人なんだぞ!」それでも、彼の声は心配そうだった。

三人が聞き耳を立てていると、タイプライターに紙がはさまれる音がした。続いて激しくタイプを打つ音が響いてきた。そこで紙が抜きとられて破られ、また新しい紙が差しこまれた。再びタイプが始まったが、やはり猛烈な勢いだった。今度は音が続いた。

ダイナが息を吸いこむと廊下を歩いていき、母親の部屋をぱっと開けた。お母さんはブルーの部屋着のままデスクの前にすわっていた。後ろ髪がほつれ、目はぎらぎら光っていた。子猫たちはデスクにまっすぐすわって、興味深そうに、少し警戒しながら観察している。

「お母さん!」ダイナがささやいた。

タイプライターが止まった。ぎらついた目が見上げた。「すごく腹が立ってるの」マリアンは・カーステアズはいった。「だから新しい本を書きはじめたわ!」

彼女はまた猛烈な勢いでタイプライターをたたきはじめた。ダイナは気をきかせてドアを閉めた。

「かまわないわ」ダイナはいった。「実は警官の継父なんてほしくなかったから」

「まあ、馬鹿なことをいわないで」エイプリルが軽蔑したようにいった。「まちがった本を読んできたんじゃない。これまでに起きたなかで、これは最高に期待の持てるできごとよ」彼女は目を細めた。「行きましょ！　まだすぐ外にいるかもしれないわ」

「だけど、エイプリル」ダイナが階段を半分ほど下りながらいった。「まさか——」

「静かに。インスピレーションがわきかけているんだから」

三人はポーチで息をついだ。ビル・スミスがサンフォード家の庭のフェンスに寄りかかって、物思いに沈みながら暗い顔をしているのが見えた。

「ねえ」アーチーがたずねた。「どういうこと、どういうこと、どういうこと？」

「シキ・ズク・カカ・ニキ」エイプリルが考えこみながらいった。「あたしが天才だということを忘れず、邪魔しないでちょうだい。ダイナ、お母さんはいつ美容院に行き、マニキュアをするんだったかしら？」

「月曜よ」ダイナはすぐに答えた。「明日」

エイプリルは考えこみながら、ちょっと黙りこんだ。「じゃあ、午後遅くまで帰ってこないわね。それに、自分で髪をとかしつけたあとの方が見栄えがするわ」彼女はちょっと考えてから、階段を駆け下りていった。

ダイナとアーチーは困惑した視線を交わしあい、あとに続いた。

エイプリルはすばやくビル・スミスに近づいていき、息を切らしながらいった。「まあ、お帰りになる前につかまえられてよかった。ねえ、火曜の夜のディナーに来ていただけるか聞いてくるように、お母さんにいわれたんです。ぜひいらしてほしいって。あたしたちもです」

「え？」ビル・スミスは茫然としているように見えた。「ディナー？　火曜の夜？　どうして――」

猛烈な速度で力まかせにたたくタイプの音が家からはっきりと聞こえた。

「お母さんは自分でご招待したかったんですけど、とっても忙しいんです。どんなに忙しいか聞こえるでしょう」エイプリルがいった。

ビル・スミスは母親の部屋の窓を見上げた。「働き過ぎですよ。あまりにも根をつめすぎている。面倒を見てあげる人が必要だ」

「あたしたちがいます」ダイナが威厳をこめていった。

「そういう意味じゃないんです」ビル・スミスはまだ窓に視線を向けたままいった。

エイプリルはアーチーの表情を見て、いまにもまずいことをいいそうなのを察した。彼の肘を軽くつねると急いでいった。「じゃあ、いらしていただけますね、今度の火曜に？　ええと、六時半ぐらいでいいかしら？」

「ああ——そうですね、はい。喜んで。火曜日に。六時半ですね。お母さんに喜んでうかがうと伝えてください。お母さんに」——彼は息を吸いこんだ——「こちらに六時半にうかがうと。火曜日に。伝えてください——」彼は言葉を切った。「火曜日に。ありがとう。じゃ、さよなら」彼はきびすを返して去っていったが、もう少しでバラの茂みに突っ込みそうになった。

エイプリルはかろうじてクスクス笑いをこらえた。ビル・スミスは、初めてダイナをデートに誘ったときのピートにそっくりだった。

「おかしくないわよ」ダイナが手厳しくいった。「どうやってお母さんに協力させるつもりなの？」

「あら、大丈夫よ」エイプリルは自信たっぷりにいった。「いい——お母さんは美容院で髪を整えてもらい、新しくマニキュアを塗る。あたしたちはお母さんに勧めて昔風のミートローフを作ってもらう、グレイビーをかけたのをね。それからレモン・メレンゲ・パイ。男の人はみんなレモン・メレンゲ・パイが好きなのよ。それからディナーのあとで——」

ダイナがいった。「それは大変けっこう。だけど、彼のことを誰がお母さんに説明するの？」

「そんなの簡単よ。あたしたちは姉妹なんだから、なんでも半分ずつやるんでしょ。いい、あたしは彼がディナーに来るように手配した。それがあたしの役目。だから、あとはあんたが彼を招待するようにお母さんに勧めればいいだけよ！」

18

アーチーがキッチンに入っていて、りんごをひと袋とってくると、カーステアズ家の三人の子どもたちは玄関前の階段にすわって相談を始めた。

「いろいろなことがわかると、はっきりした結論が出るどころか」とダイナが嘆いた。「ますます混乱してくるような気がするわ。お母さんが今朝ビル・スミスに話していたこととか」

エイプリルはりんごをかじりながら、熱心にうなずいた。「誰がベティ・リモーの死体をほしがったのかしら？　それになぜ？」

「たぶん証拠だったんだよ」アーチーが巧みにりんごの種を吐きだしながらいった。

「だってもう——解剖とか検死とかすべてすんでいたのよ」エイプリルがいった。「警察が死体を返したんだから——」

「そんなの簡単に想像がつくわ」ダイナがいった。「彼女に恋をしていた男よ。ミセス・サンフォードとフランキー・ライリーを殺し、ミスター・サンフォードを探している男よ」

エイプリルはその話題を検討した。「彼は彼女を愛していた。だけど、表に出てくるわけにはいかない。まだ復讐が残っているから。そこで――」彼女は言葉を切り、またひらめいて低い声で続けた。「どこか人里離れた場所で真夜中にひそかに埋葬が行なわれた。うっそうたる木立のあいだから、ただ不気味な月だけが見守っていた。そして、今、満月になるたびに――」

「エイプリル」アーチーが小さな声でいった。「やめてよ」

「弟を怖がらせないでよ」ダイナがいった。「それから、お母さんの最初の本から引用しないで。お母さん自身、あまりいい出来じゃないといっているんだから」

エイプリルはむっとしていった。「そんなに頭がいいなら、もう一度考えてみて。ミスター・サンフォードはベティ・リモーを愛したのは自分だけだといってたわ」

「それは知ってるわよ」ダイナはいった。「だから、わけがわからなくなっているんじゃないの」彼女はちょっと黙りこんだ。「あるいは他にも彼女を愛していた男がいて、ミスター・サンフォードはそれを知らなかったのかもね」

「自分自身が愛していたんなら、気づいたはずだわ」エイプリルがいった。

それに対しては答えようがなかった。三人は黙りこくったますますわって考えていた。いきなりアーチーがりんごの芯をいちばん手近のアジサイの茂みの向こうに投げると、立ち上がった。「誰か階段を上がってくるぞ」

ダイナはピートかもしれないと考えて、反射的に髪の毛を直した。エイプリルは誰であろうと、反射的に髪のリボンをまっすぐにした。

やって来たのは小柄なミスター・ホルブルックだった。階段を上りながら息をあえがせていた。息継ぎのために一度か二度立ち止まった。こざっぱりしたグレーのスーツに、ダークブルーのネクタイをきちんと結んでいた。顔は青ざめ、疲れ、不安そうだったが、白髪はていねいになでつけられていた。どこに行くにもいっしょらしい黒革のブリーフケースを手にしている。エイプリルは夜寝るときもベッドに持っていくのだろうかと、考えた。いきなり、ミスター・ホルブルックが古くさいフランネルの寝間着に厚手の布のスリッパというかっこうで、相変わらずブリーフケースを手にしているところが頭に浮かんだ。エイプリルは急いで笑いをかみ殺した。

ミスター・ホルブルックは最後の階段を上り、はあはあ息を切らしながらいった。「おはよう、子どもたち。お母さんはご在宅かな？」

ダイナがいった。「家にいますけど、残念ながら——あの、忙しいんです」無意識に母親の部屋の窓を見上げると、ミスター・ホルブルックの視線もそれを追った。タイプライターはリベット打ち機のように鳴り響いていた。

「お母さんは本を書いているの」エイプリルがいった。「だから仕事をしているときは、邪魔できないんです。作家というのはどういう人間かよくご存じでしょう」

ミスター・ホルブルックはきれいな白いハンカチーフをとりだした。「ああ、お母さんが作家だというのは知っているよ。とても興味深いね。わたしの甥がときどき《マディソン・ステート・ジャーナル》に詩を投稿している。もちろんお金はもらえないが」彼は額をハンカチーフでふいた。「前に、お母さんの本を読んだよ。J・J・レイン名義で出版されたものだ。とてもおもしろかった。ただ、法律的に不正確なところがかなりあったので、お母さんと話そうと思っていたんだ」彼はきちんとハンカチーフをたたみ、ポケットにしまった。またひと息つくと、窓を見上げた。「本当に――邪魔してはまずいかな？」

「申し訳ありませんけど」ダイナはいったが、彼の顔を見て、思わずこう誘っていた。「とても暑いですね。よかったら中に入って、コークかアイスティーか何かいかがですか？」

「ありがとう。ええ、ありがとう。そうさせていただきますよ。おっしゃるように暑いですな。それにこの階段は――非常に急だった」

彼らはミスター・ホルブルックをリビングに案内した。彼はいちばんすわり心地のいい椅子にすわりこみ、靴を脱ぎたそうな様子だった。ブリーフケースを膝にのせた。「水を一杯いただけるとありがたいんだが」

「そんな」ダイナはいった。「レモネードをお持ちしますね。こういう日には水よりもずっとすっきりしますよ」

彼女はキッチンに飛んでいった。

エイプリルは彼をじろじろ見まいとしたが、どうしても目がいってしまった。この男の娘は、三枚のクジャクの羽根とビーズのGストリングの衣装でダンスをしているのだ。不運なヴィヴィアンがミセス・サンフォードに書いた手紙によれば、客たちは立ち上がって拍手喝采したという。信じがたかった。しかし、それを世間に知られるぐらいなら、ミセス・サンフォードの法律問題をただで引き受けようとするのは容易に理解できた。

ダイナは家にあるいちばん大きなグラスにレモネードを入れて戻ってきた。「氷は入れませんでした。とても冷たい水だけで。ついさっきまで日なたにいたので、氷は体によくありませんから」

「ありがとう」彼はいった。「ありがとう。本当にご親切に」彼はレモネードをひと口のみ、しばらく目を閉じていた。それから「お母さんには絶対に会えないかな？」

「残念ですけど」エイプリルがいった。「だけど――あたしたちでお役に立てませんか？」

「実は――話したかったのは――非常に重要なことなんだ」ミスター・ホルブルックはいった。彼は少し怯え、とても悲しげだった。「つまり――きみたちはすぐ隣に住んでいただろう。それに、一、二度警察の警部補が――ビル・スミスが――こちらに行くところを見かけた。もしかしたら——何かお母さんに話しているかもしれないと思ってね」

ダイナはエイプリルにこういう意味の合図をした。「あんたに任せるわ」エイプリルはうなずいた。

「ああ、警部補はあたしたちに会いに来たんです」エイプリルは熱心にいった。「というのも、あたしたちが重要な証人だからです。銃声を聞いたんですよ」

「きみたちが——何だって？ ああ、そうか、そうか、当然だな。しかし、必ずしも——つまり——おそらく警部補は事件についてお母さんに話したんじゃないかと思ったんだ」

「お母さんはずっととても忙しいんです」エイプリルはいった。「でも、警部補はあたしたちには打ち明けてくれました。事件のことは残らず知ってます」

ヘンリー・ホルブルック弁護士は不安そうなグレーの目で、探るようにエイプリルを見た。エイプリルの長いまつげの大きな目と、親しげな無邪気な笑顔を見たら、信用しないわけにいかないだろう。彼はもう一度咳払いしていった。「どうなんだろう、おちびさん——」

エイプリルはわずかに体をこわばらせた。おちびさん！ なんてことを！ だが、彼女はホルブルックをじっと見つめ、うながした。「ええ、ミスター・ホルブルック？」

「もしかしたら知らないかな——警察の捜査の過程で——ミセス・サンフォードの個人的書類が発見されたかどうか？」

ダイナは口を開きかけたが、また閉じた。エイプリルは急いでいった。「どうしてですか？」

「なぜなら――」彼は言葉を切った。「わたしは亡きミセス・サンフォードの顧問弁護士だった。当然、書類はわたしの手にあるべきだ。警察はその点についてきわめて遺憾な見解を持っている。しかし――ご理解いただけると思うが――警察が書類を発見できたかどうか知りたいのだよ」

「書類を発見できたかどうかですか？」ダイナが興味しんしんでたずねた。「どういう意味なんです？」

ミスター・ホルブルックはまた咳払いをして、レモネードをがぶりと飲んだ。「ミセス・サンフォードはそれを隠しておいたようなのでね」

「まあ」エイプリルはいった。彼をじっと見つめ、とても無邪気にたずねた。「あちこち探したんですか？」

彼はうなずき、かすれた声でいった。「考えつくところはすべて探した」いきなり自分が口にしたことの意味に気づき、あわててつけ加えた。「弁護士としてだよ、わかるだろ――亡きクライアントへの義務だ――」彼はレモネードを飲み干すと、グラスを置き、きれいにたたんだハンカチーフをとりだして顔をまたふいた。

アーチーがいった。「ねえ、どうやって家に入ったの？」

「たしか金曜の夜に、たまたま通りの先で火事があって、警察が家からいなくなったんだ。わたしはそのとき偶然近所にいたんだよ——」また言葉を切り、気まずそうにいった。「法を破るつもりはまったくなかった。それは当然の権限のうちだと考えた——亡きミセス・サンフォードの弁護士としてね。警察は非協力的だったんだ、まったくもって」彼はハンカチーフをたたみはじめた。

「で、何も見つけられなかったんですね？」ダイナがたずねた。

「何も。何ひとつ」

「床に殺人の犠牲者がころがっていることもなかったんですね？」エイプリルがたずねた。

彼はハンカチーフをポケットにしまい、彼女をにらみつけた。「おちびさん」彼は手厳しくいった。「これは冗談にするようなことではないよ」

エイプリルは何もいわなかった。あの金曜の夜のフランキー・ライリーの殺人は冗談なんかじゃないわと、心の中で思った。

「妹はおかしなユーモアセンスがあるんです」ダイナがとりつくろい、大人ぶった口調でいった。「でも、ご気分がよくなるなら申し上げますけど、警察はまだミセス・サンフォードの個人的な書類を発見してませんよ」

「では——」彼はダイナを見つめた。「まちがいなく？」

「確実に」ダイナがいった。

「本当です」エイプリルがいった。「あたしたち、知ってるんです」

ホルブルックは安堵して大きく息を吸いこんだ。「では、まだ家の中にあるにちがいない。その場合——」いきなり彼はまたもや悲しげで不安そうな表情になった。「その場合、警察がいつ見つけるかわからないな」

「まだ家の中にあればね」ダイナがいった。

ホルブルックは穴の開くほど彼女を見つめた。「どういう意味なんだね？」

エイプリルがすばやく答えた。「ちょっと推理してみたんです。ほら、お母さんはミステリを書いてるでしょ。だからあたしたちも犯罪捜査の科学について、かなり知識があるんです」この言葉に、ホルブルック弁護士はおおいに感心するにちがいない！

「ぼくたち、すごいんだ！」アーチーがいった。

エイプリルがつねると、アーチーは黙った。「あたしたちの推理は、ミセス・サンフォードは誰かの罪を告発するような内容の書類を持っていたんじゃないかというものなんです。だから、ある男か女か、その人物がサンフォード邸に忍びこみ、その書類を見つけ、破棄してしまったんじゃないかと思うんです。だとしたら、その人物は警察が見張っているので、もちろん選んでいる暇はなかったから、すべての書類を持ち出したでしょう。それから、すべてを焼き捨てたはずです。だって、関係のない書類を持っていてもしょうがないし、万一誰かに見つけられたら自分の罪が知られることになる。そうでしょ？」

「きみは実に賢いおちびさんだね」ミスター・ホルブルックは感心したようにいった。彼は立ち上がりドアに歩いていき、またもやハンカチーフをとりだし、額をふき、ていねいにハンカチーフをたたむと、それをまたポケットに戻した。「レモネードをごちそうさま。気分がすっきりしたよ」

「どういたしまして」ダイナが礼儀正しくいった。

三人は彼をポーチまで送っていった。彼は手にブリーフケースを持ったままそこで足を止め、サンフォード家のヴィラを考えこむように眺めた。「確かめることができたら」

「もう一度探したらいいのに」エイプリルが勧めた。

「警察はまったく非協力的なんだ。家は見張られている。わたしは入れない――」

「家の北側に蔦棚《つた》があるんです」エイプリルがいった。「簡単に登れるわ。小さな屋根があって、そこの窓から二階の廊下に出られるんです」

「なるほど」ミスター・ホルブルックはいった。それから急に彼女を怖い顔でにらんだ。「わたしに蔦棚に登って、亡きミセス・サンフォードの家に忍びこめと提案しているんじゃないだろうね！　それはまちがいなく法律違反だ！」

「もちろんそうですね」エイプリルが同意した。「ええ、実際、不法なことだわ！」

「当然だよ」ホルブルック弁護士はうなずいた。それから、値踏みするように彼女を見たが、その目は「もしや、わたしをからかっているのかね？」といっていた。じっくりとエイプリルの顔を観察するうちに、彼の目つきはやわらいだ。ホルブルックは子どもたち全員に向かってにっこりした。「レモネードを本当にごちそうさま。さようなら」

三人は彼にさよならといった。ダイナとアーチーは家に戻りはじめた。エイプリルはささやいた。「あら！　待って！」

子どもたちは待った。ミスター・ヘンリー・ホルブルックは階段を半分ほど下りたところで足を止めて見上げ、また数段上がってきて呼びかけた。「ねえ——きみ——おちびさん！」

エイプリルは手すりにもたれて、甘ったるい声をつくろった。「あたしに用かしら？」

「うん。ちょっと思ったんだが」彼は口ごもり、またもやハンカチーフに手を伸ばした。

「その蔦棚だが。家のどっち側だといってたかね？」

「北側よ」エイプリルはいった。彼女はまるでさえずるようにいった。

「ああ。そうか。北側ね。どうもありがとう。じゃ、さようなら」

今度こそ階段を下りていったが、一度だけ足を止めて、考えこむようにサンフォード家のヴィラを眺めた。

ダイナは彼が聞こえない場所まで遠去かるのを待って、こう叫んだ。「エイプリル！　よりによって！　蔦棚を登って家に入ろうとしたら、絶対に警察に見つかるわ！　逮捕されるわよ！」

「当然でしょうね」エイプリルはいった。

「だけど、エイプリル。彼、刑務所に入れられるのよ！」

「そうなればいいわ！」エイプリルはいった。「よくいうわよ！『賢いおちびさん』だの『ねえ、おちびさん！』だの『ありがとう、おちびさん』『さようなら、おちびさん』思い知らせてやるわ！」

「やあ、こんにちは、おちびさん」アーチーがからかった。

エイプリルは彼に飛びかかった。アーチーはすばやくダイナの陰に隠れた。

「お願い、あんたたち」ダイナがいった。「やめてよ！　だいたい、お母さんの邪魔になるわ、お仕事してるのに。それに、第二に、あたしたち団結していなくちゃならないのよ」

エイプリルが重々しくいった。「団結しないと、ドジを踏むわよ」

「エイプリルに謝りなさい」ダイナが厳しくいった。

アーチーは叫んだ。「ああ、おちびさんなんていってごめんよ、おちびさん」

「アーチーに謝りなさい」やはり厳しくダイナがいった。

エイプリルはいった。「つかまえそこなって残念だわ。今度はあんたの耳をはたき落としてやる」

「へ、へ、へーだ！」

「あんたたち！」ダイナがいった。「お願いよ」

「あたしたち、まだなかよしよね」エイプリルがいった。「だから、なかよしのうちに、ルークがミルクセーキを一杯ずつつけで飲ませてくれるか頼んでみない？　朝食を食べてからもう一時間たつし」

「いいね！」アーチーはいった。彼はダイナの後ろから飛びだすと、ダイナが「そうね——そうしましょうか」といったときにはすでに階段を半分ほど駆け下りていた。

一時間後、三人はのんびりと戻ってきた。ルークは一人二杯のミルクセーキ、ピーナッツひと袋、キャンディバー三本をつけで売ってくれたのだ。通りの向かいのマーケットはブドウをひと房、プラムをひと袋、桃三個、それにガムを一個つけで売ってくれた。いまやガムしか残っていなかった。五枚のガムをきっちり三等分することについて、いつものように激論が戦わされた。それはいつになく穏やかにけりがついた。ミルクセーキ、ピーナッツ、キャンディバー、ブドウ、プラムのあとだったので、三人のカーステアズ家の子どもたちは争う気分ではなかったのだ。

アーチーが木に石を蹴りつけながら、半ブロック先を歩いていた。ダイナはゆっくりと優雅に威厳たっぷりに歩いた。偶然ピートが通りかかるかもしれなかったからだ。そしてエイプリルは深い物思いに沈んでいた。

「だけど、理由がまるでないわ」エイプリルがいきなりいいだした。「ミスター・ホルブルックがフランキー・ライリーを殺す理由は。ミセス・サンフォードならあるわ。だけど、フランキー・ライリーにはないのよ」

ダイナは目をみはった。「妙ね。あたしもまったく同じことを考えていたの」

「だけどそれでも、彼を容疑者リストからはずせないわ。今の時点では。お母さんのクラーク・キャメロン物の中で探偵がどういうか覚えてるでしょ。彼は――」

そのとき丘のどこかから口笛が聞こえた。アーチーは立ち止まって耳を澄まし、口笛を返した。それから、まっしぐらに姉妹のところに駆けてきた。

「ギャング団だよ。すぐに戻ってくるね」アーチーは丘を駆け上がって姿を消した。

エイプリルはため息をついた。「あたしがさっきいってたことだけど、関係しているかもしれない人は全員が――」

「あら、こんにちは」ダイナが陽気に挨拶した。

ピエール・デグランジュの見慣れた姿が通りの向こうに見えた。イーゼル、キャンプ用スツール、絵の具箱を持ってきびきびと海に向かって歩いていくところだった。彼は足を止めて、礼儀正しくお辞儀をして、おはようございます、お母さんによろしくといって歩き去った。

「さっきの続きだけど」エイプリルがいった。「全員が――」彼女はいきなり立ち止まった。

「どうしたの?」ダイナが心配そうにたずねた。

「別に。ただ、ちょっとしたことを思いついたの」彼女は振り返って、やって来た方向を見た。ダイナも振り返るだろうとわかっていた。おかげで、彼女は私道の正面に停まったロードスターと、そこにすわって待っているルパート・ヴァン・デューゼンが目に入らなかった。

ただちに何か手を打たなくてはならなかった。エイプリルが彼女といっしょにあそこまで歩いていき、ルパート・ヴァン・デューゼンのふりをしている男が二人を呼び止めたら、まずいことになる。ああ、もっと早くダイナに話しておけばよかった——だが、もう遅すぎた。

「ダイナ」エイプリルはいった。「あたし、できたら——つまり、考えたんだけど——」

「もごもごいうのはやめて」ダイナはいった。「で、何を考えているのか教えてちょうだい」

「ミスター・デグランジュのこと」エイプリルはいった。「とても疑わしい人物だわ。海辺に絵を描きに行ったでしょ。あんた、追っていって彼と話した方がいいんじゃないかと思うの」

「あたしが?」ダイナはいった。「どうして?」

「だって、ミセス・サンフォードの発見した秘密があったでしょ。彼には彼女を殺す理由がどっさりあるわ。それに、もし彼女がフランキー・ライリーに彼のことをしゃべったら、彼にはフランキー・ライリーを殺す理由が出てきたかもしれないわ」

「まあ、たしかに」ダイナはいった。「でも、どうしてあたしなの？」

「なぜって、彼はあんたを気に入っているからよ。彼はあんたに才能があると思ってるわ。あんたが美術クラスで作ったポスターをほめてくれたじゃない。ただ行って、彼の隣にすわって、絵を描くのを見ていてもかまわないかといって、たくみに会話にひきこめばいいのよ」

ダイナは顔をしかめた。「どうして二人で行っちゃいけないの？」

「二人を相手にするより、一人を相手にした方が気楽にしゃべれるものなの」エイプリルはいった。「どこかで読んだことがあるわ。それと、あたしたち二人のうち、彼はあんたの方を気に入ってるからよ」

「そう」ダイナはためらいがちにいった。「たぶん――だけど、何をたずねたらいいの？」

「あきれた」エイプリルはいった。「何でも聞けばいいでしょ。殺人に話を持っていって、彼にしゃべらせるのよ。それから、彼のいったことを記憶して。うまく立ち回れば、きっと何か探りだせるわよ」

「たとえば？」ダイナはたずねた。彼女は不安そうだった。

「たとえば、彼がミセス・サンフォードを殺したとか」エイプリルはいった。

「でも――」ダイナは言葉を切った。「どうしてあんたも行かないの、エイプリル？　あたし、どういったらいいかわからないわ」

「もちろん行かないわよ。捜査というのは単独行動なのよ。今度はあんたの番。あたしはチェリントン夫妻を調べたし、アーチーは弾丸について調べた。今度はあんたの仕事よ。さあ、行って。怖がっているんじゃないわよね」

「馬鹿なこといわないで」ダイナはぎくりとしていった。彼女は背中を向けて通りを眺めた。数歩行ってから立ち止まった。「ねえ、エイプリル。もしも彼がミセス・サンフォードを殺したとしたら？　そうしたら、あたしはどうしたらいいの？」

エイプリルはうめいた。「警官を呼んで。それとも、自白を紙に書かせるか。あるいは、ただ悲鳴をあげるのね」

ダイナはエイプリルをにらんだ。「あんた、ちょっとイキ・カカ・レケ・テケ・ルク・ワカ」彼女はぷりぷりしていった。きびすを返すと通りをどんどん歩いていった。

エイプリルはダイナが角を曲がって姿が見えなくなるのを確認すると、歩道をゆっくりとさりげない様子で歩いていった。

あの車にすわっている男はミセス・サンフォードとフランキー・ライリーの殺人者かもしれなかった。彼はまた殺人を企んでいるのかもしれない。自分に不利な証拠を隠滅するために。すぐに届くところに拳銃を隠して、あそこにすわっているのかもしれない。彼女が射程距離に入るのを待って。

もしかしたら回れ右して逃げだすべきなのかもしれない。あるいはダイナを呼び返すべきかも。それとも、ただ悲鳴をあげようか。

だが、そんなことをしたら、彼について何も知ることができなくなってしまう！

彼は四五口径で一発だけ撃つだろう。優秀な狙撃手だから。痛いかしらとエイプリルは思った。警察からその知らせを聞いたとき、お母さんとダイナとアーチーはどうするだろうと思った。もうロードスターまではわずか六メートルほどだった。彼がこちらを見ているのがわかった。

新聞に写真が載るかしら？　髪にリボンをつけたみっともないのじゃないといいけど。実をいうと、彼女にはいい写真がなかった。今は殺されるわけにはいかなかった。

彼はエイプリルを見つめていたが、行動を起こそうとはしなかった。そのまま車を通り過ぎさせて、背後から撃つのだろう。そう、車を通り過ぎよう。彼に気づかないふりをして。それからすばやく、あの木の陰に隠れよう。

「やあ！」

エイプリルは飛び上がって小さな悲鳴をもらし、凍りついた。それから彼を見た。彼はエイプリルを殺すつもりはないようだった。おそらくこれまで誰も殺していないだろう。

日に焼けた顔に青い目をした、とても感じのいい青年だった。

エイプリルはひどく怯えていたが、それでも腹を立てていた。「びっくりするじゃないの！」

「すまない」青年はいった。「脅かすつもりはなかったんだ」彼はエイプリルににっこり笑いかけた。

エイプリルは笑みを返さないことにした。冷たく彼をにらんだ。「とんでもない偶然ね、こんなところで会うなんて！」母親がいつか嫌いな相手に使うのを聞いたことがあるせりふだった。

「偶然じゃないよ」彼は陽気にいった。「きみに会いに来たんだ。いろいろと状況を考えると、玄関の呼び鈴は押したくなかった。だからここに駐車して、きみが通り過ぎるのを待っていたんだ」

「それはご親切に」エイプリルはいった。彼女は実際よりも冷静に聞こえるように祈った。エイプリルはツンと顎を上げた。「で、あなたはルパート・ヴァン・デューゼンでしょ！」

「そのとおり」青年はさらに大きなにやにや笑いを浮かべながらいった。「それからきみは——信頼できる証人だ！　さて、どうぞよろしく！」

19

ピエール・デグランジュは絵筆を置き、隣にいる女の子を真剣な面もちで見た。「何か悩みであるの？」

「いいえ」ダイナはいった。「悩みなんて何もないです」

ダイナは信じてもらえそうな口調でいおうとがんばったが、自分自身の声を聞いたとたん、失敗したことを悟った。ダイナは心配で、ひどくみじめな気分だった。

感じのいいミスター・デグランジュにいったい何を聞いたらいいのかしら？

こういうことをするにはエイプリルがよかったのだ。あるいはアーチーが。困り果てたとき、お母さんに何度か、あなたは機転がきかないタイプだといわれたことを思い出した。

ダイナはイーゼルの前にすわっているミスター・デグランジュをうかがった。彼はやさしく、親しげだった。絶対に殺人者には見えない。滑稽な小さな茶色の顎ひげが、イーゼルから海に視線を移動させるたびに、ひょこひょこ上下に揺れた。

ああ、どうしよう、何をいったらいいのかわからない！　それでダイナは黙りこくっていた。彼女は黙ってすわり、憂鬱な気分で彼が絵を描くのを眺めていた。

すると、ピエール・デグランジュが目の隅から何度か彼女を盗み見た。

ともかく会話にひきこむのよ。エイプリルがいっていた。そして、探りだしたい話題に持っていく。いかにも簡単そうね！　エイプリルなら何をするべきか心得ていただろう。ところで、エイプリルはどこかしら？　何をしているの？　ダイナは口を開け、また閉じた。ああ、ほんとに困ったわ！

何かいわなくてはならなかった。ここにまぬけな顔ですわっているだけではなく。

「あの、ミスター・デグランジュ――」

彼は絵を描き続け、彼女をあえて見ようとしなかった。「何かな、若いお友だち？」

「教えてくださらないかしら――」彼女は息を吸いこんだ。「どうしていつも海の絵ばかり描いているんですか？」

彼は目を細めてイーゼルを見た。「どうしてきみは家や人や馬の絵を描くの？」

「だって、家や人や馬が好きだからです」

「ほらね。ぼくは海が好きなんだ」

「まあ」ダイナはいった。「どうして？」まるでアーチーみたいよ、と心の中で腹を立てながらいった。しかも、あの子ほど頭の回転が速くない。

「なぜなら」彼はあっさりいった。「美しいからだ」

彼女は立ち上がり「じゃあね。もう家に帰らないと」といって、まっすぐ家に走って帰りたかった。そして、あとはエイプリルに引き継ぎたかった。だが、そんな真似をしたら、エイプリルに一生そのことでからかわれるだろう。

彼女はまたいった。「まあ」それから口を閉じた。何か考えなさい、と心の中で命じた。

「あの、あなたはたぶんそこに出ていきたいからだと思ってました」

彼は絵筆をちょっと置いた。「出ていく？」

ダイナはなんだか馬鹿みたいな気分で、こっくりした。「船で」

「ああ、もちろん船だろうね。さて、どうしてぼくは船で海に出ていきたがらなくてはならないのかな？」

「だって、その、あなたのふるさとは――つまり、ホームシックになったら、船でお国に戻りたいと思うでしょ。それで、海の絵を描いているんじゃないかと思ったんです」彼女はすばやく息を吸いこんだ。

彼は驚いたようにダイナを見た。「だけど、ここがぼくの故郷だよ。ここがぼくの母国なんだ。どこかに行きたいとは思わないな」

ダイナは三度目に「まあ」といった。そして黙りこんだ。まだ何ひとつ探りだしていなかった。

彼を会話にひきこむのよとエイプリルはいっていたっけ！　家に帰ったら、エイプリルに仕返ししてやるわ！

長い沈黙が続いた。とうとうダイナはいった。「ずいぶん前から絵を描いているんですか？」

彼はうなずいた。「ずいぶん前からだね」彼は真面目くさっていった。

どう答えるにしろ、また「まあ」というのはやめようと、ダイナは思った。そこでこういった。「こちらに来る前はどこで絵を描いていたんですか？」

「パリで」ピエール・デグランジュはいって、別の絵筆をとりあげた。

「でも、向こうじゃ海は描けないでしょ」ダイナがいった。

「うん」彼はうなずいた。

「じゃあ、何を描いていたの？」

「家や人や馬だ。それに、ときどき木も」

彼女はまた「まあ」といいそうになって、あやうくこらえた。「だけど、海の方がもっと好きなんですか？」

「ずっと好きだ」

もう少しで「どうして？」と聞きそうになった。会話は完全に堂々巡りで、すぐに出発点に戻ってきてしまった。ダイナはライフセイバー詰め所の時計を悲しげに見上げた。一時間近くたっているのに、ミスター・デグランジュがかつてパリに住んでいて、好きだから海を描いているということしかまだ聞きだしていなかった。

質問を考えようとした。たとえば、水曜の午後四時から五時のあいだはどこにいたのか？　アーマンド・フォン・ヘーネという男について聞いたことがあるか？　もしやミセス・サンフォードのことをよく知っていたのか？　どの質問も如才ないとはいえないし、とりたてて役に立つとも思えなかった。

「ミスター・デグランジュ――」

今度は絵筆を置き、顔を向けて彼女を見つめた。「ああ、何かな？　どうかしたの？」

鋭いといっていい口調だわと、ダイナは思った。

「あなたが本当はミスター・デグランジュじゃなくて、アーマンド・フォン・ヘーネだということをミセス・サンフォードが発見したので、彼女を殺したんですか？」

たちまち自分のしでかしたことに気づいた。だが、その言葉しか頭に浮かばなかったのだ。これまでお母さんが――それにエイプリルが――何度こういうのを聞いたことだろう。

「ダイナ、思ったことをすぐに口にしないようにね」今、またもやそれをやってしまった――今回は、たぶん恐ろしい結果になるだろう。計画をだいなしにしたことで、エイプリルは二度と許してくれないだろう。そして――もしもミスター・デグランジュが殺人者だったら――彼は――。

ピエール・デグランジュは目を丸くし、言葉を失ってダイナを見つめていた。それからはうろたえてゆっくりと、几帳面に絵の具と絵筆を片づけ、イーゼルをたたんだ。ダイナはうろたえていた。うろたえて逃げだしたいのではなく、凍りついたように動けなくなっていた。ダイナとうとう、デグランジュはまた彼女に視線を戻した。今度は「いやはや、驚いたよ！」

といった。そのときにはダイナはすっかり怯えきっていたので、カーステアズ家の三人の子どもたちがあこがれて真似しようとした、おかしな訛りがないことに気づかなかった。

たぶん彼はダイナを殺すつもりなのだろう。きっと拳銃が、四五口径がポケットに入っているのだ。おそらく彼女を撃ち、プールに捨てるつもりなのだろう。ダイナは逃げられなかった。どこまでも砂浜が続いているだけで、逃げこむ場所もなかった。おまけに、叫ぼうにも、人っ子一人見当たらなかった。狂ったように頭の中をひとつの考えが駆けめぐった。「殺されてはならない。だって、誰も夕食を作る人がいなくなってしまう。お母さんは本を書いているし、エイプリルはチキンの揚げ方を知らないし、あたしが驚かせようとして買ってあるスイカのことを誰も知らない」

「お願いです」ダイナははりつめた小さな声でいった。「どうか殺さないで。そのことはあたしたち三人しか知らないし、誰にもいうつもりはありませんから。あなたがアーマンド・フォン・ヘーネだってかまわないし、お母さんはミセス・サンフォードは悪い人だったといってるから、たとえ、あなたが殺したんだとしても、ほんと、気にしないし、誰にもいいません。だけど、どうしてもしなければならないというなら、家に電話して、エイプリルに食料品置き場のじゃがいもの陰にスイカが隠してあるって伝えてください。いたんでしまうといけないから」

「どうしてもしなければならないって、何を?」彼はいささか唖然としていた。

「あ、あたしを撃つことです!」ダイナはぎゅっと目をつぶり、顔をゆがめた。

彼は絵の道具を落として、ゲラゲラ笑いはじめた。涙が日に焼けた顔を伝うまで笑い続けた。「いやはや!」彼はいった。「まいったね!」砂の上にドシンと腰をおろすと、両手に顔をうずめ、なおも笑い続けた。そのとき突然、ダイナは彼といっしょに笑いだした。最初はおずおずと、やがておなかの底から。

「なんて馬鹿馬鹿しいのかしら」息を整えながら、ダイナがようやくいった。「だけど――まったくもう!」

二人は顔を見合わせ、またふきだした。あまり笑い声が大きかったので、近くで円を描いて飛んでいた二羽のカモメが怯え、あわてて海の方に飛び去った。

ついに彼は色鮮やかなバンダナのハンカチーフで目をぬぐうと、大きな音を立てて鼻をかみパイプをとりだした。「じゃあ、ぼくは人殺しのように見えるんだね」

「いいえ、見えないわ」ダイナがいった。「だから、あたしがあんなに怯えたことがおかしくってたまらないんです」

彼はとても真面目な顔つきになった。「ダイナ、これは冗談ごとじゃないんだよ」

「もう詭りを使う必要はありませんよ。さっき詭りのないしゃべり方を聞いてますから。だけど、あなたの正体をばらしたりしません」

「そう祈ってるよ。とても重大なことなんだ。教えてほしいんだが――どうしてそんなことを考えたのか――」

「じゃあ、あなたはアーマンド・フォン・ヘーネなんですね。ミセス・サンフォードが持っていたたくさんの手紙を見たんです。それに、あなたが宝石を売って手に入れたお金を彼女がゆすりとったあと――」

「ダイナ」彼の声はとても厳しかった。「その手紙をどこで手に入れたの、そしてそれは今どこにあるの？」

「あたし――」彼女は口ごもった。「いえないんです。あたしとエイプリルとアーチーとのあいだの秘密だから」

「ぼくも秘密の仲間入りをさせてほしいな。入れてくれたら、お返しにアーマンド・フォン・ヘーネについて話してあげるよ」

「無理です」彼女は困り果てていった。「だって、あなたは秘密を守らないかもしれないし、警察とかお母さんとか誰かにしゃべるかもしれないもの」

「大丈夫だよ。ぼくがきみの秘密をばらしたら、きみはぼくの秘密をばらせばいい。ねえ、お互いに信用しあわなくちゃならないよ」

彼女は考えこみながら相手を眺めた。信用はしていた。だが――。

「そうね」ダイナはのろのろといった。「お母さんにミセス・サンフォードの殺人を解決してほしかったからなの。宣伝のために。そうすれば、こんなに一生懸命仕事をしなくてもよくなるでしょ。で、あたしたち、ミセス・サンフォードの家に忍びこんで探したら、手紙を見つけたの。それだけよ」その他の詳細は省けるとダイナは判断した。

「きみたちが――家を探して――手紙を見つけた」彼は信じられないように繰り返した。

「そうです。あたしたちにとっては簡単なことでした」

「だろうね」彼はパイプをくゆらせながらいった。「ダイナ、今手紙はどこにあるの？」

「それは――」彼は探しだそうとするだろうから、隠してあるといいたくなかった。破棄したともいいたくなかった。完全な嘘だったからだ。そこで、こういった。「手紙は二度と日の目を見ることはないでしょう！」

彼はじっとダイナを見つめていたが、その目に浮かぶ真実の色を読みとり、こういった。

「ありがたい！」

「じゃあ、アーマンド・フォン・ヘーネになっている理由を説明してくれるんでしょう？さもないと警察に話すわ、さあ」これは如才なく会話にひきこんでいるとはいえなかったが、きっと望む結果を手に入れられると自信があった。

「ダイナ、これは深刻な話なんだ。ゲームじゃない。ただし、ミセス・サンフォードのことをいっているんじゃない。それとはまったく関係がないことなんだ。きみに説明しなくてはならなくなってしまったが、ちゃんと説明したら、この件を誰にも話してはいけない重要性が理解できると思うよ」

「エイプリルは別でしょ」ダイナはあわてていった。「エイプリルには何も隠し事ができないんです。絶対に見つけだしてしまうわ」

「わかった。エイプリルも入れよう。さて、よく聞いてくれ。ぼくはピエール・デグランジュじゃないし、アーマンド・フォン・ヘーネでもない。ぼくはただのありふれたピーター・デズモンドで、オハイオ州クリーヴランドで生まれた」

ダイナは唖然として、彼を見つめた。ベレー、顎ひげ、絵の道具などなど。彼はクリーヴランド出身のピーター・デズモンドにはとうてい見えなかった。彼は――そう、外国人に見えた。それに訛りがなくても、どこか彼の声には普通とはちがうところがあった。だいたい、彼は画家だ。画家というのは外国人と相場が決まっていた。

「父は領事館の仕事をしていたので、世界じゅうを転々としながら育ったんだ。イギリス、フランス、スイス、イタリア、ペルシャで学校に行った。だが、アーマンド・フォン・ヘーネは存在した。その手紙に書かれているような人物だ。ぼくと同じようにパリに住んでいたが、もう亡くなった。当時のぼくは、彼の身分を詐称して、ゲシュタポから逃げてきたという触れこみでこの国に入ることができたら好都合だった。もし彼がここに無事に着いたら、別の名前を使うだろう。というわけで、ぼくも偽名を用いることにした。ピエール・デグランジュというのは、母が形見に遺してくれた煙草ケースのイニシャルに一致したんだ」

「だけど、どうして？」ダイナはたずねた。「ここで何をしているんですか？」

彼はため息をついた。「下手な太平洋の絵を描きながらすわっているこの場所からは、浜辺が何キロも見渡せるんだ。信号を送ろうとしている敵のスパイがいるかもしれない、うってつけの場所がいくつもあるからね。あきらかに見張っている人間がいたら、つかまえる前に、連中が警戒して逃げてしまうだろう。だが、風変わりな中年のフランス人画家で」彼はにやっとした。「英語もちゃんとしゃべれない男なら、誰も疑わないだろう」

ダイナはいった。「へええ！」そして、畏怖の目で彼を見つめた。まあ、この人はFBI捜査官みたいなことをしていたのね。そのとき、ふだんの実際的な性格が頭をもたげた。お母さんの本で探偵がどう行動するかを思い出した。

「それでも」ダイナはきっぱりといった。「水曜日にどこにいたのか話してくださるべきだと思います。ミセス・サンフォードが殺されたときに」

彼は笑みを浮かべてダイナを見た。「もちろん、この浜辺にいたよ。何百人もの人間といっしょにね。とても暖かく気持ちのいい日だったから、毛布や絵の道具を広げて、砂浜で昼寝をしたんだ」彼は立ち上がってまたイーゼルを広げ始めた。「光の加減がまだいいから、もう少し描いてくよ」

ダイナは安堵の吐息をついた。「あなたが彼女を殺したんじゃなくてうれしいです。だけど、誰がやったのかわかればいいんですけど」

「その問題は警察に任せておきなさい」彼は忠告して、絵の具箱を広げた。「連中はそういうことに経験を積んでいる。きみの年だったら、もっと別のことを考えた方がいいよ」

ダイナはその意見には答えなかった。「じゃ、さよなら。もう家に帰って、夕食の準備にとりかからなくちゃ。いろいろありがとう」

「どういたしまして」彼は絵に目を向けたままいった。「覚えておいてね――黙っていてくれよ、ひとこともらすなよ」

「エイプリルは別でしょ」ダイナはいった。

「もちろん、エイプリルは別だ」

彼女はもう一度さよならというと、浜辺を足早に突っ切って歩道に出た。ああ、エイプリルにこれを話したらなんというかしら！　たぶん、あたしは機転がきかないタイプかもしれないけど、今回は自慢できるぐらいうまくやれた！

家まであと半分まで来たとき、あることを思い出した。海に向かって信号を送ろうとするなら、きっと夜にやるだろう。照明か何かを使って。ところがミスター・デグランジュは――いえ、ミスター・デズモンドは――昼間に絵を描いている。

足どりをゆるめ、家から二ブロックまで来たとき、さらに別のことを思い出した。本物のアーマンド・フォン・ヘーネは腕にある決闘の傷痕で本人だと確認できた。そしてミスター・デグランジュはいつも袖を下ろしていた。

彼女は物思いに沈みながら、とてもゆっくりと歩いた。家から一ブロックまで来たとき、またさらに別のことを思い出した。

水曜は、浜辺は暖かくも気持ちよくもなかったから、何百人もの人出はなかった。よく覚えていた。というのも三人は一、二時間ほど過ごそうと出かけたのだ。浜辺は湿っぽくて寒く、霧がかかっていたし、人っ子一人いなかった。だから、すでに家に帰ってきていて、フローラ・サンフォードを殺した銃声の音を耳にしたのだった。

もしかしたらやっぱりエイプリルが探ればよかったのかもしれないと、ダイナは落ちこみながら考えた。

20

「もう何でも話せるだろう」日に焼けたハンサムな青年がいった。

「友だち同士なんだから」

「まったくの錯覚よ」エイプリルは尊大にいった。「こんなに非友好的な気分になったのは生まれて初めてだわ」

彼は悲しげに頭を振った。「やれやれ！　ぼくたちには共通点がどっさりあるよ。きみがそんな態度をとるとは予想外だな、ミス信頼できる証人」

エイプリルは冷たく彼をにらんだ。「失礼ですけど、どうしてあたしが信頼できる証人だとわかったの？」

「ほう、好奇心が出てきたのかな？　知りたいというなら――きっとそうだろうが――あの記事を書いた記者と会ったんだ。彼を探しだして、こういった。『信頼できる証人』とは何者なんだ？　彼はきみの外見を説明してくれた。『美しいブロンドの少女――』」

「あたしが美しいのは認めるわ」エイプリルはいった。「だけど、ブロンドじゃないわよ。

黄褐色よ。あなたの友人の記者は色盲にちがいないわね。お会いできてうれしかったけど、そろそろ失礼させて——」ほらね！　これだけ威厳たっぷりにふるまえば、彼もへこむだろう！

「おっと、まだ解放しないよ、ぼくをずっと悩ませている質問に答えてくれない限りは」

「え？」

「どこであのすてきな美しい名前を見つけたんだ、ルパート・ヴァン・デューゼンなんて？」

彼女はまじまじと青年を見つめた。母親がいつかいっていたことが頭に浮かんだ。はったりをかけるなら、必ず相手より先にしなさいね。彼女は眉をつりあげ、どうでもよさそうな表情をこしらえた。「あら、覚えているはずでしょ。ミセス・サンフォードとしゃべって、彼女があなたを脅迫していたときよ。こういったじゃない。『たしかにぼくの名前はルパート・ヴァン・デューゼンだが——』」

「ちがうよ」彼は非難するようにいった。「新聞の記事によれば、きみはまちがえている。『ルパート』と『ヴァン・デューゼン』は別々の文脈で使われたんだ」

エイプリルはいった。「そう、ご本人なら覚えているはずね」

彼はにやっとしていった。「お嬢さん、お互いにはったりをかけあったが、ぼくは負けたようだ。さて、筋道の通った話をしよう。ぼくはお母さんの本をすべて読んでいるし、作品を賞賛しているし、遺伝を信じているので、きみは筋道の通った話ができると信じているんだ。だから、どうしてオヘア部長刑事にルパート・ヴァン・デューゼンについての見事な作り話をしたんだね？　もっとも、ぼくに本当のことをいわないことには、一ドル賭けてもいいが」

「一ドル見せて」

彼はポケットから一ドル紙幣をとりだした。「続けて。どうしてなの？」

「彼がぼんくらだからよ」エイプリルはいった。「弟をたぶらかして、事件についての情報を手に入れようとしたの。とっても汚い手だと思ったから、仕返ししてやることにしたの。で、お母さんのまだ活字になっていない本にルパート・ヴァン・デューゼンという登場人物がいたのよ。さあ。その一ドルちょうだい」

「脱帽だ」彼はいった。

エイプリルはお札をポケットにつっこんだ。「ねえ、その話を利用しようとした理由は、きっと教えてくれないんでしょうね。あたし――九百万ドル賭けてもいいわ」

「九百万ドル見せてよ」

エイプリルはポケットを探った。「しまった！　お財布を別の服に入れっぱなしだわ！」

彼は笑わなかった。ひどく真面目くさっていった。「借用証書でもいいよ」それから口調を変えて真剣にいった。「どうしてこの話を利用したか打ち明けるよ。実は何が起きたのかどうしても知りたい理由があったんだ。そして、いまだにその理由は存在しているので、ぜひとも知りたいと思っている」彼はエイプリルににっこりした。「ねえ、ぼくには完璧なアリバイがあるんだ。ミセス・サンフォードを殺すことはできなかったんだ。それに、ぼくは警官でも記者でもない。ただの休暇中の三流シナリオライターなんだ」

エイプリルはまさかという顔になった。「どんな映画の脚本を書いたの？」

「最新のやつは《仮面のミイラ》だ。見たことあるかい？」

「ええ。ひどい作品だったわ」彼女はがっかりしていた。映画のクレジットを思い出して彼の本名を探りだせるかと思ったのだ。「そう、何を知りたいの、ミスター・ヴァン・デューゼン？」

彼はステアリングから体をのりだし、彼女を見た。その日に焼けた顔は思いつめた様子だった。「ねえ、お嬢さん。きみとお姉さんと弟さんは殺人を目撃しかけたんだ。銃声を聞いた。きみたちは犯行時刻を特定した」

「ダイナがじゃがいもを火にかける時間かどうか確認するために、キッチンに入ったのよ」エイプリルがいいかけた。

彼はうめいた。「その話はもうさんざん聞いたよ。そのじゃがいものくだりにはいい加減うんざりだ。もう、新聞ですっかり読んだよ。きみはポリーと会った——彼女が死体を見つけたところに居合わせた。そうだよね？」

エイプリルはいった。「ああ、ポリー・ウォーカーのことをいってるのね！ ええ、彼女を見かけたわ。彼女が死体を発見したとき、ちょうどあそこにいたのよ」

「きみたちは——あそこにいたの？」

「まあね。家の外だけど。窓から見えたわ」

「ねえ。教えてくれ。彼女はどんなふうだった？ どんな様子だった？ そのあと彼女に会ったかい？ それまでサンフォード邸にいる彼女を見かけたことがある？ 彼女があの家にいるのを見たことがあったかい——ミスター・サンフォードが留守のときに？」

エイプリルは目を丸くした。彼はもう笑っていなかった。日焼けの下の肌は青ざめている。怯えているように見えた。必死に何かにすがろうとしているかのようだった。

エイプリルは腕を組んで車に寄りかかると、彼に微笑みかけた。「その白くて長い頬ひげをとりなさいな。あなたのこと、知ってるわ。あなた、クリーヴでしょ！」

「うん」彼は機械的に答えた。「クリーヴ・キャラハンだ」それから「どうしてぼくの名前を知ってるんだ？」

「なぜってポリー・ウォーカーがまさにこの通りでロードスターにすわっていたの。そして、赤ん坊のように泣きながら『クリーヴ——クリーヴ』っていってたからよ」

彼はいきなり手を伸ばしてエイプリルの手首をつかんだ。「本当に？ まちがいないね？ 重要なことなんだ――きわめて重要な」

エイプリルは顔をしかめた。彼の指は鋼鉄のばねのようだった。「もちろん確かよ」彼女は怒っていった。「ミセス・カーステアズの子どもは誰一人耳が遠くないわ」彼女は手首をもぎ離した。

「それを信じられたらいいが」彼はステアリングを見つめながらいった。「信じられたら。だが――ウォレス・サンフォードは――」

「ひげの中でもごもごしゃべらないで」エイプリルは語気を荒げた。「あなた、ポリー・ウォーカーを愛してるの？」

「ぼくが――？」彼は顔を上げた。

その顔には猫のジェンキンズを思わせるところがあった。夕食の直前にキッチンに入ってきてキッチンテーブルのそばにすわり、おなかをすかせ、悲しそうにしているときのジェンキンズを。

「だとしたら、どうにかした方がいいわ。なぜって彼女もあなたを愛しているからよ」

「ああ。だけど、きみはわかってないようだね。ウォレス・サンフォードが――」

「ウォレス・サンフォードのことはちょっと忘れて」エイプリルがぴしゃっといった。

「そして、あたしの話を聞いてちょうだい。これでルパート・ヴァン・デューゼンの話を利用した理由がわかったわ」

「まさか。どうしてきみがわかるんだ？」

「女の直観よ」エイプリルは彼が敬服するのではないかと期待しながらいった。

「いい。ポリー・ウォーカーがミセス・サンフォードを殺したとしたら、あなたはどうするつもり？」

「彼女をかばうよ」悲しげにいった。「もちろん」

エイプリルはうなずいた。「どうにかして事件に首を突っ込む方法を見つけ、彼女がやったことを警察が見つけないように、あらゆる手段を講じるつもりだったんでしょ。あちこち話を聞き回って、彼女が残してきたかもしれない証拠がないか、あの家を探そうとした。おまけに、彼女に絶対に知られずにそれをやるつもりだった。そして、彼女がミセス・サンフォードを殺したと思っているから――」

彼は顔を上げた。「ぼくは――」

「そこにまぬけな顔でぼうっとすわってないの」エイプリルの声はまるで怒っているかのようだった。「ポリー・ウォーカーは拳銃を持っていたの？」

彼はぼんやりした顔でうなずいた。

「どういう種類？　重要なことなの」

「あれは――三二口径だ」

エイプリルはため息をついた。「きっとあなたのお母さんは、あたしのお母さんほど頭がよくないのね。さもなければ、さっきの遺伝がうんぬんの話は、まったく当たらないもの。いい、ミセス・サンフォードは四五口径で撃たれたのよ」

彼はまじまじとエイプリルを見つめた。「絶対に――まちがいないかい？」

「絶対確実よ。警察から聞いたんだから」

彼はうめいて、ステアリングに寄りかかった。「ああ、ポリー！」

「こういうことにはだんだんうんざりしてきたわ」エイプリルはいった。「まず、彼女が車にすわって『ああ、クリーヴ』といい、次にあなたが車の中で『ああ、ポリー』と嘆く。いらいらするわ。彼女のところに行って、あなたがこれまでしてきたことを打ち明け、彼女に聞きたかったことを残らず質問した方がいいわよ」

「そうしたいんだ。やろうとした。だけど、彼女はぼくに会おうとしないんだよ。ベルを押しても出てこないんだ。電話しても、とろうとしない。手紙を――電報を――送ったが、開封されずに送り返されてきた」

「あなた、そんなに気が小さいようには見えないけど。もしその手紙を調べたら、たぶん熱したナイフで開封して、また封をしたことがわかったでしょうね。ねえ、あたしの話を聞いて」

彼女は車のドアを開けて、彼の隣に乗りこむと、それから十五分にわたってドロシー・ディックスも顔負けのアドヴァイスを与えた。アドヴァイスは具体的な提案になり、彼はそこに自らのアイディアをいくつかつけ加えた。

とうとう、彼はにやっとした。「きみのお母さんの子どもたちは全員が天才なの？」

「多かれ少なかれ」エイプリルは楽しげにいった。「それからお母さんの子どもたちといえば、向こうからダイナが歩いてくるわ。そろそろ彼女を迎えに行くわ。それからあなたはさっさと消えた方がいいわよ。なぜってあたしは秘密を守れるけど、ダイナは秘密を守れないから」

彼はエイプリルの側のドアを開け、車のエンジンをかけると、陽気に彼女に手を振り、通りを勢いよく走り去った。エイプリルは今の件を反芻しながら、ゆっくりとダイナの方に歩いていった。彼女と落ち合ったとき、エイプリルの顔はまさに輝いていた。

「愛」エイプリルはいった。「すてきね！」

ダイナは彼女をにらみつけた。「何をいってるの？　誰と恋に落ちたの？」

「誰も。だけど、彼は恋に落ちてるわ、激しく！　ルパート・ヴァン・デューゼンはね」

「まあ」ダイナは叫んだ。「突然、頭がおかしくなったの？　今朝、そのことを発見したでしょ。でも、ベティ・リモーは死んだのよ」

「彼はたぶんベティ・リモーなんて聞いたこともないと思うわ」エイプリルはうっとりといった。「彼はポリー・ウォーカーと恋に落ちているのよ」

ダイナは階段のいちばん下にすわりこんだ。「あたし、頭がおかしくなったのかしら。

暑さのせいかもしれないわ」

「誰も頭がおかしくなってないわよ。彼以外はね。彼は彼女に夢中だから。すてきじゃない？　おまけに、あたし、彼から一ドルまきあげたのよ」

「あたしの妹ときたら」ダイナは悲しげに頭を振った。

エイプリルは彼女のかたわらにすわりこんだ。「彼の本名はクリーヴ・キャラハンなの。シナリオ作家よ。あたしたちが見たあのひどい映画を書いたんですって――《仮面のミイラ》を。彼はポリー・ウォーカーを愛しているの。で、きっと彼女を獲得すると思うわ」

「クリーヴ」ダイナは思い出しながらつぶやいた。「だけど、だけど、エイプリル。このルパート・ヴァン・デューゼンの件は何なの？」

エイプリルは大きく息を吸いこんだ。「警察を混乱させようとした何者かが、ルパート・ヴァン・デューゼンの話をでっちあげたらしいの――本からとるか何かして。で、このポリーに恋している男はルパート・ヴァン・デューゼンのふりをしたのよ。探偵みたいな真似ができるかと思って。彼はポリーがミセス・サンフォードを殺したのではないかと不安になっていて、彼女をかばいたかった。だけど、今、彼女がやっていないことを知ったので、万事うまくいくわ。二人はたぶん結婚するわよ」とりあえず、ダイナにはこれだけ話しておけばいいだろうと、エイプリルは思った。

「まあ！」ダイナは息をのんだ。

「それから、賭けで彼から一ドルとりあげたの」エイプリルはつけ加えた。「マーケットに行って、コークを買ってきましょうよ」彼女は立ち上がった。「そうそう、途中でミスター・デグランジュとの首尾を聞かせて」

「あのね、こういうふうだったの」

ダイナは事細かに話す性格だった。マーケットまで二ブロック歩き、コークを買い、ほとんど家まで戻りかけたとき、ようやく彼女はピエール・デグランジュ、あるいはアーマンド・フォン・ヘーネ、あるいはピーター・デズモンドを浜辺に残して帰ってきたあとで思い当たった事実にさしかかった。

エイプリルはぎくりとなった。ダイナではなく彼女がコークの袋を持っていたら、おそらくとり落としていただろう。

「ダイナ！　そんなうさんくさい話って聞いたことがないわ。それに、ころりとひっかかったのね」

「今になってみると怪しいと思うわ」ダイナはいった。「でも彼が話しているときは、そう思えなかったの」

「浜辺にはいつもライフセイバーがいるわ。常に。そのことを思い出すべきだったわね」

エイプリルは言葉を切った。「もしかしたら彼の話は本当かもしれないわ、反対の意味で。たぶんライフセイバーは、風変わりなフランス人画家に注意を払わないってことなのよ」

「エイプリル！」ダイナはいった。それから息を吸いこんだ。「何かしなくちゃならないわ。すぐに何か手を打つべきよ」

「そうしましょう」エイプリルは憂鬱そうにいった。二人はコークをキッチンに運びこみ、二本を開け、残りを冷蔵庫にしまった。「あたしたちで彼を見張って、スパイをしているか信号を送るか何かしている現場を押さえられるかもしれないわ」

「それだと時間がすごくかかるわ」ダイナが反対した。「それに簡単にはいかないでしょう。しょっちゅう片方が家を留守にしなくてはならないし、お母さんにどう説明するの？おまけに、学校やら何やらあるでしょ」彼女は眉をひそめた。「お母さんに話しましょうよ。それからお母さんから警察に電話してもらうの。そうすれば、スパイをつかまえたというお手柄になるし、宣伝もできる」

「悪くないわね」エイプリルは賛成した。「ただし。お母さんに話すのは彼のことだけよ。他のことはいわないこと。彼がミセス・サンフォードを殺したとわかるまでは」

二人はしばらく聞き耳を立てた。猛烈なタイプライターの音が二階から聞こえてきた。

「あたし、アイスティーを作るわ」ダイナがいった。「それを運んでいきましょう」

数分後、アイスティーとクッキーをおしゃれに並べたトレイを手に、二人は二階に上がっていった。エイプリルがドアをたたいて開いた。ダイナはトレイを運びこんだ。お母さんは一瞬タイプの手を休め、顔を上げた。「まあ、すてき！」彼女は明るくいった。まだ部屋着を着ていて、後ろ髪をピンで留める手間すらかけていなかった。「ちょうどおなかがすいて、喉が渇きかけていたところなの」

「忘れないで」ダイナが厳しくいった。「今は本を完成させたあとで、明日は美容院に行って、マニキュアをする予定なのよ」

「それに顔の手入れも」エイプリルがつけ加えた。

「わかってるわ」お母さんは申し訳なさそうにいった。「頭に浮かんだことをちょっとメモしていただけよ」アイスティーをごくごく飲むといった。「おいしい」クッキーを一枚つまみ、デスクに広げたいちばん上のページに目を通し、タイプライターにはさんであるページをちらりと見て、数語つけ加えた。

「お母さん」エイプリルがいった。「画家のミスター・デグランジュなんだけど、実は画家じゃなくてスパイなの。それに、名前はデグランジュなんかじゃなくて、アーマンド・フォン・ヘーネなのよ。ただし、彼は実はピーター・デズモンドだと主張しているけど、たぶんどっちも本名じゃないと思うわ」彼女は息を整えて続けた。「だから、警察に電話して、彼がスパイだと教えた方がいいわ」

「もちろんよ」お母さんはいった。「ちょっと待ってね」彼女は二語消して、そこに三語打った。

「彼は秘密捜査官だといっていたけど、今はそれが信じられないの」ダイナがいった。

「だって浜辺にはライフセイバーがいるし、あの日は水泳に行くにはじめじめしていて、霧も出ていたのよ」

「当然ね」お母さんはいった。「暖かくて晴れた日でなくては、泳ぎに行ってはだめよ」

彼女はタイプライターから紙を抜き、つけ加えた。「どちらにしろ、あなたたちはできたらクラブのプールで泳いでもらいたいわ」

「お母さん」ダイナがいった。「すぐに手を打たなくてはならないわ。FBIに電話してちょうだい」彼女は言葉を切った。「お母さん！　ちゃんと聞いて！」

母親は新しい紙をタイプライターにはさんで、いちばん上に「十一ページ」とタイプした。「聞いてるわよ」彼女は陽気にいった。彼女は原稿の束をひっくり返して、三ページの文章を調べはじめた。

「今この瞬間にも、彼は船を沈没させようとしているかもしれないのよ」ダイナがいった。

母親は二語打ち、顔を上げてにっこりした。「また別のときに聞かせて。それでいいかしら？」

エイプリルは長々と息を吸いこんだ。「ええ、わかったわ」彼女はダイナに合図してドアに向かった。「邪魔してごめんなさい」

「いいえ、いいのよ」お母さんはいった。「アイスティーをありがとう」彼女はさらに勢いよくタイプをしはじめた。二人がドアを開けたとき、彼女は手を止めて顔を上げた。「ミスター・デグランジュが絵を描いているのを見に行くっていってたかしら？　すてきね！」

「でも、気が変わったわ」エイプリルがいった。

廊下に出るとダイナがいった。「お母さん、あたしたちのいったことがひとことも耳に入ってなかったわ」

「ちょうどインスピレーションが閃きかけていたのよ」エイプリルがいった。「邪魔するわけにいかないわ。あたしたちでやるしかないわよ。電話をかけましょう」

ダイナは心配そうだった。「ミセス・サンフォードの家で手紙を見つけたことや何かを伏せたまま、どうやって説明するつもり？」

「あたしに任せて」エイプリルはいった。

FBIの長官J・エドガー・フーヴァーか、警察署か、ルーズヴェルト大統領か、誰に電話すべきかでちょっとした議論になった。結局、ビル・スミスで話はまとまった。

エイプリルが警察に電話すると、三、四人に回されたあげく、最後にビル・スミスは家にいるといわれた。彼女は重要な電話だと主張したが、警察の電話交換係は自宅の電話番号を教えることを拒否した。

「もしかしたら電話帳に出ているかもしれないわ」ダイナが期待をこめていった。

電話帳には五人のビル・スミスが載っていたが、全員がちがった。

そこでエイプリルが思いついて、オヘア部長刑事に電話した。彼は電話帳に載っていたのだ。母親からことづかったビル・スミスへの重要な伝言があると、エイプリルは説明した。人のいい部長刑事はロマンスの匂いを嗅ぎつけ、電話番号を教えてくれた。

ようやくエイプリルはビル・スミスを電話でつかまえ、名前を名乗った。

たちまち彼の愛想のいい声は心配そうになった。「何も問題ないんだろうね？ 何かあったのかい？ お母さんは――」

「何もまだ起きてません」エイプリルはいった。「だけど、何か起きるかもしれないと心配なんです。それでお電話したんです。聞いてください」

彼女はピエール・デグランジュ、アーマンド・フォン・ヘーネ、ピーター・デズモンドについて慎重に脚色した話を語った。その途中でビル・スミスはあわてていった。「ちょっと待ってくれ。書き留めたいから」

そして、エイプリルは最初からまた繰り返した。彼女とダイナは、ピエール・デグランジュが実はアーマンド・フォン・ヘーネという名前だということを発見したといった。とりわけ、ダイナに求められて彼が語った話は詳細に説明した。それから、彼女とダイナが発見したことをつけ加えた。

「きみは天才だよ！」ビル・スミスはいった。

エイプリルは電話機に向かってにっこりした。彼が「きみは頭脳明晰なおちびさんだ」

といったら、すぐに電話をたたき切っていただろう。

「あともうひとつ」ビル・スミスがいった。「彼の名前が実はフォン・ヘーネだと、どうやって探りだしたんだ？」

それはむずかしい質問だった。エイプリルは慎重にじっくり考えて答えた。「ミセス・サンフォード経由で知ったの」ほらね。これなら嘘をいっているのではない。同時に、真実を明かしてもいなかった。

「どうやって彼女は知ったのだろう？」

「わかりません。それに、もう彼女は教えてくれないわ」

電話の向こうで短い沈黙が落ちた。それから「聞いてくれ、エイプリル。慎重にじっくり考えるんだ。ミセス・サンフォードは他の人について、何かいってなかったかい？」

「いいえ」エイプリルはいった。「いいえ、一度もないわ」それもまったく本当のことだった。

「とても見事なお手並みだったわ」電話を切るとダイナがほめた。

「何でもないわ」エイプリルは誇らしげにいった。「サンドウィッチを作りましょう。おなかがぺこぺこよ」

「あたしも」ダイナがいった。「サンドウィッチを作って、それから夕食のチキンにとりかかりましょう」

エイプリルがピーナッツバターの上にクリームチーズを塗り、さらにジャムを広げているると、アーチーが勢いよく飛びこんできた。彼は息を切らし、汗をかき、顔を上気させ、とても汚れていた。キッチンのテーブルにずらっと並んだ容器を見るなりいった。「やった！」そしてナイフとパンに手を伸ばした。

「まず手を洗いなさい」ダイナがいった。

「ちぇ、なんだよ」アーチーはいった。「これはとっても清潔な泥なんだよ」彼は手を洗い、新種のサンドウィッチの創作にとりかかった。「ねえ、これ、知ってる？」

「あたしたちはいろいろなことを知ってるわ」エイプリルがいった。「だけど、〝これ〟は知らないわね」

「ダイナにプレゼントがあるんだよ」アーチーはいって、ディルピクルスに手を伸ばした。

「それから、ぼくは探偵なんだ。夕食にはチキンを食べるんだろ？」

「プレゼント？」ダイナがいった。

「うん。裏のポーチに置いてあるよ、茶色の紙に包んで。それから、これ知ってる？」

ダイナは裏のポーチにすっ飛んで行き、大きな包みを手に戻ってきた。

「これ、知ってる？」アーチーが繰り返した。

「ダカ・マカ・ッカ・テケ」ダイナがいって、紙包みを破った。「まあ！」エイプリル

！」

それは絵だった。ミスター・デグランジュが午後に描いていたものだった。まだ完成してなくて、テレピン油の臭いがプンプンした。だが、絵の隅にイニシャルが署名してあった――P・D。そして絵の裏にはカードがはさまれていた。「ぼくの魅力的な若い友人、ダイナ・カーステアズへ」

ダイナはそれをキッチンの椅子に置いて、じっと見つめた。「エイプリル、いったい――」

「ねえ」アーチーがいった。「ねえ。これ、知ってる？　ぼくは探偵なんだ」

「まさにディック・トレイシーよ」エイプリルがいって、絵をしげしげと眺めた。「ダイナ、不思議ね――」

「聞いてよ」アーチーが叫んだ。「ねえ、ねえってば。大切なことなんだって！」

「聞いてるわよ」ダイナがいった。「だから、どうしてこれがここにあるのか最初から説明して」

「彼がここに持ってきたんだ」アーチーがいった。「水を描いている人が。ぼくに渡して、あんたにっていったんだよ。だから、裏のポーチに置いておいたんだ。それから彼は車に乗りこんで、走っていっちゃった。ダウンタウンの方に。だから、あんたとエイプリルが家を探してもいいなら、ぼくと〝提督〟も家を探してもかまわないと思ったんだ。ただ、中に入るのに、裏の窓を一枚割らなくちゃならなかったけど」

「ミスター・デグランジュの家を探したの？」エイプリルがいった。

「そうさ」アーチーがいった。「そのことを話そうとしてたんだよ」

エイプリルはサンドウィッチを下に置いた。「何を見つけたの？」

「何も」アーチーは興奮していった。「何にもだ、家具だけで。〝まぬけ〟のお姉さんのだんなさんの叔母さんが、以前、あそこに住んでたことがあって、同じ家具だったから、家具は家についているんだよ」

ダイナとエイプリルは顔を見合わせた。それからダイナが口を開いた。「アーチー、つまり彼は自分の荷物をすべて運び去ったっていうこと？」

「そうだよ。これで全部だよ。ねえ、コークをもらえる？」

エイプリルは走ってとってくると、彼のために開けてやった。「続けて」

「それだけだよ」アーチーはいった。「服とか写真とか本とか剃刀《かみそり》とか、何もかも持っていっちゃったんだ。たぶん、車に積みこんであったんだよ」彼はコークのびんにストローを突っ込んでつけ加えた。「引っ越したみたいだね」

「そうね」エイプリルがいった。「そうらしいわね」

「まあ、エイプリル」ダイナがいった。「すぐにビル・スミスに電話して、もう遅すぎるって伝えた方がいいわ」

エイプリルはため息をついた。「もう放っておきましょう。そろそろ、彼にも自力で何かを発見してもらいたいわ!」

21

「まちがいなく二ドル分の価値はあるわ」エイプリルはいった。「〈ハワーズ〉の三ドルのマニキュアは、お母さんがいつもやっている一ドルのより、百倍も見栄えがいいのよ。それにビル・スミスが明日の夜、ディナーにやって来るし、手がきれいなことはとても大切だってわかるでしょ。彼はどんな色のマニキュアが好きかしら」

「だけど、エイプリル」ダイナがいった。「どうやってお母さんに三ドルのマニキュアを承知させるの？」

エイプリルは髪の毛をブラッシングする手を休めていった。「とんまね！ 〈ハワーズ〉に昼休みにこっそり行ってくるわ——ほんの六ブロックだし、走れば間に合うと思うの、ランチを抜かして——で、お母さんのマニキュアをいつもやっている人と話をつけてくる。二ドルあげて、お母さんには何もいわないで、三ドルのマニキュアをしてあげてと頼んでおけばいいのよ。そうしたら、お母さんは気づかないわよ」

「まあ」ダイナはいった。彼女はベッドをメイクしているところだった。いきなり手を止めた。「だけど、あたしたち、二ドルなんてないわ。それに、土曜日までお小遣いをもらえないのよ」

「あたしはまだ四十セント残ってるわ」エイプリルがいった。

「あたしは——」ダイナは財布と、最近着た服をすべて探った。「——三十二セント」

「それで七十二セントね」エイプリルは考えこんだ。「それからアーチーが三分の一負担するでしょ。二ドルの三分の一っていくら？」

「六十いくつか——六十六セント三分の二。エイプリル、急いであんたのベッドをメイクして。スクールバスに乗り遅れるわ」

「じゃ、六十四にしましょう」エイプリルがいった。「六十四と七十二セントで——ちょっと待って——一ドル三十六。残りはアーチーから借りましょう」

「貸してくれればね」ダイナがいった。「それに自分のお金から六十四セントを支払うことを承知すれば」

「じゃあ、頼んでみて」エイプリルがいった。

「だめよ。あんたの思いつきでしょ。あんたが頼んで」

「あんたがいちばん年上じゃない。あんたが頼むべきよ」エイプリルは言葉を切っていった。「じゃ、こうしましょ。あたしが頼むから、そのあいだにベッドメイキングをしておいてくれない？」

「ああ、いいわよ」ダイナはいった。「ゆうべの今日だから、あの子、きっとすごく興奮していて、あまり文句をいわないんじゃないかしら」

夕べは興奮した。何台もの車が通りを行ったり来たりしていた。アーチーは偵察のために派遣され、戻ってくると、ピエール・デグランジュが住んでいた家が徹底的に捜索されていると報告した。「指紋や何かぜーんぶ」と彼はいった。

夕食がすむと、母親は二階に戻っていった――「あといくつかメモを作りたいの」彼女はそういった。ピートがやって来て、ダイナを自転車に乗せてあげると誘った。意外にも、まだ明るいから行ってきたら、とエイプリルはダイナに勧めた。「あたし一人でお皿を全部洗っておくわ、たまには」ダイナはびっくりして反論もできなかった。そして、エイプリルがようやくダイナとピートを裏口から追いだすことに成功したとき、玄関のドアベルが鳴って、ビル・スミスがダークグレーのスーツを着た物静かだが決然とした男と立っていた。

ダイナが出かけていて、エイプリルは心からありがたいと思った。彼女は二人をキッチンに招じ入れると、グレーのスーツの物静かな男にダイナの話を繰り返した。彼女が話しているあいだ、いつのまにか二人の男たちは皿洗いを手伝っていた――ビル・スミスが洗い、もう一人がふいた。話し終えても皿洗いは終わっていなかったので、エイプリルはダイナにプレゼントされた絵について詳しく語った。エイプリルが絵をとりに行って戻ってきたときには、二人は最後の布巾をぶらさげているところだった。

「絵としては」とグレーのスーツの男がいった。「あまり評価できませんね。しかし、ここにいた理由としては――上々だ。たぶん探していた男だと思います、まちがいなく」

「彼を逮捕したんですか?」エイプリルが質問した。

「いいえ」ビル・スミスがいった。「逃げられた。だが、見つけるよ」彼はグレーの男に向き直った。「奇妙なことに、あの家に押しこみがあったんだ」

エイプリルは抜け目なく黙っていた。アーチーが新しい窓ガラス代を請求されることになったらまずかった。

ダイナは帰ってきて――意外にも――皿洗いが終わって、キッチンが片づいているのを発見した。エイプリルは最新のハリー・ジェームズのレコードを聴いていた。ピートはそのまま残った。彼はラグを巻き上げて、ダンスをしたがった。そこにマグとジョエラがやって来て、五分後にはエディとウィリーが加わった。そしてアーチー、〝提督〟〝まぬけ〟〝懐中電灯〟がヘンダーソンの捜索から戻ってきた。カメはひもを噛みきって、家から二ブロック先まで行っていたのだった。そしてインキーとスティンキーがなぜか屋根に出てしまい、助けださなくてはならなかったし、ジェンキンズにえさもやらなくてはならなかった。そして最後にお母さんが階段を下りてきた。疲れているようだったがうれしそうで、メモを完成したので、数日は仕事を休むと宣言した。それから、遊びに来ているみんなに、たっぷりごちそうしなさいといった。

何時間もたったと感じられたときに、ようやくダイナがエイプリルにたずねた。「あたしが留守のあいだに何かあった？」エイプリルは実にさりげない口調で答えた。「いえ、たいして。ああ、ＦＢＩが来たわ」

そして今日はその翌日だった。お母さんは朝食に下りてきて、美容院とマニキュアだけではなく、新しい仕事用のスラックスを買うつもりだといった。ピエール・デグランジュ、またはアーマンド・フォン・ヘーネ、または、なんとかいう名前の男の逃亡については、新聞にまったく出ていなかった。サンフォード殺人事件についても、警察は相変わらずウォレス・サンフォードを捜索中であるということしかわからなかった。

万事静かだった。しかし、エイプリルはこれは嵐の前の静けさだわと、うきうきと考えた。火曜の夜、ビル・スミスがディナーにやって来て、お母さんは新しい髪型とマニキュアになる。たぶん、それまでにはミセス・サンフォードの殺人者は見つかっているだろう。今は、アーチーに六十四セントに加え短期のローンを承知させるという、ちょっとした問題があった。

彼女は彼の部屋のドアをノックして中に入ると、愛想よくいった。「ベッドをメイクするのを手伝うわ」

アーチーは疑い深そうに彼女を見た。「ぼくが推測している理由でここに来ているなら、部屋を片づけてほしいな。それから、ひと月分のコークのびん代は全部ぼくがもらい、月末までゴミを出してほしい。ただし、一ドル以上は貸さないよ、以上」

エイプリルはベッドをメイクしながら、彼を真面目な顔つきで見た。「ねえ、アーチー、あんた、お母さんを愛しているわよね？」

十五分後、お小遣いの日に借金を返し、コークのびん代は二週間分、ゴミ出しは一週間という約束と引き替えに、エイプリルはお金を手に戻ってきた。

その月曜、学校は退屈に感じられた。エイプリルは初めて児童演劇クラスで〝不可〟をつけられた。ダイナは家庭科の授業で二度も注意散漫を叱られた。さらにアーチーがごくやさしい算数の問題をたて続けに九つもまちがえると、教師は病気になったのではないかと保健室に送りこんだ。さまざまな教師にとって、まったくいらいらする不可解な日で、カーステアズ家の三人の子どもたちにとっては耐えがたいほど長い一日だった。

とうとうスクールバスで三人は落ち合った。ダイナはピートとジョエラとすわっていて、二人とも一度に彼女に話しかけようとした。エイプリルは十三歳から十五歳の賞賛者の一団にとり囲まれていた。そしてアーチーは〝懐中電灯〟と床で取っ組み合って、すでにいらついていたバスの運転手をすっかり怒らせた。だがダイナはどうにかエイプリルに信号を送ってきた。「うまくいった？」エイプリルは信号を送り返した。「ばっちり」

ようやく三人は家の近くの停留所で降りた。

「すべて手配してきたわ」エイプリルが報告した。「エステルは三ドルのマニキュアをしてくれるし、ミセス・ハワード自身が顔のお手入れをしてくれることになってる。明日の夜、サプライズ・パーティーをするって説明したの。だから――」

「たしかに、サプライズになるわね」ダイナは憂鬱そうにいった。「ビル・スミスがディナーに来ることをどう説明するの？」

「あんたが説明することになってるんだろ」アーチーが甲高い声でいった。「エイプリルが彼を招待したんだから」

エイプリルはダイナの不安そうな顔を見ていった。「大丈夫よ。あたしが説明するわ。説明は得意だから。じゃあ、家に帰る前に〈ルークの店〉にひとっ走りしましょ」

「冷蔵庫にまだコークがあるわよ」ダイナがいった。

「新聞がほしいの」エイプリルがいった。

ダイナとアーチーはまじまじと彼女を見つめた。「何のために？」

「読むためよ」エイプリルは涼しい顔でいった。「だから、馬鹿馬鹿しい質問をしないで。あたしは馬鹿馬鹿しい答えを返すつもりはないんだから」彼女は〈ルークの店〉に向かって歩きだした。ダイナとアーチーはそのあとに続いた。

「ねえ」アーチーがいった。「もう新聞なら家にあるよ。朝刊が」

「ええ、そうよ」ダイナがいった。「夕刊は夕食の頃に配達されるわ」

「待てないの」エイプリルがひどく険悪な声でいった。「おなかがすいてるんだ」

「ちぇ、なんだよ」アーチーが文句をいった。

エイプリルは立ち止まって彼を見た。「聞いて。あたしがルークにミルクセーキを三杯つけで売ってほしいと頼んだら、お小遣いが入ったときに、その代金を払ってもらえる？」

「うーん――」アーチーはいった。ルークにつけで売ってもらえるのは、三人の中でエイプリルだけだった。「うん、わかったよ！」

「すてき」エイプリルはいった。「じゃあ、ミルクセーキを待っているあいだ、ただで新聞を読める。これで五セントの節約になるわ」

彼女が先頭で店に入っていき、ルークと交渉した。それからアーチーとダイナに入ってくるように合図した。そしてエイプリルは新聞の最新版をとりあげ、ルークににっこりした。「かまわないしら？」といいながら、新聞をカウンターに広げた。

「どうぞ」ルークはいいながら、ミルクセーキにちょっぴり余分にアイスクリームを加えた。

「一面のはずよ」エイプリルがいった。

そのとおりだった。写真と、二段抜きの見出し。

サンフォード殺人事件の重要証人が誘拐される

ダイナがいった。「まあ！」そしてエイプリルはひそひそいった。「ダカ・マカ・ッカ・テケ」

「ねえ」アーチーがいった。「見せて、見せて、見せて」

「じゃあ、ごらんなさい」エイプリルが不機嫌にいった。「でも、あたしを邪魔しないで、読んでいるんだから」

ルークがミルクセーキを仰々しく配りながら注意した。「その新聞にこぼさないでくれよ。さもないと、代金をもらうからね」

三人の子どもたちは反射的にミルクセーキを新聞から遠ざけ、ストローを口に突っ込んだまま新聞を読み続けた。

ミセス・サンフォードの死体を発見したポリー・ウォーカーがハリウッドのアパートメントから誘拐された、と記事には書かれていた。

「ここではしゃべらないで」エイプリルがダイナとアーチーにささやくと、二人は真剣な面もちでうなずいた。

ミス・ウォーカーのメイドによると、十二時十五分頃にミス・ウォーカーに電話がかかってきた。女性の声で、緊急の伝言があるといった。ミス・ウォーカーは電話を受け、それを切ってから、ひどく悄然とした様子だった。彼女はホテルのガレージに電話して車を回させると、すぐに着替えて外出した。

ドアマンによれば、ミス・ウォーカーは歩道に出てきた。そこへ通りの先に停めてあった車が急に発進して、駐車禁止区域にいきなり侵入してきた。拳銃を手にした覆面をつけた男がミス・ウォーカーを無理やり車に連れこみ、たちまち通りを走り去った。

さらにサンフォード殺人事件の概要が述べられ、ポリー・ウォーカーが死体を発見したことが強調されていた。そのあとにポリー・ウォーカーの短い略歴が紹介されていた。フィニッシングスクールを卒業、ブロードウェイで端役をつかんだことから、スターダムに駆け上がった。この記事では、ポリー・ウォーカーが重要な映画で重要な役を演じたことがないという事実については問題にしていなかった。彼女は殺人事件に巻きこまれ、誘拐された。それゆえ、もはやスターだった。

エイプリルは最後のミルクセーキを飲み干すと、〈ルークの店〉のカウンターの上にある時計をちらっと見た。「まあ！　家に帰らなくちゃならないわ！　急いで！」彼女はグラスを押しやり、新聞をたたんだ。「ありがとう、ルーク」新聞をラックに戻した。

ダイナとアーチーはミルクセーキを飲み干すと、彼女を追って通りに出てきた。

「どうしたの、急いで？」ダイナがいった。

「デートの約束があるの」エイプリルが楽しげにいった。「あたしたちがね」

「ねえ、ねえ、ねえ」アーチーが叫んだ。「待ってよお！」

「さっぱりわからないわ」ダイナが息を切らしながらいった。「ポリー・ウォーカーが誘拐された。ギャングが誘拐したの？　ちょうど、ベティ・リモーが誘拐されたみたいに？」

「ちがうわ」エイプリルがいった。「これはあくまで単独犯の仕業よ」

「だけど、エイプリル、ちょっと待ってよ！　単独犯のわけがないわ」

「あら、そうなのよ」エイプリルはいった。

二人はカーステアズ家の住んでいる通りへ早足に曲がりこんだ。

「エイプリル」ダイナがいった。「車に彼女を連れこんだ覆面の男がいた。だけど、電話をかけてきたのは女性の声だったのよ。明らかに、彼女を表に誘いだして、誘拐させるために、偽のメッセージを伝えたんでしょ」

「その女性の声はね」とエイプリルははあはあ荒い呼吸をしながらいった。「あたしなの」

ダイナははっと息をのんだ。「え？」だがどちらも口をきけないでいるうちに、エイプリルはカーステアズ家の私道の方を指さした。そこは牛乳配達と食料品店の車を除けば、ふだん使われることがなかった。

「そして、あそこに」エイプリルは息を切らしながらいった。「誘拐犯人と被害者がいるわ！」

カーステアズ家の三人の子供たちはウサギのように通りを走っていった。私道にはロードスターが停まっていた。車内には二人の人間が乗っていた。クリーヴ・キャラハンとポリー・ウォーカーだ。そして二人とも笑みを浮かべていた。

22

「きみたち二人には花嫁付き添い人をしてほしいな」クリーヴがいった。「だけど、弟さんはどうしよう」

「本当に？」エイプリルがいった。

彼はうなずいた。

「まあ」エイプリルはいった。そしてポリー・ウォーカーをぎゅっと抱きしめた。「まあ——すごい！」彼女は彼の頬にキスして、ポリー・ウォーカーは頬を染めた。「アーチー——小さな弟は——リングボーイができるわ」

「ぼくは小さくないよ」アーチーが怒っていった。「それに、やだ。だいたい、それって何？」

「気にしないで」ダイナがいった。「ところで、ここで何が起きているのか教えていただけないかしら？」

ポリー・ウォーカーは彼女を見上げた。「あたしたち、結婚するの」彼女の髪はほつれていて、顔には涙の跡があった。少し残っている口紅はひどくにじんでいた。ひどい顔だった。「今日」

「まず顔を洗った方がいいわよ」エイプリルがいった。「そして、メイクをして。それに、髪もちゃんとしないと」

ポリーは二人を見てゲラゲラ笑い、それからまた泣きだした。「あたし、なんて馬鹿だったのかしら！」

エイプリルはクリーヴを見ていった。「そう、あなたが馬鹿な女と結婚したがっても、あたしには関係ないわよ！」

「きみの責任だよ」クリーヴはいった。「きみがお膳立てしたんだから。きみがぼくにどうするか入れ知恵して、それを実行するのに手を貸してくれた。四十年か五十年後に彼女を離婚することになったら――」

ポリー・ウォカーが顔を上げてたずねた。「彼女が――何ですって？」

「きみを誘拐しろと入れ知恵したんだ。そして今日の昼にきみに電話して、緊急の用件だと伝言して家から連れだした」

ポリー・ウォーカーはまじまじとエイプリルを見つめた。「あなたが？　あなたの声だったの？」

「あたしが児童演劇クラスでオールAをとったのをどうお考えかしら？」エイプリルは控

え目にいった。「それから、あのしゃべり方はどう思った?」彼女は芝居がかった態度をとると、しゃべってみせた。「ミス・ウォーカー、あたい、サンフォードの家でみっかった書類を持ってんだよ。あたいにはどうでもいいもんだけどさ、よかったら、あんたにあげる。あたいの家まで、来てもらえない――」

「グラビー先生がそれを聞いたら」ダイナが批判がましくいった。「今後二年間、児童演劇クラスの単位がとれないわね。それから、お願いだから誰か何が起きているのか説明してよ」

クリーヴ・キャラハンはエイプリルを見ていった。「きみの口から説明した方がいいよ。彼女はきみのお姉さんなんだから」

エイプリルはルパート・ヴァン・デューゼンのことから始め、クリーヴ・キャラハンに与えた忠告にいたるまで、すっかり話した。

「それで、ぼくは彼女を誘拐したんだ」クリーヴはしめくくった。「エイプリルの助けを借りてね。そして、二人で洗いざらい話し合って、ひとつも秘密がなくなった。だから、空港まで車を飛ばして、ラスベガス行きの飛行機に乗り、結婚するんだ。ただし、花嫁付添人はなしだ。オーガンジーのドレスを着たきみたちはとてもかわいらしかっただろうから、残念だが」

「それは確かかね」エイプリルがいった。「あたしがピンクでダイナがブルー。逆でもいいわ。アーチーには白いブロードのタキシード」

「ところで」ダイナが心配そうにいった。「アーチーはどこかしら？」

アーチーは姿を消していた。

エイプリルはため息をついた。「たぶん警察に電話しに行って、殺人容疑者がラスベガスに飛ぶって報告しているのよ。だから、ミス・ウォーカー、急いで話して、すぐに出発した方がいいわ」

「話す――って何を？」ポリー・ウォーカーが息をのんだ。

「それが取引の一部だっただろ」クリーヴがいった。「覚えてる？」

「あたしとの取引よ」エイプリルがいった。「ここに彼女を四時に連れてきてくれて、何が起きたのか正確なところを話してもらえるなら、あなたが彼女を誘拐するのに手を貸すっていったのよ」

「あたし――とても話せないわ！」ポリー・ウォーカーは両手に顔を埋めた。クリーヴ・キャラハンはいった。「ポリー――頼むよ！」

「まぬけなことといわないで」ダイナがいった。「あなただって話せるわよ。あきれた！　あなたのお父さんがギャングで、どこかの刑務所に入っているってだけで！　お父さんはきっと相当な大物だったにちがいないわね。お金のかかる教育を受けさせているんだから。あなたは何ひとつ恥じることなんてないのよ。そういうふるまいの方がよほど恥ずかしいわ。だから、お願い、めそめそするのはやめて」

「ゴコ・リキ・ッキ・パカ」エイプリルが息をひそめてほめた。

ポリー・ウォーカーはクリーヴのハンカチーフを借りて、鼻をかんだ。「彼女は――あのミセス・サンフォードは――そのことをなぜか見つけだしたの。彼女はお金を要求してきた。ただし、あたしはあまりお金を持っていないの。そんなとき彼に会った――ウォリーに――パーティーでね。彼は――その、あたしをちやほやした――そのうち、彼が彼女の夫だということがわかったので、あたしは思ったのよ――もしかしたらって――」ポリーはまた鼻をかんだ。「本当は彼を好きでも何でもなかったのよ。クリーヴはそれを知っているわ」

クリーヴは彼女の手をぎゅっと握った。「もうその話はすんだよ。覚えてる？」

彼女はうなずいた。「ああ、クリーヴ、あなたのこと、とっても愛してるわ！」

「それはラスベガスに行く途中で彼にいって」エイプリルがいった。「あたしたちにはミセス・サンフォードについて話してちょうだい」

「続けて」クリーヴが穏やかにうながした。「二人は残らず知る権利があるよ。結局、二人がいなかったら――」

「ええと」ポリーはいった。「彼はなんというか――あたしにぞっこんになってしまったの。するべきじゃなかったけど、あたしは気のあるそぶりを見せた。そして――ああ、つまりこういうことなの。あたしは彼を利用して、あれを——手紙や何かを——ミセス・サンフォードからとり返せるかもしれないと思ったのよ。でも、彼には別の考えがあったの。そう——結婚っぽく」

「その言葉の使い方は正しくないと思うけど」クリーヴはいった。「わかるよ。実によくわかる。誰だってきみを何度も見ていれば——」

またもやポリーは泣きはじめた。彼は新しいハンカチーフを探した。「そんなんじゃないのよ。あたしが——有望な若い女優で、たぶんいつか大金を稼ぐかもしれないせいなのよ——つまり、結婚して引退すると決心しなかったら、そうなっていたかもしれないってことなの——ああ、クリーヴ！」ポリーは彼の肩に顔をうずめた。

「これならボールダー・ダム（コロラド川のダム。一九四七年に当時の大統領にちなんでフーヴァー・ダムに改名された）と結婚した方がいいかしら？」エイプリルが彼にたずねた。

クリーヴは笑って、ポリーを肩から起こし、顔をふいてやるといった。「さあ、続けて。すべて話すんだ」

「ええ、ええ。とうとう、彼女が父について握っている材料について、ウォリーに打ち明けたの。彼はあたしのためにとり返すといったわ。もし——もし彼女と離婚して、あたしと結婚できるなら。そしたら。そしたら、突然、彼女があたしに会いに来るようにいってきたの。あたしはそうしたわ。彼女は大金を要求した。たぶん、想像はついたわ——彼が彼女に話したのよ、何もかも。彼女は大金と引き替えに、手紙も渡すし、彼と離婚もするし、すべて忘れるといったわ。だから、水曜にお金を持って訪ねてくると答えたの」

長い長い沈黙が続いた。とうとうエイプリルがそっといった。「まだ聞いてるわ」

いきなりポリー・ウォーカーが背筋を伸ばした。もはやその目に涙はなかったが、顔はとても青ざめ、美しい髪がもつれて額にかかっていた。

「あたしは彼女を脅そうとしたの。拳銃を持って行ったわ。彼女に——手紙を渡させるつもりだったのよ。そうすれば彼女のこともウォリーのことも、すべてを忘れることができた。家に着くと——だいたい——ああ、正確な時間はわからないけど、四時半と五時のあいだだったわ。車を私道に停め、玄関に歩いていった。拳銃をとりだしたわ。彼女を撃つつもりはなかったの、でも——正直なところ、彼女にしろ、誰にしろ撃てなかったわ。ただ——ああ、わかるでしょ」

「わかってるわ」ダイナがやさしくいった。

「あたしはリビングに入っていったわ。まずベルを鳴らしたけど、誰も出てこなかったの。ドアには鍵がかかっていなかったので、まっすぐ中に入っていった。手には拳銃を握っていた。彼女はただじっとあたしを見つめ、ひとことも発しなかった。あたしは彼女に拳銃を向けていったの。『ミセス・サンフォード——』」

「そして？」エイプリルがうながした。

「そうしたら——すべてがあっという間のできごとだったわ。そこに男がいたのにも、ろくに気づかなかった。たぶん階段だと思うけど——そこから現われて。やせて浅黒い肌だったということしか覚えてないわ。グレイのフェルトのソフト帽をかぶっていた、それはよく覚えてるわ。彼は罵り、あたしのわきを走りすぎると、ドアから出ていった。ミセス・サンフォードは彼に気づいていないようだった。そのとき、いきなり銃声がしたの。それは——ダイニングの方から聞こえた。ミセス・サンフォードが倒れるのが見えた。そのとき、あたしの持っていた拳銃から——ただ弾《たま》が発射されたの。何かを狙っていたわけでもなかったのに、ただ弾が出てしまったのよ。何に当たったのかはわからなかったけど、彼女に命中しなかったことはまちがいないわ。それから外に飛びだした。グレーの帽子の男は私道のはずれに車を停めていた。彼は大急ぎで走り去った。あたしも車に乗りこみ、急いで車を出した。彼がどこに行ったのかはわからないわ。あたしは海辺に向かい、二、三分車を停めていた。そのとき思ったの。もしかしたら彼女は——ミセス・サンフォードはただけがをしただけかもしれない。引き返すべきだって。たった今、彼女とお茶を飲むためにそこに着いたふりをすればいい。だから、引き返したの。そして歩いていって、ベルを鳴らしたのよ、前回とまったく同じように」彼女は言葉を切って、髪の毛を額からかきあげた。

「ルパート、わが友よ」エイプリルが感心していった。「あなたの結婚する女性はたいした度胸をしてるわね！」

ポリー・ウォーカーはいった。「だけど、彼女はけがだけじゃなかったの。息絶えていたわ。だから、警察に電話したのよ」彼女はダイナとエイプリルを見て、かすかな笑みを浮かべた。「そして、そこから先は知ってるでしょ」

彼は身をのりだすといった。「ねえ、お二人さん、この話についてだけど――」

エイプリルは目をみはって彼を見た。「わが家の特徴なの。遺伝ね。お母さんはとっても忘れっぽいのよ。あたしたちもよ。申し訳ないけど、彼女のいったことはひとこと残らず忘れちゃったわ！」

「あたしの方は」とダイナがいった。「あたし、聞いてもいなかったの」ウォーカー、彼女はポリー・ウォーカーの頬にキスした。「ああ、よかった！　あなたがミセス・サンフォードを殺さなくて」ウォリー・サンフォードと結婚するんじゃなくてうれしいわ。彼もなかなかいい人間だけど、あなたが結婚するつもりのこの人、彼は最高だもの！」

「お姉さんったら！」エイプリルがいった。「そつのないタイプだったのね！」

「ウク・ルク・サカ・イキ！」ダイナはいった。彼女の頬を涙がこぼれ落ちた。

「この人のことは気にしないで」エイプリルがいった。「結婚式では必ず泣くの。それでも、ラスベガスに行って結婚するなんてずるいわ。あたしはオーガンジーを着ると女神さまみたいに見えるんですもの。ところで、殺人事件の証人を州外に連れだすのは合法なの、いくら結婚するためだって?」

「弁護士に聞いてみるよ」クリーヴ・キャラハンがいった。「明日帰ってきたらね」彼は顔を上げていきなりいった。「おっと、大変だ!」

ギャング団が近づいてきた。ほとんどのメンバーがそろっていた。アーチーが先頭で、巨大なアジサイの花束を持っていた。〝提督〟は腕いっぱいに鮮やかな紫色のブーゲンビリアの蔓《つる》を抱えている。〝まぬけ〟は母親のいちばん見事なダリアでこしらえたブーケを手にしていて、〝懐中電灯〟はひと握りのペチュニア、スラッキーはたった一輪のツバキの花を大切そうに持っていた。

「もっとりっぱな花も手に入れられたんだけど」アーチーが息を切らしながらいった。「すごく急がなくちゃならなかったから。どうぞ」彼はアジサイを車に放りこんだ。スラッキーはとてもうやうやしく、ポリー・ウォーカーにツバキを手渡し、残りのメンバーは花で彼女を囲んだ。

「結婚するんだって聞いたから」とアーチーが説明した。「結婚するなら、花が必要だろ。だから、ギャング団に緊急召集をかけたんだ」

ポリー・ウォーカーは彼をぎゅっと抱きしめてキスした。彼女が他のギャング団にもそうしなかったら、アーチーはとてつもなく恥ずかしく感じただろう。そしてクリーヴ・キャラハンがエンジンをかけ、私道をバックしながら叫んだ。「さよなら」するとポリー・

ウォーカーはまたもや泣きはじめた。

エイプリルはアーチーににっこりして、ロードスターを見送った。「いい思いつきね。だけど、彼女がナイアガラの滝を止めなければ、ハンカチーフを四ダースあげた方がよかったかもしれないわね」

ギャング団は歓声をあげて丘を駆け上がっていった。ダイナとエイプリルは家に向かって歩道を歩きはじめた。

「話してくれてもよかったのに」ダイナが少しむっとしたようにいった。

「びっくりさせたかったの」エイプリルはいった。「本当にそうなったわ。実をいうと、あたしもびっくりしたのよ」彼女は顔をしかめて、歩道の石を蹴飛ばした。「ダイナ、ポリー・ウォーカーの話を信じる？」

「もちろんよ」ダイナはいった。「ひとこと残らず。ほんとに――」

「あたしもよ。ダイナ、やっとわかりかけてきたわね。グレーの帽子をかぶったやせて浅黒い男。それがフランキー・ライリーだったのよ。彼は犯罪現場にいた。だけど、彼女を撃ったのは彼じゃなかったのね。ミセス・サンフォードという意味よ。ポリー・ウォーカーはそこにいて、彼女はハーバート伯父さんの肖像を撃った。パチンコよりも危険なものは絶対に持たせられない女の子なのよ。そして、誰かが発砲した、ダイニングから。それがミセス・サンフォードに命中した。四五口径の拳銃を持っていて、とても腕のいい何者か。ダイナ、いろいろわかったわね!」

「わからないことだらけだわ」ダイナは憂鬱そうにいった。「そんなにはしゃがないで。まだわからないことがどっさりあるんだから」

「はしゃぎたければ、はしゃぐわよ」エイプリルはいった。「だけど、『どっさり』なんていわないで。たったひとつしかないんだから」エイプリルはダイナに向かってにやにやした。「あと見つけなくてはならないのは、誰がダイニングにいて、ミセス・サンフォードを撃ったかということだけよ」

23

三ドルのマニキュアは大成功だった。髪の方もうまくいった。三人の子どもたちはディナーのあいだじゅう、うっとりと母親に見とれていた。ビル・スミスがこれに心を動かされないはずがない！

「エステルは本当にすばらしい仕事をしてくれたわ」お母さんは子どもたちの賞賛の言葉に応えていった。「とりわけネイルは。こんなにていねいにしてくれたこと、これまでなかったのよ」両手をダイナとエイプリルに向かって振ってみせた。「この色どうかしら？ これまで使ったことがなかったんだけど、エステルにぜひにと勧められたの」

エイプリルとダイナは熱心にうなずいた。たしかにすてきな色だった。エイプリルとエステルで選んだのだ。光沢のあるやわらかなローズピンク色。

「それで思ったの」お母さんは続けた。「ちょっとした休暇をとろうかって――明日の夜みんなで町に出かけてディナーをとって、お芝居に行かない？」

エイプリルとダイナは顔を見合わせた。今、ビル・スミスがディナーにやって来ると知らせるべきだろうか、とダイナの目はたずねていた。エイプリルはかすかに首を振った。

ダイナの目はいった、じゃあ、どうにかして。

「まあ、お母さん」エイプリルがいった。「それもとってもすてきでしょうね。でも——ねえ——ほら、お母さんはいつも忙しいでしょ。だから、夜は家でのんびり過ごした方が楽しいんじゃないかしら。あたしたち四人だけで。正直なところ、あたしはぜひそうしたいの」

「あたしもよ」ダイナが力をこめていった。

アーチーが口を添えた。「絶対そうだよ！」

「本当？」マリアン・カーステアズはいった。三人の子どもたちは熱心にうなずいた。

「あなたたちにはびっくりだわ！　いいわ、家にしましょう。じゃあ、特別なディナーを作るわね、お祝いに。何にしようかしら——ステーキ？」

「あたしがぜひ食べたいのは」とエイプリルがいった。「あのおいしい昔風のミートローフよ。濃いグレービーソースを添えて」

「それにレモンパイ」ダイナがいった。「メレンゲをたっぷりかけて」

「それにビスケット」アーチーがいった。

マリアン・カーステアズは首を振ってため息をついた。「この子たちときたら！　〈ダービー〉で夕食をとって、町で最高のお芝居を見ようと提案したら、あなたたちは家にいてすごろくをしたいという。ステーキはどうといえば、ミートローフでいいというし」ダイナがクスクス笑った。エイプリルがいった。「それは本当にいいものがわかってるからよ！」

「それに――」アーチーがいった。

エイプリルはテーブルの下で彼をすばやく蹴った。「それに、ビル・スミスの好きなものがね」とつけ加える前に。

「それに、何？」お母さんがたずねた。

「それに、ぼくたち、お母さんを愛しているからだよ」アーチーはしめくくって、勝ち誇ったような笑みを姉たちに向けた。

「じゃあ、今夜はわたしがお皿を片づけるわ」お母さんがいった。「リビングにレディみたいにすわって、児童心理学の本を読んでいてちょうだい」

「そのマニキュアではだめよ」エイプリルが厳しくいった。

「あたしたちをちゃんと育てる方法を知りたいでしょ」ダイナがつけ加えた。

「そうだよ」アーチーがいった。「ねえ、知ってる？　ねえ、お母さん、知ってる？」

エイプリルは彼の視線をとらえようとしたが、アーチーは目をあわせようとしなかった。

それに彼はテーブルの反対側に回ってしまったので、蹴ることもできなかった。彼女は立ち上がって、使っていない銀器をあわてて集めはじめた。

「ビル・スミスがお母さんのことをどういったか、知ってる?」

お母さんは興味をひかれたようだった。「いいえ。どういったの?」

そのときには、エイプリルはアーチーのところまでやって来ていた。彼の左の肩胛骨のすぐ下に、警告の意味をこめてぐりぐりと指を押しつけた。それから、急いでいった。

「ビル・スミスはお母さんが聡明なりっぱな女性だっていってたわ。あたしたち、そんなことはとっくに知ってるけど。アーチー、お皿を運んで」

「運ぶもんか」アーチーは侮辱されたので口答えした。彼は逃げだそうとした。

エイプリルが空いた手で彼の髪の毛をつかもうとした。彼がエイプリルのわき腹をくすぐったので、大きなガシャンという音を立てて銀器が床に落ちた。ダイナがテーブルを回っていき、二人を引き離そうとして、アーチーの足につまずいた。おかげで三人とも床にころがってしまった。

「ぼくより大きいからってひどいよ!」アーチーがわめいた。

「アーチー、このいたずらっ子!」エイプリルが叫んだ。「髪を直したばかりなのよ!」

「子どもたち!」お母さんが大声でいった。

ようやくダイナはアーチーをつかまえた。お母さんはエイプリルに飛びつこうとして、小さなラグに足をとられ、ドスンと床にすわりこんでしまった。そのときドアベルが鳴った。

ぞっとするほどの静寂が広がった。カーステアズ家の四人は茫然として見上げた。暖かい夜だったので、夕食のあいだじゅう玄関ドアは開け放たれていたのだ。ビル・スミスが戸口をふさいでいた。正面のポーチにはさらに二人の男が立っている。

「お邪魔して申し訳ありません」ビル・スミスがいった。

ダイナが最初に我に返った。「いえ、全然」彼女は礼儀正しくいった。さっと立ち上がり、母親に手を貸して立たせ、母親の後ろ髪の乱れを直した。

「夕食後にはいつも運動をするんです」エイプリルがすましていった。「消化にいいんですよ」

「中に入ってコーヒーをどうぞ」ダイナがいった。「アーチー、コーヒーのトレイを持ってきて」彼女が警告のために軽くつねったので、アーチーは飛んでいった。ビル・スミスといっしょに部屋に入ってきた男は、ゆうべやって来た物静かなグレーのスーツの男だった。もう一人は見知らぬ男だった。いや、そうだろうか？　不思議なことに、彼にはなんとなく見覚えがあった。

「お知りになりたいかと思ったんです」ビル・スミスがいった。「おたくの頭のいいお嬢さん、ダイナが、スパイをつかまえたことをね」だが、そういいながら、彼はにやにやしていた。他の二人も笑顔になっている。

マリアンは息をのみ、目を丸くした。「スパイじゃないわ！　パット・ドノヴァンじゃないの！　パット！」彼女は両手をさしのべて走り寄った。

「マリアン！」笑顔の茶色の目の男がいった。彼は彼女の手を握っていった。「年をとって、ずいぶんまぬけになったんだなあ。ぼくがわからないなんて、この何週間もずっと！」

ビル・スミスがグレーの服の男をＦＢＩの捜査官だと紹介したので、その会話は中断された。マリアンは少しぼうっとしているように見えた。男たちを順番に眺めた。

「お母さん」エイプリルが真剣にいった。「彼はスパイなの。ダイナがつかまえたのよ」

「そんな馬鹿らしい話」マリアンはぼんやりといった。

「本当なの」ダイナがいった。「ただし彼はピーター・デズモンドだと名乗って、あたしはそれを信じた。だけど、あれは寒くて霧の出ていた日だったから、たまたま家にいて銃声を聞いたということを思い出したので、ピーター・デズモンドであるはずがないとわかったのよ」

「それに彼は水を描くんだ」アーチーが口をはさんだ。「油絵の具で水を描くの。エイプリルがいってたよ」彼はコーヒーのトレイをテーブルに置いた。

「そしてもし彼がピーター・デズモンドでなければ、アーマンド・フォン・ヘーネは何者なの？」

グレーの服の男が笑って口を開いた。「お子さんたちは、あなたがお考えになっているよりもしっかりしていますね、ミセス・カーステアズ」

「わたしが思っているよりも、子どもたちの方がしっかりしているわ」マリアン・カーステアズはいった。彼女はすわって、機械的にコーヒーを注ぎはじめた。「どなたか、どういう事情なのかを説明していただきたいんですけど」彼女はつけ加えた。「パット・ドノヴァンにそのつけひげでだまされるとは、夢にも思わなかったわ」

「つけひげじゃないんだ」パット・ドノヴァンが傷ついた声でいった。「生やしたんだよ」

ダイナはさっきから困惑していたが、今、からかわれていることを察して、しだいに腹が立ってきた。彼女は無言で観察し、話を聞いていた。ダイナの場合、なかなか腹を立てなかったが、いったん怒ると大変だった。

「あなたはこの男をご存じなんですね、ミセス・カーステアズ?」グレーの服の男がいった。

「もちろん知ってます。わたしがシカゴで新聞社に勤めていたとき、別の新聞社で働いていました。何年も前のことですけど。わたしたちの結婚式では新郎付き添い人でした。それからパリ、マドリッド、ベルリン、上海で会いました。最後に会ってから何年もたちますけど、どこで会ってもわかります」

「顎ひげがなければね」パット・ドノヴァンがつけ加えた。

「正体を教えてくれたらよかったのに」マリアンはいった。「おかげでわたしはフランス語であなたに話しかけたり、あのひどい絵について語り合ったりする羽目になったわ」

「それほどまずくないよ」パット・ドノヴァンはいった。「少なくとも、きみのフランス語ほどひどくはない」

そのときにはダイナはカンカンになっていた。彼女はいった。「母はフランス語が上手です。それから、あなた、ミスター・ドノヴァン、あるいはデズモンドだかデグランジュだかフォン・ヘーネだか知りませんけど、あなたは嘘つきよ！」

「ダイナ！」マリアンがいった。

「ちょっと、ダイナ」アーチーがいった。「ねえ、知ってる？　ねえ、知ってる？」

「黙って」ダイナはアーチーにいった。彼女はパット・ドノヴァンをにらみつけた。「まず、あなたはあたしに嘘をつき、それからお母さんのフランス語をけなしたわね」

「ねえ、知ってる？」アーチーが叫んだ。「ねえ、ダイナ、聞いてよ。彼はピーター・デズモンドであるわけがないんだよ。理由を知ってる？　ピーター・デズモンドっていうのは、《ガゼット》の漫画に出てくる男だからさ。彼は何カ国語も話せて、そうしたいときにはいつでも変装できるんだ」

ダイナは思い出した。「あたしも《ガゼット》を読んでるわ」がっくりしていった。いまや自分自身にも猛烈に腹が立っていた。あんな話にころりとだまされるなんて！

「ダイナ」パット・ドノヴァンがいった。「すべて説明するよ――」

ちょうどお母さんの本の一節が頭に浮かんだ。彼女は背筋をすっと伸ばすと、こういった。「あなたの説明には興味がありません、ミスターなんとかさん。もっと重要な用事がありますので」ダイナはきびすを返すと、ダイニングにすたすた入っていって皿を集めはじめた。

「まあ、ダイナ」マリアンがいった。あとを追おうとした。

エイプリルが母親を引き留め、ソファにすわらせた。「児童心理学の本に書いてあったことを思い出して。とことん怒って怒りがおさまったところで、じっくりいい聞かせるって」彼女はつけ加えた。「その方法は、アーチーとあたしにはいつも効き目があったわ」

マリアンはため息をつき、すわりこんだ。長い経験から、エイプリルが正しいことはわかっていた。「ねえ、パット、ともかく、わたしには説明して」

ダイナは汚れた皿を運びながら、ダイニングとキッチンのあいだを行ったり来たりしていた。そして、リビングで話されていることは絶対に耳に入れまいと自分にいい聞かせた。聞きたくもなかった。だが、会話の断片はどうしても耳に入ってしまった。ダイナは皿を一度に一枚ずつ運ぶようにした。

「――パリでこのフォン・ヘーネと出会ったんだ――」

彼女は塩入れとコショウ入れを片づけた。

「──いい記事になるかもしれないと思って──」

ダイナはナプキンを持っていった。

「──ひげを生やすのは簡単だった──」

ダイナはテーブルクロスをふるって、またかけ直した。

「──このミセス・サンフォードが──」

その頃には、ダイニングにいる理由がなくなってしまった。彼女はキッチンに行き、洗い桶に洗剤とお湯を入れ、家出をしようかと考えた。

銀器の手入れにとりかかったとき、エイプリルがキッチンに入ってきた。

「ダイナ、彼はスパイじゃなくて、新聞記者なの。本を書いているんですって。スパイについて」

「グラスをふいて」ダイナはいった。

エイプリルは布巾をとりあげた。アーチーがキッチンに飛びこんできた。「ねえ、ダイナ！ これ、知ってる？」

「紙くずを外に出して」ダイナがいった。

エイプリルとアーチーは無言で仕事にとりかかった。ダイナは皿を洗い続け、次々に鍋やフライパンを片づけていった。エイプリルはちらっと彼女を見た。長いひやかな一日が過ぎるまで、ダイナはパット・ドノヴァンについて質問しそうにもなかった。

アーチーが戻ってきて、ゴミ箱をドシンとおろした。「水を描くんだって！」アーチーはいって、失礼な音をつけ加えた。

「アーチー」ダイナが冷たい口調でいった。「お鍋とフライパンをしまって。それから、エイプリル、あんたがふいたその最後のグラス、糸くずがついてるわよ」

エイプリルとアーチーは目配せをしあってウィンクした。エイプリルはグラスをふき直し、アーチーは鍋とフライパンをしまいはじめた。

「ねえ、アーチー」エイプリルがいった。「賭けてもいいけど、彼の本はベストセラーになるわよ。もしかしたら映画にもなるかもしれない」

「そうだね」アーチーは興奮していった。「新聞社で働いているふりをしながら、ヨーロッパじゅうスパイを追いかけた話だもんね」

「そして、このアーマンド・フォン・ヘーネとあんなふうにして実際に知り合ったなんて。びっくり！　そんな人間なんていないと思いかけてたわ」

ダイナは何もいわなかった。

「すごく頭がいいよね」アーチーがいった。「それに、この――彼、なんて名前だっけ――」

「ドノヴァン」ダイナはいった。「それから、あまり早口でしゃべらないで」

エイプリルとアーチーはまたウィンクをしあった。「あら、ダイナ、あなたが聞いてい

ると は思わなかったから」

「聞いてないわよ」ダイナはいった。「だから、あまりうるさくしないで」

少ししんとなった。それからアーチーがいった。「まあ、ともかく、すごく頭がいいよね。それしか言葉が出てこないよ」

「おもしろいことに」とエイプリルがいった。「彼がダイナに話したことのほとんどが本当だったの。何カ国語もしゃべれることとかね。それに、ひげを伸ばして、別人になりすまそうとしているアーマンド・フォン・ヘーネらしくふるまおうとしたとか、左腕に傷痕がないことに、誰も気づかないようにいつも袖をおろしていたこととか、ニューヨークの男としめしあわせて、彼が別人になりすまそうとしているアーマンド・フォン・ヘーネであるかのような手紙を、ミセス・サンフォード宛てに書いてもらったり――」

「ちょっと待って!」ダイナが布巾を落としていった。「彼、そんなことをしたの?」

エイプリルとアーチーはとぼけて彼女を見つめ、声をそろえていった。「したって、何を?」

三人が仲直りの儀式を終えたときには、ダイナは怒っていたことを忘れていた。「わざわざしめしあわせて、ああいう手紙を――」

「ああ、あれね」エイプリルがいった。「そのとおりよ。スパイがいて、スパイが彼をミスター・フォン・ヘーネだと思えば、スパイは彼に接触してくるでしょ。彼はただ顎ひげを生やして、絵を描いておとりになっていればよかったのよ」

「水を描いたんだよ」アーチーがいった。「それから――それから――それからミセス・サンフォードのことだけど、彼女がたくさんの怪しぎな人たちと知り合いだってことはわかっていたんだ――」

「怪しげでしょ」エイプリルがいった。

「うん、そうだ。ともかく、彼女ならスパイを誰よりも知っていそうだと考えたんだ」

ダイナは大きく息を吸いこんだ。「それはすべて信用できる話なのね？」

「ダイナ！」エイプリルがいった。「あたしたちがからかっているなんて思ってないでしょうね！」

まずいことをいってしまった。ダイナはじろりとエイプリルをにらむと、ぎゅっと布巾をしぼってかけた。「どうでもいいわ」彼女は洗い桶を流しの下の棚に乱暴にしまうと、大股にドアに向かった。そこで足を止めた。「ねえ、どうして彼はあんなふうに逃げだしたの？　そして、実際にスパイを一人でもつかまえたの？」

「もちろんさ」アーチーがいった。「それをさっきから話そうとしていたのに、あんたは興味がないんだろ。どうしてかっていうと――」

エイプリルはアーチーを蹴飛ばしていった。「組織的なスパイの一味をつぶしたのよ。あんたがＦＢＩに追わせたので、彼は逃げださなくちゃならなかった。そして彼らは――

スパイたちはってことだけど——彼の逃亡を手配しようとしていたんだけど、彼はわざとFBIをその場所に誘導したの。それからミセス・サンフォードは、実はスパイたちとは関係がなかったのよ。その件だけは見込みちがいでうまくいかなかったみたいね」

エイプリルは息継ぎのために言葉を切った。「それから、まだ新聞に出ていないから、秘密にしておかなくちゃならないんだけど、これまでにしてきたさまざまなことを本に書くらしいの。そして、あんたはとても頭が切れて彼の正体を見抜いた、げだしてこういう成り行きになったから、すべてあんたの手柄だっていってるわ」

「あたし！」ダイナはいった。彼女の頬はピンク色に染まった。

「そう、あんただよ」アーチーが興奮していった。「彼はいったんだ——いったんだ——いったんだ——」

エイプリルがあわてて続けた。「警察かFBIはあんたに仕事をさせるべきだっていったわ。なぜって、あんたはすばらしい探偵になれるだろうし、容疑者を尋問することにかけてはすご腕だからって。どう！」

「さすが姉さんだ！」アーチーが誇らしげにいった。

「やだわ」ダイナの頬はいまや真っ赤だった。「あたしは何もしてないわ！」

「ピーター・デズモンドの話にひっかからず、すぐにFBIに電話しようとしたなんて、すごく頭がいいっていってるよ」アーチーがいった。

「でも」ダイナはのろのろといった。「必ずしも——」彼女はドアの方を見た。「今、何の話をしているのかしらね！」

三人はこっそりとダイニングを抜けて、階段の下の陰にたたずんだ。

「——きみをだまして悪かったよ、マリアン。だが、実験台にできるのはきみしかいなかったんだ。きみが気づかないかぎり、安全だと思ったんだよ」

「知っていたら、何かの拍子に口を滑らせてしまったかもしれないわ」マリアンはいった。「だから、この方がよかったのかしら」マリアンは笑っていた。頬はピンク色に染まっている。とても楽しそうだった。

グレーのスーツの物静かな男はいなくなっていた。パット・ドノヴァンはいちばんすわり心地のいい椅子にすわり、コーヒーを飲んで、とてもくつろいでいる様子だった。ビル・スミスはそれほどすわり心地のよくない椅子にすわり、コーヒーカップを手にしていたが、コーヒーは戸口から見ても冷えきっているようで、不機嫌そうな顔をしていた。

「ねえ、パット」マリアンがいった。「ジェイクは元気？　いつ彼に会った？」

「ジェイク・ジャスタスかい？（クレイグ・ライスの『大はずれ殺人事件』『大当たり殺人事件』などの主人公）一年ほど前にシカゴで会ったよ。元気にやっている。ゴージャスなブロンド女性と結婚した。そうそう、ブルー島での倉庫火災の夜は忘れられないよね？」

マリアンはクスクス笑った。「絶対に！」

「それから」パット・ドノヴァンは続けた。「アルマから連絡があるかい？」

「結婚したわ」マリアンはいった。「インディアナでガソリンスタンド・チェーンを経営している人と」

「そりゃ驚いた。彼女がホテルメイドになりすまして、特ダネをとってきたときのことは絶対に忘れないだろうな――」

「新聞の仕事はずいぶんおもしろそうですね」ビル・スミスがぎこちなく口を出した。

「想像もつかないほどよ！」マリアンはいった。「ねえ、パット、ジムが飛行機を使う密輸団の記事を一面にでかでかと載せたときのこと、覚えてる？」

「フォーサイトのこと？　もちろんさ！　彼はどうしているんだろう！」

「ミシガンで新聞社を経営しているの」マリアンはいった。「そっちでもすばらしい仕事ぶりを発揮してるわ。それからね、パット――」

「とても興味深い人たちに会うんでしょうね」ビル・スミスがさらに堅苦しくいうと、コーヒーカップを下に置いた。

「こんなもんじゃないんですよ」パットがいった。「マリアン、ハヴァナで会ったブロンドの伯爵夫人を覚えてる？　鼻にリングをつけて、飼い慣らしたヒョウに引き綱をつけて連れていた？」

「すみません」ビル・スミスがいった。「そろそろ遅いので」

階段の下でダイナがエイプリルをつついた。「妬《や》いているのよ！」彼女はうきうきとささやいた。

エイプリルはアーチーをつついた。「部屋に上がっていって、急いで。それから叫ぶの！　大声で！　ずっと叫び続けて！」

「どうして？」アーチーは階段を上りながら、小声でいった。

「幽霊を見たのよ」エイプリルがささやき返した。

リビングではマリアンが立ち上がった。「まあ、ミスター・スミス、もうお帰りですか？」

「残念ながら遅いので」ビル・スミスはいった。

エイプリルは息を殺した。

「だが」ビル・スミスがいった。「わたしは――」

アーチーが叫んだ。エイプリルはほっと力を抜いた。ビル・スミスがあわや「明日の夜のディナーにうかがいます」といいかけていたのだ。

ダイナはひとっ飛びで階段を上がり、エイプリルは手すりの陰に身をひそめた。「お母さん！」ダイナが叫んだ。「アーチーが幽霊を見たんですって！」

母親はすでに階段を半分まで上っていた。エイプリルは落ち着き払い、にこやかに、ビル・スミスとパット・ドノヴァンの行く手をさえぎるように現われて「アーチーったら

!」といった。

「マリアン！」ビル・スミスが動揺して叫んだ。

「何でもないわ」マリアンの声が聞こえてきた。「ただ悪い夢を見ただけです。おやすみなさい、ミスター・スミス」

エイプリルはにっこりした。「おやすみなさい。それから明日のディナーでお待ちしています。お忘れにならないでくださいね」

「ええ、うかがいますよ」ビル・スミスはいった。その目は階段に向けられていた。エイプリルは彼のためにドアを開けた。「二階は本当に大丈夫なのかな？」

「ええ、もちろん」エイプリルは楽しげにいった。「しょっちゅう、幽霊が出るんです。いいませんでしたっけ、この家には幽霊が住んでいるんですよ。では、おやすみなさい!」

彼女が玄関ドアを閉めたとき、ちょうどマリアンが階段を下りてきた。「ミスター・スミスはお帰りになったわ、お母さん」

「あら、申し訳なかったわね」マリアンはいって、髪をなでつけ、腰をおろすといった。

「アーチーはいつも本当のことをいうとは限らないみたいね」

エイプリルは部屋の隅を通って階段に行った。ダイナとアーチーが待っていた。

「まさに必要としていたものが手に入ったわ」エイプリルがうれしそうにささやいた。

「ライバルよ。さて、あとひと押しね」

「そろそろ失礼しないと」パット・ドノヴァンがいった。

「まあ、パット！　ねえ、明日の夜、ディナーに来ない？」

「うまくいきそうね」ダイナがひそひそいった。「新しい髪型とマニキュアに、ミートローフがそろえば――」

三人は期待に満ちて耳を澄ました。

「すまない」パット・ドノヴァンはいった。「だが、真夜中の飛行機に乗る予定なんだよ。エドナと子どもたちが、この仕事が終わるのを半年もサンタフェで待っているんだ」

カーステアズ家の三人の子どもたちは顔を見合わせ、忍び足で二階に上がった。

「大丈夫よ」エイプリルが慰めるようにいった。「今夜のビル・スミスの様子からして、あたしたちの知恵と、お母さんの美貌があれば、嫉妬心まで利用する必要はないわよ！」

24

火曜日の朝、三人の子どもたちは早起きをした。重大なことが起ころうとしているかのような、わくわくした感じがした。学校がお休みの日や、サーカスが町に来ているときに宙に漂っている、あの感じだ。お母さんを起こさないように、子猫のように忍び足で家の中を歩き回った。一時間余分に睡眠をとれば、夕食のとき、いつもよりもいっそうきれいに見えるだろう。

朝食の途中でエイプリルが閃いた。彼女はフォークを置くと、息をのんだ。「ダイナ！ミスター・ホルブルックのお嬢さん！」

「え？」ダイナがいった。アーチーは目を丸くしている。

「彼女のふだん着の写真を見なくてはならないわ」エイプリルはいった。「今日。理由は」そこでちょっと言葉を切った。「彼女はストリップ劇場のスターなのよ。いえ、以前、スターだったというべきかしら」

「以前？」ダイナが繰り返した。困惑しているようだった。

「ベティ・リモーもストリップ劇場のスターだったのよ」エイプリルが思わせぶりないい方をした。「そして――彼女がミスター・ホルブルックのお嬢さんだとしたら――」

ダイナはミルクにむせた。彼女はいった。「エイプリル！ ちょっと！」また息ができるようになるまで、アーチーがトントン背中をたたいてくれた。

「ミスター・ホルブルックはどこに住んでいるの？」エイプリルがたずねた。

「ワシントン・ドライブよ」ダイナがいった。「ここから四ブロックぐらいね。彼は家政婦さんを雇っているの。意地悪な人よ。前にジョエラとあたしでPTAのガーデンパーティーのチケットを売りに行ったことがあるんだけど、十五分も引き留めて、買わない理由をまくしたてたのよ」

「いいわね。すばらしい。まさにおあつらえむきだわ」エイプリルはフォークをとりあげて、スクランブルエッグをまた口に運びはじめた。「学校が終わったらすぐに行ってみましょう。あんたとアーチーが玄関の呼び鈴を鳴らして、何か売りつけようとするの――雑誌の定期購読とか。そのすきに、あたしは裏から忍びこんで、写真を探すわ」

「わーい！」アーチーははしゃいだ。

ダイナは眉をしかめた。「あんたがつかまったらどうするの？」

「そうしたら逮捕されて留置所に入るわ」エイプリルは平然としていった。「悲観論者にならないで。あたしがつかまらず、写真を見つけることができたと考えてみて」

「探しているあいだ、ぼくが家政婦を引き留めておけば」とアーチーが断言した。「つかまりっこないよ、心配しないで。ぼく、彼女を知ってるんだ。とっても見事な庭を作ってるから、〝懐中電灯〟の犬を借りて、いっしょに連れていくよ」

「アーチー」エイプリルがいった。「あんた、天才だわ。ごほうびにあたしのジャムをあげる」

アーチーはフンと鼻を鳴らし、ジャムの容器に手を伸ばした。「あんたがこのジャムを好きじゃないってことは知ってるよ」

「だけど、エイプリル」ダイナがいった。「今日は火曜日よ」

「だから何なの？」エイプリルがいった。「いつもと同じでしょ」

「雨が降っているときはちがうよ」アーチーがいった。「そのときは土曜日だ」

「ただし、片目を閉じて見れば、ピンクに見えるのよ」エイプリルはいった。

「でも、ぼくは縞模様がいちばん好きだな」とアーチー。

エイプリルがいった。「だけど、あんたはできないわ。火曜日だから」

「静かに、あんたたち」ダイナがいらいらしていった。「今日は火曜日なのよ」

エイプリルとアーチーはじっと彼女を見つめ、同時にいった。「火曜じゃないっていった？」

それから、二人が同時に同じことをいった場合のややこしい儀式が行なわれた。小指を曲げる。「願いをかけて」「離れることなかれ」それから、アーチーはジャムの容器をこそげる作業を再開し、エイプリルはいった。「火曜日がどういう関係があるの？」

「火曜日には放課後に体操のクラスがあるのよ」ダイナがいった。「四時半まで出られないわ」

「あら、冗談でしょ」エイプリルはいった。「出てきてよ！」彼女はちょっと考えこんだ。

「体操をさぼるしかないわね」

「無理よ」ダイナは悲しげにいった。「今学期、すでに三回もさぼってるのよ。一度はアーチーがロイ・ロジャースの映画を見たがったとき。もう一度はとってもお天気がよくて泳ぎに行ってしまって、それから――」

「ちょっと待って」エイプリルはいった。「わかったわ。あんた、足首をひねったのよ」

ダイナは反射的に自分の足首を見た。どこも悪くないように見えた。

「アーチー」エイプリルがいった。「包帯を持ってきて。ガールスカウトで応急手当のレッスンを受けておいてよかった！」

ダイナはとまどった様子だったが、しばらくして「まあ！」といった。

十分後、エイプリルは見事な手際で足首に包帯を巻き終わった。「さて、学校に行くとき、お母さんが寝ていたから、早退届を書いてもらえなかったってことにして。あの体操の教師は救いようのないまぬけだから、次の体操の授業までに忘れているわよ。覚えていても、そのときまでには洗いざらいお母さんに説明できるでしょう。わかった？」

ダイナはうなずいた。

「四時きっかりにホルブルックの家に侵入するわよ」エイプリルはいった。「それまでは――足をひきずるのを忘れないで！」

四時二分前に、ダイナとアーチーはワシントン・ドライブの家に向かって歩いていた。ダイナはまだ足をひきずっていて、アーチーは〝懐中電灯〟の大きな茶色の雑種犬の引き綱をしっかり握っていた。エイプリルは二人とは平行に、路地から行くことになっていた。

「《農業婦人》の定期購読」ダイナがつぶやいた。「彼女がぜひ講読したいといったら、イキ・ッキ・タカ・イキどうしたらいいのかしら？」

「明日もう一度、申込書を持って訪ねて来るといえばいいよ」アーチーが入れ知恵した。「そしたら、ぼくはサムソンを放す。それで、彼女はてんやわんやになるだろう」

ダイナはため息をついた。二人が表側の小道に曲がりこんだとき、家の裏手の茂みでエイプリルが待っているのが見えた。

ホルブルック弁護士は中くらいの大きさの地味な漆喰塗りの家に住んでいた。庭はきちんとしているが、ごくありふれたものだった。ただし、片側には入念に世話をしているらしい花壇があった。日時計のそばで、大きな意地悪そうな顔つきの白猫が昼寝をしていた。

サムソンは低くうなった。アーチーは引き綱をぐいとひっぱっていった。「黙れ」彼はダイナに笑いかけた。「やったね——サムソンを放したら、あの猫を追いかけるよ——」

ダイナがドアベルを鳴らした。すぐに長身で骨張った体つきの白髪混じりの女性が戸口に現われた。「何？」

「《農業婦人》の一年間の定期購読はいかがですか？」ダイナがおずおずとたずねた。

白髪混じりの女はじろっと彼女をにらみつけた。「わたしが農家の奥さんに見える？ ここが農場に見えるの？」

「いいえ」ダイナは小さな声でいった。「でも——」

「十軒予約がとれたら、本物のダイヤの指輪がもらえるんだ」アーチーがいった。

白髪混じりの女の唇がきっと引き結ばれた。それから、《農業婦人》を講読しない理由について、予約購読をとりに近所を回って、迷惑をかけているあつかましい子どもたちについて、最近の子ども全般の行儀の悪さについて、十分間にわたって演説をぶった。彼女はこういってしめくくった。「それから、その犬をすぐにここから連れ出してちょうだい！」

ダイナはあわてた。エイプリルはまだ家の中にいるはずだった。外に出てきたらすぐに、路地の見晴らしのきく場所から合図を送ってくるはずだったが、まだ何も聞こえなかった。

ミスター・ホルブルックの家政婦は家に戻りドアを閉めようとした。アーチーがサムソンの引き綱を放した。たちまちサムソンは猫に飛びかかり、猫は悲鳴をあげながら逃げていった。家政婦は金切り声をあげ、サムソンのあとを追いかけていった。アーチーとダイナは家政婦のあとから走っていった。

そのあとの混乱はたっぷり五分間は続き、とうとう猫は裏庭の電柱の半ばまでよじ登り、サムソンは電柱の下で騒々しく吠え立てた。家政婦はダイナとアーチーにわめきたて、ダイナとアーチーはただ叫んでいた。

この騒ぎのまっただなかに、エイプリルは横の窓からこっそり脱出し、急いで家を回ってくると、その騒動に加わって叫んだ。「アーチー！　なんてことをするの、そのぞっとする犬を、かわいそうな小さな猫ちゃんにけしかけるなんて！」かわいそうな小さな猫ちゃんは電柱を二メートルほどの高さまで登って、サムソンに悪態をついていた。

エイプリルはサムソンの引き綱をつかむと、それをアーチーの手に押しこみ、厳しくいった。「まっすぐ家に帰りなさい！　今すぐ」まだ吠えているサムソンをひきずって、アーチーは大急ぎで逃げだした。ダイナは彼のあとを走っていった。エイプリルはあとに残って、同情するように家政婦にこういってから立ち去った。「消防署に電話した方がいいかもしれませんよ。あの猫は自力で電柱を下りてこられないわ」

エイプリルは家まであと半分のところでダイナとアーチーに追いついた。

「どうだった？」ダイナがたずねた。「見つけた？」

エイプリルはうなずいた。「見つけたわ。あたしが目星をつけたとおり、写真はデスクの引き出しに入ってた。そのまま置いてきたわ、証拠にならないから」

「どうして？」ダイナがたずねた。

エイプリルは嘆息した。「ミスター・ホルブルックの娘は、例のビーズとクジャクの羽根を身につけたところは、とても華やかな感じだったでしょ。だけど、ふだんの彼女は大柄で金髪で、ちょっとぽっちゃりしたタイプなの。ベティ・リモーにはまったく似てないわ――アーチーが似てないのと同じぐらい」

ダイナは彼女をまじまじと見つめた。アーチーが引き綱を放すと、すっかり疲れはてたサムソンは、とっとと家に駆け戻っていった。

「つまり」ダイナはむっつりといった。「これだけのことをしたのに、猫を電柱に追い上げて、一日じゅう足をひきずって歩いていたのに、何も発見できなかったということ？」

「いいから聞いて」エイプリルはいった。「とても重要なことを発見したわ。ベティ・リモーはミスター・ホルブルックの娘じゃないということを発見したのよ。それはとても役に立つわ。なぜって、ミスター・ホルブルックは、ミセス・サンフォードを殺したいと思わないだろうってことがわかったからよ。だってミセス・サンフォードはベティ・リモー事件にかかわりがあったんだもの。あとはただ誰がミセス・サンフォードを殺したのか、見つければいいのよ」

ダイナはフンと鼻を鳴らしただけで、黙っていた。

「そして」エイプリルがいった。「家に帰る前にその包帯をはずしましょう。お母さんが見たら、どうしたのか知りたがるわ」

包帯をはずすのはなかなかむずかしく、どうするべきかかなり議論になった。エイプリルはアーチーのボーイスカウトのナイフを借りて、わきを切ろうとした。うまくいかなかった。ダイナはネイルの除光液に浸してゆるめようと提案した。エイプリルは除光液なんてないことを思い出させた。とうとうアーチーがじれて包帯の片端を握って、ひっぱった。ダイナは一度悲鳴をあげた。包帯ははずれた。

ダイナがソックスと靴をはくと、三人は家をめざした。

「足をひきずるのをやめなさいよ」表側のポーチを歩きながら、エイプリルがささやいた。

「もう癖になっちゃったの」ダイナが憂鬱そうにいった。「たぶん一生足をひきずることになるんだわ。それも全部あんたのせいよ」

彼らは家に入り、キッチンに向かった。テーブルでは、大きなレモンパイをさましているところだった。きれいな焼き目のついたメレンゲがたっぷりかかっている。コンロの上にはミートローフが置いてあり、あとはただオーヴンに入れるだけになっていた。うっとりするようないい匂いだった！　そのかたわらには薄切りじゃがいものキャセロールが待機していて、さらにすばらしいことに、オニオンスープがとろ火でぐつぐつ煮えていた。

エイプリルは陶然としながら匂いを嗅いだ。「すごいわ！」

ジェンキンズ、インキーとスティンキーはキッチンの床にすわり、物欲しげにコンロを見上げていた。すばらしいサラダの材料が流しの水切り台にのっている。ビスケットは型抜きをされ、あとは焼くばかりだった。

「エイプリル」ダイナが幸せそうにいった。「彼はもう手錠をはめられたも同然ね」

エイプリルは眉をひそめた。「聞いて！　あれは洗濯機の音？」

三人は耳を澄ました。たしかに洗濯機だった。そして、裏庭ではお母さんが《旧式九十七型の転覆》を大きく陽気に口笛で吹いていた。

ふいに災厄の予感を覚え、エイプリルは裏庭に走りこんだ。ダイナとアーチーがすぐあとに続いた。彼女はポーチのすぐ先で立ち止まり、憤慨した声でいった。「お母さん！」

「あら、おかえり」お母さんはいった。「こんなにいいお天気だし、暇だったから、古いキャンプ用の毛布を全部洗っておくことにしたの。最後の毛布が今、洗濯機で回ってるわ。干すのを手伝ってくれる？」

「だけど、お母さん」ダイナがいった。「新しいマニキュアが！」

お母さんはダイナをじっと見つめた。口をぽかんと開けている。お母さんはいった。

「すっかり忘れていたわ」

お母さんは自分の手を見た。三人の子どもたちも。三ドルのマニキュアは惨憺たるありさまになっていた！

25

「エステルが同じマニキュアをひとびん売っておいてくれてよかったわ」エイプリルは厳しくいった。「はっきりいうけど、もっとしっかりしてよ、お母さん、子どもじゃないんだから！」

「まだ若いから過ちを犯しちゃうのよ」お母さんはしおれていった。「本当にごめんなさい。もう二度としないわ」

「じっとしていて」エイプリルがきつくいった。彼女は仕上がり具合をためつすがめつ眺めた。「これで塗り立てみたいになるわ」

「あなたはネイルをやり直してくれるし、ダイナは毛布を干してくれるし、やさしい子たちだわ。新しくマニキュアを塗っていることをころっと忘れちゃったのよ。あんまりいいお天気で——」

「だから、毛布を洗いたい気分になったんでしょ」エイプリルはいった。「床にペンキを塗ろうかという気分にならなくてよかったわ。まったくもう実際的じゃない人って困ったものね！」

マリアン・カーステアズはいった。「エイプリル、もっと実際的になったら、あなたたちはもっとお母さんのことを好きになってくれるかしら？　実際的になろうと努力はしていているのよ」

エイプリルは最後の爪を塗り終えた。「どんなに実際的になっても、もうこれ以上好きになれないぐらい好きよ」彼女はゆっくりといった。「だから、じっとすわっていて、マニキュアが完全に乾くまで、何にも触らないでね」

お母さんは指を広げ、じっとすわったまま、おとなしくいった。「ええ、そうします」

「それから、少なくともあと一週間はふと思いついて毛布を洗わないでよ」エイプリルは母親の髪からピンを抜きながらいった。

「ええ、そうします」やはりおとなしく、お母さんはいった。

「じゃあ、あたしがきのう結った髪を直すあいだ、頭を動かさないで」エイプリルはいった。「さもないと怒るわよ」彼女は指でひと房の髪をとってブラシをかけた。「それから、今夜のディナーにはいちばんいい部屋着を着てね。くすんだバラ色の花模様で首回りにレースがついているのを」ビル・スミスがディナーにやって来ることを、どうやって知らせたらいいだろう？

「でも――」お母さんはいった。「料理をしたら、染みをつけてしまうかもしれないわ」

「もう料理は完成してるわ。ミートローフは焼いているところだし、グレービーは二重鍋で保温してある。サラダもできてるし、スープはすぐに盛りつけられるし、じゃがいもの薄切りはオーヴンに入ってるわ。アーチーがテーブルをセットしているところよ」彼女は最後のヘアピンを差し、ちょっとさがって仕上がりを点検した。

古ぼけたピンクのフランネルのバスローブ姿で、マニキュアが乾くあいだ両手を扇のように広げ、顔にはコールドクリームをべたべた塗っていても、お母さんはとてもきれいだった！　エイプリルは息をのんでいった。「まあ——お母さん！」

「まあ、お母さんがどうしたの？」マリアンがたずねた。

エイプリルはにやっとした。「そのマニキュアが乾くまで動かないでね。それから、髪型と部屋着とネイルとミートローフにあうメイクをちゃんとしなかったら、あたしたち三人で家出をするわよ、いいわね」

マリアンは笑い、エイプリルも思い出して笑った。アーチーがひどく腹を立てて家出すると決心したときのことだ。お母さんは彼の家出の手助けをするといいはった。そして大きなバンダナに彼の大切なものを包んで、ステッキの先にぶらさげて肩にかつぐようにしてやった。アーチーはからかわれていることに感づいて、ますます頑固になった。とうとうお母さんとアーチーは二人で家出して、西部劇の三本立てを上映していた映画館に行き、ハンバーガーをたらふく食べて、夜の九時にうれしそうに帰ってきたのだった（心配していたダイナとエイプリルはほっと胸をなでおろした)。

「心配しないで」エイプリルはいった。「家出するときは、お母さんも連れていくわ。だけど、忘れないでよ――アイシャドーや何かもちゃんとつけてね。じゃあ、あたしはダイナが毛布を干すのを手伝ってくるわ」

エイプリルはドアのところで足を止めて、お母さんをもう一度振り返った。ふいに暖かくやさしい気持ちがこみあげてきて、泣きそうになった。あたしたちのしていることが、お母さんの望んでいることとならいいのだけど。それがわかれば！　お母さんが警部補のハンサムな夫を持って、幸福になれるとわかっていれば！

「どうかしたの？」お母さんがたずねた。

「ええ」エイプリルは息を吸いこんだ。「マスカラもね。それから、すぐにマニキュアは乾くから、水道の水をあてるといいわ。そうするとマニキュアのもちがいいの」

エイプリルは階段を駆け下りていき、あちこち点検した。アーチーはすばらしいテーブルセッティングをしていた。残っていたタリスマン種のバラのいいところでこしらえたセンターピースはすばらしかった。新しいキャンドル、磨いたキャンドルホルダー。ビル・スミスはお母さんの向かい側にすわるから、バラ越しに彼女を見ることになるだろう。

「もうお母さんにいった？」ダイナがたずねた。

エイプリルはかぶりを振った。「でも、伝えるわよ。すぐに。それから、あたしたちも着替えた方がいいわね」

何を着るかについて短い議論があった。ダイナはピンクのセーターとチェックのスカートの組み合わせがお気に入りだったが、エイプリルはちがった。とうとうエイプリルが閃いていった。「ダイナ！ 水玉模様のモスリンの白いワンピースがいいわ。ブルーのベルトとブルーのリボンをつけて」

「あら、いやだ」ダイナがオーヴンの扉をバタンと閉めていった。「まるで子どもみたいに見えちゃうわ！」

「それが狙いよ」エイプリルはいった。「わからないの！ お母さんにずいぶん大きな子どもがいると、ビル・スミスに思われたくないでしょ！」

「そうね――わかったわ。今度だけは」

「それから、あんた」エイプリルはアーチーにいった。「手や顔を洗っていらっしゃい！」

エイプリルはお客が来ることをお母さんにどう伝えたらいいか考えながら、ゆっくりと階段を上がっていった。結局、お母さんとビル・スミスは、ゆうべあまり友好的とはいえない別れ方をした。なかなか一筋縄ではいきそうにない難問だった。

彼らがやったことと、その理由を白状する？ だめ！ そんなことをしたら、お母さんは意固地になるだろう。

彼が好きだから独断で招いた？　うまくない！　お母さんはカンカンになるだろう。彼が招いてもらいたがった？　それもだめだ。全然よくない。

お母さんの部屋の前で五分ほど考えているうちに、あるアイディアが閃いた。

お母さんはハンガーからバラ模様の部屋着をはずそうとしているところだった。彼女は誇らしげに指を広げてみせた。「ほらね？　すっかり乾いて、どこも欠けてないわよ！」

「すてきだわ！」エイプリルは賛嘆の声をあげた。「ねえ、お母さん」これは慎重に切りださなくてはならなかった。「あの警官――ビル・スミスだけど――今夜、仕事でこっちに来るんだけど、夕食をとる場所がないんですって。だから、キッチンでサンドウィッチでも出していいかしら？」

「エイプリル！」お母さんは部屋着をとり落とした。「キッチンでサンドウィッチですって」お母さんはいった。

「そんな馬鹿なこと！」エイプリルは息を止めた。何年にも感じられる時間がたった。

「ディナーを食べていってもらいなさい、もちろん！」

「わかったわ」エイプリルはいった。彼女は廊下に飛びだすと階段を下りていった。下まで着くか着かないかに、上のドアが開いて、お母さんの声が叫んだ。

「ああ、エイプリル！　レースのテーブルクロスをかけて、生け花を飾って！」

「わかったわ」エイプリルは叫び返した。すでにレースのテーブルクロスはかけてあったし、バラのセンターピースも飾られていた。

エイプリルはダイナと着替えているあいだ、一度だけお母さんの部屋を細く開けてのぞいてみた。お母さんはドレッサーの前にすわり、エイプリルが見たこともないほどていねいに眉を描きながら、その顔には微笑を浮かべていた。部屋着のバラと同じ花が髪におしゃれに留めてあった。エイプリルはそっとドアを閉めて自分のドレッサーの前に戻った。

「あたし、子猫だったらよかったのに」エイプリルはいった。

ダイナがいった。「あら！　どうして？」

エイプリルはにっこりした。「だって喉をゴロゴロ鳴らせるから！」

タイミングは完璧だった。すべてがテーブルに並べられたとき、お母さんが下りてきて、ビル・スミスがほぼ同時にドアベルを鳴らした。

彼はおろしたてのように見えるスーツを着て、まちがいなく床屋に行ってきたばかりだった。大きな箱を抱えていて、それをお母さんに差しだした。ダイニングのドアの陰から見ていたアーチーはうっとりといった。「チョコレートだ！」

そしてお母さんがキッチンでサンドウィッチの件を持ち出さないうちに、あるいはビル・スミスがディナーへの招待の礼をいわないうちに、アーチーがインキー、スティンキー、ジェンキンズ、ヘンダーソンをリビングに放した。それに続く騒ぎがおさまり、またその話題がとりあげられる危険が生じたとたん、ダイナがディナーの用意ができたと知らせた。

三人の子どもたちは、ディナーでの会話をまえもって慎重に打ち合わせてあった。

全員に料理が配られ、ビスケットが回されると、ダイナがうれしそうにため息をついた。

「ああ、お母さん、本当に最高のミートローフだわ！」

「おいしいですね」ビル・スミスも同意した。

アーチーは自分のせりふを忘れなかった。「お母さんのステーキパイをいつか食べてみるといいよ」

数分後にエイプリルがいった。「このビスケット、ほっぺが落ちそうだわ！」

ビル・スミスは三枚目にバターを塗りながらいった。「こんなおいしいビスケットは食べたことがないですよ」

「それにお母さんのコーンマフィンは最高なのよ！」ダイナがいった。

お母さんとビル・スミスが政治、本、映画についてしゃべっているときは、三人はじょさいなく黙っていた。会話が少し停滞するやいなや、エイプリルの合図でアーチーがいった。「ねえ！　もっとグレービーソースをもらってもいい？　このグレービーソース、すっごくおいしいね！」

「あなたももう少しいかが？」エイプリルがいってビル・スミスに入れ物を回した。「お母さんの作るグレービーソースはとってもおいしいの！」

「それにステーキソースも」ダイナがいった。「一度召し上がってみるべきだわ。ほんとに！」

食事中、マリアン・カーステアズはひとつだけ少々不安なことがあった。三人ともあまりにもお行儀がよすぎるのだ。お行儀がいいうえに、おとなしすぎるし、口にするのは料理をほめる言葉だけだった。アーチーのいつもの「ねえ！　これ、知ってる？」は出てこないし、ダイナはビスケットのお代わりを頼むときには、「とっていただけるかしら」とていねいに頼んだ。

しかし、エイプリルが「お母さん、このとってもおいしいサラダドレッシングは手作りなの？」と聞き、ダイナがあわてて「もちろんよ。お母さんはいつもドレッシングを手作りしているでしょ」というにおよび、マリアンは何か怪しいと思いはじめた。彼女ばかりかダイナもエイプリルも、ドレッシングを手作りしたことがないのはよく承知していたからだ。それに、エイプリルがアーチーをつつくのを目撃したとたん、彼はこういったのだ。

「お母さんはマヨネーズも作るんだよ。しかも、とってもおいしいマヨネーズなんだ」

最後にレモンパイが仰々しく運ばれてきた。

そのときには、マリアン・カーステアズは自分が陰謀の犠牲者になっているのではないかと疑いはじめていた。もし子どもたちの誰かがパイをほめたら――。

だが、ほめたのはビル・スミスだった。「お母さんはこのうえなくおいしいレモンパイを作りますね！」

テーブル越しにマリアンの視線が彼の視線とぶつかった。彼の目は笑っていた。彼女はクスクス笑いをこらえていった。「わたしのジンジャーブレッドをぜひ一度食べていただきたいわ!」

三人の子どもたちは目をみはり、まずビル・スミスを、それから母親を見た。

パイを食べ終わると(ビル・スミスは三切れ食べた)、三人はたちまちさっきまでの調子をとり戻した。「コーヒーはリビングで」エイプリルがいった。暖炉の上にキャンドルを灯し、ダイナがコーヒーのトレイを運んできた。ほら! コーヒーにやわらかな照明、すてきな部屋着を着たお母さん!

それからエイプリルはアーチーをキッチンに追いやり、ダイナといっしょに残った皿を運んだ。アーチーは憤慨して抗議した。「ねえ! ぼく、聞いていたいんだよ!」

ダイナはテーブルクロスをたたんで、テーブルのパンくずを払った。そしてエイプリルに愚痴った。「あたしがいうはずになっていたせりふを抜かしちゃったわ。『毎晩お一人で夕食をとるなんて、さぞ寂しいでしょうね』って」

「大丈夫よ」エイプリルがいった。「万事うまくいってるから」彼女は人差し指を唇にあてがうと、リビングのドアの方に移動した。ダイナとアーチーが忍び足でそれに続き、聞き耳を立てた。

なごやかな親しげな笑い声。お母さんの声がいった。「本当に、ビル――」そして彼の声。「真面目な話、マリアン、ぜひ話したいことが――」

そのときドアベルが鳴った。

「あたしが出るわ」エイプリルが叫んだ。彼女はリビングを突っ切って、ドアを開けた。「たぶん新聞屋さんでしょう」

新聞屋ではなかった。オヘア部長刑事だった。しかも、心配そうな顔つきだった。息を切らしているようだ。丸い顔が赤くなっている。彼はいった。「やあ、お嬢さん。わたしは——」そのときビル・スミスを見つけていった。「ああ、そこでしたか」

エイプリルはオヘア部長刑事が邪魔をする前に、リビングの様子をちらっと見た。お母さんはブルーのソファにすわっていて、とても愛らしかった。ビル・スミスは大きくて快適な安楽椅子にすわり、お母さんを見つめていたが、その目には真摯《しんし》な色があふれていた。オヘア部長刑事にしてやりたいことがいくつも頭をよぎったが、どれも愉快なことではなかった。

「ミスター・サンフォードを発見しました」オヘア部長刑事は、はあはあ息を切らしながら報告した。「自宅の私道のはずれのやぶで。ついさきほどのことです。フラナガンに見張らせています」

ビル・スミスは勢いよく立ち上がり、コーヒーカップをひっくり返しそうになった。

「殺されて？」

「瀕死です」オヘア部長刑事はいった。「撃たれていた。でも、命はとりとめそうです。

まず救急車を要請した方がいいでしょう。それから本部に電話しましょう」

マリアンも立ち上がった。「電話はそこです」

エイプリルはキッチンに駆けこんでいってささやいた。「来て！」彼女はダイナとアーチーを従えて裏庭に走っていった。サンフォード家の私道に行く途中で、起きたことを説明した。そして「アーチー、彼を見張っている警官がいるの。そこから彼を誘い出せる、すぐに？」

「いいとも」アーチーはいった。彼はやぶに飛びこんでいった。ダイナとエイプリルはサンフォード家の芝生を突っ切り、私道の方にそっと近づいた。警官の足もとには毛布をかけられ、不吉にも身じろぎひとつしない体が横たわっていた。

ふいに身の毛もよだつぞっとする悲鳴が、やぶの方から聞こえた。警官は飛び上がり、向きを変えて、悲鳴の方向に走っていった。エイプリルとダイナは毛布にくるまれた姿めざして走った。

ウォレス・サンフォードの目が開き、二人の女の子を見た。彼の顔は真っ青だった。

「殺されてないわよ」エイプリルがいった。「オヘア部長刑事がそういってたわ。ただ撃たれただけ。だから心配いらないわ」

「大丈夫よ」ダイナがささやいた。

彼はしゃべろうとしてできず、目を閉じた。それからまた目を開けた。

「無理しないで」ダイナがいった。

「聞いてくれ」くぐもった声でいった。「聞いてくれ、二人とも。今、わかったんだ。フ
「聞いてくれ、二人とも。今、わかったんだ。フローラを殺した男は――」また彼の目が閉じた。

「誰？」エイプリルはささやいた。「誰なの？」

彼はまたかすかに目を開いた。「身代金を払った男だ。彼女の――」目が閉じて、もう開かなかった。

ダイナは彼にかがみこんだ。「息はあるわ」彼女は小声でいった。「ただ気絶しただけ」

やぶでガサゴソいう音がした。「警官が戻ってきたんだわ」エイプリルがささやいた。

「逃げよう！」

二人は私道を走っていった。ちょうど門まで行き着いたときに、アーチーが背後の木の陰から現われた。どこかで警官が呼び子を吹いた。ビル・スミス、オヘア部長刑事、お母さんが玄関から飛びだしていったとき、ちょうど三人は裏口にたどり着いた。

ダイナは息を整え、機械的にまた皿洗いを始めた。「危ういところだったわ！」

「ぼくの悲鳴、どうだった？」アーチーが自慢そうにいった。

「うまかったわ」ダイナがいった。

「そのうち、わめき声も聞いてもらいたいな」アーチーがいった。「ねえ、エイプリル

？」

エイプリルは答えなかった。彼女はキッチンの椅子にすわり、両手で顎を支えていた。

「エイプリル」ダイナが声をかけた。

「黙って、みんな」エイプリルがいった。「それから邪魔しないで」彼女は困惑した様子で、少し悲しそうだった。「だって、考えなくちゃならないのよ」

26

「フラナガンはたぶんフクロウの鳴き声を聞いたのでしょう」オヘア部長刑事はいった。

お母さんは彼とビル・スミスに笑顔を向けた。「ともかく、ミスター・サンフォードが見つかったんですものね。さあ、コーヒーをいかが？ 二秒で淹れられますわ」

「もう用意したわ」ダイナがキッチンから叫んだ。「すぐに運んでいきます」

彼女はトレイを運んできた。エイプリルとアーチーもいっしょに来た。これみよがしに砂糖とクリームを運んでいたが、実は様子を偵察に来たのだった。

お母さんの髪は少し乱れていて、バラの花は哀れにもゆがんでいた。だが頰はピンク色で、目はきらきらしていた。ビル・スミスは息を切らし、少し心配そうだった。かたやオヘア部長刑事は悠然としていた。ときどき三人の子どもたちに笑顔を向け、ダイナとエイプリルのエプロンを感心したように見ていった。「お母さんのお手伝いかい。実にりっぱだよ」彼はお母さんに笑いかけた。「子どもを育てるには、これがいちばんいい方法なんですよ。わたしも——」

「もしかしたら、九人のお子さんを育てたのかしら」お母さんはいった。「だからご存じなんですね」彼女は髪の毛を直そうとして、かえってくしゃくしゃにしてしまった。

ビル・スミスはにやっとした。「あなたは霊能者なのか、すでに彼が話したかですね」少し真面目な顔つきになった。「まっすぐ本署に行くべきだった。このコーヒーを飲み終えたらすぐに――」

オヘア部長刑事はキャンドルの灯された部屋や、マリアン・カーステアズのバラ模様の部屋着や、ビル・スミスの床屋に行ったばかりの髪を見て、ぴんときた。「行くまでもないですよ」彼はいった。「朝まで待たせておきましょう。たいした傷じゃないし、ひと晩ぐっすり眠ったあとの方がよくしゃべれるだろう。あなたはあの男をつかまえたんですから、リラックスしてお祝いしても――」

「しかし――」ビル・スミスは顔をしかめていいかけた。

ダイナがいった。「彼がミセス・サンフォードを撃ったわけがないわ。それなら、誰が彼を撃ったんですか？」

「しかも、何者かが警察をおびきだそうとしたわ」お母さんがいった。

「あの悲鳴は」とアーチーが自慢そうにいったのは無理もなかった。「フクロウの鳴き声には聞こえなかったけどな」

「それに、あたしたちは銃声を聞いたんですよ」エイプリルがいった。「じゃがいもを火にかける時間かどうか、ちょうど家に入って――」

ビル・スミスは息をひそめてひとことだけいった。三人の子どもたちにはそれが聞こえなかったし、たぶんその方がよかった。

「さあさあ」お母さんがいった。「しばらくこの件は忘れましょう。オヘア部長刑事のいうとおりだわ、ビル。ミスター・サンフォードはひと晩ぐっすり休ませてあげた方が、取り調べもスムーズにいくでしょう。それから、もう少しコーヒーをいかが？　あら、あのチョコレートの箱をどこに置いたかしら？　そうそう、オヘア部長刑事、たしかディナーのときのレモンパイがひと切れ残っていたと思いますわ」

アーチーがパイをとりに行った。エイプリルはコーヒーのお代わりを注いだ。ダイナはチョコレートを回した。それから三人の子どもたちはアーチーを真ん中にして、ソファに行儀よくすわった。

オヘア部長刑事はパイをほめちぎった。ミセス・オヘアのパイに劣らないぐらいおいしいといったものだ。「しかし、女房の濃厚なチョコレートケーキはぜひとも一度味わっていただきたいものですな！」

三人の子どもたちは真面目な顔をとりつくろっていた。お母さんとビル・スミスはお互いに目をあわせないようにしていたが、お母さんの頬はさらにピンク色になった。オヘア部長刑事は暇を告げて立ち上がった。彼はこの場を見渡した。キャンドルの灯された部屋、ブルーのベルトのついた白いドレス姿のダイナとエイプリル、バラ色の部屋着を着たマリアン・カーステアズ。彼は重い吐息をつくと、ビル・スミスに向かっていった。「奥さんも子どもたちもいないのはお気の毒ですな。ホテル住まいでは、さぞ寂しいでしょう。では、おやすみなさい、みなさん」

ダイナ、エイプリル、アーチーは心の中で彼に喝采を送った。

ビル・スミスはカップを置いていった。「マリアン――」

「エイプリル」ダイナが急いでいった。「お皿を片づけてしまわなくては」

三人がダイニングの中ほどまで来たとき、ビル・スミスの声が聞こえた。「マリアン――話したいことがあるんです――」そのとき、電話が鳴った。

ダイナとエイプリルは電話のところに飛んでいった。母親にかかってきたものだった。その声は怯え、狼狽していた。

お母さんは受話器をとるといった。「はい――はい？　まあ！　なんてお気の毒な！　ええ、ええ、すぐに行きます」沈黙、それから「スミス？　たまたま、ここにいますよ。ええ、ええ。そうします。すぐに」

受話器を切ったときには、三人の子どもたちとビル・スミス警部補が電話台の周囲に集まっていた。

「ミスター・チェリントンが」お母さんはいった。「また心臓発作を起こして、奥さんが一人きりでついているんです。そしてなぜか彼はあなたに話をしたいんですって、ビル」

「まあ」エイプリルはいった。「ああ、まさか！」彼女は蒼白になった。「真実にちがいないけど、こんなふうになってほしくなかったわ」

「エイプリル！」ダイナが啞然としていった。

エイプリルは手を振ってダイナを黙らせるといった。「お母さん。お母さんはベティ・リモーの誘拐を取材したんでしょ。教えて。ベティ・リモーの本名は何だったの？」

お母さんは当惑しているようだった。「なぜ――なぜなの――ローズなんとか。思い出せないわ」

「やっぱり」エイプリルは泣き声をあげた。「やっぱりそうだったのね！　それに身代金はきっかり一万五千ドルだったし、着服したお金もその金額だった。それに彼は以前軍隊にいたから、たぶん四五口径を持っているでしょう。おまけにミセス・チェリントンの目は茶色じゃなくて、ブルーですもの」

「エイプリル！」お母さんが心配そうにいって、エイプリルの額に手をあてがった。「大丈夫？　喉は痛くない？」

「喉なんて痛くないし、熱もないわ。でも、ミスター・チェリントンの名前はチャンドラーだったの。そして軍隊で士官だった。それからローズという娘がいて、彼女は舞台に上がってベティ・リモーに名前を変えた。そして誘拐されたので、彼は身代金を払うためにお金を横領して、それがばれて除隊になり、刑務所に入ったのよ。彼はずっと誘拐犯人を見つけようとしていたにちがいないわ。だからこっちに引っ越してきて、あの家を借りて——」

「落ち着いて」ダイナがいった。

「ええ、すべてフランキー・ライリーが刑務所から出てきたことにからんでいるのよ。彼は誘拐を助けたから。でも、彼女がお金を独り占めしたにちがいないわ。彼は強盗をしなくちゃならなかったんだもの。それで刑務所に入ることになったのよ。そして刑務所を出て、ここに来た。たぶんそれがミスター・チェリントンの——つまりチャンドラー大佐の待っていた証拠だったのよ。だからミセス・サンフォードを撃った。彼女は娘を殺して、彼の人生を破滅させたから。それからフランキー・ライリーを撃ったのも同じ理由からよ。たぶん彼なら、古いプールにフランキー・ライリーを運んでいく力もあったはずだわ、まだそんなに年寄りじゃないから。実は五十代なのよ。そしてミスター・サンフォードの行方を突き止め、今夜、撃とうとしたけど殺せなかった。そのことはよかったわ。というのも、ミスター・サンフォードは実は誘拐に関係していないからよ。そしてそのせいで、心臓発作が起きたのね。とにかくそういうことだから、早く行って供述をとってきた方がいいわ」エイプリルはわっと泣きだした。

お母さんは彼女を腕に抱きしめた。「いい子、いい子!」

「廊下の写真が」エイプリルはすすり泣いた。「ミセス・チェリントンにそっくりだったの。でも、黒っぽい目だった。そして、ローズって署名されていたの。おまけにベティ・リモーの写真にそっくりだったわ」

ダイナとアーチーは目を見開いて、茫然と見つめているだけだった。

お母さんはエイプリルの髪をなでながらいった。「泣かないで。彼は心臓が悪かったのよ、それに――」

「マリアン」ビル・スミスがかすれた声でたずねた。「ミセス・カーステアズ。これについて知っていたんですか？　それでわたしが頼んだときに手を貸してくれようとしなかったんですか？」

「推測はしていました」マリアンはいった。「わたしも写真を見ましたから」

エイプリルは頭を上げて、母親とビル・スミスのあいだに交わされた表情を目にした。彼女は立ち上がっていった。「早く行って、ミスター・チェリントンとお話しした方がいいわ」

「彼女のいうとおりだ」ビル・スミスはいった。

「この子のいうとおりよ――何もかも」お母さんはいった。彼女はエイプリルの額にキスした。

27

カーステアズ家の三人の子どもたちがベッドに入ったのは午前四時だった。その前に、ぐっすり眠りこんでしまったアーチーを、ビル・スミスは階段の上に運んでいかなくてはならなかった。だが、ダイナとエイプリルはまだ目が冴えていた。

お母さんはキッチンに行ってココアを作った。髪の毛はくしゃくしゃになり、顔は疲れをにじませ青白かったが、ビル・スミスは彼女の顔から目をそらせなかった。

ミスター・チェリントンは自白した。その供述はエイプリルの推理どおりだった。警察の救急車で病院に運ばれ、診察した医師は裁判までもたないだろうといった。ミセス・チェリントンは毅然とした態度で、しかも、なんとなく、肩の力が抜けたように見えた。すべてが終わったので、すでに一切合切を打ち明けていた。

そう、娘の身代金のために彼はお金を盗んだ。それから娘が殺され、まるで自分が殺されたも同然の気持ちになった。そのあとはどうなろうと関心がなくなった。ただ、娘の眠る場所にバラを植えてあげたいという思いだけだった。横領がばれてしまうので、娘の死体をひきとることができなかったので死体を盗んだ。しかし、結局横領は露見して、刑務所に行くことになった。

釈放されたときは、病弱な老人になっていて、彼はただひとつの目的のためだけに生きていた。その目的を成し遂げた——だからもはや終わりなのだ。

「これで、幸せに死ねるでしょう」ミセス・チェリントンはいった。

お母さんはココアを作りながら、その話をみんなにした。それからたずねた。「で、あんたたちだけど。どんなふうに、そしてなぜ、この事件に首を突っ込んだの?」

「お母さんのためよ」ダイナが眠そうにいった。「宣伝のため」

「現実の殺人事件を解決してもらいたかったの」エイプリルがいって、ココアを手にしたままうとうとしかけた。「だけど、お母さんはとっても忙しかったから、代わりに解決してあげようと思ったの。ねえ——アーチー——」

そこでビル・スミスがアーチーをベッドに運んでいったのだった。

また下りてくると、ダイナとエイプリルを見ていった。「さあ、ベッドに入りなさい。さもないと、きみたちまで運んでいかなくてはならなくなる。それから——マリアン——ミセス・カーステアズ——」

「はい」お母さんがいった。

「今夜はもう遅いが、——ぜひ話したいことがあるんです。とても重要な件で。とてもお忙しいのは承知していますが――明日の夜、うかがってもいいですか?」

お母さんは高校生のように頬を染めて、いった。「どうぞ」彼女はビル・スミスを玄関に送っていき、戻ってくるとダイナとエイプリルにいった。「明日は学校を休みなさい。好きなだけ寝坊するといいわ」

全員が昼過ぎまで眠った。その頃には記者たちが玄関につめかけていた。ミステリ作家のマリアン・カーステアズがサンフォード殺人事件をほぼ独力で解いたと、ビル・スミスが発表したのだ。記者たちはインタビューして写真を撮りたがった。ダイナ、エイプリル、アーチーは彼らの希望をかなえてやることにした。マリアンは抗議したが、三人は強硬だった。これだけ苦労したのだから、それを利用しない手はない!

「明日の今頃には」とエイプリルが陽気にいった。「映画出演の話があるかもしれないわ」

「それに、新しい本の売れ行きにどんなに影響するかしら」ダイナがいった。

「夢みたいなことばっかり」お母さんはいった。だが、三人の子どもに反論することはできなかった。

三人がすべてを仕切った。エイプリルが髪の毛を整え、ダイナはリビングを掃除して、あちこちに生け花を飾った。アーチーはジェンキンズ、インキー、スティンキーをブラッシングして、三匹がリビングの床で寝ているようにした。

インキーとスティンキーはちょうど《ガゼット》紙のカメラマンがレンズを向けたとき、お母さんの膝に飛びのり、非の打ち所のない写真が撮れた。

エイプリルはダイナとアーチーを正面ポーチに連れだして、お母さんをインタビュアーたちに委ねた。

「エイプリル」ダイナがいった。「あの書類。ほら、ミセス・サンフォードの家で見つけた書類だけど。燃やしてしまうべきよ」

「わかってる」エイプリルは眉をひそめた。「考えさせて」

「静かに、みんな」アーチーがいった。「エイプリルが考えているんだ」

エイプリルはふざけて彼をぶった。「重大なことよ。あれだけの人たち。つまり、レストランに行って、ギャンブルの手入れにあった教師や、親たちにバーで働いていることを知られたくない青年とか、そういう人たちだけど。ミセス・サンフォードが殺されてから、あの証拠の品がいつ発見されるだろうと、みんなとっても心配しているんじゃないかしら」

「全員に手紙を書けばいいわ」ダイナが提案した。「証拠の品や写真や何かを送ってあげるの」

「切手代がかさむわ」エイプリルはいった。「また破産しちゃう」彼女は暗い顔でちょっと風景を眺めていたが、ぱっと明るい表情になった。「どうしたらいいかわかったわ！

次に玄関から出てくる記者をつかまえて」

彼らは十五分以上待っていた。カメラマンが一人出てきた。別のカメラマンが入ってい
った。とうとうグレーのスーツの太った男が、たたんだ紙をポケットに突っ込みながら出
てきた。

「ねえ、そこの方」エイプリルがいった。

彼は彼女を見て、丸い顔を輝かせた。「おや！　信頼できる証人さんだ！」

エイプリルはまばたきして、じっと彼を見つめた。「あなた、知ってるわ！　アイスク
リーム店に隠れて、会話を盗み聞きするんでしょ！　名前は公表できない信頼できる証人
から、もうひとつ情報を手に入れたくない？」

「ぜひとも」太った男はいった。彼はたたんだ紙をポケットからひっぱりだした。

「実はね、すでにミセス・サンフォードがゆすり屋だったというのは知ってるでしょ。だ
から――」彼女は山のような恐喝の材料がミセス・サンフォードの家で発見された事実に
ついて、相手が納得するまで詳しく語った。「その中には、たとえば教師みたいに罪のな
い人も含まれているの」警察はそうした書類を公にしたくないと考えた、不要な不幸を招
くだけだから。そこで、書類はすべて燃やされてしまった。「うちのゴミ焼却炉でね」彼
女はきっぱりとつけ加えた。

太った男はメモをとるといった。「掛け値なしに本当だね？」

「もちろんよ」ダイナはいった。「この目で見たもの」問題の品を見たのか、燃やされるところを見たのかは、はっきりいわなかった。

「それでね」エイプリルは打ち明け話をするように続けた。「警察はそれが発見されたことを誰にも知らせないつもりだったの。最終的に殺人犯をつかまえたわけだし。でも、あたしたちはずっとここですべてを見てきたので、そのことを知っているのよ。だから、これはいわゆる特ダネになるんじゃないかしら」

「たしかに」太った男はうれしげにいった。

「ただし」エイプリルが釘をさした。「どこで聞いたかいわないでね。さもないと」――お母さんの最新刊ではどういっていただろう？――「すべてを否認するわ。以上よ」

「名前は明らかにできない信頼できる証人によって語られた」太った男はにこにこしながらいうと、きびすを返して、階段を下りていった。

「そうそう、ところで」エイプリルはその背中に向かって叫んだ。「〈ルークの店〉に途中で寄って、あたしたちがあとでミルクセーキを一杯飲みに行くって伝えておいて。あなたのおごりで」

太った男はしばらく彼女を見つめてからいった。「このあいだの話が正確でなかったら、お断わりというところだが、いいとも、ミルクセーキを一杯ずつね」

「チョコレート味よ」エイプリルが叫んだ。「クリーム入りで」

「チョコレート味のミルクセーキは好きじゃないくせに」アーチーが低い声でいった。「代わりに漫画本を二冊とガムひとつにするの」エイプリルが教えた。

ダイナが眉をひそめた。「このあいだの話って？」

「ああ、どうでもいいことよ」エイプリルはうきうきしていった。「さあ、あれを本当に燃やしてしまった方がいいわ。あの男のことだから、きっと大きな記事にするわよ。これで自分の評判を心配している人全員が、ほっとするでしょう」

「焚き火をしようよ」アーチーがいった。「焼却炉で燃やしてもつまんないもん」

「最後に焚き火をしたとき」とダイナが思い出させた。「ミセス・ウィリアムソンの猫が尻尾を焦がして、お母さんに少年院に送るって脅されたでしょ」

「本当に送るもんですか」エイプリルは考えこみながらいった。「ねえ、ダイナ。ミスター・ホルブルックのこと」

「ミスター・ホルブルックがどうしたの？」ダイナはくじいた足首と猫と犬の追いかけっこを思い出しながらいった。

「お嬢さんの写真をこっそり返してあげるべきだと思うの。手紙もいっしょに」

ダイナは息をのんだ。「ホコン・キキ？」

「第一に、お嬢さんの写真だからほしがるでしょう。第二に、新聞で記事を読まないかもしれないから、ずっと心配し続けるかもしれない。ええ、彼に届けてあげましょうよ」

ダイナとアーチーが返事をする前に、エイプリルは家をぐるりと回って裏口から入っていった。

「ねえ」アーチーがいった。「これ、知ってる？　これ、知ってる？」

「知ってるわよ、アーチー」ダイナはむっつりといった。「黙っていて」

五分後、エイプリルがきれいに包装した包みを手に現われた。「ささやかなプレゼントだといえばいいわ」彼女は先頭になって歩道に下りていき、つけ加えた。「そして、あたしたちが写真と手紙を見たことを知れば、二度と、あたしのことを頭のいいおちびさんとは呼ばないでしょうね！」

ミスター・ホルブルックの家までは黙りこくって歩いていった。意地悪そうな白猫が階段で寝ていた。猫は三人にふうっとうなると、逃げていった。

「礼儀正しい歓迎だこと」エイプリルはつぶやいた。彼女はドアベルを鳴らした。

白いものの混じるブロンドの髪をした、長身の端正な顔立ちの女性がドアを開けて、三人に微笑みかけた。「はい？」

エイプリルは彼女をまじまじと見つめ、さっと青ざめた。「まあ！」

廊下から声が聞こえた。「どうしたんだ、ハリエット？」

「ミス・ホルブルック——」エイプリルは息をのんだ。

その女性は眉をつりあげた。「何かしら——？」

もうあと戻りできなかった。「お父さまにお会いできますか？」エイプリルはとても小さな声でいった。

ヘンリー・ホルブルックが戸口に現われた。すっかり血色がよくなっているようだった。パイプをくゆらせながら、にこにこしている。

「おや、おや、これは」ヘンリー・ホルブルックはいった。「小さな友人たちだ。こちらは娘のハリエットだ。アーディナといった方がわかりやすいかな、有名なデザイナーの」

「まあ！」エイプリルは啞然となった。「すごいミュージカルのために、すごい衣装を作る方ですか？」彼女は落ち着きをとり戻していった。「さぞご自慢でしょうね、ミスター・ホルブルック！」

「まさしく」ホルブルック弁護士は満面に笑みをたたえていった。「本当にびっくりしたよ。娘が訪ねてくるまで、まったく知らなかったんだ」

エイプリルはちらっと端正な女性の方を見た。そう、彼女は三本のクジャクの羽根とビーズを身につけていた女性だ。

「どんな父親でも自慢にするような娘だよ」ミスター・ホルブルックは片腕を娘の肩に回した。「何を持ってきてくれたのかな、おちびさん？」

エイプリルは「おちびさん」に顔をしかめたが、それについて怒っている場合ではなかった。「説明するのがむずかしいんです。事情があって――その、なんというか、たまたま見つけたんです。ミセス・サンフォードの家に隠されていたんです。だから——その、もしかしたら——」生まれて初めてエイプリルは言葉につまった。

アーチーは包みをつかむと、ミスター・ホルブルックの手に押しつけていった。「どうぞ」

ヘンリー・ホルブルックは包みを開けた。写真が滑り落ちた。ハリエット・ホルブルック、別名アーディナはそれを拾い上げると、歓声をあげた。

「まあ、パパ！　あたし、この写真をあちこち探していたのよ！　宣伝写真に使おうと思って。ストリップ劇場の踊り子から身を起こし、苦労して——」

だが、ヘンリー・ホルブルックは手紙を読んでいた。その目には幸せそうな、いくぶんとまどった表情が浮かんでいた。「ハリエット、おまえは——」

「行きましょう」ダイナがいった。三人は気づかれずに小道を駆け戻った。

「ねえ」エイプリルがいった。「思いがけず、二、三年分の善行をほどこしちゃった気がするわ。〈ルークの店〉まで行って、ミルクセーキを飲めるかどうか聞いてみましょう」

ダイナは首を振った。「家よ。急いで。お母さんは今夜約束があるのよ、覚えてる？もう記者たちもひきあげている頃だわ」

「そうね」エイプリルがため息をついた。「いろいろ手配をしておかなくちゃならないわ。家に帰りましょ。それから、アーチー、ミスター・ホルブルックの猫に石を投げるのはやめなさい。ちょっとひっかかれただけなんでしょ！」

28

今夜のお母さんの約束はとても大切なものだった。何を着たらいいのか？　ブルー。ダイナはいいはった。男性がいちばん好きな色だから。以前、ファッション誌で読んだことがあった。エイプリルはバラ色を主張した。お母さんはバラ色がとっても似合う。ふたりはそれについて議論しながら、サンドウィッチを二個ずつ食べ、残りのコークを飲み干した。そして、夕食の準備をしているあいだも、ずっと議論をしていて、テーブルにすべてを並べ終えたとき、耳慣れた音が午後じゅう二階から響いていたことに気づいた。あまり聞き慣れた音だったので、気づかなかったのだ。

二人は階段を駆け上がっていき、ノックして部屋に入った。「お母さん！」ダイナはきつい声でいった。

お母さんは顔を上げなかった。デスクには原稿の束やメモや参考書や使用済みのカーボン紙や空の煙草の箱が、十センチ以上の高さに積み上げてあった。お母さんは靴を脱ぎ捨てて、足を小さなタイプライター用のデスクにからませている。タイプをするたびに、そのデスクはダンスをしているかのようにガタガタ揺れた。髪の毛はあちこちピンで留めて頭のてっぺんにまとめてあった。鼻には黒い染みがついている。おまけに、古い方の仕事用スラックスをはいていた。

「ちょっと! お母さん!」エイプリルがいった。

お母さんはタイプの手を止めて、顔を上げ、上の空で微笑んだ。「新しい本にとりかかったところなの。順調だわ」

ダイナは大きく息を吸いこんだ。「おなかがすいてないの?」

彼女はちょっとぼんやりしているようだった。「そういわれてみれば、そうね。お昼を食べるのを忘れていたわ。思い出させてくれてありがとう」立ち上がって靴をはくと、原稿の束をつかんで階段を下りていった。インキーとスティンキーが椅子の下から出てきて、彼女についていった。そのあとから子どもたちもぞろぞろと階段を下りた。

お母さんはダイニングのドアの前を通り過ぎ、キッチンに入っていった。あいまいに子どもたちに笑いかけるといった。「お昼には何でも好きなものを食べてね。わたしはスクランブルエッグを作って、食べながらこれを直すわ」

「だけど、お母さん」ダイナがいいかけた。「もうお昼じゃないわ……」

エイプリルが彼女をつついた。「しぃっ! 余分なことといわないで! 頭がいっぱいなのよ!」

その後の行動を、子どもたちは魅入られたように、同時にぞっとしながら見守った。お母さんは小さなホーローのシチュー鍋に卵をひとつ割り入れスクランブルエッグを作った。皿、フォーク、パンをひと切れとバター、ミルクをキッチンのテーブルに出した。ときどき原稿に目をやりながら、ポケットから鉛筆をとりだして、一語訂正した。最後にシチュー鍋の火を止めると、テーブルにすわり、原稿に読みふけった。

「ねえ、エイプリル」アーチーがささやいた。

「静かに！」エイプリルがささやき返した。

お母さんはゆっくりとバターを塗ったパンを食べ、ミルクを飲みながら、原稿を読んだ。最後のページまで読み終わると、皿とグラスをとりあげ、流しに運んでいって洗い、片づけた。それから階段を上がっていった。卵はシチュー鍋に入ったままだった。

ダイナはため息をついて、卵をインキーとスティンキーにやった。二匹はがつがつと食べた。「大丈夫よ。おなかがすけば、食べるわよ。こういうことは前にもあったでしょ。あたしたちは夕食をすませてしまいましょう」

「だけどビル・スミスはどうするの？」エイプリルがいった。「それにあの髪。それからメイクやなんかもあるし。それにバラ色の部屋着」

「ブルーの部屋着でしょ」ダイナがいった。「それまでには一段落つくんじゃないかしら」

「だけど、ねえ、これ知ってる?」アーチーが椅子にすわりながらいった。「これ、知ってる? 一段落つかなかったらどうするの?」

「つくに決まってるわ」ダイナがいった。

だが、タイプライターの音は夕食のあいだじゅう大きく響いていた。子どもたちが皿をキッチンに運んでいって、洗おうと流しに積み上げたときも音は続いていた。さらに玄関のドアベルが鳴ったときも続いていた。

ダイナとエイプリルは顔を見合わせた。「心配しないで」エイプリルはいった。「あたしたちだけで、どうにかすればいいのよ」

ビル・スミスは新しいネクタイをしめていた。髪の毛はきちんとブラシがかけられている。彼は不安そうだった。

「こんばんは。お——お母さんはいるかな?」

「すわってください」ダイナがいった。

彼はまばたきしてダイナを見た。

「すわってください」エイプリルが厳しくいった。「あたしたち、あなたに話があるんです」

十分後、カーステアズ家の三人の子どもたちは母親の部屋に入っていった。彼女はちょうど新しい紙をタイプライターにはさんでいるところだった。

「お母さん」ダイナがいった。「ビル・スミスが来ているわ」

お母さんはローラーに紙を半分はさみかけたところだった。頬がピンク色になった。彼女は靴に手を伸ばした。「すぐに下りていくわ」

「ねえ、ちょっと待って」エイプリルがいった。「あたしたち、話したいことがあるの」

「うん」アーチーがいった。「ねえ！　ねえ、お母さん――」

「あんたは黙って」ダイナがいった。「お母さん、聞いてちょうだい。お母さんはビル・スミスを好きなの？」

お母さんは驚いたようだったが、うなずいた。「もちろん好きよ」

「お母さんは」――エイプリルは大きく息を吸いこんだ――「恋に落ちるぐらいに彼を好き？」

お母さんは息をのんだ。茫然として子どもたちを見つめた。

ダイナがいった。「お母さん、彼と恋に落ちて、結婚することは考えられない？」

お母さんの顔は真っ赤になった。彼女は口ごもった。それからいった。「で――でも――彼はたぶんわたしと結婚したくないんじゃないかしら」

「あら、彼はしたがってるわ」ダイナとエイプリルが同時にいった。

「どうして――わかるの？」

「やった！」アーチーがいった。「もう彼に聞いたんだもん！」

お母さんは三人をじっと見た。それからぱっと立ち上がると、階段めざして走りだした。

「お母さん！」ダイナが叫んだ。「ブルーの部屋着は――」

「お母さん！」エイプリルが悲しげにいった。「髪の毛が――メイクが――」

マリアンの耳には入らなかった。彼女は階段を下りてリビングに飛びこんだ。子どもたちはそのあとから、胸をドキドキさせて、そっと階段を下りてきた。

「マリアン」ビル・スミスがにこにこしながらいった。「子どもたちが――」それから
「ああ、マリアン――きみは美しい！」

そして、三人の子どもたちは彼の肩越しにお母さんの顔を見た。たしかに美しかった！

彼らは忍び足でキッチンに入っていくと、気をきかせてドアを閉めた。

まもなく裏のポーチにオヘア部長刑事が現われた。彼はにこにこしていて、チョコレートの大きな箱を抱えていた。

「おめでとう」彼はいった。「願いがかなったようだね」

「どうしてあたしたちのやっていることがわかったの？」彼らは異口同音にたずねた。

オヘア部長刑事の笑みは大きくなった。「ああ、ずっとわかってたよ。わたしをだまそうとしてもだめだ。なにしろ九人の子どもを育てたんだからね――お見通しだよ！」

訳者あとがき

今、このあとがきを書店で読んでいる方はどちらのタイプのミステリファンだろうか？もともとクレイグ・ライスのファンで、おや、新訳が出たと気づいて手にとっている方だろうか？それなら、今ここでわたしがくだくだしく語るまでもなく、クレイグ・ライスの魅力については先刻ご承知だろう。

あるいは、タイトルと表紙に惹かれて、たまたまこの本を手にとった方だろうか？はっきりいおう。あなたは本当に幸運な方です。クレイグ・ライスというすばらしい作家と出会うことができ、おまけに最初に読む作品がこの『スイート・ホーム殺人事件』なのだから。

本書は一九四四年に書かれた作品で、早川書房からは一九五七年に長谷川修二さんの訳でポケット・ミステリから出版され、その後、一九七六年にミステリ文庫から小泉喜美子さんの解説つきで刊行された。今回は、最初の翻訳からすでに五十年以上がたったので、現代の読者になじみやすいように、そしてクレイグ・ライスの魅力をより深く理解していただけるように、新たに訳させていただいた。

カーステアズ家はミステリ作家の母親マリアンと十四歳のダイナ、十二歳のエイプリル、十歳のアーチーの四人家族だ。新聞記者だった父親はアーチーが生まれてまもなく亡くなり、マリアンがミステリ小説を書いて三人の子どもたちを女手ひとつで育ててきた。そんなある日、お隣のサンフォード家で奥さんが射殺された。たまたま家にいて銃声を聞いた三人の子どもたちは、自分たちが殺人事件を解決してお母さんの手柄にすれば、宣伝になって本が売れ、こんなに必死に仕事をしなくてもすむかもしれないと、独自に事件を調べはじめる。

この三人のキャラクターが秀逸だ。長女のダイナはお母さん代わりを務めているせいか、おっとりしているが、実際的なしっかり者。妹と弟に手伝わせ、忙しい母親に代わって毎日の夕食作りなどの家事を率先してやっている。

エイプリルは将来が楽しみな金髪美人で、学校で演劇クラスをとっていることもあり、臨機応変の演技力を発揮する。日常生活ではダイナの補佐だが、こと殺人事件の調査となると、彼女がリーダーシップをとり、推理を組み立て、機転をきかせ、刑事や関係者から巧みに情報をひきだしていく。金髪美人という外見からしても、大人になったらクレイグ

・ライスの代表的シリーズである『大はずれ殺人事件』『大あたり殺人事件』などに登場するヘレンのようなすてきな女性になるのではと想像してわくわくした。

末っ子で唯一の男の子アーチーは、ふだんは姉二人に押さえられぎみだが、遊び仲間たちを動員して調査の際には大活躍する。無謀といえるほどの大胆な行動力は、さすが男の子だ。

そして三人の母親でありミステリ作家であるマリアンが、また魅力的な女性である。仕事を始めると、日常のささいなことはすっかり忘れてしまう。砂糖袋を冷蔵庫に入れ、ターキーを砂糖入れにしまう、などというとりちがえはしょっちゅうだ。執筆に夢中になっているときは時間の感覚を失い、子どもたちに食事だと呼ばれると、実は夕食なのにお昼と勘違いし、原稿をチェックしながら夢遊病者のように行動して、子どもたちがはらはら見守るなどということも。献辞からするとクレイグ・ライスにも女の子二人、男の子が一人いたようなので、おそらく実体験も重なっているのだろう。ぼんやりしているようでも、マリアンの子どもたちへの愛情は人一倍で、三人とも愛情をふんだんに注がれてまっすぐ育っていることがはっきりわかる。とりわけ母の日にマリアンを喜ばせようと三人が計画を練る場面は、ほほえましく感動的だ。

母親と三人の子どもたちが愛情と信頼で結ばれた家庭は、まさにスイート・ホームだが、より完璧な家庭にしようと、おませな子どもたちはお母さんの夫、すなわち自分たちの父親を見つけようとあれこれ画策する。このあたりの駆け引きと、子どもたちの計略にまんまとのる大人の純情ぶりが楽しい。

クレイグ・ライスはユーモア・ミステリの書き手として評価されているが、彼女のユーモアは昨今のテレビをはじめとする媒体にあふれる、騒々しい笑いを誘うものではなく、かすかに口元をゆるめるような静かで複雑な面白さである。一見、のどかな雰囲気のスイート・ホームでも、事件の裏には哀切で残酷ないくつもの人生があり、子どもたちもそれをしっかりと見てとっている。

一九〇八年にシカゴで生まれたクレイグ・ライスは親の愛情を知らずに育ち、若い頃から新聞記者、放送作家などの仕事を始め、結婚、離婚を繰り返したのち、一九五七年にアルコール依存症のために四十九歳の若さで亡くなった。そういう波瀾万丈な人生を送ったライスだからこそ、現実の世の中の切なさ、悲しさを洗練された笑いにくるんで作品に仕上げることができたのだろう。そこが彼女の卓抜した手腕であり、真骨頂であると思う。

クレイグ・ライスの訳者でもあり、旧版の『スイート・ホーム殺人事件』で解説を書いている小泉喜美子さんはライスの作品を「大人の、現代の童話」だといっている。そして、ライスの作品が日本でなかなか売れないのは、〝子供の〟読者が多いからだと鋭く指摘した。深く共感を覚える。そろそろ、日本でも大人の洒脱なミステリを愛する人が増えてほしい。そんな願いをこめて本書を新訳させていただいた。もし本書でクレイグ・ライスに興味を持っていただけたなら、ぜひとも『大はずれ殺人事件』『大あたり殺人事件』を読んでいただきたい。洗練された笑いの醍醐味を堪能していただけると思う。

二〇〇九年八月

〈クレイグ・ライス長篇著作リスト〉

1　8 Faces at 3 (1939)（別題 Death at Three／Murder Stops the Clock）『時計は三時に止まる』（『マローン売り出す』）小鷹信光訳〔★〕
2　The Corpse Steps Out (1940)『死体は散歩する』（『マローン勝負に出る』）小鷹信光訳〔★〕
3　The Wrong Murder (1940)『大はずれ殺人事件』小泉喜美子訳　ハヤカワ・ミステリ文庫〔★〕
4　The Right Murder (1941)『大あたり殺人事件』小泉喜美子訳　ハヤカワ・ミステリ文庫〔★〕
5　Trial by Fury (1941)『暴徒裁判』（『怒りの審判』）山本やよい訳　ハヤカワ・ミステリ文庫〔★〕
6　The Big Midget Murders (1942)『こびと殺人事件』（『矮人殺人事件』）山田順子訳〔★〕

7　The Sunday Pigeon Murders (1942)『セントラル・パーク事件』羽田詩津子訳　ハヤカワ・ミステリ文庫〔☆〕

8　Telefair (1942)（別題 Yesterday's Murder）

9　Having a Wonderful Crime (1943)『素晴らしき犯罪』小泉喜美子訳　ハヤカワ・ミステリ文庫〔★〕

10　The Thursday Turkey Murders (1943)『七面鳥殺人事件』小笠原豊樹訳　ハヤカワ・ミステリ480〔☆〕

11　Home Sweet Homicide (1944)『スイート・ホーム殺人事件』本書

12　The Lucky Stiff (1945)『幸運な死体』小泉喜美子訳　ハヤカワ・ミステリ文庫〔★〕

13　The Fourth Postman (1948)『第四の郵便配達夫』（『第四の郵便屋』）田口俊樹訳〔★〕

14　Innocent Bystander (1949)『居合わせた女』恩地三保子訳　ハヤカワ・ミステリ618

15　Knocked for a Loop (1957)（別題 The Double Frame）『マローン御難』山本やよい訳　ハヤカワ・ミステリ文庫〔★〕

16　My Kingdom for a Hearse (1957)『わが王国は霊柩車』山本やよい訳　ハヤカワ・ミステリ文庫〔★〕

17　The April Robin Murders (1958)〔エド・マクベインと共作〕『エイプリル・ロビン

殺人事件』森郁夫訳　ハヤカワ・ミステリ524〔☆〕

18 But the Doctor Died (1967)〔★〕

〔★〕は弁護士J・J・マローン・シリーズ
〔☆〕はハンサム&ビンゴ・シリーズ

別名義で発表された作品

The G-String Murders (1941)〔Gypsy Rose Lee 名義〕『Gストリング殺人事件』黒沼健訳

Mother Finds a Body (1942)〔Gypsy Rose Lee 名義〕『ママ、死体を発見す』水野恵訳

The Man Who Slept All Day (1942)〔Michael Venning 名義〕『眠りをむさぼりすぎた男』森英俊訳

Murder through the Looking Glass (1943)〔Michael Venning 名義〕『もうひとりのぼくの殺人』森英俊訳

To Catch a Thief (1943)〔Daphne Sanders 名義〕

Jethro Hammer (1944)〔Michael Venning 名義〕

Crime on My Hands (1944)〔George Sanders 名義／Clere Cartmill と共作〕

Stranger at Home (1947)〔George Sanders 名義／Leigh Brackett と共作〕

本書は一九五七年にハヤカワ・ミステリ、一九七六年にハヤカワ・ミステリ文庫で刊行された作品を、訳を新たにして刊行したものです。

エラリイ・クイーン

Xの悲劇
宇野利泰訳
密室状況の市街電車で起きた奇妙な殺人。元俳優の探偵ドルリイ・レーンが事件に挑むが

Yの悲劇
宇野利泰訳
狂気の一族を襲う惨劇。姿なき犯人とドルリイ・レーンの対決。本格ミステリ不朽の名作

Zの悲劇
宇野利泰訳
上院議員殺しに挑む女性探偵ペイシェンスとドルリイ・レーンの名コンビ。型破りな傑作

ドルリイ・レーン最後の事件
宇野利泰訳
文学史を根底から覆す大事件に挑むドルリイ・レーン。四部作の掉尾を飾る巨匠の代表作

九尾の猫
大庭忠男訳
ニューヨークを震撼させる連続殺人鬼と名探偵エラリイの息づまる頭脳戦。巨匠の自信作

シャム猫ココ・シリーズ

猫は殺しをかぎつける
リリアン・J・ブラウン／羽田詩津子訳

友人の女性の失踪事件に新聞記者クィラランと推理力を持つシャム猫ココが乗り出した！

猫は手がかりを読む
リリアン・J・ブラウン／羽田詩津子訳

女流画家の夫と美術評論家が殺された。ココとクィラランの出会いを描くシリーズ処女作

猫はソファをかじる
リリアン・J・ブラウン／羽田詩津子訳

クィラランの担当雑誌に関わる人に次々事件が。奇妙な行動をとるココが明かす真相は？

猫はスイッチを入れる
リリアン・J・ブラウン／羽田詩津子訳

競売品と不審事故の関連とは？　ココがスイッチを入れたレコーダーには驚くべき秘密が

猫はシェイクスピアを知っている
リリアン・J・ブラウン／羽田詩津子訳

老人の事故は自殺では？　ココは最近シェイクスピアに夢中だが、その示唆するものは？

シャム猫ココ・シリーズ

猫は糊《のり》をなめる

リリアン・J・ブラウン／羽田詩津子訳

封筒の糊をなめるのがお気に入りのココ。果して名門銀行家殺害事件と関連があるのか？

猫は床下にもぐる

リリアン・J・ブラウン／羽田詩津子訳

キャビンの建て増しを頼んだ大工が失踪をした。ココは詮索好きな鼻で真実をかぎ分ける

猫は幽霊と話す

リリアン・J・ブラウン／羽田詩津子訳

博物館の館長コブ夫人が死んだ。ココは夫人が生前怯えていた窓をしきりに見上げるが。

猫はペントハウスに住む

リリアン・J・ブラウン／羽田詩津子訳

ペントハウスで女性美術ディーラーが殺された。ココの鑑定眼が事件の真実を見極める。

猫は鳥を見つめる

リリアン・J・ブラウン／羽田詩津子訳

クィラランの引っ越し祝いに来た男が殺された。鳥と仲良しのココが示す手がかりとは？

訳者略歴　お茶の水女子大学英文科卒，英米文学翻訳家　著書『猫はキッチンで奮闘する』訳書『アクロイド殺し』クリスティー，『図書館ねこ　デューイ』マイロン，『猫はひげを自慢する』ブラウン（以上早川書房刊）他多数

HM=Hayakawa Mystery
SF=Science Fiction
JA=Japanese Author
NV=Novel
NF=Nonfiction
FT=Fantasy

スイート・ホーム殺人事件《さつじんじけん》
〔新訳版〕

〈HM㉘-9〉

二〇〇九年九月　十日　印刷
二〇〇九年九月十五日　発行

（定価はカバーに表示してあります）

著者　クレイグ・ライス
訳者　羽《は》田《た》詩《し》津《ず》子《こ》
発行者　早川　浩
発行所　株式会社　早川書房

郵便番号　一〇一‐〇〇四六
東京都千代田区神田多町二ノ二
電話　〇三‐三二五二‐三一一一（大代表）
振替　〇〇一六〇‐三‐四七七九九
http://www.hayakawa-online.co.jp

乱丁・落丁本は小社制作部宛お送り下さい。
送料小社負担にてお取りかえいたします。

印刷・星野精版印刷株式会社　製本・株式会社フォーネット社
Printed and bound in Japan
ISBN978-4-15-071559-5 C0197

＊本書は活字が大きく読みやすい〈トールサイズ〉です